哈瓦那波浪

Havana Waves

邱华栋 著

北 京 出 版 集 团
北京十月文艺出版社

目　录

望云而行

1

汽车进入广袤的西伯利亚，他们的眼睛里闪耀着兴奋的光芒。俄罗斯大地展开了宽广、善意的怀抱，欢迎他们的到来。一路上，他们都在跟着云彩走，或是云彩望着他们的车子像小甲虫一样游走。

章平感觉到，进入俄罗斯之后，大地和天空的尺度就变大了，人和车子就都变得渺小了。漫长的西伯利亚边疆公路淹没在浩瀚的森林中。大片的泰加林地带，针叶林和阔叶林形成的混交林以及原始次生林，一层层从眼前堆积，一直延伸到天际，将绿色的层次感渲染得十分氤氲，由浓重而渐渐变得微茫。

特别是那些漂亮的白桦树，都是长着眼睛的树，就像是注视着他们的大地的精灵，在守护着他们的漫长旅行。雯雯很兴奋，也很安稳。世界即将在她的眼前全面展开，她需要走过自己的成长之路，现在，她已经上路了。

章平手里的方向盘把得非常稳固。很多年来，他都是这样把着四轮驱动的越野车的方向盘，在荒无人烟、道路崎岖的艰难之地奔跑。

而带上女儿进行这次长旅，还是第一次。

女儿章雯雯要去北美念书，这使他有了一个几近疯狂的想法，那就是，开车把女儿送到北美那所大学去。

所有的准备工作就不说了。此前很多年，章平都在和一些喜欢自驾的朋友开车行走，去过很多地方。他天性喜欢到处跑，结婚以后他也没有改变这一习性。

“一旦你上路，你就会立即兴奋起来。如果大地是一本厚厚的书，这时，大地的书页就会向你一页页地展开它那无比丰富的内容。中国的高速公路四通八达，能够让你自己掌握方向盘，驾驶汽车到达你想去的任何地方。广袤的平原容易让人的视觉倦怠，你需要特别注意行车安全。河流在天空下闪闪发亮，就像是陪伴你的灯光带。无尽的山峦大部分的时候都是墨绿色的，以一种最终让你感到安稳的葱绿色，带你进入黄昏的黯淡，等到你安营扎寨，在宾馆或民宿住下来，一路上的风景就会包裹了你的睡梦，你会睡得很香甜。

“这些年，我对你的陪伴不多，我就是喜欢在路上。可为什么要上路呢？你的母亲也问过我。因为，远方的风景总是比你现在看到的要有意思，远方的人，也比你现在认识的人要更加精彩。”

这是多年前章平回答女儿的疑问时所做的回答。要是现在，他就不会这么说了。

章平是一位建筑师。他后来辞去了建筑规划院的工作，与朋友开了一家建筑设计公司，他不怎么上班，有人专门打理。他想过一种不一样的生活，更加自由自在的生活。

他就这么选择了。女儿章雯雯出生才一个月，喝了满月酒，他就自驾出行、远走高飞。这一走就是几个月。

那还是在2000年。他和一些喜欢自驾的朋友，组成了车队，浩浩荡荡地开车从杭州出发，一路北上，沿着京杭大运河走，到达北京。在北京市内和周边长城脚下盘桓了几天后，他们过居庸关往西北方向开，到达塞上城市张家口，可以感觉到海拔在逐渐升高，地貌在迅速变化，气温也在降低，空气干燥。然后他们一路奔向了呼和浩特，不仅在城市中穿插逗留，吃涮羊肉烤羊肉，还绕着大青山转了一圈。

从这里，他们兵分两路，一支队伍向东北方向的锡林郭勒、兴安盟、呼伦贝尔走去；他和另五辆车是另一路人马，从呼和浩特出发向西边的阿拉善而去。这向西的道路就越走越蛮荒了。半荒漠、半草原地带一直伴随着他的视线。

他们穿越贺兰山到达阿拉善左旗，稍事停留，再前往额济纳走，去寻找黑水河和黑水城。黑水河已经不见了，只有一面清澈的海子在芦苇包围中，向天空睁开了它的眼，望着远处黑水城的断壁残垣正在被漫漫黄沙所淹没，体会到苍天般的阿拉善的含义。

从额济纳他们又继续西行，往新疆境内走，到达北塔山之后，再往北边的阿尔泰山方向走。阿尔泰山的意思是金山，自古出黄金，成吉思汗的儿子曾经在山间开辟了一条征伐花剌子模国的道路。阿尔泰山是东西走向，他们沿着省道往西南方向走，翻越了天山西段的山口，到达赛里木湖畔。

赛里木湖幽蓝的湖水让人感觉到失真，在湖边走着，他就想一下子跳进去，干脆把自己融化了。蓝天和雪山的倒影在湖水中一动不动，就像是一体两面的绘画，是一个奇幻的世界，让人感到迷惑和欣喜。

这一路很多地方荒无人烟，道路时好时坏，道路的等级也不断变换，高速公路、省道、乡村公路、砂石路都有。不时碰到断头路，爆胎时有发生，遇到大暴雨的时候，水流破坏道路，车轮打滑陷入泥淖，车友互相帮助，人推车拉，共同渡过难关。他们车队到达了伊犁州。

伊犁州是一个哈萨克自治州，多民族混居在一起，有着别样的风情。从那里，他们继续西行，翻越了乌孙山，来到了昭苏，这是一座位于伊犁河谷地带的小城。一片被山峦夹在中间的河谷平原，一望无际地向西延伸，通向了哈萨克斯坦。在清代，国家版图要向西延伸一段距离，到达伊赛克湖边。那拉提半山草原号称空中草原，保留着古老的草原礼节，站在山顶，浩大的群山围拢渺小的人。这是一趟中国北疆之旅，也让章平品尝到自驾的极度快乐，当然，自驾的艰险和困难他也体会到了。

他回到杭州家中，已经是秋天了。正值秋季开学，作为音乐学院附中老师的妻子林楠已经开始忙碌。带孩子很麻烦，她的父母亲从金华过来，帮助他们照料雯雯。

雯雯几个月大，很爱哭闹，并不是一个安静的婴儿。一家人围着孩子转，不免有很多磕磕碰碰。后来，孩子断奶了，有一段时间，林楠的父母把雯雯带回金华去，不到一个月，林楠想孩子了，又把孩子接回来，在身边看着，比较安心一些，就请来保姆照顾孩子。那段时间，杭州曾发生过保姆把孩子带走、一起失踪的案子，他们又紧张起来，辞退了雇的保姆，换成章平的父母亲来照看孩子。这么一来，林楠和章平的妈妈、她的婆婆在很多生活细节上发生冲突，婆媳关系陷入僵局，不欢而散，章平的父母愤而离开。所以，如何照看雯雯，一直是夫妻俩纷争的一个因由。

每一次吵架，章平就驾车远游，不见了踪迹。等到他再回来，看到女儿又长大了一点，他和林楠之间的裂隙就隐隐地又扩大了。总之，日常生活的烦扰和磕绊伴随着每个家庭，他们家也不例外。

2

一路上，章平都教着雯雯学习观察云彩。

雯雯简直是一个不出声的动物，她恨他。母亲的自杀让他们父女关系疏远了。旅途中每一天，大部分时间里她都坐在越野车的右前座上，戴着耳机，不知疲倦地望着前方，耳机里放着她母亲喜欢的音乐，那些古典的、现代的音乐。

女儿的音乐修养来自她的母亲。那么，来自父亲的有哪些呢？他在想，也许，就是对远方的渴望，对可能事物的向往。不然，她不会想着要去北美那所大学去上学，离家和父亲远远的，远到谁都不能再影响她。

在路上，如果她感觉比较疲累了，就会解开安全带，从座位之间的缝隙爬到后座上去，蜷缩在座位上就睡着了。

很多时候，两个人都不说话，尤其是在旅途开始的一些天。章平能够识别各种各样的云彩，她不吭声，他就自己说：

“出门的人，看云是一个本事。云彩是水汽凝结形成的，很轻盈，就浮在半空。高空的云，一万多米高的云也有，有中层的云，五六千米处的云很常见，还有两三千米高的云，以层云居多。可不要小瞧云彩，云彩是各种天气的表征。看云的形状，就知道什么天气就要来了。比方说遇到积雨云，就是要下雨的云。你就得准备躲雨。”

雯雯把脑袋放在车窗玻璃上，看着窗外倏然闪过的树影。在西伯利亚，树木浓密得就像是化不开的绿色颜料，又稠密又安静。可以看到白桦树、松树最多。走啊走，路上的风景令人迷醉。

这一天，透过汽车前挡风玻璃，可以看到不远处的天空中，出现了一朵奇怪的云彩。

雯雯问他：“那是什么云？”

“云彩预示不同的天气。那朵云，看上去有些奇怪，是不是？这朵云是穿孔云，它还有一个学名，叫作‘雨幡洞云’，是一种中高层的云。它就像是长着尾巴一样，云层中有液体凝结后形成下坠，你看，它形成了一个拖坠着的尾巴，这个尾巴在高空中，其实是云中的冰晶。”

“既然它变重了，怎么掉不下来掉到地上呢?”

“是啊，按说这拖坠着冰晶的云尾巴会掉下来。由于重力的原因，冰晶会往下坠，但在下落的过程中它遇到上升气流，上升气流是温暖的，这些冰晶在大气中又迅速融化了。这就形成了这种漏斗式的云。”

“雨幡洞云，很好听的名字。”

“雨幡洞云的形成，往往和比它更高的卷云有关。是卷云里的冰晶掉到了云朵中，在云彩中形成冰核，冰核带动冷凝的冰晶，形成了雨幡洞云。另外，一架飞机在穿越云层的时候，会以强大的尾流形成涡状尾迹，由于有温度差异，会形成蚕茧般的形状，也很奇妙。不过，这样的云茧会在很短的时间里变化，长长的云茧拉长，又像是空中的潜水艇在游动，然后，才慢慢消散。云都是不断变化的。就像是我们的生活一样，总是在不断地变化。生活不变的真理，就是它是在不断变化的。那是永恒的变化。”

说到了生活中的变化，雯雯看云的表情有点忧郁了。她一直想说的一句话，现在终于说出来了：

“你和我妈妈什么时候产生隔膜的?她的抑郁又是怎么造成的呢?”

章平手里的方向盘稍微抖动了一下：“雯雯，我想你一直有这个疑问。什么时候你妈妈开始出现抑郁情况的呢？我不知道。我真的不知道，她的抑郁是怎么开始的。自打你出生后，围绕着你的成长，很多时候我是缺位的。她可能对我有深深的抱怨，但这么多年过来，我和你妈虽然有时候吵架，可她的状态，她自己从来不说。她是一个很内敛的人。她的心就像是音符一样，很抽象，很丰富，我琢磨不透的。你妈妈是一个很善良的人，她不喜欢劳烦别人，什么事情都是自己扛，你想想，她当老师，面对那么多孩子，当了多年班主任，工作压力大，可她从来不抱怨。就这么——直到去年，那一天，怎么说呢，她就，她就选择离开了我们，那是她——哎呀，我，这究竟是怎么发生的？我也在思考。你可以指责我，可我没有办法，谁能够想到，她就这么——最终她就——”

章平说着话，他的泪水一直在眼眶里打转，声音也哽咽了。他竭力让眼睛里的泪水不要掉出来。

章雯雯很冷静，她在思考父亲说的话。章平在余光中看到她的表情并没有太大变化。

这一路上，已经过去一些天了。他们本来不想很快谈到这件事，那就是，雯雯的妈妈林楠为什么自杀，这一切到底是怎么发生的。这是他们父女俩内心里的一个疙瘩，尽管他们最终都要面对，却又不知道如何解开，也不知道有没有最终的答案。

林楠的自杀发生在章雯雯参加高考前一年。有那么一天，在他们都不注意的时候，她跳下了高楼。那幢高楼不是他们家的住宅，还在建造中。林楠身穿白衣，从十多层的地方跳下去，像是一朵红白相间的大花，凝固在大地上，也定格在他和雯雯的记忆里。

从那天以后，章平就哪里也不去了，他每天都要陪着雯雯，担心她有什么闪失，他们之间也不怎么说话。

雯雯变成了一个更加内向的孩子。那几年，个案化的安全事件时有发生。有人为了发泄不满，跑到学校门口去砍别人家的孩子泄愤。有人因为家庭矛盾和个人原因，在公交车上纵火，烧死了一些无辜的人。这些事件都让林楠的精神高度紧张，她不让章平外出去自驾游了，让他接送女儿每天上学。

那时候，他在学校门口等待雯雯放学出来，坐在车里，他的右手要摸着旁边座位上放着的一把方向盘钢锁。他想着，如果有人行凶，他就会冲出去用钢锁砸破凶徒的脑袋。这样的想象中的画面，在他的脑子里虽然练习了很多次，但因学校普遍加强了保安措施，最终没有实际发生。那种丧心病狂的行凶者毕竟极少，大家提高了防备，学校加强了防卫，凶徒也很快被绳之以法。

可林楠还是从高空下坠，陨落了。自此，章平在之后的每一天，都像守护一朵最弱小的花蕊那样，看护着雯雯。每一天，都是在雯雯睡着了之后，他才回到自己的房间里躺下来，许久也睡不着。

林楠的自杀，让父女俩的关系陷入隔膜和疏离的状态。女儿对他的敌意和抵触都是有的。他也小心地不去触碰这个事情，避免和女儿谈论到林楠。偶尔不慎说到了“你妈她喜欢——”结果，两个人的脸色立刻都变了，就说不下去了，雯雯就会转身走开。

他们家突然发生的变故，不仅被周围人议论，也是章平精神上的一个巨大包袱。林楠被诊断为抑郁症有几年了，一直在吃抗抑郁的药，她没有能够治好自己的病，这让章平的内心积聚着无尽的内疚和自责。

林楠去世之后，他才体会到，雯雯自出生到慢慢长大，一直到上高中这一段时间里，妻子所付出的辛苦很不寻常。回想起这十多年来，他确实对家庭疏于照顾。一有时间，他就和驴友们上路，自驾汽车奔走在祖国的大好河山中饱览美景，完全不顾及雯雯的成长，实际上她很需要父亲的陪伴。

雯雯太小，不能带上她一起在野外行走。林楠对假期出游兴趣不大，她要备课，还要在假期辅导学生。雯雯基本上是林楠带大的，虽然她父母和章平的父母也都来帮过点小忙。但在雯雯出生的头几年里，他们还没有退休，也不能花更多时间帮忙照看雯雯。

为了给她减轻负担，家里雇了保姆，她父母只要是来帮助林楠带雯雯，每月也都开一笔钱。这样的安排，在生活层面上来说，是没有太多可以挑剔和抱怨的地方。凡是用钱能解决的事情都是好办的，他们家恰恰是殷实之家，能支付所有家庭开支和相关人的酬劳。

一切都是相当圆满的。可圆满中的世界，总是要发生状况。肯定就是在这一阶段，工作上的压力和带雯雯成长的压力，以及丈夫常常不在家，需要林楠面对很多事情的压力和烦恼都得不到纾解，林楠的精神逐渐走向了崩溃。

章平后来回忆，此前没有过多迹象显示她的精神在逐渐崩溃中。前些年里，他从外面自驾回来，林楠还和他嘟囔几句，抱怨他不管家里的事情。

他的回答也很干脆："我的公司赚来的钱，足够咱们花了，对不对？其实，你愿意的话，完全可以辞职的，我们可以带着孩子一起到处走走看看。你也可以换个活法了。"

林楠就不说话了。她非常喜欢她的音乐老师的职业。那些年，建筑行业发展迅猛，章平参股的建筑设计公司生意很好，常常接到大单，收入可观。章平的收入是家庭收入的大头，远远超过一般的中产家庭收入。

林楠在中学当音乐老师的薪水与丈夫的公司收入相比，自然是不算多的。她的爱好和他恰恰相反，喜欢安静地拉琴、弹钢琴。音乐是抽象的，也是审美中高级的享受。她对心灵以外的风景没有太大的兴趣。

他们就像是来自不同星球的人建构了同一个世界，然后，又打碎了它，使之变成了残损的世界。

3

他们第一段的旅程，是从西伯利亚一路开车到达莫斯科，这需要二十天左右的时间。出发之前，章平做了很多准备。入境签证自然不用说，早就办好。他仔细检查了携带的护照、地图、导航设备，还有应急灯、手电筒、灭火器、剪刀、压缩干粮、绷带和药棉，以及肉罐头、糖果、盐、药品、睡袋和汽油等这些路上所需要的必备品。

出发之前，章平将车子的后备厢都装满了，后座上也有一些。还有两个大水壶也是满满的。水是必须的，在路上，水是最宝贵的，人缺水就不能活。这一次，是他和女儿两个人的长途旅行。章平初步计算，最终等到他们抵达美东地区的那所大学，需要三个多月、一百天的时间，沿途经过的国家有二十多个。

“我决定开车把你送到你要就读的那所大学去。”

一开始章平这么告诉女儿的时候，连他自己都吓了一跳。别人认为这个想法过于疯狂，但对于章平来说，却是非常具体而实在的，是经过深思熟虑的，也是能够实现的。他反复琢磨，一直到考虑得很成熟了，才告诉女儿。带着女儿行走在地球的表面，是一个大胆的计划，他是想带女儿一路行走一路陪伴，一直到把女儿送到她要继续出发的地方，这样的长旅，会成为女儿对父亲最深刻的记忆。

雯雯听到父亲的这个计划，她的眼睛睁大了。一瞬间，她感到非常激动。她点了点头，久违般地对父亲迸发了亲近感。她走过来，主动拥抱了他。

那一时刻，他的眼睛潮湿了。但他没有流泪，克制住了自己。

他知道，女儿很长时间里很怨恨他，她觉得，母亲的自杀和他的漠然有关，母亲走上了那条路有他的疏忽和怠慢，使她失去了母亲。

假如父亲再给妈妈多一点关爱，妈妈怎么可能自杀？这是雯雯的一个心结。

想想吧，从杭州开车出发，一路要经过整个欧亚大陆，再从欧洲西端的英国港口，坐船横渡大西洋，一直到把她送到美东的那所大学，这实在是一个疯狂的想法。不过，有多年自驾出游的经验，章平对长途开车旅行非常有信心。虽然是跨国旅行，只要把功课做足了，就没有问题。

“你是开车南南北北走了很多地方，沿着海岸线也走了一圈，自驾的经验很丰富。但开车把孩子送到北美，穿越欧亚大陆，路况非常复杂，天气也很多变，途经的国家太多，各个国家的社会状况也不一样，有时候会很危险的。只要路上遇到一件很小的倒霉事，就会断送你的整个计划，让这个本来皆大欢喜的壮举一下就半途而废。一旦出现某个状况，前不着村、后不着店，叫天天不应、叫地地不灵，就麻烦了。还是要稳妥一些，不要逞能，尤其是要考虑到孩子的安全。毕竟，你就这么一个女儿。”

好朋友规劝他这么说。听了这些话，他更谨慎了。

不能不说朋友的担心是有道理的。但章平这样设计，也有自己的考虑。妻子林楠自杀以后，他陪伴女儿继续学习，跨过了女儿中学毕业这道成长的门槛。她考上了北美的大学，要去那里展开自己的新人生，后面的路要靠她自己走了。这让他灵机一动：还有比一路自驾、开车送她抵达学校、陪伴她走过地球上最美的风景之地这个更好的成人礼吗？没有了。

对于章平来说，带着女儿进行一次长途旅行，才是最佳的成长礼，是他和已经有疏离感的女儿的一次关系的拉近，是对女儿的守护和陪伴，也是女儿理解父亲的一个最佳契机。可以想象，父女俩一路穿越无数的风景，看到很多的朝霞和夕阳，女儿的眼界自然会不一样，这是她人生中第一次大地上的旅行，她在路上，能真正了解父亲是一个什么样的人，对她自己也有更深的体认。

从年初开始，章平就着手办理出国旅行的手续。他知道，跨国旅行自驾需要做哪些准备，这要提前很长时间去做一些工作，包括途经国家旅行签证的办理、途经各国道路的路况情况，沿途衣食住行的具体攻略等等，每一个细节都要考虑到。

这一次出行，沿途要经过二十多个国家，安全问题是第一位的。章平列出了要经过的国家。他打电话、去电子邮件，联系了这些国家的使馆，以及一些华侨组织。途经这些国家时如果遇到什么事，可以及时联系他们。这在心理上也是一个保障。哪些国家对华友好，哪些国家危险指数比较高，还有可能遇到的突发情况，自然灾害、凶徒袭击等等，全都要考虑到。整个旅途怎么走、走哪条线路，也是他要仔细考虑的。那些天，他整天都在看地图。最终，地图上的线条变成了他脚下的道路。

他们的车子沿着西伯利亚边疆区的俄罗斯国道而行。路上车辆很少，很长时间才有一次错车。西伯利亚大铁路和这条边疆公路在很多地段里是平行的。走着走着，路边的景色相似起来，很容易使人疲倦。章平记得，从满洲里进入俄罗斯，他们很快到达赤塔。

赤塔在雅布洛诺夫山脉的东南侧。这段山脚下的道路弯弯曲曲，山色、树林和云彩都非常美，变幻多端，一直到乌兰乌德。乌兰乌德是一座看上去遗世独立的城市，没有什么人，安静而空旷。

他们在那里买了一些俄罗斯果酱和大列巴，还有鲱鱼罐头。

贝加尔湖在乌兰乌德的前方。抵达这座世界有名的淡水湖泊，在湖边环绕着走了一段，他和女儿都很惊喜。在图片和电视片中见过贝加尔湖，等到真的见到了它，还是觉得震撼。贝加尔湖很大，就像是一片海洋，湖水纯净得能照见他们的影子，掬水而饮，连脸上的斑点都能看出来。沿着贝加尔湖边的公路行走，就像是融化在最美的风景里。

拐过贝加尔湖的南面湖头，很快就到达了伊尔库茨克。

伊尔库茨克距离满洲里有一千多公里。他们在伊尔库茨克这座城市里歇息了一个晚上，能够感觉到夏天的清凉，和城市安静、衰败的感觉。不知道这些年俄罗斯怎么了，赤塔、乌兰乌德、伊尔库茨克，这些城市似乎都停滞在过往的时间里，衰败和破旧感随处可见。这些边疆城市的俄罗斯人对路过的客人很友好，也并不惊奇。他们可能见惯了旅游者横穿西伯利亚。

路上，他给她讲了自己在世界上一些国家的旅行见闻。她说，要是你旅行的时候带上妈妈就好了。她就不会得抑郁症，自杀了。他沉默不语。这样的假设已经毫无意义了。

从伊尔库茨克出发，大西伯利亚的广袤展现在他们的面前。风景的相似和偶尔的不同，杂树生花的情景随处可见。松树高大，颜色深绿，针叶林裹挟着白桦树，一望无际地铺展开去。章平在呼伦贝尔的室韦地区，见过国内的白桦林，那里的白桦树长得都不粗壮。西伯利亚的白桦林密度大，显然很长时间没有人干预它们的生长，完全是原始状态的广袤森林。他们曾停下车，走进西伯利亚白桦树林。在林间走动，能够感受到森林的静谧和内在的活跃。很多树横卧在那里，而新生的小树又在旁边生长起来。也就是说，老的死了，新的诞生了，交替成长，尽量向高处生长，去接近天空，去争取阳光。

“那棵白桦树的眼睛真美。啊，爸爸你看，那只大眼睛，太像妈妈的眼睛了。”雯雯忽然指着一棵树说。

章平心里一惊。他想起妻子的眼睛。林楠的眼睛就很大，也很美，眼神里总是包含着很多内容。他顺着雯雯所指的方向看去，看见了那棵很有轮廓的白桦树，长满了圆润饱满的树叶，树干修长，树身上的眼睛又大又漂亮，就像是林楠在注视着他。

章平感到喉头一热，哽咽了一下。他想起来，林楠装扮自己的时候，对眼睫毛很用心，每次都用睫毛刷刷弄半天才出门。

他不敢再看那棵树的眼睛了。忽然有些响动，他发现树林里还有一些飞鸟，在一棵棵树间飞越。雯雯发现了地上的蘑菇，她想去采。

此刻，置身于白桦林中，一瞬间，有无数双白桦树的眼睛都在注视着他，章平感到了晕眩，他气闷、难过、紧张，然后说：“我们回去吧，这里也许隐藏着什么危险。”

他拉着雯雯往公路边走，上了车，继续前行。可以看到前方的上空，云层的变化很迅速。道路开阔起来了，两边的森林在退却，大片的草地在眼前展现。高空的积云迅速聚合起来，形成了一层层的积云。云相变了，章平说：“你看，雯雯，那一朵朵的白云，以蓝天为背景，多美啊。这就是层积云，层积云是阳光的终结者。”

他们看到，不光是层积云把阳光遮蔽了，前方的道路上空还出现了类似雾一样的团云，悬浮在几百米的上空。

“好像是雾气变成的云。”她说。

他说：“是的。层云是云彩中高度最低的一种云。落到地上就是雾气，或者叫雾霭。这说明附近有河流或者湖泊，水汽上升遇冷之后，很容易就生成这样的层云。”

他们的车子飞速行驶前行，果然看见有一条闪闪发亮的河流，从远处森林的边缘破空而来，形成了一面长条形的湖泊。水汽蒸腾使前景在微微晃动。夏天里，湖泊上空鸟在飞翔，层云迅速上升，又迅速下降和消散。

这一阵子风也变大了。雯雯不小心打开了车窗，呼呼的风声就冲进了车内，把她手里的地图刮到了后座上。远处有几间坡屋顶的房子，孤僻地坐落在半山和湖水边上，显示这里有人居住。俄罗斯西伯利亚地区人烟稀少，但也有人居住在沿途道路附近。道路将一些边疆小镇和居民聚集点联系起来。的确有俄罗斯人喜欢居住在这里，西伯利亚天高皇帝远，人们自由自在，在大自然中获得特别的安宁和轻松。当然，也很容易被世间所遗忘。

章平说：“我们是过客，经过这里，看到从未见过的风景，会感觉到美极了。可要是住在这里，就要忍受荒僻和冷清。当然，俄罗斯人有东正教的传统，他们内心里有躲避喧闹的需求。假如碰上了世界大战，或者疫病流行、核爆炸，在西伯利亚藏身，绝对是好地方。”

正在说着话，他们忽然看到在前面的道路中间，站着一个人，手里还拿个酒瓶子，摇晃着走来走去。

他放慢了车速。“注意！”他说，“前面有个醉鬼，小心，你不要用眼睛去看他。我来对付他。”

“你会俄语吗？”女儿问他。

“我懂一点，你知道的。”

雯雯也懂点俄语，这一路上，他们吃红菜汤，粗麦面包，鱼子酱，干果，土豆泥，卷饼，发现俄罗斯人在吃东西方面非常简单。

雯雯说：“我来和那个人交流。也许，他就是想要一瓶伏特加。”

“不，你什么都不要说。”章平叮嘱她。

他把车速放慢。那个人就在道路中间，向着车子迎面走过来，不怕被车撞。章平想，这人不是善茬，要小心从事。远看，像是一个喝了酒的当地人，走路摇摇晃晃，左手的瓶子也在摇晃，像是要随时掉在地上。他长发披散，穿着一件薄薄的风衣，嘴里在念叨着什么，要逼章平停车。

章平把车子停到路边上，看到那个人走过来。走近了，在车窗外，那人胡子拉碴，是一张凶狠而无赖的脸。在外面旅行，章平看过很多人的脸，相由心生这句话一点儿没错，大部分人的脸，你一看就知道他是什么鸟。眼前的这个人就是一个坏人。他也知道这是一辆路过的车，是外地人的车。

那个人敲了敲车窗，章平把车窗玻璃放下来，那人嘴里喷着酒气，忽然，右手拿着一把匕首，猛地伸过来。他可能是想威胁着要点钱，但拿着刀，可不是好玩的。章平手疾眼快，一侧身，躲开匕首，右手早就准备好一根短短的铁棍，猛地捅过去，捅在了那人的脸上。那人哎呀大叫着向后仰身，章平用铁棍又猛击一下那人的脑袋，把他打倒了。那人右手里的匕首和左手上的酒瓶子都掉在地上了。

章平一脚油门，越野车加速前行，后车轮扬起了一片尘土，把那个人甩在了车后。从后视镜可以看到，那个人十分恼怒，他爬起来，抓起酒瓶子扔过来，酒瓶子砸在车顶上，发出了一声闷响，接着，又掉在公路上摔碎了。

刚才那瞬间的一刻，雯雯紧张得大气都不敢出。看得出，她根本没有想到会遇到这样的事情。而遭遇这样的事情，早就在章平的预案里了。

“一个坏蛋。这家伙就是想抢点钱。”章平掌握好方向盘，他的声音很镇定。

“不是，爸爸，他想杀了你。他也会杀了我。他一下子就拿出匕首了。”雯雯的声音还在颤抖。

“不管他了，我们已经摆脱他了。”

他想起来了，在靠近黑龙江的俄罗斯滨海边疆区，以及西伯利亚东部城镇附近，大片的未开垦的田地一直荒芜。前些年，由政府协调，俄罗斯人曾雇用一些中国农民承包土地进行耕种。后来，有了纠纷，就发生了凶案。一则新闻报道说，当地人不仅杀死了几个承包土地的中国农民，还把他们的尸体浇上汽油，进行焚烧。

俄罗斯千年来的历史非常狂暴，一直到18、19世纪，才真正强盛起来成为举世大国。俄罗斯人性格奔放、粗豪，一些底层俄罗斯人喝酒之后就变得野蛮。尽管大部分俄罗斯人很友善，但也要小心，尽量不和他们正面起冲突。

过了一阵子，雯雯小声说：“爸爸，你这么勇敢，我过去从来都不知道。”

他摸了摸雯雯的头，没有说话，手里的方向盘更加稳固了。

4

在到达新西伯利亚市之前，还要途经新库兹涅茨克和托木斯克，不过，他们不用穿越这两座城市北面的城市，他们只是看到了通往那里的路标。

新西伯利亚市更是一座停顿在时间深处、几乎被遗忘的城市。市区没有什么新建筑，都是苏联时期的老式楼房。这里曾经是苏联科技城所在地，有一片新城都是当年规划建造的，目的在于科技创新，苏联时期的各类创新性的科学研究所都设在这里，现在，那些毫无个性的板楼都在颓败，毫无生机。在新西伯利亚市转了一圈，吃了一顿饭，再次上路之后，他们感觉到道路上的车辆似乎多了很多。

如今在世界上流行的科技产品，有什么是俄罗斯创造的吗？章平问她。

没有。雯雯说，好像是没有。爸爸，这座城市也停滞在时间中，慢慢地颓败着。

是呢。就像是森林中的任何一种植物那样，自生自灭。

如果在地图上看他们的行车轨迹，接下来，他们经过了鄂木斯克、库尔干、车里雅宾斯克、叶卡捷琳堡，然后是喀山。俄罗斯广阔的西伯利亚国道车辆来往不多，路况尚好。越走就感觉城镇越多，人烟不再稀少，俄罗斯的风景开始有了变化，不再单调到乏味了。等到他们看到下诺夫哥罗德的指示牌后，章平就明白，莫斯科已经在前方不远处等候他们了。

一路上，他们经过了从贝加尔湖一直流向北冰洋的勒拿河，经过了叶尼塞河和鄂毕河，然后又经过了伏尔加河。俄罗斯的河流总是带着忧郁的气质，并不狂暴，非常平静舒缓。从天气的角度来说，过了乌拉尔山，温度开始提升，湿度也降低了。连日的行程，浪漫感是不多的，更多的是艰苦。

“那是什么云？”雯雯问他。

他看过去，在蓝天中，连续拖曳的云彩就像是卷心菜的叶子一样好看，还有些卷边。

“那是卷云。卷云是云彩中最好看的一种，属于高层云，在海拔六千米到一万二千米，都有卷云存在。飞机上观赏这种云会更好看。你看，它的形状多么优雅。缥缈如云，说的就是卷云。卷云比较常见，是飞舞的冰晶形成的云条。卷云有很多种，比如有毛卷云，这种云是高空中的冰晶云被风拉长，形成了细丝状，在大地上看去，就像是一团团毛絮一样紊乱而轻盈。还有一种钩卷云，是比较厚的云端出现了钩状的弯曲，就像是一个逗号那样，在空中展开，有好长一段。”

“爸爸，那这属于什么卷云？”

“这种云叫作堡垒云。你看，一团团的，像是棉花团，又像是一座座的堡垒，彼此分割，又有些联系。这种云又像炮塔，中间凸出。

它一般在傍晚出现得比较多，这时天气会转凉，有它，天气就会转成阴雨天。当它在高层还是高积云的时候，这样的卷云不会预示天气变化。如果是低云中出现了堡垒云，你看，它们在快速聚集，像是花菜的菜花，一个个地凸出来，很快会形成积雨云，就会带来一场暴风雨。”

她仰脸看云：“嗯，是的，它们正在连接起来，形成锯齿状了。这说明，要下雨了。”

“你真聪明，雯雯，我们要找地方停下来休息，躲雨。”

“前面就是下诺夫哥罗德了。爸爸，咱们可以赶赶路。”

他就踩了油门，加快了速度。但他隐隐地有些担忧，前面可能遇到大的暴风雨。

他告诉女儿，云和风暴的关系很密切。形成了风暴云之后，云层中对流加剧，从一种单个的积雨云变成组合的多体风暴云，就会带来突如其来的极端天气。这样的风暴云在天空中奔跑的时候，它的下端有时会伸出管状的云，很像是风暴云在探测地面时伸出的小腿，或者是一根巨大的手指。管状云会将透明的空气吸附进自己的体积内，就像是吸尘器一样，使风暴云内部的水滴和冰晶加速形成，云彩变成纵向生长的一根上下连通的管子，并且快速旋转，上升的气流在高空形成了涡旋，不断膨胀，冷却之后，就会形成更大的风暴云的一部分。

前面的天空中就有管状云出现，这意味着行车要和它保持距离，不然这个管子经过的头顶，巨大的吸力都能把车子连人一起吸附进去，像树叶一样飞起来，升到云彩的高处，冷却之后，和雨水以及冰雹一起再猛然降落地面。这肯定不是你愿意看到的结果，是不是？

她问，那水龙卷是怎么回事？

水龙卷，是管状云在游走中遇到了水面，就把湖泊或水塘和河流中的水吸起来，直达高空，形成条状龙卷风。它会快速移动，所到之处能吸食一切。水龙卷是一个奇观，在龙卷风中，会把水中的鱼类、虾类、螃蟹都卷到空中，这就是为什么有的龙卷风过后，在陆地上留下来的东西里，从天而降的杂物中还有噼里啪啦的鱼掉下来。所以，对管状云最好就是远观，尽量远离它。

他们俩说着话，都没有料到就在这时，他们迎来了一场风暴。

是的，这是一场突如其来的风暴。能够看到远远的平原上，龙卷风的长龙一直扶摇直上到天空深处，就像是龙吸水，又像是黑云的手臂伸展下来，要抓住地面上一切事物，都吸食到高空中它的肚腹里。天空中有黑色的妖怪，就是那墨黑的云，像是一群黑熊吼叫着扑过来，所到之处瞬间遮蔽了光线，淹没了万物的亮色，赶走了轻柔的白云，带来了浓黑的恐惧。忽然间，天色黑了下来，接着，龙卷风快速移动，风很大，大风刮过来，漫卷的树叶遮挡了视线，他们的车身有些飘移。

雯雯本来想打盹儿，一下就精神了。她有些紧张，抱着靠垫，说：“天怎么一下子黑了，爸爸？”

“我们遭遇了暴风雨。还有龙卷风。好像还有水龙卷。”

尽管章平语调是镇定的，但他内心里很紧张。车身在风中左右摆动，有些侧滑，他放慢了速度。眼看着天色一下子就黑沉沉地把道路淹没了。这时是前不着村，后不着店。他打开了远光灯，看到远光灯的灯柱在黑暗的风雨中很快就被吞噬了。巨大的雨滴砸在了车窗上，小石子也扑打过来，把玻璃砸得叮叮当当的。雯雯很害怕。她的表情告诉了他。

他说，别怕，别怕，你系紧安全带，躺下来。

他把她的靠垫放在自己的右侧，让她斜靠在靠垫上，此时他把车子稳稳地停在道路边上。他用右手抚摸着她的头发，别怕，等一会儿，风暴就过去了。

黑风暴卷过来，迅猛地冲击着他们的车子，车子左右剧烈地摇晃着，就像是打着趔趄的醉汉，在大地上根本站不稳。有那么一阵子，车子在狂风的吹打之下就要翻车了，雯雯在尖叫。车子还在发动着，他赶紧牢牢地抓住方向盘，车子在风中打转，没有倾覆，车子最后又站住了。一阵阵狂风把车子吹得在道路上后退，尽管刹车系统还在起作用。

猛然间，一棵树倒了，砸在了车顶，一声巨响，车顶瘪了，他赶紧倒车，看到那棵树骨碌碌滚落在车前方，树枝茂密，就像一个头发茂密的森林怪物那样，阻挡住更大的风雨击打车子。他熄火了。雨水从看不见的车窗缝隙里渗透进来，他抚摸着雯雯的头，别怕，别怕——他一直在说着，安慰着在狂风暴雨中感到世界末日来临的雯雯。车子就是他们的避风港，章平的臂弯就是雯雯的避风港。

不知道过了多长的时间，从他们俩的心理时间上来说，似乎过了一百年，从真实的物理时间来说，却很短暂。忽然，天色又亮了，暴雨停了，黑风暴过去了。那棵树挡在车子的前面，成为屏障。巨大的龙卷风擦身而过，没有袭击他们的车子。不然，这辆车很可能就飞到天上去了。

他发动汽车，发现车况依旧很好。他倒车，从这棵折断的大树一旁绕过去，然后继续前行。这棵树有阻挡风雨的功劳。

这个时候，雯雯的眼睛在发亮，她似乎更加信赖父亲了。这场风暴让她感觉到了父亲的力量。

后来，在莫斯科，在麻雀山附近，他们看到很多麻雀就像是飞翔的雨点一样到处飘飞。麻雀的飞行似乎没有轨迹，能够忽然拐弯，这是它们躲避鹰隼抓捕的最佳本领。

到达莫斯科，算下来，距离出发时已过了二十天。六七千公里的路途，快速通过了俄罗斯大地，途经的经历让他们的关系变得亲密。

章平和雯雯专门去乘坐了莫斯科的地铁。有的地铁站深达百米，真的是地狱里的列车。在地铁里，看到那些莫斯科人，似乎个个都有心事一样，他们的表情看上去并不轻松，而且十分忧郁。

在白天，行驶在莫斯科的道路上，他看到放射状的道路让莫斯科变得四通八达。莫斯科的那些东正教教会的教堂、有着洋葱头屋顶的独特建筑非常显眼，走到哪里都能看到。整个莫斯科除了高楼林立的商务区——据说这个商务区的最高建筑是中国的建筑公司承建的，整个城市现代化的水准，没有超过中国的二线大城市，比如成都、武汉、南京、杭州，等等，更别说和上海、北京相比了。

在莫斯科短暂停留之后，他们继续前行，穿越了乌克兰等几个国家，一路南下，到达了伊斯坦布尔。

伊斯坦布尔这座跨越了欧洲和亚洲的古老城市，在他们的面前露出了真容。就连风的味道都是独特的。伊斯坦布尔更像是一座带着欧洲韵味儿的亚洲城市。章平想到了阿根廷的首都布宜诺斯艾利斯。阿根廷是南美洲最欧化的一个国家，布宜诺斯艾利斯也像是一座欧洲城市，是欧洲人建立了布宜诺斯艾利斯，那里有他们寄托的乡愁，食物和街道、建筑和习俗。但潘帕斯大草原上的高乔文化，也影响了阿根廷。

雯雯对伊斯坦布尔做了很多功课，她喜欢帕慕克的作品，阅读了他的《伊斯坦布尔》。这座城市横跨博斯普鲁斯海峡，气势宏阔，也带着某种忧伤。古老的城市里，分布着大街小巷中无数的土耳其人，他们的表情似乎带着“呼愁”，这是土耳其人古老的宗教情绪和人生态度。

“呼愁”这个词很复杂，很难说清楚。她给章平解说着，在伊斯坦布尔海峡，又叫博斯普鲁斯海峡的海底，蕴藏了多少人的秘密？帕慕克的小说《黑书》中有着精彩的描绘，其中有一节，就是专门描写海峡的海底到底有些什么东西。

他们探访了索菲亚大教堂，还去帕慕克的纯真博物馆一游。在帕慕克的《我脑袋里的怪东西》那本书中，伊斯坦布尔就像是地衣一样扩展的过程，不断在雯雯的脑海里浮现。她记得那本小说里有一个主人公叫麦夫鲁特，他是一个整日在伊斯坦布尔走街串巷的小贩，挑着担子售卖一种叫作“博扎”的饮料。于是，他们就到处找“博扎”，结果在一个街角找到了。如今的伊斯坦布尔，卖博扎这种土耳其传统饮料的人多了起来。

很难来形容它的味道，他说。

就像是格瓦斯里面加了一点辣椒酱。雯雯笑了起来。

在伊斯坦布尔，蓝色清真寺和土耳其大巴扎这两个地方，哪个游客来了都要去看看。雯雯说，土耳其的前身奥斯曼土耳其帝国前后延续了六百年的时间，是一个古老的、有着深厚文化传统的国度。现在的土耳其依旧有着梦想，幻想着有朝一日能把中亚地区一直到伊斯坦布尔，都变成他们的地盘。这都是痴人说梦了。

章平说，土耳其是一个中等的内陆国家，大约有七十多万平方公里，跟咱们的东北三省的面积差不多大。这样就比较好类比。人口约有八千万人，和东北三省差不多。我们的东北三省接近一个亿的人口。不过，土耳其的贫瘠山地的面积大，鸟不拉屎的地方很多。土耳其人强悍的性格使得他们和俄罗斯人多次发生战争。俄土战争在19世纪形成了他们自己的地缘政治。

伊斯坦布尔让他们着迷。几天的时间在这座城市游逛，也很安全。土耳其人有他们的自信和迷茫。

他们继续前行。从伊斯坦布尔往西行，就是保加利亚。从保加利亚往南走，有一条路要穿过整个欧洲的火药桶——巴尔干地区。巴尔干地区的民族关系非常复杂，政治势力交错，人文风俗也奇特而丰富，现在，这一地区的社会治安依旧成问题。好在他们的路线是先行南下，不作太久停留，像是轻盈的鸟儿一样飞过。

从伊斯坦布尔出发，没过多久就进入希腊。在希腊，他们游走了好几天。希腊的地中海气候非常舒适，天气也很明媚，有着蔚蓝的天空和舒爽的海风。

他们看到了雅典这座城市里很多的遗迹。他们惊叹，希腊真是欧洲或者说西方文明的发祥地。这个到处都是废墟的国家在诉说着人类走过的漫漫长路。从这里，希腊诞生了古老璀璨的文化，然后影响了罗马帝国。罗马帝国诞生后，它的文化扩展，影响了欧洲很多国家的形成。

在希腊的那些天，一直有着澄澈的蓝色天空，空中的云很少，竟然没有给章平显摆他的云彩知识的机会。

5

后面的旅程似乎加快了。在感觉上，一个个国家、一座座城市，相似的和相异的特点，都让他们眼前一亮。从希腊雅典向西，他们穿越了希腊南部，看到这是一个石头垒就的国度。到处都是历史悠久的废墟，古代希腊的建筑的基座都是石头。

他们到达希腊港口城市帕特雷，在那里，将灰尘蒙面却性能很好的越野车开上大型海渡船，通过海路，前往大海对面的意大利南部的城市巴里。

在大型海船上，他们能看到伊奥尼亚群岛那如同巨型海龟的形状，匍匐在海岛之上。

在意大利的巴里港口上岸，通关，欧盟国家的手续并不复杂。接下来，就是欧洲腹地的旅程了。他们没有折返向北，巴尔干地区那些拥有崎岖山路的国家，也是并不安全的地带。

在意大利南部，阳光依旧是炽热的。他们在意大利的那不勒斯吃了很好的海鲜饭。雯雯很喜欢吃黑色的墨鱼饭。透过餐厅的窗户玻璃，街上人声鼓噪，似乎是那不勒斯的黑帮在挑动市民闹事。很多垃圾堆在城市的角落里，散发着臭气。垃圾之战正在发生。

在这里要当心些，章平开玩笑说，咱们在街上溜达，万一碰上当地的黑手党在枪战，就不好玩了。所幸的是并没有枪战，城市很快又平静下来了。他们连黑手党的影子都没有看到，只有那不勒斯别具风味的海风，吹拂着他们的脸。

他们进入到欧洲的南部地区。天空的云多了起来，南部欧洲的云很多变。章平告诉雯雯，云是天空的表情，也是天气的指示标志，看云能够知道会有什么天气出现。刮风、暴雨、打雷、闪电、飓风、阵雨等天气，看云就足够清楚了。

继续看云，章平对雯雯说，云彩分高云和低云。低云中间，有一种云叫马蹄涡云，不知道你见过马蹄铁没有。他说，古代的时候，马是重要的战斗工具，马蹄子是角质的，容易在奔跑和磕碰中磨损。为了让马蹄减少摩擦耗损，聪明的人类发明了马蹄铁。把一块马蹄铁钉在马掌上，马在奔跑的时候就不容易损坏马蹄。这等于给马穿了铁鞋子。

我懂了，爸爸，你看，那朵云就是马蹄涡云，对吧？

对的。你看，这朵马蹄涡云就像是一块马蹄铁，它的两端呈弧形向下垂弯，又像是一枚蚕宝宝在空中睡着了。

嗯，爸爸，马蹄涡云，是带孩子气的云。

是的，不过，有人看到它那睡眠的样子，会感到不吉利。古代的人很会看云，预测未来要发生的事情。其实，马蹄涡云形成在很大的风暴云附近，观察它，能看到风是如何让它旋转，就能预测风暴来临的方向。马蹄涡云不起眼，一闪而过，一般在一千五百米以下，飞机上升的时候能看到，开车奔走在大平原上，或者在草原上也能看到。

爸爸，你看你看，那朵马蹄涡云正在消散！它马上就不见了，这是为什么？

是的，马蹄涡云持续时间往往只有几分钟。你看，现在它就没有了。它形成的原因很简单：一股气流上升的时候，遇到水平方向的横切风一吹，就成了马蹄涡云，它一边旋转，一边消散。在超级单体风暴的跟前，这样的马蹄涡云就很容易诞生，看到它，你要记住，大雨将顷刻而至，大风将把大树连根拔起。所以，不要小瞧马蹄涡云。

嗯呢，爸爸，生活中也有马蹄涡云，要是不留心，风暴就来了。雯雯一定又想到了她的妈妈。

他们都记得林楠跳楼的那一天。那一天和往常的任何一天都没有什么不同。此前，几年的时间里，她都在吃药，吃抗抑郁、治疗抑郁症的药。那些药还是很有疗效的，让她的情绪平复多了。可是，那一天，医生开的供一段时间的药吃完了，需要到医院复诊复查，然后，医生再开一段时间的药。

章平陪着林楠去医院。负责诊治她的那个中年男大夫对她的治疗状况感到满意，复诊之后，又开了一些药。

那段时间，她已经因病在家里休息了，不能去上班开课。去年，有一次一个男生在课堂上不好好听讲，被她训斥后，师生发生了争执，那个男生爆了粗口。她当时就离开了教室，要求学校处理那个男生。但学校好像也很难处理一个学生。

她一怒之下，不再继续讲课，在家休息了。后来，家长也来交涉。认为她刁难那个学生。在中学当老师，给学生讲课不容易。校外到处都是补习班，一些老师依靠补习班获得额外收入，课堂上就不好好讲。这都是从什么时候开始的？说不出来，总之，就是某一天开始，校外的辅导变得十分必须，不参加辅导班的孩子，考试成绩上不去。

各种课外辅导班是五花八门，老师们不安心在学校里讲课，而是醉心于在各种辅导班上讲主要内容，目的就是赚钱。这导致了校内教学质量下降。何况现在的孩子们都很娇气，大部分都是独生子女，不仅骂不得，更打不得。哪个学生不听话了，你要是气不过，顺手打一下孩子，那孩子家长就会来到学校里，和学校理论个没完，最终，多是学校忍气吞声，不仅赔礼道歉，还要赔钱了事。

这些中学学校里的教学环境发生的变化，是章平体会不到的。他早就辞去了坐班的工作，变成了一个财务自由的人。他所在公司收益不菲，他总是在路上，在外面游走。家庭日常生活的安排、对雯雯培养教育的重任，都在林楠的身上。林楠的性格很隐忍，遇到什么情况都不主动说。她就是去承担，直到有一天承担不了了，然后，她飞身而下，从住家附近一幢正在施工中的高楼上，从一处没有安装玻璃的窗户飞身而下。连这个地点都是她精心选择的，为的是不要在家里跳楼，不要在闹市跳楼。在重庆繁华的朝天门商业区，发生过一个不幸事件：一个跳楼自杀的人砸到了刚巧路过那里的两个姑娘，把毫无防备、很无辜的姑娘给砸死了。你说，这是不是很倒霉呢？当然是倒霉透顶了。

林楠飞身而下，身着一袭白裙子，在灰色的水泥地上，开成了一朵红白色相间的大花。死亡的花朵，最后的定格就是这样的。

当时，章平不在她身边。他们从医院里回来，他检查她的药，发现按照处方单，有一张药单在划价的时候漏掉了，没有交款和取药。他就又去医院交款取药。

等到他再回来，她已经不在屋子里了。等了一会儿，一辆警车来了，拉他前去不远处的一个建筑工地。在出事的那幢楼下，警察的警车、医院的医护车都在，警戒线也拉着。在楼前的一片小小的空地上，他看到她躺在那里。他的脑袋就像是被撞击了一样，轰然一声巨响。现场似乎很凄凉，但并不狼藉。她的尸体很快被抬走了。第二天下了一场大雨，把什么都洗干净了。

那些天，他很木然，很崩溃。他隐约觉得林楠的抑郁状况总是要出事，这样的结果他躲避了很久很久，可这一天还是来到了。抑郁症患者自杀事件时有发生，可这一桩巨变发生在他身上，发生在他的家里，死的是他的妻子林楠，这就让他完全无法承受。他两眼被泪水模糊，干号了两声，那一刻，他真是非常无助，无所适从。

他说，雯雯，你看，那是复云。复云一般是两层云，才叫作复云，高度不一样的两层云。现在是傍晚，此时形成的复云很好看。一般在低云里的层积云比较厚，可能和层积云中正在凝聚着水滴有关系，由于风向的原因，在低云之上出现了高积云，风向不一样，能把低积云和高积云拉向不同的方向。高积云是由冰晶构成的，在高空中被风吹拂和拉扯，那看不见的手能把高积云拉扯成梳子的篦齿一样有规则。这个时候，高积云在高高的天空中形成了层次丰富的复云形状，一时间霞光万丈，无比瑰丽。这是观赏复云晚霞的最佳时机。

朝霞和晚霞是一样的，还是不一样？雯雯问。

朝霞和晚霞，都是阳光映照的结果。朝霞是早晨的太阳映照的云彩，晚霞是傍晚的太阳映照的。朝霞更鲜亮，晚霞更辉煌。云彩形成的霞光变幻多端，特别是晚霞，宛如灿烂的火焰和红宝石一样的色彩，铺陈在天际，伴随着太阳的下落，非常美丽。我喜欢晚霞。

我喜欢朝霞，就像你说的，朝霞很鲜亮。

我还喜欢复云的变化，你看，此时的复云多么壮丽和苍茫，能在人的心中唤起丰富的人生况味，对人的生命有着更多的体味。

他们看着在阔大的天空中，晚霞就像是血红的棉被，让他们联想到了林楠在水泥地上流出来的血。

妻子自杀对章平的打击非常大。他后来闭门不出，手机也关机了，过去一起在路上游走的朋友，他不再来往，还有一些自驾的组织，他也不来往了。他每天都在回忆着自己和林楠是如何度过了这20年，一天天，他们是怎么过来的日子。那些闪亮的日子，辛苦的日子，他不在家的日子，都是怎么过来的？他要一天天地复原。他整理妻子留下来的遗物。她好像喜欢记日记，但她在告别这个世界之前，把大部分日记都毁掉了。能找到的只是一些她教学用的教案。那些教案整齐、认真，笔迹规整，可以看出她是一位对教学、对学生极其认真负责的人。

雯雯对他很愤懑，认为母亲的死是他对家庭照顾不周导致的。他们不说话，就像是两个陌生人那样在一个屋子里生活。等到过了一段时间，他缓过劲儿来，他决定把所有的心思都凝聚在女儿身上。她马上要高考了，而这是她人生中最重要的一个关口，不能马虎。

那时的雯雯想要远走高飞，想的是离开她生活的城市，离开她的家，飞到更远的地方。她说要考北美的大学，开始把劲儿都用在学习英语上面，还在加强辅导班学习。为了能顺利考上北美的大学，她要和几个孩子一起去美国学习三个月，这是考试前的加强辅导。他都支持了。

为了支持雯雯的留学计划，他默默地做着准备，变卖了部分公司股权，筹措了一些钱。留学是要花大钱的。有一天，他告诉雯雯，她留学用的学费生活费，他都已经准备好了，而且，他下半辈子的希望，都在她的身上。等他老了，要和她在一起养老，不管她在哪里，嫁给了谁，反正他就是要跟着她过了，谁让她是他的女儿呢。

当时，雯雯听了他这么说，似乎有些动容。但母亲之死的阴影还盖在她的心头，阴霾还需要一些时间来缓慢地去除。

6

从意大利海滨高速公路往西北方向走，路况很不错，行车旅程似乎变得快多了。

他们来到了罗马。这座伟大的古城让人晕眩，斗兽场和古罗马的很多废墟还在那里，历经了罗马帝国的伟大和辉煌之后，数千年的光荣还在那里。

罗马的游客多极了。罗马城内的梵蒂冈游客多极了。条条大路通罗马，罗马的确是一座伟大的城市。可罗马的贼太厉害了，偷走了雯雯背着的包里的一些钱和手机。好在还有备用手机和银行卡。就当给意大利的贼留下了买路钱吧。

从罗马沿着海岸公路走，能到达比萨，去看看那座著名的比萨斜塔。很多教科书上的著名景物，雯雯这一次都看到了实物。就是感觉这些实物实景的冲击力，不如在书上看到的时候，带给她的想象那么宏伟。

绕过热那亚海湾，他们的车子向南开，来到了摩纳哥。这是一个小国，在那里，他们在蓝天下的赛车场里，观看了世界一级方程式锦标赛。摩纳哥的露天赛车场里，观众很多，都是这个季节到邻近的法国戛纳度假的，赛车场赛车那巨大的轰轰的引擎声，将海边的树木都震得发抖，把一些鸽子惊得一阵阵飞起来，绕着赛车场周边的树林在盘旋。

在这里，高空的云变幻不定，不像在希腊的时候，整日都是蔚蓝的天空，几乎没有一丝云。

章平指着空中的云说，你看，在天空中展开、像是平静的湖水中起的涟漪一样的云彩，是波状云。波状云一旦形成，就会展现出天地无限广阔的感觉。它一览无余地布满了天空。在云彩的间隙是蓝色的天际，云彩分割了天空，给天空装上了格栅和百叶窗，让天空变得安详宁静。

我又要问了，爸爸，它是怎么形成的？雯雯变得调皮了。

他笑了，波状云的形成，分为波状高积云和波状层积云，居于不同的高度。波状云中的云和风互相作用，大气中的气流扰动之下，波动的气流上升，在上升到一定高度时就冷却了，形成了冰晶云和水滴云，重力变化之后，冰晶云和水滴云都会下落，在下落的时候遇到了波动气流，就会在空中形成排列整齐的波浪状的云彩。

所以，波状云就像是波浪一样。我可以这样理解吗？

是的，波状云是因为空中气流，也就是风的切变后，使云彩产生了一浪又一浪的波动。

爸爸，那我理解，就像是海水冲刷着沙滩一样，一浪浪打过来，结果，沙滩上就能看到沙子的层次，我们也能看到一排浪后面还有一排浪，都是白色的，在向海滩冲过来。

你说得对。波状云就是看不见的大气在空中持续作用推动的结果。如同宇宙中到处都是暗物质，我们看不见暗物质，但暗物质使得所有的星球能够依靠一种引力和相互的作用力，保持宇宙的一个平衡。

嗯，大气我们也看不见，大气却是我们看见的云彩形成的决定性条件。爸爸，我现在看云也看出点门道了。我懂得云彩了。有个问题我想问你。

你问吧。

那你给我说说，你和我妈妈是怎么认识的？你们是怎么走在一起的？

我和你妈妈？很简单啊，我们都是在同一所大学就读，虽然不是一个专业，却因一个偶然的机会走在了一起。就这么谈恋爱，结婚，生下了你。

她看着父亲，说，爸爸，我也有一个秘密，我想告诉你。

你说吧，我知道你现在信任爸爸了。

章平把稳方向盘。欧洲的空气在这个季节显得有点清凉感，不需要开空调，行车过程中，他常常是把车窗打开的。可现在两个人说话，需要把车窗玻璃摇起来。

有一个男生喜欢我，他是我的同学，他喜欢我，但是我并不答应他。他很内向，就在我考上北美的大学之后，他又找到了我，向我表白。我拒绝了他，他就回家吃安眠药了。

他惊呆了：那他后来怎么样？

他没有死，爸爸。他被送往医院，洗胃之后，慢慢好了。他考上了上海的一所大学。我就不明白，他为什么要自杀，我本来就不喜欢他。我不喜欢他，他就要采取这样的方式吗？这一点对我形成了很大的压力。就像妈妈的自杀，也给我形成了很大的精神压力一样。我在想，人都为什么要自杀呢？

他说，孩子，自杀是人对抗自己的一种形式。实际上，自杀是一种自我的选择。一个个体生命，是能够决定自己的生命权的。人有时候非常脆弱，承受不了，就会自杀。死了，就以为摆脱了他们自身的烦恼和处境，但给周围的人留下的却是永久的伤痛。因此，我反对自杀。

我现在多少懂得你和母亲的关系了。

是的，你妈妈最大的优点，就是她从不抱怨，凡事都是自己扛着。她从不说自己累，她却是最累心、累力的人。

我像妈妈还是像你？

你像我更多一些。你看你，总是想着去更远的地方，你成功了。这一次，我要陪伴你走过这世间、这个地球上最长的路。后面的路，就靠你自己走了。老爸后面的路，也要我自己去走。

你会忘记我妈妈吗？你会再组建一个家庭吗？她问。

我当然不会忘记你的妈妈。我和她从恋爱到结婚，一起度过了二十多年的岁月，怎么可能忘记。我会不会再组建一个家庭？这也要看缘分。人不能过于孤独，人太孤单是不行的。所以，我可能会再婚，也可能一个人孤独终生。我说过你今后得管我，等我老了。我还有你这么一个女儿，我就不孤独了。

从摩纳哥到法国尼斯的路途很近，简直是一步之遥，他们就进入法国了。在尼斯这座海滨城市里，有很多法国大艺术家的故居，特别是一些印象派的大师们居住的地方，能够看到他们的原作。他们画笔下那浓烈的颜色展现在一幅幅原作上，诞生在法国南部阳光强烈之处，这让艺术感觉很好的雯雯感到了新鲜。

算起来，他们对自己已经走过那么远的路，如今到达法国南部感到很骄傲，也开始显得轻松了。因为最难走的长路、最危险的地带，他们已经轻松走过。

父女两个人在尼斯海边散步，雯雯挽着章平的胳膊，感到很开心。从莫斯科一路过来，乌克兰、罗马尼亚、保加利亚、土耳其，希腊、意大利、梵蒂冈、摩纳哥、法国，后面的路很好走，好像车子没有怎么开太久，就进入一个国家，继续前行，走一天，又来到另一个国家。

“欧洲一个个国家的感觉，就像是穿越我们的一个个省份一样。”雯雯感叹道。

“所以，秦代和汉代我们就完成的事情，欧洲以欧盟的方式才完成。这是一个学者说的。”

看到壮阔的阿尔卑斯山，他们感到了欣喜和惊叹。进入到法国境内，从普罗旺斯地区向北，前往瑞士。他们翻越着欧洲最有名的一座山，阿尔卑斯山，一些较高的山峰终年积雪，是欧洲的滑雪胜地。他们的车子在阿尔卑斯山间穿插着，向着欧洲北部进发。

阿尔卑斯山虽然海拔不算高，但逶迤连绵，山体簇拥着在大地上隆起，成为欧洲中部最重要的地理景观。白雪皑皑的远处的高峰，似乎成为了一个象征，象征着欧洲文明本身的高度。他们的车子穿行在阿尔卑斯山周边的道路上，时而雾气弥漫，微风将白雾漫卷过来，蜿蜒盘绕的道路让他们心醉神迷。

在瑞士休整两天后，父女俩去了德国、比利时等国，在这些路上的时间里，在这些陌生的国家里，他们没有遇到什么危险。父女俩的关系越来越亲密了。

“我似乎懂了你为什么要在路上了。爸爸。”

“你懂得了什么?”

“在路上的感觉。就像你说的，人生就是一种在路上，就是一个过程，一个时间的、旅途的过程。我们在路上看到的风景，都不会再重现，走过去就看过了，或者错过了。当然还有回忆。可人生的意义就在这里，你走过了，看见了。看不见是一回事。你那些年，不管我妈，不顾家，当然你挣钱养家，一年中有半年都跑出去。妈妈什么都不说，因为你喜欢这样。她爱你是因为你喜欢做你自己的事。我知道后来她越来越不能承受教学重担了，但有责任在她心里。她的责任心非常重。所以，她最终被自己压垮了。我永远都爱妈妈。”

他的眼眶湿润了。“你妈妈就是这样一个人，她总是把所有的东西都在自己的内心里消化。她很少抱怨过我。”

“有时候，她比你看着要强大，可越是这样的人，就越容易崩溃。结果她就崩溃了。”

“我确实没有想到，抑郁症对一个人的影响这么大。一会儿没有看住，她就这么跳下去了。”

“这可能也受到了邻居那个单元一户人家的影响。那个单元的十七层，有一个男人，在几个月前，因为金融诈骗受骗上当，没法还债，也跳下去了，还砸坏了一辆在楼下停着的汽车。人的生命为什么这么脆弱，爸爸?”

“人也可以坚强。人是很脆弱，人也有很多活路。所以人要寻找意义，必须确定生命的意义，人就能活下去。就像我现在，就像我们在路上，我们找到了一些意义。”

“我是看到了无尽的风景，人，城市，那么多的城市，地球上不同的人，肤色、语言、习俗、地理环境，都不一样，可人们依旧在寻找着属于自己的意义。”

阿尔卑斯山间是看云的绝佳场所。他们看到了更多的云，风和山脉走向与高度形成了互动，会生成很多种云彩。对于一些爬山的人来说，看云是预测天气的基本技巧。和山有关的两种云，一种云叫作山帽云。

山帽云，那就是山顶戴上帽子的云。雯雯说。

对呢，你很会联想。山帽云就是山的一顶帽子，它盘踞在山的头顶，把山峰的脑袋完全覆盖住，就像是一顶绒线帽那样缓慢地旋转。如果在早晨和傍晚看到山帽云，你会感觉这顶帽子还是彩色的，就更喜欢了。山帽云远看很美丽，在它下面的人一般会遭殃，因为山帽云会带来瞬间的降水和降雪。

山帽云是怎么形成的?

山帽云的形成，和一座山的海拔高度有密切的关系。当上升气流沿着山坡逐渐爬升，越过一座山峰的头顶，这时忽然遇到了冷空气，就凝结为山帽云了。山帽云也有大有小，小的山帽云像是号码很小的帽子，对于大山来说很局促，山顶的一部分会在山帽云的下面露出来，也很滑稽。大的又像是某种奇怪的冠冕。还有双层的山帽云，这样就把山峰点缀得萌萌哒了。

那么，爸爸，另一种和山有关的云，是什么云?

你看，那里就有，阿尔卑斯山的云，这种云叫作旗云。旗云，顾名思义，就是像旗帜的云，旗云肯定是要飘向一个方向。旗云可能是一阵风把山帽云吹开之后，剩下的一部分，与山峰连接着形成了旗云。

雯雯观察着那朵旗云。是的，爸爸，旗云也像是山峰的头发被风吹起来的样子。

你说得对。旗云的形成还有另外一个原因。由于猛烈的风把云向一个方向吹，这个时候山体一侧的气压会迅速下降，就使空气开始凝结，形成冰晶和水滴，就变成了旗云，飘扬在山峰的一侧。

看到这样的云，我就会萌生登山的渴望。可我们是在走过路过，只能看过了。雯雯有点小遗憾地舒了口气，爸爸，你喜欢自驾，我喜欢攀登。以后我想登上美洲最高的山峰。只要是登上山巅，看到的景色自然不同，人的肺活量也不一样，体能得到了增长，并且，心境也会更加开阔。这是登山之妙，是我向往的。

他说，雯雯，你的路还长着呢。等你到北美上学，假期里，你可以去探索那些高山、峡谷、国家地质公园，地球的表面有着很复杂的地质构造和景观。属于你的世界才徐徐展开，爸爸不过是你去面对那个世界的帮手，后面的路，要你自己去走了。

7

他们一边识别云彩，一边穿越了阿尔卑斯山，沿着高速公路在德国境内向北行走。这路上的路途是这么遥远，似乎十分艰难，可由于有各种云彩的陪伴，又这么的顺利。望云而行，这一路上就成了云的旅程。

雯雯惊奇于德国高速公路路况之好，以及德国司机开车的速度之快。常常能看到一些老头老太太开着敞篷车，从他们身边一下子就掠过了，时速至少在170公里。原来，德国高速很多路段不限速。

几十天的旅途，雯雯的心境变得更加开阔了。晚上，他们就找一家汽车旅馆，她的英文好，派上了用场。英语作为全世界的通用语，即使在古老而傲慢的欧洲也很管用。

后面的路似乎越走越快了。有一天晚上，在比利时首都安特卫普郊区，那是一家很不起眼的旅馆，他们坐在屋顶酒吧花园里，喝着啤酒和饮料，看着璀璨的星空。她很惊奇自己置身在这样的星空下，就像是看到了梵高笔下那旋转的星空。跟着爸爸跑了这么远的路，是用汽车轱辘一公里一公里丈量过来的。

在这一路上，他们的车胎爆了好几次，是章平用千斤顶把车子顶起来，她在一边帮助，拿出备胎换上。他们的汽车性能很好。父亲带有备用汽油，车子上有水，压缩干粮。还有看似不是利器的利器。

很多年来如果不出门，在家修整，等待再次上路，章平都要在健身房进行格斗训练。章平的身上起码藏着五六种防身的用具，即使你控制住他，只要稍微不注意，他就能摆脱困境，反而置你于死地。比如，在海关不会被没收的瑞士小军刀，一个海关的人拿出来看了半天，还把小刀弹出来，发现只有指甲盖那么长。但就是指甲盖这么长的匕首，父亲可以用来划开一个凶徒的颈动脉。他还备有强力胡椒喷雾器给她使用，他还有一种韧性非常好的尼龙绳，能勒断一个人的脖子。

白天，他们行走，日落的时候，必然会到达一个安全的地方。这就是父亲高明的地方，他能在路上辨别出危险会来自哪里，尽量避开危险，他们就没有遇到什么危险。

在路上，越走她就越感到安全。有父亲的陪伴，这一路走过来，她能够感觉到，这世上的亲人，最亲的人，现在就是父亲了。这是她此行得到的一个答案。

父亲考虑问题很仔细，这么远的路，这么长的时间，从杭州出发，一路上走啊走，走啊走，快的时候很快，慢的时候很慢。等到他们的车子靠近法国北部海岸的时候，几乎能够看得到对岸的英伦大岛了，她感觉到这一路太神奇了。

她还记得在路上遇到的那一次险情，那次暴风雨来临，还有龙卷风，他们的车子在暴风雨中就像是一枚小纸片一样剧烈飘摇。如果龙卷风从汽车边掠过，车子就会被卷到天上去。她记得，在龙卷风过后，车子走过去，能看到所经之处一片狼藉。房屋屋顶被掀翻、草棚被吹散，树木连根被拔起，奶牛被刮到了天上去，又掉下来摔死了。到处都是动物的尸体。躲风雨的人们从地窖里纷纷爬出来，就像是劫后余生的人。

可暴风雨过去了，最美的彩虹出现在他们的前方上空。她明白了，实际上，在她的整个成长的过程中，虽然父亲常常不在身边，但父亲对她的守望和守护，也一直在那里，就像是那一道彩虹。

章平带着女儿雯雯一路行走，对于他来说，女儿是他在这个世界上的最大的希望，他要守护这希望，把女儿送到另外一个出发的地方，犹如守护住弱小但强烈的火苗。

因此，这漫长的路，就是希望之路。

在法国北部海岸港口城市加来，章平将车子通过海运托运到英国。

在加来海峡，英国名为多佛尔海峡的海面上，能够看到大量的海鸟。无尽的风景在眼前走过，车子也将运到英国境内。然后，他们乘坐英吉利海峡隧道火车进入英国。本来他们还要在英国驱车转一转，看看大不列颠的风貌。可学校里希望学生在入学之后，能够尽快跟上课程，要办英语加强班，需要尽早到校。

这年的8月初，父女俩抵达英国海港城市南安普顿，在那里办理了车辆托运到美国的手续，然后飞到美国。

英国是一个大岛，有二十多万平方公里，在夏季天气也显得清凉湿冷。空气里似乎有冰晶，让他们在旅行中，一路向北，不断在增添衣服。

最要紧的是，他们之间的冰疙瘩融化了。他们现在也不再把谈论林楠的死作为一个禁忌了。在雯雯的心中，妈妈的死带来的对父亲的怨恨，也逐渐消弭了。这一路上，雯雯确切地感受到了他对她妈妈的爱和愧疚。这一路上她都能感受到。

他们俩一路上都在回忆林楠，回忆他们一家三口在一起的美好时光。那么多年来，他们生活中的某一天，某个细节，某个笑话，某些个瞬间。他们俩尽情地回忆林楠，仿佛在谈论一个还活着的人。她从来都没有死去，没有得抑郁症，没有从楼上跳下去。

他们俩在谈论林楠的时候，就好像她也能听到一样。而林楠仿佛也和他们在一起，在路上奔走着一样，守护着他们俩。他们不是两个人在大地上奔走，而是三个人。

是的，是三个人在一起奔走，在望云而行。

在英国，他们从港口再把他们那辆功勋汽车通过海运托运到美国，然后，章平还打算开车在美国的大地上驰骋一番，要让雯雯感受一下北美的大陆气质。

如果你很累，咱们在美国就不开车了，坐飞机也可以的。雯雯说。

好呢，我们在伦敦好好休整一下。

直到半个月之后，他们才收到美国海运公司发来的邮件，通知章平到美国纽瓦克港提车。他们就从英国出发，飞越了大西洋，来到了美国，然后去纽瓦克港提取那辆任劳任怨的车。

他们从芝加哥出发，走66号公路横穿美国，到达洛杉矶，然后走1号公路，一路往北抵达西雅图，全程大约五千公里。

章平开车行走在美国1号国家公路上，感到很豪迈。这条公路的气质，和俄罗斯西伯利亚边疆公路的气质不一样。广阔的北美大地上人烟不多，每一座大城市都有着一个商务中心建筑群，然后就是扩展开来，就像是涟漪一样，郊区都是居民单体或联体的别墅和低密度住宅。

这一路，他和雯雯感受最深的，就是地球上那一段段漫漫的长路，将他们带到未知的风景前。特别是三个国家的大路，都有着朝天的气概，有着丰富的景观。首先是中国的道路，顺畅、便捷，从杭州一路抵达北京，又从北京到达满洲里，这是纵横四野、四通八达的中国东部高速公路网，是改革开放让道路网编织成功，使他们体会到了中国道路的生机勃勃。

第二个国家的大路，也令他们感到震撼，那就是从满洲里入境之后一路到达莫斯科的、长长的俄罗斯西伯利亚边疆公路。但俄罗斯的边疆城市和他们的建筑一样，似乎被封存在一个时间的容器里，停留在几十年前很难走出来。只有稍许的变化在新建筑身上有所体现。这说明，俄罗斯遇到了他们自己的问题，在时间深处摸索着、徘徊着。

欧洲那些大大小小的国家，对于他们来说，很像是在中国穿越着一个个的省份带来的感觉。风俗的变化，地理、语言、气候、风物的变化，很细碎、很丰富。进入欧洲之后，道路更加弯曲，崎岖，狭窄。

算起来，德国的高速公路最棒，意大利的很糟糕。法国的一般，瑞士的山道最弯曲了。美国的1号公路，宽阔、漫长，大国的气质也显现在道路上。可这条道路的养护比较粗疏，就像是美国人的性格那样，大大咧咧，宽阔而粗豪。

9月10日，章平和章雯雯父女俩到达美东大学。美国的报纸和电台都曾报道了他们的“疯狂旅程”，美东大学还想为他们举办一场特别的欢迎仪式，不过，被章平婉拒了。

章平说：“这次旅行，是我女儿上大学前的第一堂大课，当女儿用脚步去丈量这个世界，当她与不同肤色的人面对面交流时，这个世界在她的面前就不再是枯燥的文字，这些经历和见闻，将使她受益终身。因为，她一路上不是在游览，而是获得了真正的成长。”

雯雯要开学了，他也要回中国了。那一天，他把女儿喊过来：“雯雯你来，我给你点东西。”

雯雯来到他身边，他拿出了一个锦囊，里面还有一个透明的塑料袋，“这里面有我保存的你妈妈的一缕头发。是我们在学校上学的时候，她给我的定情物。你就要在这里上学了，希望你妈妈陪着你。她人已经不在了，可她还在你和我的心里，在这缕头发里，对不对？”

雯雯拿过来，握在手心里，她感到很激动，也很难过。她又有些振奋，觉得这一切都是那么好，她的人生在开始。经过了这么长时间的旅程，她长大了，懂得了很多事，也能够面对很多事了。

“好了，现在，你去吧。”他忽然老泪纵横，有些哽咽。安顿好了女儿的入学事宜，他就要回去了。

女儿和他拥抱，她已经十八岁了，她长大了。后面的路她能自己走，她早就学会了飞翔。她的眼圈红了。她知道这一刻之后，就是告别，女儿终将离父亲而去，去建立自己的生活。

生命的价值就在这里，一代又一代，去建立自己的生活，带着记忆、带着基因，活下去。人也必须要承受你必须承受的、应该承受的，和不得不承受的东西。这就是人，这就是我们活在世界上要面对的永恒的境遇。

雯雯已经懂得这些了，这很好。他知道了。

他把开到学校里的车子留给了她，他要去机场坐飞机回国。

“你去学校吧。你也不要送我，我最腻烦的就是去机场送行了，我把你送到这里了，我的任务完成了。”

“爸爸，爸爸——”雯雯的喉头有些哽咽，她想说很多话，但都不用说了，他都知道，她也知道。

他指了指空中：“你看那朵云，那是最美的积云。你记得要学会看云。人一出门，就要低头看路，抬头看云。”

现在，他们一起抬头看云。是的，在空中，可以看到一朵朵的云，如同棉花团一样安稳。那是积云，悬浮在一千五百米的高空，点缀着蔚蓝的天空，显得安详、平和、温暖。

等到她再去看父亲，章平已经转身离去了。在很远的地方，他转身，向她招手告别——她自己的世界，她即将去打开。

白色的积云，在空中缓缓飘过。

2020年5月3日一稿

2020年9月6日再改

唯有大海不悲伤

就是那一阵突如其来的水流把孩子带走的。就是那一股你在海水里根本看不见的水，突然就出现了。那是透明的水中之水，狂暴而蛮横，居心叵测，仿佛有着预谋，带着强大的力量，这水流来了，一下子就把儿子往深海里带去了。

是的，就是那么一个瞬间，人就不见了。就是那样的。

后来，有懂得海水脾性的人告诉他，那种水流叫作直流。是近岸非常凶猛的漩流，往往会对在海边浅水区里游泳的人发动突袭。这直流隐蔽、迅捷、粗犷，从深海里像是一条水蟒一样游过来，把近岸游泳的人捕获，然后猛地一下卷走，又像一条水里的鞭子一样，裹着猎物，就直接回到深海里去了。

那一刻，胡石磊也感觉到那股直流冲击到了他的身上。是一股水的蛮力，他看不见它，因为那是水中透明的野兽，把他狠狠地打了一下，他猛地呛了一口水。感觉到不妙了。

是的，就在那一刻，强力的回流水流，将人带向海水的深深处。他听见儿子叫了他一声，也许这是他的幻觉，事后他是这么回忆的。但没有人注意到这一点。巴厘岛的这片海域表面看着很平静，可暗流汹涌，暗礁密布，海况很复杂。当时海边有很多人，就只有他带着儿子往海里游了五十米。就五十米远，当一些人察觉不对劲儿，开始往岸上快速游动的时候，直流已经来了，接着，又走了。

就是这样的。等到他发现孩子不见了，已经是几分钟之后的事情了。“冬冬，冬冬！”他大叫着，在水里寻找。

巴厘岛海滨度假区的救生员赶紧唤来了快艇，艇上还有潜水员和救生设备，立即前去寻找孩子的踪迹。找了好几个小时，也没有发现什么。

到了第二天，他们继续寻找，还是没有结果。当地的一个华裔搜救员告诉他：“去年，也是在这里，一个穿婚纱拍照的中国女人，她的婚纱被水打湿了，很重，跑不动，结果就被大浪给卷走了。好在后来在几海里外的珊瑚礁那里找到了她，找到的时候，人已经死了。真可惜，她是来这里举行婚礼的啊。”

胡石磊一听他这么说，更着急了。儿子，你在哪里？我活要见人，死要见尸！可是，一连找了七天，孩子还是无影无踪，在大海里失踪了。那片海域后来大浪滔滔，他每天面对着大海，欲哭无泪。他十岁的儿子冬冬就这么被大海带走了。

不用再描述这悲伤的时刻了。本来，他们一家三口是高高兴兴到巴厘岛游玩的，一家人都很开心，可忽然之间，胡石磊和汪雁就坠入了深渊。

作为父亲，胡石磊非常内疚、悔恨和悲伤。孩子的死和他有没有关系？当然有，因为就在他的身边，孩子不见了，被死亡直流带走了。而他的水性还那么好。

“你为什么不看好孩子，为什么不看他？为什么，你不抓住他，为什么你——”几天下来，妻子汪雁的眼神已经痴呆呆了，她迷离而愤怒地看着丈夫，她声音嘶哑了。孩子无影无踪，让她崩溃，让她也一同坠入到了黑暗里。

“为什么？为什么——你——”汪雁嘶哑了，她哭了，她无法再说话了。

他看着她的眼神，忽然读到了一种令他不寒而栗的东西。那就是，她的眼神到后来似乎在说：为什么海水带走的，不是你，而是儿子？为什么不是你！

胡石磊这一刻对妻子有了一种恐惧感。女人的那种歇斯底里，最终将导致所有牢固的东西都崩溃。尤其是，汪雁现在还怀着他们的二胎——已经三个多月了。她正准备再生一个孩子，他们的宝宝正在她的肚子里孕育着，可是现在，失去了大儿子，胡石磊有一种不祥的感觉——蛋打了，鸡也会飞了。不过，天无绝人之路，我不会这么悲剧吧？不会吧？他欲哭无泪。

会的，命运在戏弄一个人的时候，往往是下狠手，不是一招置敌于死地，就是接连打击到让你毫无还手之力。这就是命运的真相。好的时候一切都是风平浪静的，坏的时候，就是那一股海洋直流—— 一下子就把你带到海水的深深处，让你在暗黑的地方窒息。

痛啊！痛，痛，痛！那种失去骨肉的痛感，在他和她的心里弥漫。失去了长子，二孩政策才出来就抓紧怀孕的汪雁精神恍惚，深度抑郁袭来，情绪波动大，不久，肚子里的胎儿就流产了。

这样的变化会导致更多的连锁变化。胎儿流产之后，她要求分居。又过了一段时间，她提出来和他离婚。一股生活中的直流就这样也出现了，一下带走了所有的风平浪静，让胡石磊陷入到绝境里。然后，汪雁离开了他，胡石磊变成了一个人。

他成了孤家寡人，孤苦伶仃地在大地上行走，在海边安静地站着。凝视着大海，他在想，那股直流，到底是怎么回事？怎么一下就把我的生活彻底摧毁了呢？站在大海边上，看着波涛一道道地涌过来，带着喧响和白色的浪花，碎裂在他的脚下，他想，自己的水性这么好，又从小生长在海边，儿子冬冬却被海水带走了。

大海啊，你让万物充满了生机，让世界不断生长，可你又以暗黑的力量造就了死亡。你让我的儿子还没怎么展开他的生命旅程，就死在了你的怀抱里，你让我掉进了悲伤的深海！他泪流满面，悲愤满怀。

谁说的唯有大海不悲伤？大海最会制造悲伤了，对不对？

到了第二年的春天，那件事情虽然已经过去大半年了，可胡石磊的状态始终是消沉的。屋子里到处都是酒瓶子、烟蒂，以及混乱不堪的衣服和随意堆放的杂物。公司的事让别人在打理，他不知道自己是怎么过来的。

汪雁离开他以后，辞职去了别的城市，换了电话号码，换了工作，远远地离开了他。她的性格本来就是柔弱的，很容易悲戚，她没有办法再接受他了。他理解她——远离他，就是远离他们无法摆脱的痛苦记忆，那是一块压着他们的沉重的巨石。两个人相爱相处了十多年，现在，则天各一方了。

他宽慰地想，她离开他是对的，要不然两个人怎么互相面对？接连失去了两个孩子——儿子和腹中胎儿，他和她的纽带就彻底断了。

胡石磊瘦了十几斤。痛啊！痛啊！胸口的巨石无法搬走，内心的抑郁像毒药一样熏染着他的思维。他常常呆坐着，看着电视。所有频道的节目都无法触动他。他觉得那些古装、情感、悬疑、枪战、科幻、恐怖片，都很傻很可笑。电视上，所有的娱乐节目、相亲节目、益智节目、竞赛节目、体育节目、相声小品节目，都不能让他笑出来了。

然后，他看到了一部纪录片。这是一部关于大海的纪录片，大海是这部片子的主角。是的，是大海，那让胡石磊又恨又爱、想拥抱又拒斥的大海。大海！你还我的儿子，你击碎了我的生活，我拿什么来面对你？

但这部纪录片渐渐吸引了他。他追着这个系列片看，一集又一集。某个片段，讲的是在一片海底的珊瑚礁边是大洋洋流的汇聚之处，有一群革鳞鲀要产卵。革鳞鲀这种海鱼，从美国南部的佛罗里达外海一直到加勒比海的群岛，比如古巴和海地，再往南，一直到巴西东面的西太平洋地区，都有着广泛的分布。它体长可以达到一米，长得有点呆萌，胸鳍、背鳍和尾鳍就像是刺猬的刺那样支棱着，黑白相间，地包天的嘴巴显得笨拙憨厚，褐色的身体上都是白色的斑点。大批革鳞鲀聚集在海底一片珊瑚礁边，雄性的、雌性的都有，在默默等待一个仪式。而在这片海水的中上方，浮动着一些黑色的阴影——来了很多鲨鱼。它们似乎在等待着什么。

胡石磊睁大了眼睛，观察着接下来的情节。海底世界被水下摄影师拍得那么清晰：美丽的珊瑚礁，飘摇的水草，发亮的水流，还有革鳞鲀的尾鳍、胸鳍摆动的漂亮姿势。是的，革鳞鲀是在等待着一个机会。它们耐心地等着，来回慢吞吞地游弋着，一点都不着急。雄性革鳞鲀靠近一条条雌性革鳞鲀，互相盘旋，微微摆动，在跳着求爱的舞蹈。雌性革鳞鲀比较娇小，它们在雄性革鳞鲀的追求下游动，纷纷做着某种呼应。忽然，一条雌性革鳞鲀猛地上浮，就像一支箭一样蹿了上去，排出了一股白色的鱼卵。接着，雄性革鳞鲀也猛地上浮，排出了一股精子，给那些卵子授精。繁殖仪式开始了，刹那之间，海水里安静的画面立即变得鲜活了，一条条雌性的革鳞鲀射箭般上浮排卵，一条条雄性的革鳞鲀追随着上浮去授精。伴随着它们的上浮，那些早就埋伏在一边的黑鲨，斜刺里冲过来袭击排卵授精的革鳞鲀，一嘴一条，迅疾地撕碎了这群刚刚还在产卵授精的革鳞鲀。

胡石磊的眼睛睁得更大了。大战开始了！为了下一代，排卵啊！授精啊！革鳞鲐，加油啊！为了生存下去，黑鲨们，袭击啊！拦截啊！厮杀啊！这一场生死较量和繁衍下一代的战斗，在电视画面上持续了很久。雌性革鳞鲐的卵子和雄性革鳞鲐的精子很快让海水变得黏稠了，白花花一片，而黑鲨的袭击和捕猎又让革鳞鲐的血液染黑了这一片半透明的海水。从海底往上看，到处都是一片混沌，就犹如最初的天地开创，而此时此刻，诞生和繁衍，生存和死亡，在大海里显得那么真实、残酷，而又天然地具有合理性和一种生命逻辑。

胡石磊站了起来。他觉得自己其实不懂得大海，也不了解大海里的那些动物，那些陌生的鱼。可能冬冬已经变成了这样的一条鱼，正在深海里游走着。他必须要去会会那些深海里的鱼。他和儿子的灵魂，也要在大海重新相遇。

后来胡石磊通过网络，认识了一批喜欢潜水的朋友，他们都参加了一个由世界各地的潜水爱好者组成的自由潜水组织。其中，有个叫大卫·霍克尼的美国南加州人，成为了他接下来几年里的潜水好友。大卫·霍克尼在世界各地潜水已经有十多年了。在网上胡石磊发现，原来喜欢潜水的有这么多很专业的人。

胡石磊让朋友帮忙，购置了所有的潜水装备。这些装备并不复杂，有长短脚蹼、潜水衣、面镜和呼吸管，能让他潜入到几十米深的海水里，去和那里的动物互动。在几十米深的海水里，能够看到海里的那么多动物，这是多么美好的一件事！多么令人愉快和兴奋！他阴沉的内心里渐渐燃烧起了一簇火星，这是一点点的希望。在大海的深处，去和儿子的面影相遇，一点点地将内心的悲伤祛除。你只有先医治你自己，才可能去面对整个世界的明丽。

在朋友们的帮助下，胡石磊很快学会了自由潜水。他水性本来就好，这对他一点儿都不难。自由潜水，指的是不靠氧气瓶和水肺一类的辅助潜水设施，而是靠一口气——是的，就靠人的一口气，把肺里的氧气充满，然后一猛子扎下去，直接向大海的内部潜泳，一直扎下去，在瞬间变化的水压的影响之下，调整耳朵受压的感受，平衡生理反应和内心的波动，在一吸一呼之间，去靠近那些自由摇曳的海生物。一般能在水下待三五分钟，然后，再上浮。

自由潜水分为绳潜、无脚蹼潜水和戴脚蹼潜水三种。绳潜，顾名思义就是顺着绳子往下潜，不戴脚蹼潜水和戴脚蹼潜水的感觉也不一样。而戴着氧气瓶或者水肺潜水，固然能让人在水中多待一会儿，但会冒出很多气泡，这些泡泡在上升的过程中明明灭灭，会发出爆响，就像爆米花在毕剥炸响。海鱼听着声音很大，它们会非常惊恐，就会远离你，你就无法接触到它们。

到了夏天，胡石磊已经做了很多的练习，也做了充分的准备。他飞到了美国加州的海滨，和大卫·霍克尼会面。

大卫·霍克尼是一个高个子的小伙子，三十岁出头，在网上他们已经交流了几个月了。大卫·霍克尼知道他的故事：儿子被淹死、胎儿流产、妻子离开，他的公司交给了助手打理……一切糟糕透顶，然后，开始了学习潜水。每个伤心的人，都有自己的伤心故事。这没有什么，他告诉胡石磊，在一次争吵中，他父亲开枪打死母亲，然后自杀。父母双亡那一年，他才七岁。

“我是我姑姑带大的。我是个孤儿，从小就觉得我应该到大海里，变成一条鱼。这陆地上人的生活不适合我。我很理解你现在的心情——喜欢大海里的那些鱼，可能你儿子藏身其间，你想接触到它们，对不对?”

“是的，大卫。我就想去了解大海里的那些鱼。”

“那么，你来吧！我们一起去太平洋的几个潜水点，好好地和大海约会。”

环绕着整个太平洋潜水？这太吸引人了。胡石磊兴奋了。他展开地图，看到了在中国和美国，还有澳大利亚和南太平洋的小岛国之间，有那么大的一片海域，这就是整个太平洋。在这个广袤的大洋上，从中国、日本到菲律宾、印度尼西亚，再到澳大利亚、斐济、汤加、库克群岛，还有南极的北面，一大片的海域里，有着星星点点的、被自由潜水组织标明的最佳潜水点。这些地方，他都想去探寻。

胡石磊的眼眶有些湿润，他知道，自己寻找的一种新生活，就要开始了。

儿子，我来了。他想着，然后深深地吸一口气，憋住，往海水下面扎，摆动着脚蹼，就像一条漂亮的大鱼摆动尾鳍。大海是透明的，海水的蓝色是假象，那是对天空的映射。浅海里什么都很清晰，阳光照射着多彩斑斓的珊瑚礁，黄海葵那么鲜艳，隐藏在珊瑚礁洞穴里的海鳗像一条阴险的蛇那样伸出了脑袋，龇着牙，一伸一缩地看着他。

他继续下潜，沿着这片海域的浅坡下潜，进入到更深的海域。他见到了鲸鱼。是的，大海里最大的动物，鲸鱼，就在眼前。那是好几头抹香鲸，不知道从哪里来的，缓慢地在水中浮动。他惊呆了，这是他第一次这么近看见鲸鱼。是的，抹香鲸就像潜水艇一样游过来，还有一头小抹香鲸，紧紧地依靠在妈妈的白色肚皮下面，在母亲身体一侧安全地游动。

抹香鲸出现在这片海域，是因为这里有它喜欢的食物。每年，从阿拉斯加过来的洋流沿着西海岸流动，会带来大量的浮游生物和小鱼小虾，比如磷虾，闪光的、非常密集的磷虾，是抹香鲸的最爱。这个时候，抹香鲸只需张开大嘴，把有着各类浮游生物、小鱼小虾的海水全部吞进去，然后从鲸须的位置将海水过滤出来，这一吞一吐之间，浮游生物和小鱼小虾就都在它的肚子里了。

眼下，这么大的鲸鱼，在胡石磊的眼前游过。“不要怕，看到抹香鲸，你慢慢地游过去，保持和它一个节奏，让它感觉不到你有威胁，让它觉得你就是一条鱼而已。它是很温和的动物，对你这样一条人鱼没有兴趣。你既构不成威胁，也没有什么吃的价值，这样你就能靠近它。所以，你的动作一定要慢，要温柔。对待鲸鱼，你的缓慢是最好的态度，让它感受到友善。你就这么靠近鲸鱼，瞅准机会，用手去摸摸它，试着和它交流。它一定会很喜欢你的触摸。它的皮肤和人类孩童一样，都喜欢被触摸。”下水之前，大卫·霍克尼曾经叮嘱他。

他受到了鼓励。这一次，他的内心燃烧起了火焰，这是从灰暗到鲜红的火焰的过程，他产生了和鲸鱼交流的愿望。和一条大鲸鱼交流，是的，就是这样的。他缓慢地，和大鲸鱼一个节奏在游动，他看到抹香鲸的身体就像一座小山，把附近海域的光线都挡住了。

抹香鲸很奇特，它有一颗大脑袋，几乎占了它身体的一半，这个大脑袋不知在想啥？那条小鲸鱼羞涩而紧张地游到了鲸鱼妈妈的另一侧，也许是为了躲开胡石磊的观察和贴近。看到了那条小鲸，胡石磊的内心一紧，他从它的身上看到了儿子冬冬的影子，心里难过了。

这一刻是那么奇妙，他和抹香鲸伴游，和它越靠越近，然后，他伸出了手，摸到了它的腹部。大鲸腹部的皮肤很粗糙，疙里疙瘩的，寄生了一些藤壶。鲸鱼的皮肤是凉的，似乎比人的体温低。这头抹香鲸的侧鳍和尾鳍都很巨大，尤其是身体一侧的鱼鳍。胡石磊跟在抹香鲸的右后侧缓慢地游着，一口气用完了，他就上浮到水面，再吸一口气，继续下潜。

他太喜欢这对鲸鱼母子了。靠近了才发现，抹香鲸是人类非常喜欢的温顺的海洋动物。鲸鱼是哺乳类动物，海洋里最大的鱼是鲸鲨，鲸鲨是用鳃来呼吸的。

忽然，那头小鲸似乎对胡石磊产生了兴趣，从母亲的身上游过来，要和他打个招呼。它好奇地在他的身边转了一个圈，用它那清澈的眼睛看他，发出了清脆而好听的声音。然后，它仿佛是引路一般，在他的前面缓慢地游着。

看到此情此景，胡石磊又想起了他的儿子，冬冬在海里游泳的时候也是这样的，也喜欢游在他的前面，我的儿子！冬冬！他的眼前出现了幻影，他似乎又看到了冬冬。他的喉头哽咽了一下，面镜模糊了，这在水里是十分危险的，必须控制住情绪。

他看到，抹香鲸母亲在不远处安静地看着他和小鲸鱼玩耍，很安详宁静，也很警惕。它要是想攻击他，那是不费吹灰之力的。就是这头小鲸也比他大很多。它的年龄不到一岁，但已经有三四米长了。它肯定每天都要吃母鲸的奶。他又伸出手，摸到了小鲸身体一侧的皮肤。啊，那种感觉怪怪的。是的，它的体温不高，凉凉的，坑坑洼洼的，但有一种油脂般的光滑感，像是滑石粉或者泥子以及胶水混合在一起，涂抹在它身上一样。他的手摸在它身上，它一定也很舒服，它翻了一个身儿，似乎是想和他继续亲近。他发现有一小群丑鱼，在它腹部帮助清理寄生的微生物。

它能感觉到胡石磊在摸它。它不能确定这有没有威胁。等到小鲸鱼不想和他玩儿了，就奔向了母鲸。大鲸鱼挥动了一下鱼鳍，一下子把水流搅动开了，看不见的水流裹过来，让他感受到一股巨大的冲击力，他被水流推开了。

大鲸向旁边优雅从容地漂移过去，用它巨大的鳍和尾巴扇动水流，带着小鲸鱼，渐渐消失在海水里，看不见了。

他的心里有点空落，就像看到了冬冬，可冬冬又再度远离了他。

完成了这次美妙的自由潜水，胡石磊感到自己就像一条海鱼了。他想，假如人是从海水中来的，那么，自由潜水就是人复归大海。大海也将重新接纳我，大海是人类的母亲，这个母亲不会讨厌人的返回的。尤其是，胡石磊想，我的儿子也在大海母亲的怀抱里了。

“我的纪录是自由潜水一百一十米。”大卫·霍克尼告诉他，“在这个潜水深度，能够看到掠食类的大白鲨。不过，我们去的加州海域里，鲨鱼个头都比较小，一般不袭击人类。”

“真厉害，你的肺活量可够大。那自由潜水的世界纪录是多少？”胡石磊问他。在加州海滨的一家海鲜餐厅里，他们一边吃着龙虾和红鲍，一边聊着天。

“绳潜的纪录是一百二十四米，而戴脚蹼潜水的纪录，是一百二十八米。不过，像你潜到三十到四十米深的时候，看到的海生物最多，这个深度，珊瑚礁可以广泛地吸取阳光的能量，而珊瑚礁边有各种鱼，都很漂亮。你会发现绝大多数鱼类都喜欢群居在一起。就像革鳞鲔一样，为了繁殖，不断喷射精液和卵子，它们的繁殖过程给别的海生物也提供了食物，虽然会遭到袭击，但是最终有一部分鱼卵能够繁殖成功。你还能看到海豚和海獭，它们在浅海里追逐鱼类。海狗潜水会更深一些。如果潜水深度超过了六十米，运气好的话，你还能看见鲸鲨。”

胡石磊见过鲸鲨，它的身形非常美丽，黑色的身体上有很多白色圆点，沿着身体的流线分布。那些圆点从大到小，很有规律，这使鲸鲨看上去不那么吓人，毕竟，它那庞大的身体在水里看上去是个巨兽。

“在水深一百米的地方，人的肺部会难受，在那一刻，有经验的潜水员一定要把自己的肺部调整好。因为海水的压力很大，人的耳膜会受到鼓动，这一刻假如调整不好的话，肺部会非常憋闷，容易有意外。有的自由潜水者就这么呛水而死了，在水里昏迷，永远变成了一条鱼。”大卫·霍克尼说。他的嘴里咬着金枪鱼的肉，看着胡石磊：“有机会我带你去抓金枪鱼，我带你进行海底狩猎。”

胡石磊摇了摇头，幽然地说：“我不想杀害任何一条海鱼。在海水里，我会产生幻觉，看到那些大鱼，我会看到我的儿子的身影。”他告诉大卫·霍克尼，看到那头小抹香鲸之后想起儿子的情景。

大卫·霍克尼拍了拍他的肩膀：“我懂了，胡。明天，我们启程去墨西哥湾那边的科塔博尼亚群岛，跟着这股洋流走，你就会看到最好的海底风景。”

他们来到了墨西哥巴亚尔塔港，从那里前往玛丽埃塔群岛。大卫·霍克尼查看了天气和地形，决定选择玛丽埃塔群岛中的一个小岛下潜，那里会有很好的海底风景。

胡石磊潜入到珊瑚礁附近时，看到有很多黑斑石斑鱼在礁石边互相追逐，似乎在做着求偶的游戏。而一些大大小小的隆头鹦哥鱼，则在快速地上下浮动，这种鱼长得很有喜感，后脑勺是隆起的，长相又很像鹦鹉，最大的能到一米多长。他还看到了鳕鱼正在一对对地谈着恋爱，而它们的繁殖活动也像革鳞鮨那样，排卵、射精、受孕，动作迅捷，上下翻飞，就像是快闪族一样。

第二次下潜，海水里波光闪动。在礁石中，胡石磊看到了白斑乌贼在产卵，附近的海底沙地上，一群小灰三齿鲨在白天里睡觉，身子一晃一晃，十分惬意。

胡石磊朝附近一片暗影游过去，看到了大量的水藻和海带构成了海底森林。靠近这样的海底森林，他有点紧张。这时，水下的光线暗淡了，他游进海带森林，仿佛进入了一个暗黑的世界。他看到那些漂动的巨型海带，就像是一棵棵树那样枝繁叶茂。他没有想到，海带能有这么大。而海藻就像是海底的灌木丛林，也像是云杉和松树林，把一整片海域都占据了。

这片海藻和海带森林，是很多担惊受怕、外形非常漂亮的海鱼的避难所、隐身地和觅食场。几乎每一片海底森林里，都有不同的鱼群在轻快地游动，互相追逐着。

他看见一条花斑海鳗像蛇一样，摆动着身体游走了。一些小丑鱼很难看，却很机警。一只大海龟匍匐在一片沙地上一动不动。也许，它是想去抓捕在海沙里隐藏的海肠子。鳐鱼则像是海底的巫师一样，呼扇着身体两侧的斗篷，拖带着长长的尾巴，俯冲下去，在海底的沙地上捕捉食物。

如果运气好，还能碰上儒艮这种海生物，能听到它们在一片海底的水草和沙地上掠食而过的声响。它们是属于扫荡类型的。儒艮是很温和的动物，它们不是猛兽，就像是憨厚的猪和熊猫的结合体。没错，从性情上来说像熊猫，从进食的状态上来说，简直就是猪。

胡石磊碰见的是一家三口，两大一小，三只儒艮在咣叽咣叽地用它们的大嘴扫荡，瞬间就把很多贝壳、鱼、虾都吞到肚子里，吐出来泥沙和海水。儒艮在海底掠食而过，连海草都吃光了。儒艮让胡石磊看到了海生物可爱的一面，这让胡石磊瞬间想到了汪雁，不知道她现在怎么样了？

他的心口一疼，赶紧上浮。

自从开始了自由潜水，又有了几个同伴之后，胡石磊感觉到自己的生命力在逐渐恢复。丧子和离婚之后，有好长时间他都没有办法说话，也不想说话。他会流泪，但他没有任何和人交流的愿望。他把自己完全封闭起来了。那件事情发生一年了，现在，只要是潜入大海，在海水中，他的心境就会好起来。他常常能在那些大鱼身上看到儿子的身影。冬冬，你在大海里，是的，你就在大海里。我来了我也在大海里，但我找不到你。你不在，你似乎又无处不在。他阴暗的心情被海水之蓝逐渐地浸染着。

这个夏天的潜水经历，最让胡石磊感到震撼的，是他亲眼目睹了抹香鲸和大王乌贼的一场恶斗。

那是在太平洋中部的汤加王国的一座海岛边。夏天时节，这片大大小小的海域里分布了很多小岛，和相距不远的岛国斐济一样，都是自由潜水者的天堂。

胡石磊和大卫·霍克尼分开一个多月之后，他回国办理了签证手续，又在斐济和大卫·霍克尼碰面了。这次还有几个自由潜水组织的朋友都来了，像俄罗斯姑娘雅辛娜、日本人西村京太郎，都是网络上认识的朋友。他们见面之后显得很热络。大家来来去去，每年都有自己的计划，就像候鸟一样，在这里那里的潜水点相遇和分手。雅辛娜是个漂亮的姑娘，二十多岁，是一家俄罗斯媒体的记者，酷爱潜水。但她的左腿受伤了，走路有点小瘸。这让胡石磊有点诧异。

大卫·霍克尼告诉胡石磊："她的父亲是俄罗斯的一个著名记者，早些年报道过寡头的丑闻，被枪手袭击导致下肢残疾。她在爸爸身边，同时被子弹打伤了一条腿。现在，她长大了，也当了一名记者，继续在和俄罗斯权贵缠斗。她爸爸说，他行动不便，就让女儿去帮他看最奇特的大海风景吧。"

日本人西村京太郎五十多岁，脸部就像被刀削斧砍过一样沟壑纵横。"至于西村这家伙的经历，也很复杂。最起码，他和你一样没有老婆。"大卫告诉胡石磊。

胡石磊默然了，看来，人人都有自己的隐秘的生活痛点。

从汤加王国首都努库阿洛法出发，向东几十公里的外海下面，就是著名的汤加海沟。海沟最深的地方超过了一万米，深度仅次于太平洋最深的马里亚纳海沟。有了这条海沟的存在，附近的洋流流速很快。伴随着洋流而来的鱼虾、微生物很丰富，也引来了很多鲸鱼。汤加海沟的深不可测，对于潜水员来说，即是地狱般的存在，想想都会感到不寒而栗，那里也是探险的乐园。

他们在汤加外海的小海岛上安营扎寨。在整个夏天里，这里都能看到鲸鱼。每年的夏天，抹香鲸都要经过那里，然后在这片海域做短暂的休整和停留。这片海域的鱼类很多，是抹香鲸、鲨鱼捕猎进食的最好水域之一。

头天晚上，胡石磊告诉大卫·霍克尼，抹香鲸在中国古代就很有名，抹香鲸的鲸脑油和胃里积累下来的龙涎香，是名贵的中药，只有中国古代皇帝才能得到。

说到抹香鲸，大卫·霍克尼就活跃起来了，他说：

“我有一次在海边，看到过一具抹香鲸的尸体，巨大的尸体被海水冲到了岸边，已经开始腐烂了。抹香鲸的肚子膨胀起来，需要人给尸体放气，要不然会发生抹香鲸爆炸。砰的一下炸了，就像大炸弹一样，能炸死很多人的。所以，那具尸体是我去放的气。可真是臭极了。”

“你用什么东西给抹香鲸尸体放气?”雅辛娜很好奇，“不会是一把小刀吧?”

“当然不是，”大卫·霍克尼骄傲地说，“用的是一把很大的电锯。那种能锯断大树的电锯，去给死鲸开膛。我是全副武装，戴着防毒面具。扑哧一下子，鲸鱼肚里的臭气出来了，一下子把我给打倒了。后来，我的衣服洗了很多遍，还是臭。谁都离我远远的，因为我是个臭人！”大家都笑起来了。

天亮了。他们几个人很早就乘船出发，向东驶去，来到了汤加海沟所在的海域。从这里，看不到海面之下那条著名的海沟。很快，胡石磊就看到了一条巨大的鲸鱼，是一条长达几十米的抹香鲸，它游过来游过去，像是在寻找什么。它浮上水面，呼吸了新鲜的氧气，然后一个猛子扎下去，在海水里就不见了。啊，几个人惊呼着。他们都很羡慕这自由潜水的真正高手——只要是吸一口气，它就能潜入水中待上好几个小时。

西村驾驶机船，他们三个潜水。他们找到了一片珊瑚礁水域，开始潜水。潜入珊瑚礁，大卫·霍克尼在水中示意，附近就是那条很深的海沟。洋流速度很快，胡石磊跟在大卫·霍克尼的后面，摆动脚蹼，很悠闲地去摘取礁石缝隙里长的鲍鱼。

这里的鲍鱼个儿大，非常肥美。忽然，他们都听到了来自海沟深处的声响，就像是有巨兽在打斗一样，传来了一阵震雷和闷锣声。水波的涌动也变得剧烈了。很快，就在他们的视线里，有一团纠缠不清，还在激烈缠斗的巨大黑影，迅速地上浮起来了！

他们都吓傻了，赶紧浮到海面。幸亏他们上浮快，而那团黑影也在距离他们几十米外的地方发出了砰的一声巨响，跳出了海面。

是的，胡石磊和大卫·霍克尼、雅辛娜，还有船上的西村京太郎，都看到了那团黑影冲出了海面，啊！那一刻胡石磊摘下面镜，惊呆了！他们看到了两只巨大的海生物，一头是几十米长的抹香鲸——可能就是他们刚才看见下潜的那一头，正在和一条与它差不多大小的大王乌贼纠缠在一起，在进行殊死搏斗。

大王乌贼是深海动物，一般不到浅海来活动，巨型的长达几十米，它既是抹香鲸的猎物，也是抹香鲸的对手。它们缠斗的过程中，不是抹香鲸咬死大王乌贼，就是大王乌贼堵住抹香鲸的排气孔，使它窒息而死，反而成了大王乌贼的猎物。这时，海面沸腾了，水波激烈地涌动，抹香鲸在翻转身体，掀起了层层大浪，溅起了激烈的水花。

这可是千载难逢的好时机，大王乌贼只存在于书籍里，是深海里的怪兽，很少有人能亲眼看见活着的大王乌贼。他们看到的这只大王乌贼，肯定是藏身在那深海沟中，被抹香鲸一嘴擒获了。这是一场殊死搏斗，抹香鲸力大无穷，大王乌贼诡计多端。它们从海沟里一路打斗着上浮到海面，抹香鲸显然是为了呼吸一口新鲜空气。在海面上翻滚的过程中，大王乌贼的触手会滑落，抹香鲸会得到机会。大王乌贼的触手上有很多吸盘，就像巨大的鞭子一样在挥舞着，抽打着抹香鲸和海面，而抹香鲸紧紧咬住了大王乌贼的身体要害，不断地翻滚和冲撞着。它们激烈地战斗了十几分钟，忽然，抹香鲸发出了尖厉的声音，它带着缠绕和裹挟着它身体的大王乌贼，像一块巨石那样向海水深处坠落。

西村京太郎驾驶机船，胡石磊、大卫·霍克尼和雅辛娜戴上面镜，深吸一口气，让氧气充满整个肺部，血氧含量达到最高值，立即下潜，摆动脚上的脚蹼，跟着那团轰隆隆滚动着的，向那无尽而黑暗的海沟掉落的抹香鲸和大王乌贼的影子。

他们也许是不要命了，可是机会难得。胡石磊听到了闷雷般的回声在越来越暗的海沟里回荡。抹香鲸和大王乌贼还在缠斗，到底会鹿死谁手？谁都可能打败对方，这一次是胜负难料。胡石磊的心悬着，他想不到抹香鲸会这么厉害，大王乌贼这么巨大，这巨大的史前动物之间的生存斗争，会这么激烈。海沟里，缠斗的声音在持续，这一刻无比漫长，又无比的短暂。忽然，那类似巨石滚落的声音没有了。然后，胡石磊看见黑色的乌贼墨汁涌了上来，把海水都染黑了。这是大王乌贼的重要手段，喷射墨汁妨碍对手视线，然后趁机逃脱。

他们又浮上海面，上了机船，在船上瞭望着那片海域。乌贼喷吐出来的墨汁把一小片海面染黑了。只是不见抹香鲸的影子，也看不见大王乌贼的影子。

他们等了好久，也看不到结果，墨汁很快也被洋流带走了。

到了第二天，他们来到这片海域，仍旧看不到那场大战的结果。胡石磊的心悬着。他看到了在附近海面有游弋的鲨鱼，那是一群大白鲨，它们那利剑一样的背鳍浮出水面，像是无声的示威和警告。

第三天，他们驾驶机船又来到这片海域，看到了大批的鲣鸟正在海面上聚集，和那些闻腥而动的大白鲨在抢着什么。他们的船开过去，看到了一些大王乌贼触手的残肢在水面漂浮。这场战斗的结果出来了：大王乌贼输了，它成了抹香鲸的猎物。海面上，大王乌贼触手上的吸盘个个有脸盆大小，已经失去了颜色，变得苍白软弱。这场大战，大王乌贼败了，而那只抹香鲸吃饱喝足，估计早就踏上了继续洄游的旅程了。

这个夏天结束之后，胡石磊回到了国内，继续打理自己公司的业务。手下的人都干得很好，并不用让他操太多心。

他还听到了汪雁的消息——她在南方一座城市再婚了。这对他是个安慰，也让他忧伤。他们的距离远了，形同陌路。晚上，躺在喧闹城市里的一张床上，他心情郁闷，无法缓解，格外想念那些潜水的日子。

他盼望着冬天赶紧过去，开春之后他就要出发了。他和大卫·霍克尼约好了，明年夏天，他们再去太平洋上那些美丽得如同串珠和项链的岛国潜水。

第三年的春夏之交，胡石磊飞到了斐济。他和大卫·霍克尼约好在这里潜水，观察鲸鱼，并进行海底狩猎。这片广袤的南太平洋海域，一直是大洋中的各种鲸鱼洄游的必经之地。鲸鱼跟着洋流，随着季节，沿着某条从古到今的觅食路线，依照太阳的方位进行定位，在几个大洋之间洄游。去年，在汤加海沟看到了一场抹香鲸和大王乌贼的决斗，今年夏天，会有什么样的惊喜等着他？

大卫·霍克尼比他早到两天，他是从澳大利亚飞过来的。经过了一个秋天和冬天，大卫·霍克尼养得很壮实。他们碰面后都很兴奋，大卫·霍克尼说："今年你能听到座头鲸的歌声，昨天我出海发现，在斐济群岛的座头鲸群很多，三三两两的，到处都是。"

"座头鲸会唱歌？"胡石磊很惊奇，"我还真没有听过。"

"我手机里有录音，等下给你放。不过，明天你在海里能亲耳听到，很独特的歌声，你会迷惑的。好了，咱们先去吃饭。今年雅辛娜不来了，西村到阿拉斯加找因纽特女人去了。我告诉你一个秘密，西村原先有一个印第安人老婆，后来她死了。今年，他想去找个因纽特女人做老婆。你们东亚人呢，现在的活法越来越多了。比方说，过去可没什么中国人喜欢自由潜水。"

看来今年夏天，在斐济潜水的熟人，就只有胡石磊和大卫·霍克尼了。

"那是，现在的中国人全世界到处都是，活法也很多样。不过，我的确想看看座头鲸，听它唱歌。"胡石磊说。

"听了鲸鱼唱歌，你就会有艳遇的。"大卫·霍克尼神秘地说。

胡石磊淡淡一笑："但愿。可你呢？你又怎样？"

座头鲸又叫大翅鲸，因为它长着一对巨大的侧鳍，就像是长了一双翅膀。它块头很大，灰黑色的身体，肚腹是白色的，上面一般会寄生海贝之类的东西。座头鲸的特点是喜欢成双入对地活动。它们也是深潜的高手，一旦深潜，你几个小时都不会看到它们的踪迹。座头鲸的叫声，非常像人唱歌。鲸鱼的叫声各有不同，大卫·霍克尼给胡石磊放了几种不同的鲸鱼叫声的录音。他说：

"现在最让座头鲸烦恼的，是我们人类的远洋运输船。这样的船，小的有几万吨，大的有十几、几十万吨。在海洋上走，轮船发动机在水下发出的声音就像是巨雷，会干扰和破坏座头鲸的声呐系统，使座头鲸无法准确定位。严重的话，座头鲸会迷失方向，被远洋运输船撞伤，甚至撞死。可即便如此，座头鲸还是要唱歌的。"

胡石磊头一次在大卫·霍克尼的手机录音机里，听到了座头鲸的歌唱，他还以为是某个乐手的演奏呢。座头鲸的歌声，有旋律和节奏，时而低沉，时而尖厉，音调很高，人的耳朵会受不了。几头座头鲸互相呼应，彼此呼唤，这时就构成了交响乐，高音低音，回旋往复，欢快酣畅，美妙生动。

一早他们就出发去斐济外海的一处小岛边潜水。

下水后，他就看到在水面之下有一只座头鲸正在畅快地浮游。说浮游，是很生动的描述。那只座头鲸悠然自得地游动，不时上浮到半潜的状态，呼吸一下。

他游过去，慢慢地靠近它，和它近在咫尺。是的，这一刻必须慢。他伸出了右手，摸到了它的尾巴。它的尾巴就像是一把巨大的棕榈树叶一样散开来，缓慢地左右摇摆。他缓慢地抓住了它的尾巴，它并不吃惊，而是继续摇摆着前行。因为有过和鲸鱼接触的经验了，这一次他很自得。他摆动了一下脚蹼，长长的脚蹼助力他向前游动，他和它在并排游动了。

此时，在遥远的海面传来了打雷般的轰隆声。那声音由远及近，越来越响，在水底下听着，真是震耳欲聋。声响惊动了这只座头鲸，它发出了急促的声音，这声音让胡石磊感觉就如同近处爆响的炸雷，十分刺耳。他的脑袋都快被这声音刺穿了。紧接着，座头鲸加快了游泳的速度，不到半分钟，就消失在海水里，不见了踪迹。

胡石磊浮出了海面，他看到一艘远洋货轮，正在海平面上行驶，身影越来越大，往斐济港口开去。鲸鱼害怕远洋货轮，要躲着走。鲸鱼不是人类制造物的对手，这一点，他亲眼看到了。

胡石磊向机船所在处游了过去。大卫·霍克尼在船上摄影呢。他发现了一群路过的海豚。有不远处游船上的游客在尖叫。

远处的海面上，一些海豚正在飞跃起来，划出一道道漂亮的弧线。海豚是大海里最聪明的动物，它们还非常顽皮，喜欢和人类互动。它们知道友善的人会给它们喂食小鱼，这样的馈赠不要白不要。

在斐济，大卫·霍克尼要教会他进行海底狩猎。这一天，他们收拾停当，戴好了护面和水呼吸器，然后潜水。海水非常清澈透明。太平洋的海水数这里最透亮了，真是名不虚传。下潜之后，胡石磊看见大卫·霍克尼手里拿着水气枪在渔猎。他在水下寻找着金枪鱼，或者是凶猛的梭鱼，缓慢地摆动着脚蹼。

在一片珊瑚礁旁，胡石磊看到了一个蓝鳍金枪鱼群。这群有着蓝色的鳍、像猪那么大的鱼游来游去，它们一点儿都不怕他。金枪鱼喜欢扎堆，它的胸鳍、侧鳍和尾鳍都很漂亮。过去，他吃过金枪鱼做的生鱼片，现在，这活鱼就在眼前，该不该一把抓住它呢？他靠了过去。可蓝鳍金枪鱼没有那么好惹，它们是吃鱼的鱼，十分凶猛。此外，还有黄鳍金枪鱼也在游弋。黄鳍金枪鱼的鳍是黄色的，就像锋利的弯刀形状。

忽然，眼前几条梭鱼一闪而过。梭鱼的体形像是一把笨重的铡刀，又宽、又长、又厚，长相也很凶恶，眼睛很大，圆睁着，下巴长长的，往前伸出来，露出了锋利的牙齿。在浅海的珊瑚礁地带，只要是看到了小鱼和小螃蟹、小龙虾，梭鱼一口就咬住，然后，它那锋利的牙齿就像是齿轮一样把猎获物给吞下去。

大卫·霍克尼拿着水气枪，在水中来回逡巡。海底狩猎有时候也很危险。大卫·霍克尼告诉过他，有一次，大卫在加州海域的潜水狩猎当中，射中一条很大的金枪鱼，结果，刺枪线镖击中了金枪鱼，金枪鱼猛然一抖，情急之下赶紧逃命，就往深海里猛跑，拽着大卫·霍克尼就向深海而去。

“那一瞬间非常可怕。对金枪鱼来说，它是为了逃生。它中枪了，刺枪连带着鱼线。可我却反应不及，一下子就被那条两米多长的金枪鱼给带到深海里了。耳压和水压瞬间发生变化，我就晕眩了。”大卫·霍克尼沉默了，感到后怕。

“那你是怎么脱险的?”胡石磊问。他后来当然是脱险了。

“我只能放弃啊，亲爱的兄弟，那一刻，我成了金枪鱼的猎物，它要把我带到地狱里去，所以，在几秒的时间里我做出了正确的选择——松开了手里的鱼枪，任凭它把鱼枪带到深海里去了，而我，则快速上浮。当时，我的胸憋闷得都要爆炸了，体内的血氧含量迅速降低，必须回到海面我才能活下来。那一刻无比漫长啊，是我生命的极限了。我像剑鱼一样从水下猛地跳出来，啊，白花花的阳光和扑面而来的空气覆盖了我的脸，我猛地吸了几口，这一下，我活过来了。没有成为我猎物的猎物，真是太幸运了。”

这是大卫·霍克尼的渔猎故事。所以，对付海里的那些大鱼，可要小心一些。“海洋是它们的地盘，是它们的天地，在这里，人类不过是些客人，最好不要把自己想象成一个主人。”大卫·霍克尼最后总结说。

胡石磊知道自己是个新手，当然要很小心，潜水狩猎对于他来说，还是一个新课题。他不喜欢去招惹金枪鱼，他还没到大卫·霍克尼那个段位。

他最喜欢干的，是到珊瑚礁旁摸贝类和鲍鱼。鲍鱼长在礁石上，要用潜水刀割下来。也就是说，作为一个初级海碰子，他最大的成就是随便捡点东西带上来就很好了。

在水深超过二百米的海域，胡石磊更喜欢绳潜。沿着一条垂挂到海底的绳子，一下子潜下去，可以感觉到水深的不断变化，由明到暗，这一刻是那么的美，那么的匪夷所思。

一眨眼，所有海里的生物都展现在你眼前了，所有的东西构成了一个鲜活的世界，摇曳的水草，五彩斑斓的珊瑚礁，各种颜色鲜亮的海鱼、龙虾、海鳗和螃蟹，都在水里，还有如同海妖一样摇动身体的海藻和海带。啊，这样的海底世界太丰富而美丽了，只有在自由潜水的时候才能收揽到眼睛里。

这就是大海，大海以她那无比宽阔的胸怀，吸纳了他的悲伤，瓦解他内心里的痛苦和忧郁。大海能够让他内心里积郁的、由儿子死亡带来的黑暗——那种东西很难形容——就像乌贼逃跑时吐出来的一团黑乎乎的墨汁，在湛蓝透明的海水里逐渐地被稀释，然后，世界重新变得透亮起来。

他感觉他的心正在变得轻起来。这就是大海的能力。他的丧子之痛、之沉重，在大海里得到了缓解。在海水中，一天天，他看到儿子的影子在变得模糊，有时候就看不见了，在缓慢消失了。

有时候，在潜水时，胡石磊下潜到一定深度，就停下来了。他仰躺着，悬浮在水中间一动不动，静静地内视自己的生命，外视海里的景观。他在舔舐内心的创痛。儿子的死对于他来说是最大的创伤，这也是为什么他看到了抹香鲸母子会十分动情，这场景能让他想到儿子。儿子被大海带走了，如今，他也在大海里，以这样的方式和儿子靠近。可儿子在哪里？

像这样仰躺着悬浮在海水中，停下来，短短的一两分钟，不靠水肺呼吸，没有氧气瓶，只有面镜和脚蹼，这时的他就是一只海生物。那些身边的海鱼来来往往，热闹非凡，但它们也把他看成一条鱼，一条无害的大鱼。他在那里平静地摊开身体，睁开眼睛，看着这海中的世界。海藻、海带构成的森林在繁茂生长，珊瑚礁在阳光的映照下显得艳丽和斑斓，洋流带来了微生物，海鱼在欢乐地追逐、捕猎、繁衍和死亡，这些海生物都是生机勃勃的，即使危机四伏，也顽强生存。

他感受到了什么？在海水的中央，上方的光亮打下来，照射在他身上，那个时候，他感觉到自己回到了母体。

是的，就像是躺在母亲的腹腔里，有羊水给他提供营养，让他生长。这大海让他像一个胎儿那样复归母体，在海水里安静地思念自己的前世今生。他就那么安静地待在海水中间冥思。他知道，有人在沙漠的中央冥思，那里的天空和星星无比简单和繁盛，没有人世的喧嚷。

在海水中，他冥思着，作为胎儿回到了大海母亲的怀抱里。他感觉好多了，这一次真的好多了。因为他的儿子和他一样，早就复归于大海母亲的子宫里了。

碰到郭娜是在第四年的夏天，地点是在夏威夷。那一年，胡石磊和不少自由潜水爱好者来到了夏威夷。从那里往东，就是浩瀚的东太平洋。

夏威夷群岛在所有的季节里都适合旅游潜水，它的纬度决定了这一点。当时，胡石磊和大卫·霍克尼刚刚碰面，一个自由潜水组织的朋友说，有一个叫郭娜的人，也想加入到他们的队列里，她已经有些潜水经历了。在自由潜水者组织的夏季活动里，到处都是他们的人。

胡石磊看到郭娜了，她是一个加拿大籍华人，有着小麦色的皮肤，一看就知道她是经常在海边待着。她长着一双细细的眼睛，虽然不大但很亲切。鸭蛋形的脸，肩膀不宽，臀部浑圆。她的胸部丰满，中等个儿，说话的声音很好听："胡石磊，一看就知道你是一个南方人。"

"为什么？我是浙江宁波人。"胡石磊说，"知道宁波吗？"

"因为你很精干。我知道宁波，上海人有一半都是宁波籍贯。"

认识之后，她告诉他，在六岁的时候，她就由父母亲带到加拿大了。她在多伦多长大，大学毕业后去美国南方的佛罗里达生活了一段时间。她的中文名字叫郭娜，英文名字叫郭安娜。她的中文不错，和胡石磊交流没有任何障碍。

他觉得认识她很高兴。这个姑娘和他一点儿违和感都没有。

他们就去夏威夷的外岛潜水。这里的潜水生手和跛脚鸭很多，在夏威夷，教授潜水是一门很好的生意，因为从全世界来了很多人，他们大部分都是闲人，都想学习潜水，于是，这里最好的生意就是教他们学潜水。不过，让这些家伙学习自由潜水还是不行的，保险大部分会给呛死。

郭娜是一家美国迈阿密人开办的公司的潜水教练，和他们一起来的。听说了大卫·霍克尼和胡石磊在这几年环绕着太平洋进行自由潜水，她很兴奋："我想和你们一起行动了。我讨厌那些娇气的就喜欢尖叫的笨蛋潜水爱好者。"

"你都来了一个星期了。今年在夏威夷潜水，我们能看到什么？"大卫·霍克尼问她。

"鲨鱼和鲸鱼，海豚，龙虾，海鳗，螃蟹，环纹海蛇，蝠鲼。"郭娜说。

"蝠鲼？这里会出现蝠鲼？"胡石磊很感兴趣。

"是的，蝠鲼有很多，在这个季节，它们到这里来吃洋流里的浮游生物。这家伙就像是披着黑斗篷、拖着长尾巴的巫师一样。它们会张开大嘴巴吞咽海水，海水进去，从鳃那里流出去，小鱼小虾米留下来被吞进肚子。"

胡石磊说："蝠鲼的样子的确是很奇葩，像是黑蝙蝠、黑武士，又像是大巫师。"

"我们还会见到海马。现在这个季节，正是它们繁殖的好季节。"郭娜说。

他们几个在一片珊瑚礁茂盛的地方下潜了。那里的能见度非常好，是一片浅海区域。水下也有很多海藻和海带，形成了一片海底的森林系统，海生物很多。

他们扎下去，郭娜游在胡石磊的前面，她的身体凹凸有致，就像一条性感美人鱼。她的翘臀在潜水服的包裹下，在海水水流的冲击下，加上脚蹼的上下摆动，显得更加美妙性感，胡石磊想，必须要承认这一点。

胡石磊惊奇于在丧子三年之后，他对一个女人开始有了一点儿好奇心。这就像是在春天里，有什么东西发芽了。要小心守护这春芽，因为，内心的黑风暴总会突如其来地摧毁一个人所有的美好期待。

他跟在郭娜的后面，靠近了一片珊瑚礁。啊，那片珊瑚礁是红色的。

大卫·霍克尼示意他们仔细观察那些红色的珊瑚礁。他们靠近，看到在这片珊瑚礁下，有很多红色的小海马在那里一弹一跳的。这东西虽然叫海马，但最大的也就三十厘米长。大部分只有几厘米大小，它的脑袋和身体弯曲的样子，很像是一匹马，所以叫海马。不过，也许叫海马虾更合适？这些海马在干什么呢？郭娜和胡石磊仔细地看，原来它们在产卵、孵卵，生孩子。

是的，海马们都在育儿，红色珊瑚礁的那些枝杈上，一个个隐藏着却不得不活动的海马都在跳跃。它们突出了自己的肚子，肚子上有一个育儿袋，从海马的育儿袋里不断往外跳着刚刚成活的海马幼儿。

那么多的红色小海马，在一片能迷惑敌人的红色珊瑚礁繁衍生息，它们很聪明。一个个、一股股小海马从大海马的育儿袋里跳出来，弹开来，一蹦一跳地在珊瑚礁之间寻找着安身之所。它们从此进入到一个充满了残酷竞争的大海里。这么多海马都在生育产子，实际上只有百分之十的海马，能够活到成年。

他们不停地上浮，又下潜，就是为了观察这海马繁衍的奇观。

那一天，胡石磊和郭娜看到了生命诞生的美好景象。是的，他和她，一个男人和一个女人，一起透过面镜在水下交流。他们在微笑，用手势在水下沟通，他们要换气，他们继续下潜，看到大量的海马幼鱼在游泳，奔向了无尽的海底森林。对于那些刚刚离开育儿袋的小海马来说，世界是全新的。但立即就有海鱼过来吞噬和捕捉它们。不少小海马刚刚出生几分钟，就被其他鱼类吃掉了。可更多的海马还在继续诞生。

这一生物的繁殖和生存景象，深深地震撼了他。他对失去儿子的痛苦，有了更深的了悟：作为一个父亲，儿子其实迟早要和他告别。

“你知道吗？那些有育儿袋的海马都是公的。是公海马在育儿。这一点和人类不一样。”在夏威夷的傍晚，郭娜和胡石磊躺在椰子树下的吊床上，相隔不远，一边喝着鲜椰子水，一边在聊天说话。他们已经很亲密了。

他假装感到吃惊：“育儿的都是雄性海马？那看来，我们男人要做的事情有很多了。空间还大着呢。”他笑了。

“最好是男人也能怀孕生娃，这样就公平了。”郭娜说。

他感觉和她在靠近。夏威夷的傍晚，太阳在大海上沉落，满世界一片金黄。海风十分温暖宜人，这季节里来到夏威夷的人很多。他和郭娜躺在吊床上，觉得这一刻十分美好。然后，他们一起走向喧嚷的海滩，那里有酒吧和餐厅，他们都饿了。

在餐厅里，吃着虾和墨鱼饭，郭娜看着他："大卫·霍克尼告诉过我，你离婚了之后，就开始在太平洋潜水了。我也是离过婚的。我离婚，是因为——"

那天晚上，郭娜告诉了胡石磊她自己的故事。

她的故事并不复杂，她曾经嫁给了一个美国小伙子，两个人在大学里就认识。他们一起去了佛罗里达，在那里生活，因为小伙子的父母在那里，他们喜欢佛州的海岸线。她和丈夫生了一个孩子，是一个女孩子。

“有一天，我带着她出去玩儿。我到一家超市买东西。没有注意到她怎么就一下子跑到外面的马路上了，她才三岁，当然没有任何防范意识，然后，一辆红色的跑车飞快地拐弯，一下子就把她——就把她轧到了。”郭娜哽咽了一下，眼睛里都是泪光。

这件事发生在五年以前。后来，她丈夫为这事一直在责怪她。她很内疚，为没有照顾好这个女儿，为她的死内疚不已。她想再生一个，为了他们俩，但她就是无法再怀孕。

“很奇怪的事情。我检查了身体，没有问题，可就是无法怀孕了。然后，就是他和我离婚了。有个屁股很大的姑娘吸引了他，他走了。我也走了。”

“你去了哪里？”胡石磊摸着她的手。她的手很柔软。

“我回到多伦多待了两年，那里很乏味，不如美东地区有活力，可是我在那里度过了少女时代。我的父母亲回到中国，这些年中国发展得很好，他们回到了老家，打算在那里住下来。我呢，就开始到处当潜水教练。我发现自由潜水能够给我带来由衷的快乐，给我带来最大的满足，抚平我内心里的孤独和忧伤。”

原来，这世界上不只是他有丧子之痛。他们是同病相怜的。

那一天晚上，他也告诉了她自己的故事。还有他这三年来的潜水，到过哪些地方。面对她，他有了倾诉的欲望，他什么都告诉她了，郭娜的眼睛闪闪发亮。

“下一步，你想去哪里？”她问他，“你们总是喜欢去不同的海域，很快你们就要换地方了。我知道的，大卫都告诉我了。”

“我们——想去南极看看那边的冰山，进行一次冰潜。那是一个很大的挑战。”他说，“在冰山下潜水，那种感觉——”

“肯定很棒！”郭娜兴奋了起来，“我去过一次南极，不过，我是坐邮轮去的。我知道每年的夏天，有很多蓝鲸去那里吃磷虾。蓝鲸很大很大，喷出来的水柱子很高，我见过蓝鲸喷水的时候，就像是火车鸣笛一样响。还有企鹅，很多企鹅都不怕人。”

忽然，大卫·霍克尼不知道从哪里冒出来了，他赶过来是为了告诉胡石磊一个好消息：

“兄弟，我们可以去南极了。我找到了一个瑞典人，在智利他有一艘帆船。我们不能坐大邮轮去，只有坐帆船靠着季风去那里，才会有意思。但往南极走，必经安德鲁海峡，那里的风非常大，会有很大的危险。我决定了，要和那个瑞典人一起坐帆船去南极，胡石磊，还有郭安娜，你们愿意去吗？”

“太好了！我可以。”胡石磊很兴奋。他看着郭娜，目光里有着期待。

她挽起胡石磊的胳膊，点了点头：“大卫，我也去。我和你们一起去。”

他们在夏威夷继续做着准备，再过一些天，在这个夏天的末尾，他们就要启程前往南极。在南极，会有更壮观的风景，那美丽的海上世界和海水下面的世界等待着他们去探索。

胡石磊和郭娜拥抱在一起。在睡梦中，他已经到了南极，看到了巨大的蓝鲸像一艘船那样从远处游过来，它的鼻孔喷出了高达十米的水柱，还发出了列车经过的呼啸声。在南极水域，到处都是红色的磷虾。各种大鲸纷纷到达南极，座头鲸、抹香鲸、灰鲸，连狡诈的虎鲸也来了，都在进食磷虾。

胡石磊感觉到内心里有一种雄海马育儿的心情了。是的，他也是一只雄海马，有着自己的育儿袋。他和郭娜抱在一起，在睡梦中，革鳞鮨的排卵和授精大战在进行，海马的育儿在进行，海洋里所有的生命都在繁衍生息，生生不息。

唯有大海不悲伤，他终于把悲伤交给了大海。大海接纳了他，他的儿子已经幻化成海生物，隐入海水不见了。他的悲伤也像大鲸鱼消失在海沟里一样，不见了，而他和郭娜、大卫·霍克尼还要继续启程，在海上向着南极远行。

他还梦见了南极的冰山。冰山在底部不断遭到海水洋流的侵蚀，渐渐地变得头重脚轻的了。然后，一下子就翻转过来大头冲下。那一刻天崩地裂，十分壮观，声音震耳欲聋，就像创世记一样令人震撼。

2018年2月21日

鳄鱼猎人

载着几个游客的玻璃钢透明观光圆筒在滑轮钢缆的带动下，在鳄鱼水族馆里缓缓下降。杜飞这时开始后悔了，但已经来不及了。

这个鳄鱼水族馆就像一座游泳池那么大。现在，玻璃钢透明观光圆筒已降到水面以下，杜飞睁大了眼睛往外面看。外面是透明的，不像是已经到了水下，倒像是在空气中。他牢牢地抓住扶手，站稳了脚跟，膝盖稍微弯曲着，上半身挺直，下意识地采取了电梯意外急速坠落时需要采取的自救保护动作，这说明了他严阵以待的心态，为即将出现的鳄鱼袭击做好了准备。

如果知道水里有鳄鱼，你还敢下水吗？达尔文鳄鱼公园的这项活动——与鳄鱼一起面对面，十分危险，却成为了旅游大热门。现在，杜飞就在“死亡之笼”里缓慢下潜。这是可以装三名游客的九英尺高的透明圆筒，管理员把圆筒从上面封闭好，再慢慢放进鳄鱼池。透明的水族箱内外，模仿了达尔文市郊的那条阿德莱德河的水下环境，水生植物异常茂密，水草叶子肥厚，就像是拉长的牛舌头，在水中漂浮。还有一些像是枯枝败叶，但却是能适应淡水和咸水交汇处的、生命力很顽强的水草，一簇簇在摇曳，神秘而黑暗。

稍微定了定神，杜飞就看到了鳄鱼水族馆里游弋着的水下动物了。很多漂亮的鱼在悠闲地游动，令人目不暇接。水族馆是一个安详平和的世界，哪里像是有危险的鳄鱼存在呢？

杜飞正在琢磨着，余光瞥见有一团暗黑的阴影，刹那间就从一片水草茂密的地方升起来，速度非常快，快到了他根本来不及反应，那团黑影就撞在了玻璃钢圆筒上，只听见一阵咣叽、咔嚓咔嚓、嗞嗞嗞嗞……的尖厉刺耳的声音划过，他这才看见，就在他眼前，一只鳄鱼的血盆大嘴张开来，猛地咬在他眼前的玻璃钢圆筒外侧。

他吓坏了，赶紧蹲下来，他旁边还有两个本来以为自己胆大无比的白人姑娘现在也开始尖叫了，嘴里都是“上帝救我！”的尖厉的呼喊。女人的尖叫刺激了鳄鱼，鳄鱼一个转身，又撞了过来，观光圆筒开始在水中摇摆了，他们一个趔趄，几乎都站不稳了。近距离看鳄鱼，它十分巨大，比他想象的要大很多，他根本就不是它的对手，何况它咬住猎物之后还有一个著名的死亡翻滚。

杜飞的血液要凝固了，这条巨大的鳄鱼正用它那荧光闪闪的、阴险凶狠的眼睛看着他，示威似的张着大嘴，来回逡巡。它的大嘴里鳄牙交错，外溢着一些黏稠的液体，在水流中漂荡成丝线。它冲过来，尖利的牙齿咬在玻璃钢圆筒外壁上，可这玻璃钢观光圆筒坚固无比，鳄鱼的大牙吱吱响，在外面划出来一道白色齿痕，没有咬破这观光圆筒。但它还是不死心，鳄鱼怒了，又一口，这一瞬间让杜飞看得很清楚，它张开的大嘴能一口就把他吞下去。它的大嘴张开来，就像是一把大钳子，咣叽一下，猛地咬合在一起，声音震耳欲聋，震动着他的耳膜和水中的世界，水草飘摇得更加猛烈，如同塞壬的乱发，海鱼开始四下逃窜，躲得远远的。玻璃钢观光圆筒猛烈晃动着。

还好，杜飞现在十分庆幸他在这玻璃钢圆筒里——这人类发明的最坚硬、透明的观光器具里，来近距离地接近那凶残而可恶的鳄鱼。他又听见了身边两个白人姑娘的尖叫，那种声音绝望到了简直就像是死亡已经降临在她们头顶上了。可实际上，十分安全。鳄鱼根本就无计可施，这玻璃钢观光器坚固、透明，让聪明绝顶的鳄鱼都上当了，尽管它抱着侥幸心理，想来和更加聪明绝顶的人类斗一斗，假如能有个机会这东西被它的牙齿咬碎了，那它就有人肉吃了，人肉的滋味一定是它很渴望品尝的。

鳄鱼见到又一次的失败，就明白它的确碰到难题了，它犹豫了一下，不满地转身摆动着身体，它的尾巴就像是巨型鞭子那样横扫玻璃钢圆筒，咣当一声，闷响在水下传开，杜飞感到自己的腿部受到了很大的震动，他弯曲膝盖，牢牢抓住扶手，没有倒下来。那只鳄鱼左右摆动尾巴，几下子就消失在暗黑的水族馆里，不见了。杜飞出了一身的冷汗。

走出了这个达尔文市著名的鳄鱼公园，他还在臭骂自己，为什么要傻到了把自己装到“死亡之笼”里送到鳄鱼的嘴边去让鳄鱼戏弄。其实，他最不喜欢的，就是去亲近野生动物——人在车里，车窗外就是狮子、老虎、熊和豹子等猛兽，那是很容易出意外的。野兽就是野兽，天性野蛮。他早就听说北京八达岭野生动物园里就有游客不遵守规矩被老虎咬死的事情，到现在游客还在和动物园扯皮。

在他前面，出了游乐园大门的两个白人姑娘，一个金发，一个褐发，都穿着牛仔裤，那个金发的白人姑娘屁股很大，但包裹着浑圆屁股的地方有一团湿了的痕迹，这说明刚才她在观光玻璃钢圆筒里被鳄鱼吓得尿了裤子。

他赶紧看了看自己的裤裆，还好，他没有尿裤子。

杜飞还记得第一次飞向澳大利亚的空中所见。他在靠窗的位置坐着，等到飞机越过了安达曼海，越过了印度尼西亚东边那些拉拉杂杂的岛屿上空，飞临了澳大利亚最北部的达尔文市上空，他看到了大片的海水和陆地上河流交叉混杂的地貌。大海的蔚蓝色和澳大利亚大陆的褐黄色连接了起来，形成了鲜明的对比。达尔文市，一个能让人联想到进化论的发明者、伟大的博物学家达尔文的光辉业绩的地名，让他印象深刻。

澳大利亚就是有着这样的历史——被航海家“发现”，被一代代新澳洲人开拓创造的历史。再往南飞，飞向澳大利亚东南部的墨尔本，从万米高空看下去，澳大利亚大陆岛的地形地貌不断变化，褐黄的沙地，红色沙漠，艾尔斯巨岩——那块被澳洲土著当作图腾的、巨大的红色横断切面形状的岩石山，就在澳大利亚的中部。他翻阅着眼前的航空杂志，注视着画册上的艾尔斯巨岩，在大地上搜寻着它的身影，可当时的航线并不经过艾尔斯巨岩的上空，他看不见它。他很想去探访这个地方，这块巨大的红色扇形岩石山太神奇和神秘了。不过，他在澳大利亚定居下来之后，就暂时忘记要探寻这座岩石山了。

飞机继续飞，飞越了沙漠地带，他看到了澳大利亚连绵的绿色森林，估计大部分都是桉树——果不其然，后来，他认识了澳大利亚的几百种桉树。飞机在即将到达墨尔本的时候，远看以为是下雪了，可飞机降落到两千米高度的时候，他发现，原来那雪堆、棉絮状的东西，不过是澳洲的云彩。

如果有人问杜飞，来到澳大利亚的墨尔本最初的印象是什么，他会说："是海风的味道。我一出机场，就闻到了那清新、冰爽、略带咸味和暖意的潮湿的海风，扑进了我的怀里，钻进了我的鼻孔。澳大利亚的海风和其他地方完全不一样。空气不一样，那么，对于我，一切就都新鲜起来了。"

"你是说带我去抓鳄鱼？抓吃人的鳄鱼？"杜飞看着眼前的这个澳洲白人的布满了褐色斑点的脸，有点吃惊地说。

杰夫·戴特戴着一顶在炽热的阳光下早就褪色了的棒球帽，显示了达尔文市的阳光要比墨尔本的阳光强烈得多。他们认识有几年了。杰夫·戴特是一个农场主，热心于艺术公益，前年给他的一部小成本纪录短片资助了一笔钱，他们就认识了。杰夫·戴特喜欢达尔文市，每年都要在那里生活几个月。

“我觉得，你应该拍摄一部抓鳄鱼的纪录片。我现在想的，就是我抓鳄鱼你拍电影，这多好！你愿意和我一起去吗，杜？你应该是一个勇敢的人。”杰夫·戴特带着怀疑和激将的口吻说。

“我很害怕鳄鱼啊，你不是让我去喂鳄鱼的吧？”杜飞想起来去年的此时，他和杀人凶犯弗兰克·奥布莱恩扭打在一起的时候，那家伙看着他的眼神跟鳄鱼一样凶。如今，弗兰克·奥布莱恩可能已被关在塔斯马尼亚岛上的石头大牢里了。

“杜，是这样，有一条白化的鳄鱼，在阿德莱德河镇已经吃了两个人。整个达尔文市，或者整个澳大利亚都在关注这件事。所以，我们要抓住那条白化鳄鱼。”

“鳄鱼也能白化？这是一种人才会得的皮肤病吧？”杜飞很诧异。

杰夫·戴特笑了。“有科学家说，我们白人就是白化的结果。人类最初都是从非洲走出来的，祖先都是黑色皮肤。你们黄种人也是非洲黑色皮肤的远古人类先祖的后裔。当然，这不过还是一个假说，我们就当是一个说法。但那条白化鳄鱼，却是真真切切地存在的，它还吃了两个人。死者的家属愤怒地提出了申请，要求捕杀那条白化鳄鱼。现在，达尔文市政府悬赏鳄鱼猎人去抓住那条吃人鳄鱼，在抓捕过程中如果鳄鱼危及人的生命，就可以杀了它。正当防卫是没有错的。但我们先得找到它，我最先提出了申请，拿到了抓捕鳄鱼的一张执照。”杰夫·戴特说。

杜飞动心了。这是因为来到澳大利亚之后，在工作之余，他在几年时间里拍过几部纪录短片。题材有关于桉树和考拉的故事的，有关于澳洲小企鹅的，还有关于袋鼠袭击人类的。澳大利亚的桉树有几百种，他都一一辨认了，在那部关于桉树和考拉的纪录片里，他拍摄了桉树的种类，考拉为什么喜欢吃桉树叶，又为什么会喜欢睡觉。接着，情节转到了考拉被偷的故事：三个印度人用木头杆子硬生生把一只睡觉的考拉从树上捅下来抓住，把这只考拉偷走了，最后在警察的追踪下归还了考拉的故事。

杜飞还拍摄了小企鹅的纪录片。在那个纪录短片里，有个台湾地区来的游客，是个小伙子，他竟然偷了一只小企鹅，就在墨尔本市郊的小企鹅岛上。每年有个时间段，小企鹅都会上岸，这个年轻人可能是太喜欢小企鹅了，就想偷一只带走，等夜幕降临，他埋伏在小企鹅必经道路边的灌木丛里，伺机抓到了一只，塞进背包里。幸亏每一只小企鹅身上都有电子追踪芯片，所以，当小企鹅被偷之后，立即被电子追踪警报器发现。警察进行了追踪和抓捕，那个小伙子在去悉尼的长途大巴上被抓到，乖乖交出了被他藏在背包里的小企鹅。警察、动物保护者、记者和志愿者杜飞都参与了那一次的追踪。警察抓到了他，这个华人小伙子一脸无辜，不知道自己触犯了澳大利亚的相关法律，他还以为野生小企鹅谁抓到了就是谁的呢。

至于拍摄袋鼠袭击人类的纪录片，可让他吃了苦头。一头发狂的袋鼠接连袭击了晨跑的人，把其中一个女的打成了脑震荡。袋鼠可是拳击高手，出拳速度快，准确而凶狠。估计泰森都不是一只成年雄性袋鼠的对手，即使袋鼠戴上拳套。消息传开来，警察闻风出动，动物园派来了袋鼠专家，媒体也纷纷前来报道，杜飞也跟着潜伏在那片袋鼠出没的区域，和动物园员工、警察一起，守候着神出鬼没的那只脾气暴躁的大袋鼠。但他们守候了三天，那只袋鼠都没有出现。

第四天，杜飞装扮成一个晨跑的人，在小道上跑步的时候，突然就从旁边的草丛中一跃而起一只袋鼠，快速地将他击倒，然后那袋鼠还拿两只脚一跳一跳地踩他，把他当成一个玩具，踩了一个半死，随后才被在车里惊醒后出来的警察拿麻醉枪将袋鼠击倒，让杜飞摆脱了困境。即使那袋鼠殴击他、踩踏他，他手里的数码摄像机还没有松开，这时的狼狈相可是很宝贵的影像素材呢。

杜飞拿着自己拍摄的这些纪录短片去参加一些国际影展，获得了几个纪录片单元的小奖，这使他在拍摄动物方面有了点小名气。澳大利亚还有一个电影政策，就是电影拍出来两年之内都算新电影，都可以持续地参加影展，获奖之后就有几十万澳元支持，所以，杜飞过得也很好。不过，他在澳大利亚已经学会了生存，十年下来，他干过不少营生，这拍纪录电影，不过是他的兴趣罢了。

当达尔文市出现了一只白化鳄鱼吃人，需要抓住它时，杰夫·戴特就来找他，希望他用纪录片记录抓鳄鱼的伟大过程。

杜飞欣然答应了杰夫·戴特的邀请，回家准备东西，翌日就和杰夫·戴特一起前往达尔文市了。

“你的活法，和来澳洲的老华人太不一样了。祝贺你获得了悉尼电影节的纪录片奖。”金志成一边抽着烟斗，一边松开了握着杜飞的手。他的手白皙、绵软，一看就知道是生意人的手。

“不过，让澳洲华商协会出面组织请愿捉拿凶手，这个事情，也不那么好办。本来澳大利亚就一直有个白澳政策，你知道的，每年从欧洲的英国、爱尔兰移民的配额，要远远大于亚洲黄种人的配额，他们内心里害怕来澳洲的华人、印度人、越南人太多了，就想着要限制移民。移民还是要做好自己的事情。”

“澳大利亚本来就是一个移民国家，再说了，华人的声音本来就不大，协会为这事应该出头。”杜飞闻不惯金会长喷吐出来的丹麦烟丝的浓郁香气。

“那不过是个刑事案件，也不是针对华人商人的，受害者是个女孩，对吧？所以，杜飞，你让我们协会出面，这个就很勉强。但我旗下的媒体可以继续鼓噪，跟踪报道，保持关注度，给他们以舆论的压力，这总是可以吧？”

金志成是一位华人地产商，来自福建，一九八七年就来到了澳大利亚，开始了他的澳洲创业经历。作为从大陆来澳大利亚的华人新移民，经过了三十年的顽强拼搏，他现在是墨尔本华福集团的董事长，集团的公司业务涉及房地产行业、教育培训、华文报纸和网络媒体、国际旅行社业务。

杜飞知道金志成的故事，他去年还出版了一部自传，叫作《我的澳洲梦》，澳大利亚的华人人手一本。书上说，金志成来到澳洲那一年，他身上只带了几百美元，就开始了在澳洲的闯荡。作为澳洲房地产行业中崛起的新贵，他是新华人移民中做得很不错的一个，他已经由当初的一文不名，变成了新华人移民中间的亿万富翁级的实业家，总资产已经有数十亿澳元。

和他同时来到澳大利亚的还有很多大陆人，都饱受“黑民”——没有身份、超期滞留身份之苦，有的还进过警察局，有的过着朝不保夕、饥寒交迫的生活。经过了二三十年的努力，如今，他们都成了澳洲新华人移民的代表，适应了当地的文化习俗和法律经济环境，如鱼得水。他们中间，从事家具行业的后来做得很大，几乎垄断了某个类型家具的市场，有的占领盆景和花卉市场，成了行业的精英，有的华人是澳洲专门做壁炉的供应商，有的成为大小超市的老板，至于开餐馆、中医诊所的华人，就更多了。还有的在跨国保险公司里担当高级管理人员，更多的人当上了职业经理人和报纸、网络传媒的投资人。目前，澳大利亚约有两百多万华人移民，主要分布在墨尔本、悉尼、布里斯班等东部沿海的大城市里。华人移民群体也成为了澳大利亚多元文化构成的重要组成部分。而大陆的新华人移民大批来到澳大利亚，主要是从上世纪八十年代中后期开始的。

“我和那些老的华人移民有什么区别?”杜飞也很纳闷。

金会长的眼睛骨碌碌转动，闪闪发亮，他摆了摆烟斗，请杜飞喝茶。“喝口红茶。我见过很多八十年代就来到澳大利亚的华人，一开始打拼，为了生存，那叫一个惨啊。比如说，刚从你的二手车行买了一辆二手车的童大夫，他一九八六年就来到墨尔本，你猜他一开始干什么？”

“不知道，那个时候我才出生。我哪里知道他在墨尔本干什么。”

“他是在圣玛丽医院的太平间里，负责照看冰柜里的尸体。那些尸体，要存放一段时间，在火化之前都放在那里的。所以，他就整天干推尸体的活儿。后来他才慢慢地积累了一点钱，又学了中医推拿、理疗、针灸、按摩，等到这中医诊所在澳大利亚合法化之后，他才开了一家。这都三十年过去了。”

杜飞睁大眼睛：“他比您来得还早啊！这童大夫的手就像是死人的手，冷冰冰的，他抓着我的手，我就感到很难受。他说话也有气无力，就像是一个活死人。”

金志成吐了一口馥郁的香气，握着烟斗，很有一个英国绅士的派头。“对呀，中国人对太平间最敏感了。可他，你看童老头，他是什么都干过，只要能活下来。所以，你要理解他为了五十块钱，能和你磨三个小时的原因所在。就连他这个诊所，还是我帮了他，才能在那个社区开的。”

“我就讨厌童大夫这种磨叽的老头子，都快七十岁了，老想着占我的便宜。可我还是给童大夫便宜了五十块钱。”杜飞笑了笑，沉吟了一会儿，“那我明白了，你的意思就是我们还是要夹紧尾巴，把自己的日子过好，少管闲事，对吧？”

“对，你看童大夫，他想租靠海的那个社区的房子开诊所，周边全是墨尔本的老居民——都是些富裕的白人，现在已经不怎么敢瞧不起中国人了，因为他们祖传下来的好房子，都被这些年来的中国新富人给买下来了，包括他们的游艇和市郊的农场，全买下来了！所以，我去找了社区的人游说，他们才把一间房子租给了童大夫。童大夫用他半辈子的积蓄，开办了这个诊所。早年，中国人刮痧、针灸这类玩意儿，都是被澳洲人看成是半巫半医的鬼把戏，不怎么相信的。为什么说你和他不一样？为什么说你是新华人？你看你，北京奥运会之后，你来的时候就带着足够生活的钱，敢在墨尔本买房子，不仅入股二手车行，还能业余拍电影，到处参加国际影展，柏林、巴黎、威尼斯、戛纳、圣丹斯、东京到处跑，你说你是不是过得不错？”

杜飞觉得他说得很对。“可现在很多中国人都这么生活。那我们更不能对一个华人女孩子的遇害置若罔闻。金会长，您得发挥您的影响力，给他们施加压力，帮助他们尽快捉拿凶手。”

金志成会长放下烟斗，打算结束这次会面，站起来，握着他的手。“杜飞，我会想办法的。那姑娘死得太惨了。是个浙江来的姑娘吧？才二十几岁。唔，不过，现在是选举月，你得发动年轻的华人支持我当选大区议员。这个你可得帮我啊。”

杜飞跟着杰夫·戴特来到了达尔文市。在达尔文市，当地一位熟悉鳄鱼习性的、外号“红人”的意大利后裔瑞德曼前来和他们会合了。

瑞德曼个子很高，脸部、脖子和手上的皮肤都很红，果然是名副其实的“红人”。

多年以前，杜飞曾经在空中飞过达尔文市上空，如今，他本人亲自来了。这座城市与英国生物学家达尔文很有关系，一八三九年，达尔文曾到这里考察过，所以这里才以他的名字命名。实际上，这里生活着很多澳洲土著人，十九世纪七十年代在这里发现了金矿，很多淘金者来到这里寻求发财梦，达尔文市就发展起来，现在是一座现代化的滨海城市。市区中心位于港口边一座狭长的岛上。

他们三个人先去市区的史密斯大街上的一家海鲜店吃饭。杜飞看到，达尔文的市区不大，城市建筑有着热带风格，一排排的椰子树后面，矗立着一座座白颜色的玻璃大厦，显得十分明亮。市区里的人简直比草丛里的兔子还少，要是逛了那家购物中心，就等于逛完全市的核心区了。

达尔文市很有些原始的感觉，在街面上走动的人有棕色皮肤的土著人，还有欧洲白人后裔，以及黄皮肤的华人和越南人。这里是澳大利亚北部的矿物运输港，也是连接澳大利亚到亚洲和欧洲的航空转运站，市区有不到十万人。

杜飞想，人这么少，都不够鳄鱼吃的。什么时候他们去中国看看，那任何一座城市都是人山人海、川流不息的。见到杜飞，瑞德曼告诉他：“喂，杜，达尔文市还有一座你们中国人的庙，叫作列圣宫。要不要看看去？”

杜飞说："我对庙不感兴趣。我只对拍你们抓鳄鱼感兴趣。"

瑞德曼竖起了大拇指："听说你去年夏天帮助警察抓住了一个杀人犯，那也算是一只白化鳄鱼，对不对?"

杰夫·戴特也笑了，他感到很燥热。"达尔文只有两个季节：十一月到第二年四月是夏天，五月到十月是冬天。夏天多雨，冬天干燥。我们不用穿夹克衫了。"

他们要了啤酒，吃着龙虾。这里的人很喜欢喝啤酒，据说啤酒的人均消费量仅次于德国慕尼黑，排世界第二。

"这里是很舒服，热带气候。不像墨尔本，总是很阴湿寒凉，容易得关节炎。"杜飞说。

瑞德曼拿出来几张照片："有人拍了那条鳄鱼，这是它的长相，你们俩看看。"

杜飞看到，照片上一条巨大的白色鳄鱼，简直像是一种传说中的动物那样，在浑浊的水面上若隐若现，等待着和他们厮杀。

近两年，只要是在墨尔本街头随便走动，杜飞就能感觉这座城市与十年前他刚来的时候已经有很多不同了。

从菲林德火车站出来，对面就是那个有点像西班牙毕尔巴鄂美术馆似的艺术活动中心。他眼前的史旺斯敦街和菲林德街的交叉路口，有两座很有名的建筑，一座就是菲林德火车站，这是家住郊区的墨尔本人来到城区的中心火车站，建造于二十世纪初，虽然很有名，但车站并不高大，青铜圆顶屋顶，是维多利亚风格的建筑，墙体完全是黄色的石材，颜色非常醒目。车站的大门上面还挂了一个大钟，墨尔本人经常约会的用语，就是“大钟下面见”。

在这座以种族熔炉著称的城市里，如今有更多的非洲人出现了。也许是塞拉利昂内战使得澳大利亚接收了不少难民，一次，在电车上，他遇到两个穿着非常漂亮的非洲民族服装的姑娘——长长的花筒裙和包头巾，筒裙的黑白相间的花纹和格子显得缤纷万象，她们皮肤是黑色的，可是笑起来牙齿却很白，简直美极了。俩姑娘是墨尔本的新风景，他想着，但愿她们在这座城市里不会受到白人种族主义者的歧视，甚至更严重的是，不受到任何伤害。

杜飞前往意大利街上的一家叫作“TOTO”的比萨饼店吃比萨，那个店名竟然和一个卫浴厕所用具品牌名一样。墨尔本意大利街又叫来贡街，以聚集了大量意大利风格的餐厅和咖啡馆而闻名。在墨尔本，海德堡区则是德国移民居住的地方。唐人街，则是华人聚集的地方。日本人住在布莱顿区，韩国人住在卡内基区和图罗加区。

杜飞看到，挨着菲林德火车站就是墨尔本的母亲河雅拉河，河上有一座古老的桥，叫作王子桥，并不宽大，桥上人来车往，十分热闹。火车站北侧马路对面，据说是墨尔本市最贵的地皮，那里有一幢八层高的建筑，一楼是一家有名的餐馆。最早在澳洲获得了上等人地位的华人移民先驱梅光达，据说，就在那个街角开过一家很有名的茶餐厅。他早年在英国受到了完备的英式教育，后来来到了墨尔本，经营茶吧和咖啡馆，他谈吐优雅，很受人喜爱，因此生意兴隆，由此进入到了澳洲人的上流社会。

后来，他被一个小偷刺杀，距今已经一百多年了。

杜飞刚来澳大利亚的第二年，就去过淘金镇。如今，那是一个很受游客欢迎的地方，距离墨尔本不很远，是讲述淘金者来到澳大利亚的美妙故事的绝佳场所。尤其是，那里有十九世纪的华工淘金者最早来到澳洲的情况。那次去淘金镇，在导游的带领下，他下到一个金矿的矿井里看了看。参观矿井是当地的保留节目，虽然是专门为游客保存下来的，但是现在仍旧在生产。杜飞看见一个巨大的水车，仍旧在转动，把矿下的水抽上来。

他沿着一个平行的坑道往里面走。坑道里的风是凉的，光线暗淡，导游给每个人发了手电，很快，他们来到了垂直升降机跟前。导游告诉他，当年的矿工就是乘坐升降机下降到深井里去挖金子的。他们继续往里走，越来越黑暗了，微弱的灯光在飘摇，他觉得氧气不够，有些头昏脑涨的，什么都看不清楚。最后，他们来到了一个坑道的拐弯处，这里有一个小小的放映室，导游关掉了灯光，然后给放了一段立体影像。

这个影像片有中文解说，是专门给来参观游览的中国人准备的，可见中国游客一定很多。坑道里暗了下来，影像片是在石头墙壁上放映的，非常清晰，讲述一个华人在老年的时候，回忆他来到澳洲的经历：作为一个华人青年，他是如何来到了澳洲，如何在这里奋斗，在这里挖到了金子，又如何被白人地痞流氓欺负，亲人死的死，伤的伤。他终于挖到了金子，然后衣锦还乡，儿孙满堂，过上了幸福的生活。

影像片只有十分钟，但那一刻杜飞觉得似乎很漫长。他透过时间的帷幕，看到了一个华人青年，向往财富，来到澳洲打拼的辛酸经历。在坑道里，这样的环境看这样的影像片，给他一种身临其境的独特感受。

从坑道里出来，往前走，不远处是当年华工在这里淘金的生活情景展览。杜飞看到了熟悉的华人塑像和装扮，很小的房间里有各种用具，此外，还有一尊关帝的塑像被供奉在一个龛里。这是老华人淘金者用自己的生命写就的澳大利亚的第一章。

早在一八四二年，从欧洲大陆来到澳洲的一批白人移民，在墨尔本地区发现了金矿，由此掀起了持续多年的澳洲淘金热。这个消息很快传到了欧洲和亚洲，于是，那些渴望发财致富的人争先恐后来到了新大陆。几年之后的一八四五年，就开始有广东沿海一带的华人坐船奔赴澳大利亚，怀着和那些先期抵达澳洲的欧洲白人移民一样的渴求黄金和财富的梦想，开始了他们艰辛的淘金生涯。这些淘金者人数最多的时候，多达好几万。后来，他们中间的一些人淘到了金子，衣锦还乡了，还有一些人因为疾病、迫害和被谋杀，永远不能回到故乡了。

就从那时起，澳洲成为新的希望之地。此后，来自中国大陆、香港、台湾地区和东南亚各国的华人移民在不同的年代，如二十世纪初三十年代、五十年代、七十年代和八九十年代，以及二十一世纪这些年，通过各种途径络绎不绝地来到了澳洲，在这里开创自己的事业，建立起新生活。

杜飞在7-11便利店里买了一张电子车票卡，花了十块钱，他还发现，这些年在墨尔本，印度人基本上把7-11这样的便利店给包了。他还发现，出租车司机大部分也都是印度人，其中还有锡克教徒，脑袋上包着一个厚厚的头巾，就像顶着一个鸟巢。在澳大利亚，印度人的声誉和地位比华人低一点，但是印度人很团结，如果他们的人在澳大利亚被打、被杀，女人被强奸或者被欺负了，那么，他们会立即把电话打到印度国内的电台、电视台或者报纸媒体那里。于是，马蜂窝就被捅了开来，一时间，印度全国的各类媒体大力地、群情激昂地报道，引发了印度人对澳大利亚的抗议。

杜飞记得，大前年有个印度人在意大利街一家酒吧里斗殴，被白人杀死，结果，印度国内立即爆发了大规模的针对澳大利亚的抗议，澳大利亚总理府也被印度移民围得水泄不通。第二年来澳大利亚留学的印度人，一下子减少了百分之四十，澳大利亚政府总理也专门到印度去做工作，缓解两国关系。

而华人移民在澳大利亚受到白人和其他族裔的欺负时，往往选择忍气吞声，即使是受害者，也不愿意接受媒体采访报道。杜飞记得很清楚，二〇一一年，一位来自武汉的大学生在悉尼的火车上被几个白人打死了，那几个白人青年没有别的原因，他们就是憎恨亚洲人，憎恨亚洲人来到了“他们的”澳大利亚，就打死了这个华人大学生。结果，这个事情在报纸上也不过是发了一条消息而已。至于那几个白人暴徒，杜飞一直关注着法院的判决，知道他们被关了几年之后，很快被保释出狱了。

最近一些年，因为接收非洲难民，在墨尔本市，黑人也多了起来，也有他们的聚集区。每年来到澳大利亚的几万个移民，三分之一都选择住在墨尔本。但是，澳洲白人感到了紧张——移民的犯罪率在快速上升。新南威尔士州警察局也由于种族歧视，成为近日媒体关注的焦点。原因是在纽卡斯尔市的一家快餐店打工的三名印度移民，被一群白人司机殴打成重伤住了院。据目击者说，当时有五名白人卡车司机在吃午饭。他们先是大声讨论印度人和巴基斯坦人的区别，接着开始数落印度人如何不讲卫生，印度男人喜欢强奸，等等。

三名印度服务员实在听不下去，亮出印度裔身份，上前要求这几个人道歉，几名白人挥拳就打，还打电话找来了在隔壁饭馆吃饭的几个同伴，在二十分钟的时间里，他们砸坏了店内所有的桌椅、餐具，抢走了冷柜内的酒水饮料，将三名印度裔店员打倒在地，才扬长而去。一个多小时后，警察才赶到，却以证据不足等理由拒绝立案。于是，印度人在国内和澳大利亚都掀起了抗议的热潮。他们再度沸腾了。

杰夫·戴特带着瑞德曼和杜飞，登上了一艘电动螺旋桨铁船，这艘突突突响着的破船还能对鳄鱼产生威胁？杜飞不太相信。油漆掉落，船身破旧，就这么航行在阿德莱德河的河道上。在杜飞的数码摄像机里，河水浑浊，呈红黄色，看不清水下有什么。

“鳄鱼喜欢吃什么？”站在船头的杜飞问杰夫·戴特。

杰夫·戴特正在瞭望着河汊纵横的开阔地带，瑞德曼在船舱里驾驶机船，透过玻璃窗，可以看见他的嘴里嚼着什么，像是在说话，可你又听不见他在说什么。

“鳄鱼是肉食动物，它吃水里的鱼虾，还吃水鸟和乌龟。它还吃野兔、鹿、角马和山羊。”杰夫·戴特笑着说，“不过，我们这次的诱饵不是你我，主要是鱼。一条很大的鱼的一半。你看，那边有鳄鱼！”

杜飞放下摄像机，顺着杰夫·戴特所指的方向看过去，远远的一片河滩上，正趴着几条灰绿色的鳄鱼。

杰夫·戴特叫瑞德曼把船开过去。等到距离那几条鳄鱼很近的时候，大部分鳄鱼开始动弹了，它们左右摆动着身体，赶紧爬进了河里，不见了。有一条鳄鱼还趴在河滩上，仰起了脑袋，示威似的看着他们靠近。

杰夫·戴特仔细观察，说：“不是我们要找的那条白化鳄鱼。这条是黑绿色的。那条吃人的鳄鱼，要比这条大多了，大一倍。”

机船距离那条大鳄鱼很近了，能看到它的大嘴里交错的牙齿。杜飞倒吸了一口冷气。那么大的鳄鱼，还不把这艘船顶翻了？

前面的河道变窄了，出现了小河汊。杰夫·戴特指挥瑞德曼往右开，进入到一条小河里。这边的水生植物十分茂密，芦苇非常粗壮，并不高，也比较疏朗，芦苇变胖了。水鸟被船惊动，从河边灌木丛和水草间纷纷飞起来，鸣叫声急促而愤怒。这里是它们的地盘。

杜飞忽然看见一条带着环形花纹的水蛇，在水面上摆动身体游走了。

杰夫·戴特瞅准了地方，在这里放下了钓饵——一块十多公斤的大海鱼的前半身，带着个大脑袋。他取出来的时候，杜飞不认识这是什么鱼，但这鱼已经有点臭了，是瑞德曼在市场上买来的。

“鳄鱼的鼻子很灵，它肯定能闻到。”杰夫·戴特大声喊，叫瑞德曼把船开慢点。杜飞和杰夫·戴特抬着已经挂了大大小小很多十分复杂的鱼钩的钓饵，将那块前半个身子的糟糠臭鱼，扔到了河道里。扑通一声，钓饵鱼在河里翻了一个身儿，不见了。腥臭味儿弥漫开来。

“会上钩吗?”杜飞的问题可真是多。

“你要是有耐心，那条白化鳄鱼就会上钩。它吃人吃上瘾了，你来了，它一定会来找你的。不信，走着瞧。这家伙现在疯了。”

“它吃掉的两个人，都是什么人?”杜飞问杰夫·戴特。

“当地人。一个男人，一个女人，都是白人。它不吃亚洲人，尤其是你们中国人。中国人的肉可能比较酸。”杰夫·戴特哈哈大笑了起来。

从电视画面上看，尸体的面部尽管打了马赛克，但状况还是非常惨。这具亚洲裔女尸，是在墨尔本市郊一处流速很慢的小河里发现的，距离市区一百五十公里。那里人烟稀少，道路连接了不少小型农场和郊外别墅，十分隐蔽，适合抛尸。凶手用刀子划破了她的脸，剜掉了眼睛，把她捆得结结实实的，装在黑色垃圾塑料袋里。电视解说员说，发现的时候，尸体已经开始腐烂了。

警察判定，发现的就是一周前失踪的中国女孩何仪婷的尸体。她从浙江来墨尔本才几个月。出事那天，她从墨尔本市区菲林德火车站上了火车，她有亲戚在墨尔本市郊住，她和他们住在一起。本来应该在某一站下车的，但是等着接她的亲戚却没有看见她下来。等了一个晚上，也没有见她回来，就报警了。

发现尸体后，警察进行了初步调查。有目击者称，这个中国姑娘平时的穿着打扮很性感，喜欢穿黑色超短裙，常常露出红色蕾丝花边内裤的边缘，暗示她的举止不雅、身份可疑。还有人声称，在火车上看到有几个白人青年和她发生了激烈争执，后来，她就跟着他们提前下车了，似乎互相认识。也不知道他们是什么关系，也不知道火车上的争吵是怎么回事。警察在她提前下车的火车站进行了调查，那天傍晚，没有人看见她的行踪。

澳大利亚的媒体和几家华人报纸和网站跟踪报道了这件事，但很快，跟警方的调查停滞不前一样，媒体也就不怎么关注了。华人女孩何仪婷的死，悄无声息是肯定的，和印度女人在澳大利亚被伤害所造成的影响大相径庭。尸体被发现之后，又热闹了一阵子，死者的亲戚督促澳洲警方抓紧破案，这事逐渐淡下来了。

杜飞为报纸上何仪婷微笑着的生前照片而刺痛，深受刺激。他见过她，她曾在一个月之前来到他的旧车行，询问过旧车的价格，看来是想买一辆旧车。她笑得很甜美，个子不高，戴着粉色墨镜，喜欢穿黑色衣裙，走路也很袅娜。这么一个二十岁出头的中国姑娘，带着灿烂的笑和对美好生活的向往，来到了澳大利亚，却在几个月之后梦断墨尔本，惨死于凶手之手，还有着不白之冤和不明之情！有澳洲的英文报纸暗示何仪婷从事非法卖淫活动，可能是在性交易过程中，被杀害的。这是将她从道德上抹黑，泼上脏水。

杜飞愤愤不平。他联想起来，印度人对澳洲某个白人强奸了一个印度女孩的举国愤怒。你为什么不愤怒？他问自己。我没法愤怒，因为凶手都还没有抓到。那凶手能被抓到吗？澳大利亚警方一向是行动迟缓，效率低下，很难说。

那你就自己去调查吧，杜飞，你自己去调查吧！一定要抓住凶手！既然警察懈怠甚至是无能，那我就自己干。

杜飞是一个很倔强的人。他忽然有了这个想法。于是，在尸体被发现的第二天，就前往发现她的地方查看。他本能地觉得，他会对此有所发现。他想到的是，在何仪婷出事那天，墨尔本下了一场小雨。凶手劫持和杀害她，应该就在当天，后来，警方发布的信息里也证明了死亡时间。这些都是杜飞很注意的细节。在下雨天作案，痕迹既会很少，比如雨水会冲刷和干扰痕迹的保留，也会加重信息留存下来的痕迹。比如，雨中会留下清晰的车辙印和其他痕迹。

他开车一百多公里，摸到了发现何仪婷尸体的地方。在那条长满了青草的河边，还有一股淡淡的尸臭味儿。一些硕大的澳洲苍蝇在嗡嗡嘤嘤。这里的确比较僻静，从大道上拐下来，要拐几个弯才能到达，抛尸很方便，无论是来还是逃跑都很便利。看来，杀人罪犯很熟悉这里的地形地貌。至少他可能来过这里。

杜飞细心地在河边寻找着他认为自己能找到的东西，他果然找到了。在距离现场五十米的地方，道路边的泥地里，有一道很清晰的汽车右轮胎的车辙印。他仔细查看，拍照，测量，塑型。

他站起来，从这道车辙的地方望向五十米外的拐弯处的河道岔口，觉得自己找到了很重要的线索。

为什么这么肯定？因为杜飞是一家旧车行的中介商，他能从那道车辙的痕迹，去追踪杀害何仪婷并抛尸的凶手的车子。不管他们是谁，有几个人，是白人还是有色人种，这一次，杜飞一定要抓住他，谁让他们杀的是中国人。

从抛尸现场取到了车辙印子的注泥塑型，杜飞回到了他的二手车行。他仔细地核对着最近一些天买卖二手车的记录。在杜飞的印象里，就在出事前三天，有一个白人小伙子，脸色苍白，一看就是经常吸食大麻的家伙，来买过一辆二手的越野车。黑色的越野车，已经开了六年，车况仍旧很好，这辆车的车胎却是车主去年才换的新轮胎。

啊，杜飞查到了，他在墨尔本市郊居住，名叫弗兰克·奥布莱恩，就是这个家伙。车主还有家庭住址，他二十八岁，住在小惠灵顿镇。杜飞买卖二手车的车行里，这些信息都有保留。

他打算去亲自会一会那个家伙。隔了一天，他戴上一顶红色的棒球帽——他的老婆龚蓉说，只要他戴上红色棒球帽，好运就来到。那就戴上红色棒球帽，他开车直接去了小惠灵顿镇。那个小镇距离市区有几十公里远，有几百户人家。每户都是那种木头顶棚的别墅。一座很安静的小镇。

杜飞中午到了那里，一些喜鹊在枝头跳跃，空气很清新。杜飞按照地址，找到了弗兰克·奥布莱恩的家。他下了车，停好，走向几十米开外的那幢房子，然后摁响了门铃。

门开了，出来了一个花白头发，面容很慈祥的老太太："您找谁？"

"我找弗兰克·奥布莱恩，我是一家旧车行的经理。他在我那里买了一辆车。我想问问车的事情。"

"哦，他去了镇上的戒酒中心，在那里参加活动呢。"老太太给了他一个地址。显然，她是弗兰克的老祖母，起码年龄看上去像。

按照地址，他开车来到了几公里外的戒酒中心。说到澳大利亚的戒酒中心，杜飞就感到很可笑。这类地方一般是给酒鬼准备的社区服务机构，带些辅助的心理治疗。他曾经在这样的中心做过几次义工。酒鬼大部分是男人，只有个别女人。澳洲男人喝酒也很凶猛，所以，酒鬼一点都不少。在戒酒中心，这些酒鬼通常是十几个人围坐成一圈，然后每个人讲讲自己酗酒的经历和打算戒酒的决心。他曾听到一个家伙在戒酒中心开口说：“我已经有五天没有喝一口酒了。”然后，大家都为他热烈鼓掌。接着，他又说，“我以我祖母的生命起誓：我绝对不再喝酒了，我再酗酒，她就会立即死掉。”

其他人不干了：“那你到底是爱你祖母，还是恨你祖母啊？你是盼着她死呢还是盼着她活？”

这家伙就支支吾吾，说不上来了。于是大家一阵哄堂大笑。这完全是酒鬼的一派胡言。

杜飞当时也笑了。酒鬼很难戒酒的，无非是少喝一点罢了。

远远地看去，这个戒酒中心很小，辅助建筑上还有很多为儿童、女性提供帮助的项目标牌。他一眼就看见了他出售出去的那辆黑色的二手车，是他卖给弗兰克·奥布莱恩的那辆车。车子就停在马路对面。但弗兰克·奥布莱恩还在戒酒中心里呢。

杜飞站在那里等了半个小时，戒酒中心里的人散了，酒鬼都出来了，看着个个都很正常，起码白天走路不摇晃。杜飞稍微有点紧张。这是很关键的时刻——他就要和那家伙面对面了。他要看那家伙的第一反应。他已经认出来，弗兰克·奥布莱恩，长头发、高个子，正在向那辆黑色越野车走过去。

杜飞朝他大喊：“弗兰克·奥布莱恩！”

弗兰克·奥布莱恩转过身来。杜飞迎面走过去，说：“我认出你来了。我是卖给你这辆车的旧车行的杜先生，你记得吧？”

弗兰克·奥布莱恩很警觉地问：“什么事？”

“这辆车的前车主叮嘱说，轮胎内胆和刹车系统有点老问题，让我再回访一下。可以请你把车子开回车行，让我们好好检修一下吗？这也是对你负责任。”

弗兰克·奥布莱恩狐疑地看着他，有那么三四秒，两个人的目光是完全对着的。杜飞死死地盯着他看，毫不懈怠，他一定要盯住对方的眼睛，直到他的灵魂现出原形。杜飞感觉到，弗兰克·奥布莱恩的眼神在闪烁、躲避，他狡诈、蛮横、凶残，但这样的眼神也会畏缩，也会躲闪，最终是打滑。

杜飞确定了，这家伙很有问题！

“不用了，这车我开得很好。我很满意，不要再费周折了，再说，我自己也会检修。谢谢你。再见。”弗兰克·奥布莱恩冲他笑了一下，转身走向那辆汽车，开门坐进去，发动车子，立即加速远去了。

杜飞看着扬长而去的那辆黑色的车子，走了几步，蹲下来，仔细地看路边的轮胎痕迹。干燥的天气里，那里的车胎痕迹很轻淡。

机船慢慢地、突突地在河道上缓行。水草茂密，不光适合鳄鱼隐藏，就是坏人藏在这里，也很难被发现。达尔文市果然名不虚传，的确有着不少史前时代的原始风景。只要是往任何一条河流深处走，就有水潭和沼泽地带铺展开来。在这迷宫一样的地方抓捕一条白化的凶残鳄鱼，实在是不容易的。但杰夫·戴特对鳄鱼的习性非常了解，达尔文市政府请他来抓捕那条吃人的鳄鱼，实在是找对人了。他又找来杜飞拍摄这一过程，真是又找对人了。

“那家伙吃了一个男人，一个女人。男人是达尔文市郊的居民，一个星期天，他在河道边钓鱼，不小心就被这条悄悄靠近的白化鳄鱼给拖到水里吃掉了。他的同伴目睹了整个过程，但毫无办法。一周之后，在河道尽头的自然公园里，有一个从悉尼来的女游客，划船去河上拍照，被这条白化鳄鱼顶翻了小船，然后把落水的女人照样拖进水里，吃掉了。从此，这条吃人的白化鳄鱼名声大噪，臭名昭著了，然后，大家都防备起来了，他们接着就去找来了我。”

杰夫·戴特告诉杜飞：“当地人已经给这条罕见的成年白化鳄鱼取名为怀特·佩尔，意思是‘白珍珠’，这家伙白化了，是由于体内的黑色素含量较低的原因，它的肤色变化是因为孵化环境。在孵化过程中，如果鳄鱼巢里的鳄鱼蛋过热，就会导致细胞分裂错误，引起突变。”

世界上现存的大型鳄鱼平均体长四米以上，重达三百公斤。鳄鱼全靠它那长长的、强而有力的颚来猎获猎物，嘴里都是锥形齿，短腿，行动一般很迟缓，却能快速发动袭击。它的皮很厚，带有鳞甲。

鳄鱼是卵生，鳄鱼的卵是利用太阳的热量和杂草发酵的热量，进行孵化。母鳄鱼会把鳄鱼巢建在向阳坡上的草丛中或者低凹处的遮蔽地带，一次会产蛋几十枚。成年鳄鱼一般在水下活动，只有眼和鼻子露出水面。它们的眼睛和鼻子十分灵敏，受惊后，就立即下沉。

“钓饵动了！”杜飞一边拍摄，一边大声喊道，一下子打断了自己的回想。他在船尾一直密切观察钓鱼线的动静。

“快拉鱼线！快拉鱼线！”瑞德曼也在驾驶舱里大喊，把杜飞的思绪拉回到了眼前，拉回到了阿德莱德河的支流上，拉回到了这个夏天抓鳄鱼的场景，而不是去年。水下一定有个重物，也许就是那条鳄鱼。现在，杜飞在船尾大喊上钩了，他们的确看见鱼线在激烈摇晃。

杰夫·戴特赶紧控制住坚韧的鱼线，摇动手柄收线。鱼竿立即弯曲了，可见钓到的东西很大。

杜飞放下小型摄像机，拿来了一面小型渔网，还有胶带和绳索，那是专门用来抓捕鳄鱼用的。他看到了钓饵鱼在激烈地活动，就像活了一样，似乎有一条鳄鱼已经紧紧地咬住了钓饵，它上钩了！

杜飞兴奋了起来，他帮助杰夫·戴特拉渔线。他们收收放放，机船开得慢了，这样的缠斗要进行好久。杜飞感觉起码和钓获物战斗了二十分钟，一直到那家伙在水里彻底疲惫了，然后机船停下来，他们继续收线。

杜飞紧张极了。他的镜头对准了河面。鳄鱼是吃人的东西，这家伙要是露出水面，那一刻是非常紧张的。

杰夫·戴特很有经验。“不对劲儿。”他说。

“什么不对劲儿？”

“我感觉不是鳄鱼。”

“那会是什么?”

“会是别的大家伙。比如大鲇鱼。”

杰夫·戴特继续收线，杜飞准备好了渔网、胶带和绳索都没有用上。机船靠近了河岸，瑞德曼走出来，也打算帮忙，可鱼线太沉了，他们使劲地拉，拉，拉，最后，水下一片银白色和灰黑色交替的颜色浮现出来，水面出现了一条大鱼!

是的，一条大鱼上钩了！足足有一百斤的样子。“是一条大鲇鱼!”杰夫·戴特喊。杜飞看过去，的确是一条超过了五十公斤重的大鲇鱼。它长着金色的长长的胡须，鲇鱼的大嘴离开了水，一张一合的，眼睛很大很傻很天真，那意思是：你们把我钓上来干什么?

杰夫·戴特跳下了水，水深齐腰，他一把就把这条猎获的大鲇鱼抱了起来，很重。但依靠水的浮力，他完全可以举起这条大鲇鱼。杜飞用摄像机记录下这一也算辉煌的时刻。

他们后来把这条鲇鱼放到岸上的一块塑料布上，进行了测量和称重。这家伙重达四十六公斤，体长一百五十六厘米。然后，他们把这条大鲇鱼重新放归了河里。在澳大利亚，钓鱼不过是一个游戏，钓到的鱼都要放生的。除非你馋到家了，才会把活的鱼拿回家亲自杀死。杜飞知道这个规则。

“这么大的鲇鱼，在这一片也很少见。”杰夫·戴特说。

“可我们没有抓到鳄鱼。要是它是鳄鱼就好了。”杜飞这句话说出来，就立即感到了后悔，在这时候说这个话，简直是不合时宜。

杰夫·戴特的脸色沉了一下。“看来得换一种钓饵。你说说，鳄鱼最喜欢吃什么？”

杜飞说：“你告诉过我，鳄鱼是肉食动物，它吃水里的鱼虾，还吃水鸟和乌龟。它还吃野兔、鹿、角马和山羊——有蹄类动物在水边喝水的时候，会遭到鳄鱼的袭击，然后鳄鱼就吃了它们。”

杰夫·戴特得意扬扬地说：“你有一样没有说，那就是，鸡。我们下回拿鸡肉当作钓饵，像你们中国人说的那样，守株待兔——等待兔子来上钩，用这个办法抓鳄鱼！”

杜飞笑了。

杜飞这天出门的时候，天气很好，晨风非常清爽。不过，云彩不断地遮住太阳，在大地上布置下短暂的阴影，让人想起生活中的不如意。这是他从郊区开往墨尔本市他入股的那家旧车行的路上看到的风景。

他这天起得很早，要赶去旧车行。在转了几个弯之后，他从后视镜里发现，有人在跟踪他。那是一辆黑色的别克越野车，跟在他的旧宝马车后面。自从前几天在戒酒中心外见到了弗兰克·奥布莱恩，杜飞就提高了防备。他面对的，可是杀人的人啊！

杜飞有个好习惯，出门前，他会仔细检查车里的行车记录仪，他的第六感告诉他，弗兰克·奥布莱恩那家伙会来找他的。从他的名字看，弗兰克·奥布莱恩像是一个爱尔兰裔的家伙。而爱尔兰人强悍好斗，喜欢搞团团伙伙，在美国和英国都很让人害怕。

他再转过一个弯，猛地刹车，把车停在路边，距离他所在的旧车行只有一百多米远。那辆跟在他后面的车子也停下来，在五十米之外不动了。

他通过后视镜观察，那辆黑色别克越野车外表很脏，好久，才从车上下来了两个人。都戴着墨镜，走了过来。他决定不摇下车窗。

那两个人走到了他的车窗外，敲了敲玻璃："嘿，问个路。"

杜飞看着那人戴着绿豆色的反光墨镜，没有摇下车窗，在车内摇了摇头，大声说："不要问我，去问警察！"

跟在后面那个穿着夹克衫的家伙忽然从口袋里掏出一个瓶子，向杜飞的汽车引擎盖上倒了些液体。浓重的汽油味儿弥漫进了驾驶室，那家伙紧接着就打着了打火机，将打火机扔到了引擎盖子上，嘭的一声响，微暗的红色火苗就燃烧起来了。

杜飞一看，这两个家伙是有备而来，他右手打开车门，猛地一推，门口那个墨镜男一个趔趄，跌倒在地，爬起来跟在折身跑开的花夹克男后面就跑。

杜飞的左手多了一柄不到一米长的铁棍。这是他早就准备好的，他向他们追过去。穿花夹克衫的家伙停下来，右手里拿着一把匕首，杜飞这时非常勇敢，他大声喊着："快来帮我！"他希望自己旧车行里的人能听见，然后，挥舞着手里的铁棍，空气中是铁棍的破空之声。

看了那么多李小龙的电影，架势很吓人。

那花夹克衫的墨镜男很精瘦，也很敏捷，用手里的匕首向杜飞挥舞了几下，冲刺过来，手里的刀子划过杜飞的手臂，衣服割破了，一瞬间非常疼。但杜飞的铁棍也狠狠地打在他的肩膀上，他哎呀一声，接着逃跑了。

店里的三个人，听到，也看到了这一幕，从那有着透明的大玻璃窗的旧车行里冲出来，沿着马路喊着跑来了，手里拿着灭火器和别的家伙。大个子约翰、雷恩和瘦子小马哥三个人，都跑过来了。

两个袭击者向自己的车跑去，他们逃跑起来也是一阵风，一下子就钻进了自己的车子，掉转方向，猛踩油门，就跑远不见了。

大个子约翰、雷恩和瘦子小马哥三个人气喘吁吁地跑到了他的跟前，用灭火器扑灭了燃烧着的前机器盖上的火焰。火熄灭了。浓烟散去，杜飞查看自己受伤的胳膊，有一道浅浅的刀痕划过了他的胳膊，血痕很淡，小风一吹，很疼。

小马哥问他："那两个家伙是什么人？"他狐疑地看着杜飞，觉得杜飞惹了不该惹的人，"是澳洲的黑社会？你欠了赌债了？我记得你从不去雅拉河边的那个大赌场，对吧？"

杜飞笑了笑，他想起来在雅拉河边那家很有名的墨尔本赌场，每天上演的赌场故事。有一天，一个马来西亚女人中了大奖，直升机带着她在墨尔本上空观摩，可直升机却离奇地失控，最后跌落到了雅拉河里，爆炸了。女人和驾驶员都死了。真是乐极生悲。

“我是中彩了，”杜飞说，“接下来，可能会更精彩呢……”

杜飞醒了。原来，这是他做了一个梦。光天化日之下，按说在澳大利亚是没有人敢于明目张胆地袭击他，还烧毁他的车的。但他觉得奇怪，这个梦做得这么逼真，中国人说，日有所思，夜有所梦，这是一定的。

他和妻子吃了早饭，去车行上班。

等到他的车子开出去没有多远，他从后视镜里真的看到了一辆车在跟踪他，就和梦中的场景一样。不过，那是一辆白色的别克越野车。他有意地多绕了几个弯。那辆车始终跟着他的车，来到了他工作的车行附近。旧车行在威斯汀路上那个大购物中心边。不过，等到他到达工作单位，那辆白色的越野车消失了。

他走进自己的工作间，从大玻璃窗向外观察，没有什么动静。

快到中午的时候，忽然，他听到了咣当一声响，赶紧去察看。是一块从别处飞来的石头，打碎了车行的一扇玻璃窗，他冲出去，看到了街角那边，有两个年轻人上了那辆曾跟踪过他的白色别克车，一溜烟儿不见了。

他从地上捡起一块石头，正是这块石头砸碎了车行的窗户玻璃。仔细看，石头上还用橡皮筋绑着一张纸条，有一行英文字：

“黄狗，小心点！”

店里的大个子约翰、雷恩和瘦子小马哥走过来，看着他拿着这块石头，问他：“你惹了什么人了？欠了墨尔本黑帮的赌债了？”

杜飞就像他在梦里回答的那样："我中彩了，接下来，可能会更精彩呢。先报案吧，我要知道刚才那辆白色的越野车的车主是谁。路口的监控录像，应该能够调取。"

下雨了，雨滴细密地在河面上撒开来，像中国炒豆一样落在水面上。杰夫·戴特和杜飞穿着雨衣坐在船尾，机船缓慢地穿越这条河。今天，他们要诱捕那条大鳄鱼，那条吃人的白色魔鬼。必须严阵以待，杜飞看到杰夫·戴特和瑞德曼的表情很凝重。

鳄鱼喜欢下雨天，这样它们就能在水下悄悄地潜行，攻击因下雨导致河水缺氧不得不浮上水面的鱼。阿德莱德河的支流中，这条小河里的鱼很多。不过，这次他们选择的诱饵是一只鸡。这只鸡拔去了毛，还开了膛、去掉了内脏，挂在杰夫·戴特专门用来钓鳄鱼的复杂钓钩上。

杰夫·戴特站在船尾，他像甩一颗手榴弹一样，将钓饵鸡扔向河里，和豆大的雨点一起，落在噼里啪啦响着的河面。

"这样的雨天，那条杀人的白化鳄鱼肯定喜欢出来逛逛。"杰夫·戴特信心满满地说。

瑞德曼把船开得很慢。河岸上，灌木丛的阴影不见了，天是阴的。几只野水鸭从河边游过去，很安静。瑞德曼说他很喜欢打野鸭，不过，这一次他是在专心开船。抓鳄鱼不能分心，尤其是，他们现在也是它的袭击目标。不定鹿死谁手呢，鳄鱼现在吃人上瘾了，只要靠近这条河，就是靠近了它的地盘。鳄鱼一旦袭击了人，它就不会停手了，它嘴里习惯了人血人肉的滋味儿，它会接着吃人的。

他们在河面上漂流。杜飞看到几只野鸭舞动着翅膀想要飞起来，但已经迟了，从水下忽然蹿出来一个绿黑色的影子，一条鳄鱼真的出现了！它一嘴就咬住了一只在奋力挥动翅膀、准备起飞的鸭子，将它拖下了水。水面浮起一些泡沫，其他的鸭子都飞起来了，呱呱地叫着，惊惶地飞走了，可那只水面上的鸭子已经在水下被鳄鱼吞吃了。

“不是那条鳄鱼。”杰夫·戴特看到这一幕，说，“可我的直觉告诉我，那个白家伙就在附近。”

雨越下越大。天地之间哗哗地响。钓鱼线猛地动了一下，抓着鱼线的杰夫·戴特一个趔趄，差点摔倒，正在拍摄的杜飞一把抱住他的腰，扶住他。“咬钩了，鳄鱼咬钩了！”他大声说。

杜飞能感觉到水下的力量很大，有个大家伙咬住了钓饵，那只鸡。鳄鱼肯定是一口咬紧了，不松口，然后开始撕扯。要是对付再大一点的动物，鳄鱼就会玩起它最拿手的一招——死亡翻滚。在水中，鳄鱼咬住角马或者山羊的喉咙，然后奋力转着圈翻滚，转啊转，不停地转，直到猎物彻底窒息而死，再慢慢地把猎物拖到一边，去撕咬和吃掉它。现在的一只鸡不至于让它来个死亡翻滚，但杜飞感觉到，这道开胃菜让它感到了兴奋，它咬得很紧，东西到了嘴里，想让它吐出来都不可能。水面很浑浊，看不见水下的鳄鱼。

猛力的拉扯之间，杰夫·戴特没有掌握好平衡，雨水使得船舱很滑，他一下子掉到了河里，这一刻十分危险。也许，那条鳄鱼就等待着这一刻，然后把杰夫·戴特变成它的囊中物。杜飞也差点被拖下水去，手里的摄像机掉在船上了。水下的那家伙的劲儿大极了。

“就是它！就是它！”杰夫·戴特在河水里大喊。他紧紧地拉住渔线，瑞德曼全神贯注把船稳住，他跑出驾驶舱，举起一支鱼枪，沿着绷紧并深入水下的渔线方向，射出了一支带着小鱼叉的绳镖。那是一种古老的射枪，为了抓住这条鳄鱼，杰夫·戴特和瑞德曼准备了各种武器。当然还有别的武器，能够击杀鳄鱼的威力巨大的霰弹枪。

显然，瑞德曼射出的这支绳镖击中了水下的鳄鱼。浑浊的浪在翻滚着，水下一定有着激烈的翻腾，大量的水泡冒出来了。杰夫·戴特敏捷地爬上船，杜飞拉了他一把，瑞德曼继续开船，把船向岸边靠去。

假如这次钓到了白化鳄鱼，就会和它斗争很久，这一过程很漫长，是个较劲的过程，也是体现意志的时候。一直到鳄鱼疲倦得不能动了，它才会浮出来认输。这时就能收鱼线，慢慢把疲惫的鳄鱼拉近船舷，此时要有一个人勇敢地跳进水里，用准备好的绳索弄一个套套住鳄鱼的嘴巴——在它张嘴咬你之前，拉紧绳索，把鳄鱼的大嘴巴彻底封住，这样它那最重要的武器就没有用了。然后用防水胶带快速缠绕加固封住鳄鱼的嘴，再用绳索捆住它，用专门的网把它裹到渔网里，鳄鱼就跑不了了。

杜飞来不及摄像，他紧紧拉住钓鱼线，但忽然间他和杰夫·戴特的身体向后一仰，差点跌倒了。再一看，水里的钓鱼线飞起来，断了，那条将钓饵吃到嘴里的鳄鱼扯断了鱼线，跑了。

杜飞抹了抹脸上的雨水，赶紧捡起摄像机，他连那条鳄鱼的影子都没有看见。

一屁股蹲儿坐在渔船上的杰夫·戴特沮丧地说："就是它，就是那个白家伙，这次它又胜利了，它吃掉了诱饵，还成功逃脱了。"

杜飞站起来，看到河面上一层层的浊浪掀了起来。是海水在倒灌进这条河。

看着那张警告他的纸条，杜飞认为，砸碎了旧车店窗户玻璃的大石头，就是弗兰克·奥布莱恩冲着他来的警告，告诉他要少管闲事。

他觉得弗兰克·奥布莱恩那家伙更加可疑了。如果他不是杀人凶手，怎么会来警告他？可能他们觉得，他这个亚裔华人能被吓唬住。在这片土地上，外来的白人曾很凶悍地杀光了大部分澳洲土著人，还把流行性病菌带给他们。棕色皮肤的，兜着一块兜裆布把生殖器遮住、手里拿着梭镖、投枪，胸前的胸饰是野猪牙、豪猪刺或者贝壳、牛角之类的装饰物的澳洲土著，从此就只能在保留地生活了。

杜飞记得，他第一次去悉尼看望一个大陆来的朋友，在那个朋友开的超市里就见到了一幕奇异的景象：一个澳洲土著小伙子，进来拿了几罐饮料，也不付钱就走了。杜飞惊呆了，以为是碰到了小偷或者是强盗。

但那个朋友告诉他："那个土著就是拿点饮料。他们是真正的本地人，我们都是外来人，白人把他们杀得只剩下了这么点人，所以，现在对待土著都是很宽容的，拿点东西，也算是对人家的补偿——开商店的都知道这规矩，拿点就拿点吧。你占领的是人家千百年来就在此繁衍生息的土地，你还有什么话说？"

可现在的澳洲华人，不再是当年来这里淘金要口饭吃的老华工了。那三维影像动画里的百年以前的华人淘金者的悲惨生活，深深地印在杜飞的脑海里。那个美丽清纯的温州姑娘何仪婷死得太惨了。爸爸妈妈养她到这么大，费了多少心血？她自己又是怀揣着多么大的希望来到了墨尔本？结果，在一个夜晚，被澳洲的坏小子欺辱和强奸，然后被残忍杀害，还被抛尸到无人的僻静之地。这仇怨，作为一个华人，决不能随便就这么完了，必须要把罪犯绳之以法。

想到了这些，杜飞变得愤怒了。他叮嘱自己要冷静。看来弗兰克·奥布莱恩他们有个团伙，有好几个人，他面对的都是澳洲的坏小子，他们的祖先过去屠杀澳洲土著的时候下手非常狠。而他们的血液里，就有着这野蛮的基因。他必须要小心。而对警察，他并不是很信任。

关键是取到那辆很可能是弗兰克·奥布莱恩用来杀死并运载何仪婷尸体的车子。现在的刑侦技术很发达，假如那辆汽车是作案工具，弗兰克·奥布莱恩在车上作案杀人，一定还有生物痕迹留存。而提取到何仪婷的DNA等生物痕迹，就是破案的关键。

他想，必须盯紧弗兰克·奥布莱恩。他去暗中盯梢。这是一个早晨，他去过弗兰克·奥布莱恩家。那辆黑色的越野车停在院子里，没有任何动静。他盯了一天，看不到弗兰克·奥布莱恩出来。

他回家后感觉到很疲惫。妻子龚蓉给他包了饺子，吃得很好，晚上睡觉的时候，他睡不着，想来想去，决定去找到弗兰克·奥布莱恩的那辆车，交给警方，再把取得的其他物证也交给警方。

他告诉妻子龚蓉，他要把那辆嫌疑车从弗兰克·奥布莱恩那里偷取回来。

“你这样做是违法的，你可以告诉警察这些情况，让警察去决定怎么做。你不要自己去做。”龚蓉提醒了他。

杜飞尝试了向警察报案，报告得很细致，说了他的所有怀疑。有个警长还上门来到旧车行，拿走了那块砸碎他的车行的石头和那张威胁他的纸条，认真听取了他对这一案件的分析。

警察迟迟没有举动。也没有任何回复。他去找金志成，金董事长也爱莫能助。这让他十分恼火，不能再等待了！他决定自己干。那辆车的钥匙他早就想办法配好了，对于他这个旧车行的经理，这点办法还是有的。

摸到了那家伙的家门口，天黑了，这时没有狗叫。澳大利亚这一点比较好，很多狗都不叫，性情很温和，体格很大的狗，一点都不凶悍。

狗不叫，夜色很白。空气很凉，杜飞让龚蓉开车，距离弗兰克·奥布莱恩的家只有几百米的地方，把他放下来。白天里他看好了。他悄悄地走近弗兰克·奥布莱恩的家，靠近那辆车，把那辆车车门打开，上了车，立即发动着，然后把车子开走了。

龚蓉开车紧跟着他。杜飞把车子一下开到了墨尔本市负责何仪婷案件的警察局的门口，在车里留了一张纸条，把车钥匙也留下了，然后，他用公用电话给警察局打了报警电话。

“涉嫌谋杀何仪婷的嫌犯的车子，现在停在警察局的外面。请你们详细检查这辆车，最好是有生物提取技术的法警介入。”

“好的，您是谁?”

“我是关心这个案子的一个华人。”然后，杜飞挂了电话。

第二天，很多报纸都报道了这个案子的新进展。电视上也有对这件事的报道。警察局发言人说，有匿名人士将这辆车开到了警察局，警察正在对这辆车进行检查，并传唤了车主，但车主突然失踪，目前联系不上。

又过了一天，电视上说，警察已经从这辆车子上提取到了和死者何仪婷案件有关的重要生物线索，等待进一步核实。

“车主失踪了。弗兰克·奥布莱恩那家伙不见了，老公，你要小心一点儿啊。”龚蓉说。她去上班，出门的时候叮嘱他。

“我估计警察很快就传讯那个家伙了。”杜飞信心满满，“我们可以推测，警察提取到了何仪婷的DNA，能很快发出逮捕令，拘捕那个家伙。”

“这车子可是你偷走的，那家伙不会来找麻烦吧?”

“你想想，他都躲起来了，跑还来不及呢。”杜飞说。

那个夏天的那个夜晚，半夜里，熟睡的他听到了一点奇怪的声响。杜飞的耳朵一向是非常敏感的。

是的，就在屋子外面有很轻的声音在拨弄他家的门。

他家的门是防盗锁，一般人是打不开的。他起身了，手里拿着一根铁棍。那铁棍不长，也就五六十厘米。是他用来防身的，有棱有角。出门的时候装在公文包里不显山不露水的。平时他会挥舞着练几下子，不能手生了。下手要狠，不然你就是坏人的囊中物了。出门在外，全靠自己了。中国有句老话，“害人之心不可有，防人之心不可无”。

他起身躲在门边的柜子后面。里面都是他和龚蓉的鞋子。龚蓉怀孕了，三个月后，他们在澳洲要有自己的宝宝了。但今晚上注定要有大事发生。

屋子里很安静。屋外一定有人。就是那个家伙，要来对付他了。

杜飞刚想到这里，门开了，一个家伙闪身进来了。就是弗兰克·奥布莱恩的身影，他见过他。杜飞立即冲过去，兜头就是一铁棍。咣当一声巨响，那家伙戴着的摩托车头盔被打掉了。看来，对方是有备而来。

一击不中，杜飞稍微有点慌张，那家伙手里有刀，黑暗中月光下寒光一闪，扎过来，刺中了他的胳膊。

他再次冲过去，用手中的铁棍击打入侵者。现在，他断定这个身上狐臭味儿很大的家伙，就是杀害何仪婷的那个家伙。肯定是他，他现在是报复性垂死挣扎，前来杀掉杜飞的。

搏斗中他们手上的东西都掉在地上了，黑暗中两个人扭打在一起。弗兰克·奥布莱恩体格高大，一下子把杜飞扳倒在地，手里多了一条绳索，他狰狞着说："你想让我坐牢，我要杀了你，再去坐牢，黄狗，去死吧！"

杜飞的脖子上多了一条绳索。他这是第一次知道什么是窒息的感觉。他憋了一口气，而对方要勒死他。这一刻短暂又漫长，那家伙肯定练习过柔道摔跤，他很会控制人的身体，将杜飞倒拖在地上，控制住他的身体关节，让他不能动弹，然后用绳子紧紧地勒住他的脖子。

杜飞的眼泪都出来了，他在奋力挣扎。弗兰克·奥布莱恩的劲儿很大，杜飞想，像何仪婷那样一个弱女子，是无论如何都摆脱不了这家伙的侵袭的。他快要完了，感觉到自己要死了，被勒死了。啊啊啊，杜飞的脑海里闪现出卧室里的龚蓉，她还在睡觉呢。

就在这一刻，客厅里的灯亮了。龚蓉拿着一根棒球棍，怀孕的肚子微微凸起，穿着睡衣打开了灯，已经冲了过来。她是一个棒球好手，她一眼看到了地上躺着两个叠起来的人，而杜飞的眼白已经翻出来了。

她冲过去，用棒球棍一下子击打在弗兰克·奥布莱恩的脑袋上。连续击打他，一下、两下、三下、四下，把那个家伙打得半死。弗兰克·奥布莱恩的手缓慢地松开了。杜飞剧烈地咳嗽着，他挣脱了控制，赶紧滚在了一边。

龚蓉很勇猛，她又朝那家伙的膝盖和手腕等身体关节猛击，使眼前的入侵者，弗兰克·奥布莱恩，一个爱尔兰人的后裔，彻底失去反击能力，然后她和缓过来的杜飞一起把他捆起来。

接下来就是报警，就是警察来到。警方的反应速度很快。入室谋杀现场的出警速度还是很快的。

后来，在警察局里，在人证物证面前，弗兰克·奥布莱恩都认罪了。就是他杀了何仪婷。

那一天，他和另外两个家伙——就是开着白车朝旧车行扔石头的两个人，在通往墨尔本郊区的火车上，骚扰何仪婷。何仪婷骂了他们，弗兰克·奥布莱恩很恼火。火车行驶到半途中，何仪婷为了躲开他们，就先下车了。可那一站碰巧就是那三个家伙打算下车的地方。两个人帮弗兰克·奥布莱恩将她控制住，放在他的车上就走了。是弗兰克一个人把她带回住家附近，强奸并且杀害了何仪婷，然后开车去一百多公里外的地方抛尸。

整个过程就是这样。经过了审讯，一审下来，弗兰克·奥布莱恩被判处三十年监禁。他提起了上诉。二审还在继续进行中。在澳大利亚，没有死刑，那家伙只怕是要在塔斯马尼亚岛上的监狱里待着了。

杜飞终于算是为何仪婷的死不瞑目申冤了。

这一天，晴空万里。阿德莱德河的河水上涨了。前些天的雨量增加，让这河水泛滥，很多鱼都在跳跃起来。河里的亚洲鲤鱼也多起来了。

杜飞看过一部纪录片，讲的是美国淡水河水系里，有一种入侵物种叫作亚洲鲤鱼，繁殖得非常快，在机动渔船和游艇驶过的时候，会纷纷跳出河面，直接砸在船甲板上和人身上，能直接把人砸晕了。亚洲鲤鱼蹦蹦跳跳的景象，实在是一个奇观。

这一天，杜飞在河面上看到了这一壮观情景。在他们的船行进当中，很多金光银光闪动的亚洲鲤鱼跳起来，砸在船上。也不知道它们是过于兴奋，还是在激烈抗议机船对它们平静生活的骚扰。或者就是这些亚洲鲤鱼太多了，泛滥成灾了，只要是船经过河面，它们就要跳起来。

忽然，一条飞起来的鱼，一下砸到了站在甲板上瞭望的杰夫·戴特的脸上。杜飞放下了手里的摄像机，立即去抓那条还在甲板上扭动身体、弹跳着的鲤鱼。果然是一条很大的鱼，灰褐色的身体上长着金黄色的鱼鳍，十分肥壮。

杜飞抓起来，又把它扔到了河里。

站在甲板上的杰夫·戴特摸着红红的脸，笑着对杜飞说："你看，这些亚洲鲤鱼入侵到北美和澳洲的河道里，多得不得了，还采取了对我们的自杀式袭击。不过，今天是和鳄鱼决战的时刻。”

“我要拍好今天这一幕。英雄。”杜飞手拿摄像机，冲他竖起了大拇指。

机船缓慢行进，他们来到了那条白化鳄鱼很喜欢出现的一片三角洲地带。这里水域开阔，几条支流交汇，水流带来了丰富的营养物质和浮游生物，鱼虾类都很多，很多鳄鱼就喜欢在这一带出没。

钓饵还是鸡肉。一只肥壮的大公鸡作为钓饵在机船的尾部水下拖行。鸡肉的血腥和香味儿在水下弥漫，鳄鱼一定能够闻到。当然，鳄鱼这家伙很聪明，还能闻到人的味道，杰夫·戴特、瑞德曼和杜飞的味道。再说了，它和他们交过手，他们输了一次，不仅丢掉了钓饵，还差点让杰夫·戴特呛了水，让杜飞的摄像机摔坏。杰夫·戴特耐心地盯着鱼线，船不动了，熄火了，在水流中漂荡。一个小时就这么过去了，然后，鱼线动了，扯紧了。

杰夫·戴特大喊：“鳄鱼咬钩了！”

几个人立即紧张了起来，杜飞看到了一条白色的影子在水下浮起来。果然是那条巨型白化鳄鱼，它出现了！它瞪着大眼睛，一下子跃出水面，眼睛盯着船上的几个人。那姿态是在示威，显示它毫不在意眼前的几个人。杜飞的摄像机里，它嘴里咬着那只钓饵鸡，被它轻松地含在牙齿之间，咬紧了，还没有吞到它的肚子里。

它这么浮起来，等了一会儿，就猛地撞向了他们的船。

瑞德曼赶紧回到了机舱，刚发动着机船，那头巨型白化鳄鱼就撞在了船体上，它想一下子把这艘船顶翻，然后对这三个人展开血腥攻击，包括死亡翻滚，然后再大快朵颐，大吃人肉，这样杜飞不过是它的三盘菜的其中一盘。

杜飞一下子跌倒在船上。杰夫·戴特站在船尾，赶忙收着鱼线，手里的转轮急速转圈。可这条巨型白化鳄鱼采取了主动进攻，根本不怕他收线。它不想逃跑，它要主动进攻！这就是这白化鳄鱼的厉害，第一下没有把船顶翻，它转了一个圈，又回来了，再一次猛地撞向了船。

船体的底部咣当一声响，机船向一侧猛烈倾斜，差点翻船了。白化鳄鱼的劲儿真大，杜飞紧张极了，他赶紧拍摄，镜头里这条叫作“白珍珠”的大鳄鱼起码有四米多长。杜飞想象着自己被这条鳄鱼咬住，那种疼痛是多么的难受，就像去年夏夜弗兰克入侵到他家里，差点勒死他的感觉。

那一次是绝处逢生，这一次是针锋相对。

白化鳄鱼的第二次撞击，还是没有把船顶翻。它就从船底游过去，它身上有着从史前时代一路进化而来的坚硬的鳞状角质外皮，坚硬无比，嘎吱吱摩擦着船底，发出了难听的声响。

等它钻过去，杰夫·戴特大声喊：“射鱼枪！杜，给我射鱼枪！”

杜飞赶紧给他拿来带着绳镖的鱼枪，杰夫·戴特瞅准了水下钻出的那团白花花的影子，射出镖线击中了它，铁刺标枪头深深地扎入了它肚腹的薄弱处。

鳄鱼一定很疼，它猛地下潜，差点将杰夫·戴特带到了河里。这一次，他站稳了，没有掉下去。

“下面，我们要好好遛遛这条鳄鱼了。”他大声喊，“瑞德曼，开船!”

瑞德曼开着船，机船在河面上慢慢地走着，那条鳄鱼已经吞下了钓饵，嘴里是坚韧的吊线，它摆脱不了了。时而它冲过来，撞一下轮船，将船撞得左右摇晃，时而船的速度稍快，鱼线拉紧了鳄鱼的嘴巴，将白化鳄鱼紧紧地拽着走。

遛鳄鱼，是为了让鳄鱼筋疲力尽，但这条大鳄鱼可是精力无穷的家伙，很难筋疲力尽。就这么，他们在河上遛了两个多小时，这期间鳄鱼一次次冲撞他们的船，试图把船顶翻，让船上的人落水，然后它再攻击对手。它这一招险些得逞，但最终没有成功。杜飞用摄像机全都拍下来了。

眼看着到了下午了。“收线!”杰夫·戴特大声喊，机船上的滑轮开始工作了，钓着鳄鱼的粗大鱼线开始收回。

水下的白化鳄鱼终于浮现了，这鳄鱼真大啊！杜飞睁大了眼睛。这是史前时代的巨物，长长的上下颚，咬合力能让钢铁制品都败下阵来。但现在，被遛得有些没脾气了的鳄鱼，浮出了水面。

杰夫·戴特悄悄地给杜飞和瑞德曼说了一些话，像是怕被鳄鱼听见一样。绳索起吊，鳄鱼的嘴巴给吊起来了，这条贪吃的鳄鱼，最终因为自己的欲望而失去自由。杰夫·戴特瞅准了机会，一下子跳进了河里，他很勇敢。白化鳄鱼向他冲过来了，它要撞死他！来个你死我活，鱼死网破！杜飞紧张极了，拍着这一幕。

说时迟，那时快，杰夫·戴特手里的绳套准确地套在了鳄鱼的嘴巴上，拉紧，将它那凶狠的大嘴捆住了。然后，又用绳子捆住它的身体。机船继续起吊，将鳄鱼拉起来，前半个身子出了水。

杜飞掌握机器吊杆，把鳄鱼拉转过来，靠近船舷，迅速用防水胶带在鳄鱼的嘴巴上缠绕，一圈、一圈又一圈，把鳄鱼的大嘴缠紧。在这一刻，这条白化鳄鱼的身体疙里疙瘩，看着就像是从一条白色的魔鬼尸体演化过来的一样。眼睛里绿色的荧光闪闪发亮，它和杜飞对视，它的残忍变得哀怨了，在眼睛里闪现。

杰夫·戴特已经上来了，杜飞有点害怕。白化鳄鱼不甘就擒，它一扭身体，扑通一声从半空掉进了河面。鳄鱼非常恼怒，做出了垂死挣扎，它开始了翻滚——为了摆脱杰夫·戴特刚才在它身上捆的绳子。随着它的翻滚，水面冒出了浑浊的浪花，但它徒劳无益地翻滚了一阵子，依旧无法摆脱捆在身上的绳索和嘴巴上的绳套和胶带。它的四肢十分短小，帮不上忙，几个脚爪的距离都比较远，这就是鳄鱼的生理缺陷了。最后，它疲惫地停下了，浮在水面不动了，任凭吊线把它拖曳着走。

杰夫·戴特转动手柄，再次将鳄鱼吊起来大半个身子，它的长尾巴还在水面之下。杰夫·戴特举起了渔网枪，射出了一面渔网。这面渔网的网眼很细密，兜头就把鳄鱼给包裹住了。

白化鳄鱼完全落网了。它不仅被捆住了身体，封住了嘴巴，它还在一张坚韧的渔网里了。机船开始突突突地在河面上行走。胜利了。收工了。

有那么一刻，杜飞想起他看过的海明威的小说《老人与海》里的老渔夫圣地亚哥返航的一幕：鲨鱼吃光了大马林鱼的鱼肉，他带回来的是一条巨大的鱼骨头。那么现在，在他们的船尾，是被收在网里的那条白化鳄鱼，他们生擒了这个吃了人的大家伙。真棒，杜飞想，真棒！我们终于抓住了这条吃人的白化鳄鱼！

“最后会怎么处置它？”杜飞拿着摄像机，拍摄着杰夫·戴特，问他。杰夫·戴特站在船尾，平静而自豪。风把杰夫·戴特那古铜色的皮肤吹得水珠四溅。他那灰色和金色头发夹杂的长发飘散，十分潇洒。

杰夫·戴特已经五十八岁了。这家伙很是了不起。

“达尔文市议会采纳了死者家属的意见，决定把这条鳄鱼放到公园里单独关起来——毕竟它杀了人，不能自由活动了。等它死了，再做成标本，陈列在鳄鱼博物馆里。因为白化鳄鱼还是很少见的。要是达尔文亲眼看见这家伙，会惊呼发现了一个新物种。说不定还会写出关于物种进化的文章呢。杜飞，谢谢你，你这一次和我们一起抓鳄鱼，过程非常棒。对不对？”

杜飞竖起了大拇指：“难以忘怀。”

“杜飞，等到我们回达尔文市，你接下来要去哪里？”杰夫·戴特问他。

杜飞的眼前顿时浮现出艾尔斯巨岩的画面："我想去看看澳大利亚中部的艾尔斯巨岩山。这一次，抓到了白化鳄鱼，见证了这么伟大的事，我想再去看看澳大利亚的象征艾尔斯巨岩。"

杰夫·戴特说："哦，那你得穿越澳大利亚中部了。从达尔文市往东南走，要先经过凯瑟琳镇，然后到达艾利斯斯普林斯镇，从那里你再向西南走，在整个澳大利亚大陆的最中心，就是艾尔斯巨岩。那块红色的大石头。"

几天之后，人们处置了那条白化鳄鱼，把大鳄鱼关在了自然公园的一处水泥池子里，供人参观。"白珍珠"被抓获的消息传遍了整个澳大利亚，很多人都过来参观这吃人的家伙。可"白珍珠"整天闭着眼睛睡觉，几个月之后郁郁而死。它最终被制成了鳄鱼标本，一直在达尔文市的鳄鱼公园里放着。

杜飞在达尔文市租了一辆越野车。妻子龚蓉从墨尔本飞过来了，她要和他结伴而行。他们做了周密的准备，然后就驾车出发了。就像杰夫·戴特说的那样，从达尔文市出发，他们要沿着一条穿越澳大利亚中部的高速公路一路南行。这一路，壮阔的澳大利亚中部的荒凉景色尽收眼底。

穿越澳大利亚大陆中部的旅行，在他们的眼前徐徐展开。经过阿德莱德里佛、凯瑟琳、纽卡斯尔沃特斯、滕南特克里克、艾利斯斯普林斯这些听上去音节清脆的节点般的小镇，然后，他们到达库格拉镇，休息了一天，他们从那里再继续前往乌鲁鲁-卡塔楚塔国家地质公园，前方就是艾尔斯巨岩——一块横断的截面般的红色巨岩，海拔一千多米，作为澳大利亚这块大陆的象征，正在等待着他和龚蓉的来临。

2018年3月18日

鹰的阴影

傍晚的时候，他们抵达了山脚下。这片区域非常荒芜，杂草都很少，没有人在这里扎营。

“我们要加快速度，不然赶不上他们。他们可能在海拔四千多米的那个营地等我们呢。”

陆英勇对周翔说的“他们”，指的是另外几位登山者。他们是通过互联网上的登山爱好者联盟网站认识的。那几个人来自美国、匈牙利、奥地利和法国，再加上他们两个中国人。

周翔是一个登山新手，而陆英勇已经有十多年的非凡的登山纪录了。他登上了好几座世界上最有名的山峰：乞力马扎罗山、麦金利峰、厄尔布鲁士峰、文森峰和查亚峰，分别属于非洲、北美、欧洲、南极和大洋洲。他还到达过南极点和北极点。前往这些人迹罕至之地，是人体很难承受的极限之旅。正因为如此，才有一些人挑战自我，面对大自然，趋之若鹜地去攀登那直入云霄的高大山峰，抵达那渺无人迹的南极点和北极点。

陆英勇就是一个不断挑战自我的人。他今年四十岁，刚好比周翔大十岁。早在2008年北京奥运会举办的那一年，他就离开了传统行业，在互联网商业领域打拼，是一家上市公司的董事长。而周翔是和他有生意关联的一家公司的总经理。他们是生意上的合作伙伴。但从内心里来说，周翔觉得陆英勇是他精神上的引领者和兄长。他们的渊源很深，早在周翔多年前加入到大学里那个著名的划艇队时，他就知道了陆英勇的名字。

大学划艇队成立很多年了，常常和世界著名大学，比如哈佛、牛津、剑桥等大学的划艇队进行友谊比赛。而取得最好战绩的划艇队，就是陆英勇担任队长的那一支。那是上世纪九十年代的后期了，这位身高一米八八的划艇队队长，带领他的划艇队员们击败了世界上几所最著名大学的划艇队，取得了冠军。十年之后才考入到这所顶尖大学里的周翔，在划艇队的荣誉室内，看到了照片上和队友一起捧着奖杯的陆英勇的照片，就流露了崇拜之情。

后来，尽管作为队长的周翔和他的队友们非常努力，在当年的世界著名大学划艇友谊赛中，他所在的划艇队取得的最好成绩只是第四名。参加划艇比赛，周翔才看到了欧美大学划艇队的队员们个个身形高大，如猛虎下山一般把个小小的划艇划得像是离弦的箭一样飞，又像是脱缰的野马一样快，中国大学队根本不是对手。可为什么早在十年前，陆英勇当队长的那一届，划艇队就能取得冠军？比赛结束之后，队长周翔想不通。因此，在荣誉室内，他看着墙上的照片里陆英勇冲着他笑的样子很羞愧。

很快，这就成了毕业之前的校园记忆，被周翔淡忘了。毕业之后，忙碌于自己的事业，直到有一天周翔和一家公司谈合作的时候，他才知道了这家公司的董事长，就是学长陆英勇。两个有着相距十年的年龄差距和母校记忆的划艇队队长热烈握手了。后来，他们的合作愉快，陆英勇经验丰富、意气风发、老到成熟，在新媒介时代的商业领域里转圜自如，让周翔十分佩服。周翔就跟着陆英勇一起在生意场上攻城略地，顺风顺水。

后来，有一天，陆英勇请周翔到他的公司参观他的登山纪念小馆。那是一座玻璃幕墙建筑，矗立在二环边的繁华地段，整栋大楼有十多层，外形上看是透明的，建筑风格有些后现代或超现实主义风格。这就是陆英勇的公司总部大楼。周翔来到了十层，出了电梯。来来往往的人很多，公司里的俊男靓女穿梭不止，说明了这家公司的成长性极好。

楼层值班的女秘书看了工作安排，告诉他陆董事长的办公室房间号，他就沿着走廊走过去。这样他就穿越了陆英勇布置的登山纪念小馆。说是小馆，的确是个小馆。这个基本上沿着长廊布置的登山纪念小馆所陈列的，都是陆英勇这些年登山所用过的东西。大大小小、长长短短的东西，如雪地靴、登山冰爪、绳索、手杖、尿罐，而很多氧气瓶就像是废弃的炮弹壳。

周翔还在仔细端详这些登山用具时，陆英勇已经出来迎接他了，和他一起走出来的还有一位气质高雅、面容漂亮的女士，他说：“学弟，这是我夫人祁红，她现在要去赶飞机，我送送她。”祁红和周翔握手，微笑问好，又对陆英勇说："你有客人，不要下去了。"她的笑容里有一种大气爽朗的感觉。在电梯边，陆英勇很细心地把祁红穿的碎花衬衣的衣领整理了一下，拉了拉手，和她告别。

他走过来，给周翔介绍那些东西。这个是四十年前法国人在山上留下的氧气瓶，那个氧气瓶更加古老，是八十年前美国人留在喜马拉雅山上的，他带回来作为纪念。虽然是废品了，可不能当垃圾扔掉，这是标示时间刻度的最佳纪念物。

陆英勇的大办公室被布置成了登山营地。他还养了很多只猫。漂亮的、长相奇怪的黑猫、白猫、花猫，在帐篷、登山绳索、标志旗、上升器、防滑钉和雪镜之间上蹿下跳的。还有鹰和乌鸦的标本，在半空中挂着，像是还在翱翔。林林总总的登山器具，全部展现在眼前，这奇特的内景和其他所有的公司办公环境的布置都不一样。这也是他激励员工的方法，更是招揽合作者的一种无形的广告。这广告在说：这家公司的老总攀登过世界上很多高大到直入云端的雪峰，值得崇拜，值得信赖！

"那鹰和乌鸦都是真标本。登山的时候，大鹰有时候在你的头顶飞翔，有时候在你脚下的山谷里滑翔，你可以看见它展开翅膀的阴影缓缓划过山体。乌鸦嘛，在登山途中，如果你坐下来在雪地上喘气，不到一分钟，乌鸦群就会发现你，然后，它们就在你的头顶盘旋。呱呱叫着，它们以为你不行了，打算吃掉你的眼珠和舌头，以你为食物呢。这个时候，你就必须站起来继续走，然后，乌鸦就一哄而散了。"

周翔感到了一丝恐惧。这时，他想到了一个问题："师兄，你告诉我，既然登山很艰难，可为什么还有那么多人要去呢？"

陆英勇眨巴着眼睛，笑了笑："因为山在那里。"他拍了拍周翔的肩膀，看着他疑惑的眼神："这不是我的回答，是一个著名登山家的回答：因为山在那里，所以就要去攀登。"

周翔忽然就明白了，为什么登山？因为山在那里。他懂了。他说："我也要登山。我能跟着你去登山吗？"

"当然可以啊，你要是能登到更高处，你的公司也会发展得更好。那是一种居高声自远的境界。你应该去登山。"

从那一次见面之后，周翔就在陆英勇的指导下开始学习登山了。陆英勇先帮助周翔联系了一所登山学校。在西藏的喜马拉雅山下，有这样的学校。登山者要通过一两年的实地学习，逐渐提高攀登山峰的海拔高度。假如你还没有登上过一座小山包，就不能去攀登海拔超过五千米的山峰，那很可能是要死人的。必须经过登山训练。在训练中，有的人进阶快一点，有的人慢一点，有的人甚至发现自己根本不适合登山。等到登山训练学校觉得你可以登山了，你要提出申请，有关部门才可以给你发登山许可证。

然后，最根本的地方在于钱。没有钱一定不要去登山，这是一项十分昂贵的探险运动，那些登上顶峰的人，几乎可以说是钱堆上去的。至于花多少钱，那就要看你的实力了。

"你甚至可以花几十万美元，雇上几个夏尔巴人，把你抬到珠穆朗玛峰上去。有没有这样的人呢？当然有了。欧美的一些富豪，有的就是这么上去的。夏尔巴人在高山上如履平地，富豪被抬上去，因为他们付钱了。可这就没有什么意思了。登山运动，有一个最重要的特征，那就是要自己一步步地走上去。"

"一步步地走上去？"

"是的，一步步地走上去。不是一步步地走上去的，就不算登山。这是登山的一个铁律。再说了，人生的路不也是这样吗？一天天、一月月、一年年，就这么过来了。没有谁能快进或者放慢这一人生的时间速度，时间对每个人的衡量标准是一样的。登山，就要一步步地走上去。"

在山脚下支好帐篷，陆英勇又仔细检查了帐篷的几个角，压上了防风的石头。他们算是扎营了。今晚，陆英勇和周翔就要在帐篷里过夜了。

他们吃牛肉干，喝水。周翔这时很感念在山前地区出发的村子里喝到的塔吉克女人煮的奶茶。那奶茶到现在还让他觉得胃里热乎乎的，很舒服，很有热量。躺在睡袋里，一时睡不着，周翔说：

"你是怎么登上乞力马扎罗山的？它是非洲的第一高峰。美国作家海明威有一篇小说，就叫作《乞力马扎罗的雪》。"

"我知道海明威，后来自杀了。他还获得过诺贝尔文学奖。他喜欢斗牛、打猎、捕鱼，年轻时驾驶一艘机船去搜寻过德国潜艇，负伤后在后方医院里喜欢过一个意大利女护士。有一部美国电影说的就是这个故事。”

“那是根据他的小说《永别了，武器》改编的。我还记得结尾，主人公和那个死去的女护士告别，然后‘一个人冒着大雨回家去’。非常硬汉派。乞力马扎罗山，海明威就爬上去过。他的那篇小说里写道：有一只豹子死在雪线之上。”

黑暗中，陆英勇被唤起了遥远的记忆：

“那是十二年前的事了。乞力马扎罗山在坦桑尼亚，最高峰海拔5895米，不算很高大，却是非洲最高的山。攀登乞力马扎罗山，面对它，分别有左、中、右三条上山路。其中，右路距离比较短，坡度也很缓和，不过中间有一段在山脊线上走，地势很险要。最艰难的是走中线，就像是坐缆车一样，直接提升海拔高度，迎面爬上去，路途近，但很费力气。最舒服的是左线，在山脚下的小村落吃饱喝足之后，开始登山，爬到海拔三千米的地方，就向右拐，走一条平缓的路，这是一条最美的观光线路，然后和中线的登顶道路汇合，冲刺最后的海拔一千多米的高度，到达顶峰。有意思的是，山脚下完全是热带风光，可爬着爬着，你就进入到了冬季的寒冷。从山脚下向上面看，能看到山峰被白雪覆盖，可靠近了却是一片白云缭绕，都是云里雾里的，你必须穿越整个云雾层，才进入到雪山的范围。非常有趣而神秘。山下的热带森林里，植物多样，繁茂无比，有很多猴子，不怕人，问你要吃的。你不要乱给东西，否则它们就一直跟着你，伸着手，你不理会了它们会抢你的东西，就跟峨眉山上的猴子一样。摆脱了猴子，你继续攀爬，渐渐地钻入一片云雾，出了云雾，啊，眼前一下子豁然开朗了，远处白雪皑皑的峰顶在召唤你。”

周翔想象着陆英勇的那次登山的旅途。他又问："海明威的那篇小说的开头就说到，在乞力马扎罗山上有一具风干的花豹尸体，可没有人知道，花豹跑到那么高的地方死去是为什么。你看见过山上有非洲花豹的尸体吗？"

陆英勇笑出了声："海明威写那篇小说，距离现在有百八十年了吧。我爬乞力马扎罗山，可以说没有费什么劲儿，很快就登顶了。那是一次愉快的经历，这使我几乎轻视了登山运动，结果，我就吃了苦头。"

"怎么吃了苦头？"

"在第二年的五月，我就去攀登珠穆朗玛峰，结果登顶失败，功亏一篑。当时我已经上到了八千多米的高度了，就差几百米的海拔，但无论如何，我都不能再前进了。身体完全不行了，意志也崩溃了，我就下山了。"

"为什么会失败呢？"

"说到底还是准备不充分。到了第二台阶的时候，我无论如何不能再前进了。尤其是我还看到了不远处一个登山者的尸体，我就崩溃了，不能再前进了。"

“珠穆朗玛峰上有很多登山者的尸体吗？”

“不算很多，但的确能看见。在大本营有一个墓地，是石头垒的一些石堆，有人纪念性地营造的。每个石堆的前面都有人在石头上写了字，说是纪念谁谁的。那个人已经死了，但不在石堆里埋着，而是在山上死了，在更高的地方下不来了，死在登山途中了。被雪山留在那里了。”

停了说话，黑暗中，周翔沉默了好久。他听到外面起风了。这时，死亡的阴影就像是大鹰展开了翅膀，一瞬间飞过来，遮蔽了他爽朗的心情。登山是要死人的，这是他心理上没有准备充分的。

默不作声了许久，周翔听到陆英勇接着说：

“在珠穆朗玛峰的南坡和北坡，两条登山的主要线路的边上，都有死去的登山者。攀登珠峰的死亡率是百分之四，就是登顶一百个人，死四个人。有的是看不见的，他们掉入了冰缝，也有的，被雪崩掩埋了，失踪了。还有的掉入了悬崖，也看不到了。来年冰雪融化，顺着融化的水流会冲下来一些。能看见的尸体，也有一些。在一些地方，死在那里，趴着、蹲着、躺着、侧倚着的，都有。那些尸体就像是路标一样，你最开始看见的时候，会心惊肉跳。因为那尸体很可能也是你，你也可能会变成他们。所以，你更要坚持下去，奋力攀爬，渡过万难险境。每个死去的登山者都是有记载的，他们的队友、亲人和登山管理者大都有记载。有人会记住他们的，他们即使不是英雄，也是为了心里的理想死在雪山上的，和大多数庸俗不堪、无法挑战自我的庸人是不一样的。”

周翔觉得他说得也许并不准确。每个人都有权挑选自己生活的方式，平静、平常的生活，也是一种态度，不用去指责。

“那登山中遇到最困难的时刻，是什么时候？”

“我想想……最困难的时刻，应该是在路上看到那些已经没有能力继续攀登的登山者打算放弃的那一刻，他向你投来恳求帮助的目光时。这时，你需要的是自己奋力前行，你连他的眼睛都不要看，一看到他的目光，你就和他一样了，你立即就变软弱了，被他带走了。这样你很可能就不能继续前进了。”

“登山途中，不断有人放弃吗？”

“在夏季的登山季，在珠穆朗玛峰上，中途放弃的比比皆是。你只管前行，这时，你要心无旁骛，只关注自己的状态。你的体力、心情、呼吸，你的步伐、你的装备有没有问题，你会不会遇到面罩脱落，氧气瓶里的氧气还够不够了，你的雪镜有没有损坏，绳索的绳扣系得牢不牢，上升器还在不在，冰爪鞋子给不给力，你雇佣的夏尔巴向导和帮手有没有分心，等等。心无旁骛，一心登顶，这才是一个登山者要做的。”

周翔停了停，想到了这次出来的路途，问：“明天我们能和他们会合吗？”

“差不多，不过我们俩要走一整天，才能到达那个营地。那地方在山上的一个山谷里，靠近边境。我们要小心一点，高山上人烟稀少，但环境很复杂，有些国家的极端势力武装，有时候会非法越境活动。”

外面的风声变小了，空气变得稀薄了。这个夜晚周翔睡得不好，脑袋很疼。在睡袋里感觉不到大地托着他，有点飘浮在空中的感觉。他担心自己病了。

第二天一早，吃了东西，他们很快就出发了。这段上山路没有积雪，到处都是巨大的岩石，干燥而枯涩。一上到山脊上，风就变得又冷又硬。

“我对你登上了那么多山峰的经历非常感兴趣。但你好像讳莫如深，从来不愿意主动提起。现在，都给我说说吧。一座座地来，”周翔有点气喘，“比如，北美的麦金利峰，你是怎么登上去的？那可是在阿拉斯加的苦寒之地啊。”

陆英勇停下来，调整了一下手杖，他的墨镜中有周翔那张白皙的脸：“八年前我就登上了麦金利峰。现在说起来，似乎是很遥远平常的事了。麦金利峰是北美洲最高峰，那里接近了北极圈。山上的天气多变，十分恶劣，冰川就像是刀斧的丛林，攀登起来险象环生，可我觉得，比起喜马拉雅山脉的那些高峻的山峰来说，还是要好接近一些。我记得，在麦金利山峰的脚下，有一座美国小镇，叫作塔肯纳镇，凡是进军麦金利峰的登山者，都要在那里停留，做些准备。我在那里雇了一个向导，一个帮手。每年的夏季七月，来登山的人有不少，所以这也是一门很好的生意。这两个当地人有点像印第安人，也有些像因纽特人，总之是两个美国人。”

“他们的价格贵吗？”

“比夏尔巴人便宜。登山前的准备工作一定要做充分。我记得我们租借了两架雪橇车，前面拉人，后面拉东西。停留在镇上的时候，当地人就围着我们卖东西，有人给我兜售大鲸鱼的头骨，还有用鲸鱼的骨头做的手杖、相框和棋盘。鲸鱼的骨头特别粗壮，比我的腰还粗，估计你想象不出来。在那个镇上，无论是酒吧还是饭店，都有北极熊的皮毛做成的标本。填充起来的北极熊十分巨大，跟活着的一样，就站在酒吧里或者是酒店大堂里欢迎你，那阵势实在是吓人。我身高一米八八，可和那北极熊的标本比起来，还要小几号。人在北极熊的面前，就像是一只小猴子在大猩猩的面前一样。人类必须保持谦卑，才能在荒野上生存下来。”

陆英勇回想起他见过的那块鲸鱼的头骨，只有一部分，也很巨大，能把他的整个人都装进去，可见鲸鱼的脑容量很大。这是一种聪明的动物。最终，他还是没有买下来，他不知道这玩意儿能不能被允许带上飞机。

他记得，从塔肯纳镇远眺麦金利峰，它并不高大。可靠近之后，就知道了麦金利峰的艰险了。登山者一队队出发了，每天都有人登顶。等到他们回到小镇上，也都默不作声，就像是完成了一个功课而已。他们不愿意谈论登山的事。登山者在登顶的那一时刻，才是最激动的，之后就平静下来。是登山者本人加高了山峰的高度。这就是登顶的秘密所在。人是狂妄的，必须要给山峰再人为地增加一米多的高度，这是登山者登顶之后能够做到的。

两个人继续登山，从喀喇昆仑山延伸出来的这片山峰似乎并不友好，道路崎岖，落石滚滚。

“攀登麦金利峰最艰难的一段，就是走过它的冰川丛林。可能是风雪的作用，这些冰川纵横交错，十分艰险。我的冰镐和冰爪鞋起到了关键作用，自然还有绳索。我雇佣的当地向导和帮手很给力，他们俩一前一后，耐心地为我服务。他们已经有很多次攀爬麦金利峰的经验了，就像那些喜马拉雅山下的夏尔巴人一样，在高山上如履平地。他们的肺是天然的氧气瓶。也许，他们的血氧含量和我们这些来自平原和丘陵地带的人不一样，他们天然地就是高海拔的动物。我现在记得的是，攀登麦金利峰要战胜的，是内心的孤独和枯燥感。”

“有那么多登山者，还有助手，也会感到孤独?”

“是的。十分孤独。不知道为什么，在阿拉斯加，我看到的景象比任何地方都荒凉。荒凉无比的阿拉斯加大冰原！走啊走，就是没有尽头。前不着村，后不着店的。即使是靠近了雪山，开始登山了，前后也看不到什么人，除了我的向导和助手我们三个人。其他登山者都不见了，太奇怪了！在镇上的时候他们人很多，一个个都跃跃欲试的样子。可眼前的白色令我绝望，让我想呕吐！可是，我什么都吐不出来。这就是我的感觉。登山路程要走‘之’字形路线。我记得，麦金利峰的三号营地位于海拔3500米的地方，嶙峋的山石凸出于冰雪中间，像是怪兽在雪堆里观察你。继续攀登，就是一道天然的谷地，冰雪很厚实，在太阳下还有反光。这一段比较好走，提升高度很快，四号营地设在海拔4300米的地方，从那里可以看见麦金利峰的侧影。后面的攀登就开始变得艰难了，要沿着左侧的山脊线行进。风很大，雪晶不断地打在，甚至是砸在我的身上和脸上，风吹的声音很大。这时，我就是大声喊叫，别人也听不见。雪吹在身上就像是钝刀子割肉一样，让我难受不已。可我必须坚持，忽然，风又停了，云雾散去，雪晶也没有了，我一看，来到了五号营地，海拔在5100米左右，是一处山的肩膀，有一片平缓的背风地带。一般在登顶之前，登山者都要在这里休整一下，喘口气，然后，就是最后的海拔一千米的冲锋了。”

“登顶之前，都要稍微休整一下吗？”

“最好休整一下。所以，每一次登顶之前的准备要充分。要准确判断衡量好自己的体力如何，携带的登山用具有没有遗失。曾经有登山者不自量力，没有估计好自己的体力，结果体力透支后就死在山上。登山运动，往往是这最后的海拔一千米的路是最艰难的。在麦金利峰，要沿着左侧山峰的山脊线，走‘之’字形路线。我记得，我走着走着，阴郁的心情忽然开朗起来了，四周大海一样的景观逐渐显现了。当时，我看到了阿拉斯加的茫茫无际，想到了杰克·伦敦的《热爱生命》，大自然的辽阔和无情会让你在和它真正对话之后，感到某种绝望。远看那麦金利峰就像是一个女人丰满的乳房，柔和的线条，顶端是白雪皑皑的奶头。可到了最后冲刺登顶的时刻，那平缓的山脊就成了遥遥无边的征途。一步步、一步步地走上去，最后，我终于到达山顶了！可不知道为什么，我那一刻脑子里闪现的，却是鲸鱼头骨的一片灰白色。”

陆英勇不说话了。回忆那段艰险的登山经历，他觉得很忧伤。当时，他和妻子的感情那么好，每到一个地方，即使是用昂贵的卫星电话，他也要和她尽量多说几句。后来，他们的通话越来越少，他也感到越来越远，和她，和天地之间的任何东西。

“下山后，我重新回到了人间那灯火通明的塔肯纳镇，看到很多人在走来走去，酒吧里喧闹非常，酒店里熙熙攘攘，很多人来了，很多人又在离开，可我却感觉自己像是一只孤独的狼，在看着陌生的人群。晚上我睡不着，等待第二天坐飞机离开这里。我从窗户往外看着，我记得那是七月三日的晚上，第二天即将迎来国庆节的美国人，把这个小镇装扮得灯火辉煌，而我的内心里，却是一种无边的惆怅。”

现在的阳光很好，空气的透明度也很好。他们都看见了一只鹰。那只鹰就在他们的头顶盘旋着，遥远地盘旋着，一圈，又一圈。

它似乎发现了什么，在山峦之间，在大地之上。鹰的视力极佳，大地山峦对于它不过是一幅平面地图，任何跃动的东西，都在它的视线之内。

陆英勇停下来，用右手指了指那只鹰：“你看，它有多大，它的翅膀展开来，有好几米宽呢。”

周翔紧紧地跟在陆英勇的后面，他的胸口非常憋闷。海拔高度逐渐升高，一切似乎都变了，呼吸变得更加滞重，胸口憋闷，每走一步都是艰难的。透过雪镜，顺着陆英勇手指的方向，他也看到了那只鹰。

那只鹰黑白相间，也许不是鹰，而应该叫作雕？或者就是鹫？但肯定不是隼，隼是很小的鹰了。这大鹰的翅膀展开来飞翔，就如同静止的风筝那样，在他们的头顶一圈又一圈地盘旋。

“也许，它发现了人的尸体。”周翔吐字艰难地说。他感觉自己的嘴说了这几个字，都足足用了一分钟。平时说这几个字只需要三秒钟。

刚才，他用望远镜看到了远处那片雪地里趴卧着的一具穿着红色登山服的尸体，尖叫了起来。陆英勇告诉他，那个人趴在那里已经有十年的时间了，是个欧洲人。每个路过这里的登山者都能看见他。他就像是一具醒目的路标，告诉后来者，来到这里可能会死的。而且，他就在那里死给你看，死得那么平静、平常和安宁，趴在那里再也不能回家，也不能继续向上攀爬，更不能后撤到山下的营地里了。他是真的死了。周翔打了一个冷战。

“它飞过来了。它发现了我们。”陆英勇的声音稍微有点惊讶，周翔能听得出来。

周翔的雪镜片里，映射出了那只大鹰。它忽然俯冲下来，越来越近，似乎要向他们俩警告一样，呼啦一下子掠过了他们的头顶，就在距离他们很近的地方，也许是十米？二十米？在他们的耳边啸叫了一声，疾速地掠过了。

他们俩都看见了一道巨大的阴影掠过了白色的雪地。那是鹰的阴影，它的翅膀展开来的阴影，掠过了白色雪山。

“妈的，不祥之兆。”陆英勇喘了口气说，“高山上的鹰，都是闻到死亡的味道才会啸叫的。可这附近，什么也没有啊。除了那具早就被啄去眼睛、舌头和耳朵的登山者的尸体。”

现在，他们站在一片极其开阔的高台上。可以感觉到雪地下面是坚硬的岩石。从这里能看到眼前无比广大的世界，喜马拉雅山向西延伸而来的喀喇昆仑山的山体纵横开阖地形成的大海。是的，这里是山的海洋，群峰竞起，峰峦叠嶂，高峰并峙，森严、冷漠而高拔，傲岸而遗世独立。这里是阔大和冷峻的世界，没有小山小水，都是大山和白云。白云在山峰之间缭绕，在他们的眼前流过。

他们发现在不远处的一块岩石上，搁着一罐红牛饮料，已经冻得爆裂了。陆英勇走过去，抓在手里，笑了：“这是美国人皮特给我们留下的路标。咱们要抓紧赶路。你现在感觉怎么样？”

周翔狠狠地吸了一口气：“我，感觉良好。”

他们继续前进。有四个登山者在前面等着他们俩呢。

……你想让我再给你说说我攀登厄尔布鲁士峰的情况？好吧。厄尔布鲁士峰位于大高加索山脉西段，是欧洲的最高峰，不过，它有两座并峙的山峰，一座海拔5642米，另外一座海拔5595米，差那么几十米的海拔高度，在近处和远处都看不出来。高加索地区是俄罗斯的传统势力范围，那里比较贫困，人也很粗犷豪野、桀骜不驯，不过也很淳朴。攀登厄尔布鲁士峰对于我是一次十分愉快的经历。整个登山的路途，要走一个很大的之字形路线。去那里要先飞到索契，然后再坐汽车前往厄尔布鲁士峰山脚下。高加索地区出产的红酒非常棒。我在山脚下就喝到了很好的高加索红酒，无论是格鲁吉亚还是阿塞拜疆、亚美尼亚，红酒都非常好。

说起来，欧洲没有太高的山，从西到东，先是比利牛斯山横亘在西班牙、葡萄牙和法国之间，大画家毕加索和米罗当年要想成名，必须去翻越比利牛斯山前往艺术之都、法国的巴黎才可以一举成名，不然他们就是西班牙放牛娃或是街头小混混。仅仅一山之隔，西班牙和法国就差多了。所以，西班牙人看着就像是没有进化好的白人，散漫，爱吹牛，懒惰，喜欢享受和性爱，却又没什么钱。我不大看得上西班牙人，虽然他们祖上曾经阔过，在大航海时代曾经征服过南美洲不少地方，杀了很多印第安人，干了不少让人不齿的坏事。葡萄牙人也是老牌子的海洋殖民者，可现在的葡萄牙，渺小、封闭、保守、沉默，就像是被欧洲遗忘的一块飞地。这全怪并不高大的比利牛斯山的阻隔。

继续往东，就是阿尔卑斯山脉。主要分布在瑞士和法国南部，从意大利也能看到这座山。阿尔卑斯山很有名，这条山脉适合滑雪的地方很多，不过并不惊险。于是，再往东的大高加索山脉的厄尔布鲁士峰，就成了欧洲第一高峰。

从更广大的地缘地貌上来看，从西边的比利牛斯山、阿尔卑斯山到大高加索山脉，然后继续向东，就是喀喇昆仑山脉和喜马拉雅山脉了。这是从欧洲西南部到亚洲西南部的、东西走向的几组巨大的山脉，形成了独特的地理屏障。一些高大的雪峰，构成了这些山脉之上的制高点。

大高加索山是欧洲和亚洲的分界山脉，南面的格鲁吉亚属于亚洲，北面的俄罗斯则属于欧洲。前些年，格鲁吉亚和俄罗斯之间爆发过战争，所以，我一到达厄尔布鲁士峰的山脚下，就见到不少荷枪实弹的士兵，他们好像要随时准备开枪一样让人紧张。检查我的护照，也是看了一遍又一遍，唯恐我是一个间谍分子。

山脚下的小镇有缆车，直达山腰上的一处观光之地。从那里可以看到三千多米海拔之下的无尽的风景。高加索山山势险峻，勇敢彪悍的山地民族就在这崇山峻岭之间，养成了不服输的性格，比如格鲁吉亚人、阿塞拜疆人、车臣人和印古什人。再往山上走，就是登山者要走的无路之路了，大部分观光客就下山了，我则与两个助手一起，继续攀登山峰。

八月的盛夏时节，去厄尔布鲁士峰的登山者很多，大部分来自欧洲。那个季节特别适合旅游，空气宜人，山上险峻巍峨，山下风光迤逦。我的登山之路很顺畅，目标是海拔5642米的西侧主峰，欧洲最高峰。云团不断涌现，遮蔽了山峰。每一步都很艰难，又很踏实。我就这么一步步地走向了顶峰。

在顶峰之上，我照例要展开一面国旗。过去我在登上顶峰的时候，泪水往往会夺眶而出，一下子就化成了水汽，模糊了面罩和雪镜，让我什么都看不见。后来，再登上顶峰，我就学会了克制，不再那么容易流泪了。我首先感觉到，就是浑身紧张的肌肉忽然松弛了下来，然后我一屁股坐在硬实的雪地上，扔开登山手杖，松开双腿，让脚上的冰爪鞋子舒展开来，然后，缓慢地从胸前的口袋里掏出来折叠着的一面五星红旗，仰面将它徐徐展开。那一瞬间，我心里的第一感受就是，我登顶了！第一时刻就是要向祖国报告这一喜讯。

你听着可能觉得有点夸张。但对于我来说，这是很真实的感受。在山上，绝对不能轻易地想到母亲，更不能轻易喊妈妈，那是在你要死的时候才会喊的。要是你掉进了冰窟窿里，喊的一定是妈妈。那是最绝望的时刻。可是在顶峰之上，你想到的，却是祖国。因为这是令你最骄傲的时刻，只有祖国才能分享和注目于你登顶时的那种巨大的自豪。展开来国旗，激动地想一会儿祖国，即使祖国那个时候很忙，来不及想你这个儿子，你也心满意足，就可以慢慢下山了。

顶峰上有什么？首先是风非常大，就像刀子一样，刮得我的身体很疼。其次，山顶的积雪十分厚实，而峥嵘的山石也裸露在山顶，风大了，可以躲在山石后面喘息一会儿。我看到山顶上有人丢下不少纪念物品，比如，一些石头上会缠绕着衣服、他国的国旗和其他物品。这很不好。像珠穆朗玛峰，现在几乎被络绎不绝前来的成千上万名登山者产生的垃圾淹没了。每年，西藏当地政府都要派人清理下来几十吨垃圾。最好是什么都不要在山顶留下。

在高加索山下，我回味登顶的感觉，觉得很奇妙。从宾馆往外看，在灯光中，我竟然看到了一些高加索地区的骏马走过小镇的街道。那些骏马身材高大，腿都很长，马蹄嘚嘚，鬃毛飘洒，十分符合当年汉武帝寻求天马的要求，就那么在寂静无人的大街上，天马和骑手一起走过，却不知道我这个游子，刚刚从最高的山峰上下来。

他们走在大海一般的山峦之中。远看是两个小点，近看则是穿着鲜艳登山服的两个人。周翔现在的感觉是缺氧，每走一步都很疲乏。他还感觉到脑袋也很疼，海拔的快速变化，让他的血压也有变化。

那咱们休息一会儿。看到他的这种状况，陆英勇扶着他，在一处岩石的背阴处歇息。周翔也看到了陆英勇蹙起了眉头。可能是遥远的事情，击中了他。我能感觉到，这次出来登山，你的心情也不大一样。周翔说。

是的。你知道每个人都有自己隐秘的痛苦。这一次，我带你攀登这喀喇昆仑山，也在疏解我自己内心的痛苦。

周翔迟疑了一下。他的太阳穴突突直跳：什么痛苦？

我离婚了，就在上个月。陆英勇的雪镜里，映射的是雪山的连绵。

周翔吃了一惊，他知道陆英勇的妻子很能干，是一位很著名的律师。他们一家三口过得很幸福，孩子也都上了初中，房子好几套，郊区还有别墅，在海南、云南大理和北戴河也都有房产。家里两辆汽车，一辆奔驰迈巴赫，一辆宝马越野，日子一直过得都是顺风顺水，是改革开放四十年的得益者。

日子过得好好的，为什么要离婚?

陆英勇从口袋里取出来一袋牛肉干，递给周翔一块。你要是娶了一个律师老婆，在法律层面上就是一个弱者了。你得按照她对婚姻生活的设想来。否则，你就会被埋怨，你就是不合格的男人，直到你们渐渐疏离。自从我开始登山之后，我距离天空越来越近，而离她越来越远了。这也是她说的。

周翔沉默了一会儿，从胸口摸出来一张肖像照片，递给陆英勇，笑了，露出来一嘴的白牙。你离婚了，可我却要结婚了！这一次我登山成功了，我就回去成婚。我要通过这次的登山，来验证我承受结婚后生活变化的能力。

我知道你们的恋爱都好几年了，应该有一个正果了。陆英勇拿过那张两寸的小照片端详着，照片上的姑娘很甜美。我记得她姓冯，在师大教授心理学，对吧?

是啊，学心理学的女人，我估计和女律师也是不相上下吧。她对我的心理状态把握得非常准确，我也心甘情愿被她掌控。可我还是有点不愿意结束自己的单身状态，不知道我能不能适应家庭生活。

你肯定行，你责任感很强，又很会妥协。再说了，结婚后有了孩子就不一样了。孩子对婚姻很重要，任何时候都是一种黏合剂。

你离婚了之后，你现在是什么感觉？周翔接过陆英勇递过来的照片，重新放回了胸前的一个小口袋里。

痛苦。离婚了非常痛苦。人生的任何告别都是痛苦的，还有撕裂感。你的生活撕开了。我也需要疗伤。我结束了某种生活，而你即将开始一种新生活。我比你大十岁，我们在各自不同的生命状态里。我们一起来攀爬这里的高峰了，会获得不一样的生命感觉。但不管怎么说，结婚都是美好的。祝福你们。

周翔看不到陆英勇的眼睛，都在雪镜后面掩藏着呢。听他说话的语气，也许他的眼睛湿润了。

可能是为了岔开话题，陆英勇说，你知道那个奥地利姑娘安娜，她为什么要来攀登这座山峰吗？

不知道。我们距离他们还有多远？

估计我们还要走四个小时，才能追上他们。安娜是个漂亮的金发姑娘，她有一个未婚夫，去年来这里登山，说好了登顶之后，就回奥地利和安娜结婚的。结果，他在海拔六千多米的雪山上，失足掉到了冰缝里，再也回不去了。这一次，安娜来和我们一起登山，就是为了看看她未婚夫的殉难之处。为了到他遇难的地方看一眼，她就来了。这是安娜的故事。每个人都有自己的登山故事。

周翔心里一紧，有了一种不祥的感觉。这一次，他来登山，也是打算登顶成功之后就回去迎娶他心爱的女人的。

很感人，周翔喃喃地说，但我可不想死在雪山上，我要活着回去。我的生活还没有完全展开呢。

陆英勇这才觉得他说安娜的故事时机有点不对，他拍了拍周翔的肩膀：没问题，你肯定能回去，娶到你心爱的心理学女老师的。我估计她有第六感，而我也在这里，我这个登山老手，能保证你安全下山回家。

……那么，如何前往北极和南极两个地球的极点呢？你问我这个，我就告诉你我到达这两个极点的探险经历。现在，去北极和南极地区都比较容易了，交通工具便利了。但说着容易，做起来依然很难。真正抵达极点，是需要巨大的冒险精神和充分的物质准备的。

先说北极。北极点被巨大的北冰洋冰块覆盖，冰块互相挤撞，来回漂移，很难确定。确定北极点的准确位置，需要专用仪器的帮助，才能测定出来。从北极点向任何一个方向走都是朝南走。

我先从挪威奥斯陆飞向一座极地范围内的小岛上，那里只能降落小型飞机。在那里聚集着打算前往北极点进行探险的人。在北极探险，需要雪地狗、雪车、雪橇，还要防止北极熊的袭击。

前往北极点的路途既顺畅，也很艰险。在前进营地，做好了准备，我们就一个接一个地出发了。寻找极点需要依靠仪器测定，我们划着雪橇，坐着雪车在冰面上飞速前进。

我已经习惯了零下几十摄氏度的寒冷，登山服和防雪服非常耐寒。极目远眺，四周是白茫茫一片，这一刻，真孤独啊！在北极我会觉得我是最孤独的。我什么都不想说，狗拉雪橇在飞速前进，营地已经距离我很遥远了。雪橇是最保险的，因为极地犬的耐力是很好的，比汽油更可靠。在寒冷的天气里，汽油、柴油、航空用油都是不可靠的。机械会冻僵，汽油会凝固，发动机不工作，而极地狗却不会，它们活泼而欢快地拉着雪橇前进。在极地，我看到白茫茫的冰原上，耸起了很多冰凌堆。那些冰凌是冰块在互相撞击的过程中涌起的，又在寒冷的天气里完全冻结。远远看去，这些耸起于冰原地平线上的冰凌，很像是一个个白熊蹲伏在那里，伺机打算袭击我们这些挑战者，更何况这里本来就是北极熊的地盘。但靠近了发现，那些尖锥状的冰凌不过是大自然的杰作。

我气喘吁吁，感到胸部很僵硬，太冷了！肺都不想工作了，可雪橇在前行。走啊走，走啊走，等到我筋疲力尽的时候，向导却说：我们距离北极点不远了！

根据仪器的指示，我们终于到达了北极点！我站在了极点之上。这里是地球向北的所有经线的汇合点，极点。啊！我激动极了，一下躺在地上，再次展开了五星红旗。极地狗也在叫着，它们在休息，在欢快地吃东西，因为这时你要是不用食物来奖赏它们的辛劳，你就可能回不去了，你就会冻死在这个极点上，成为一个新的标志物。

我记得我躺下来，躺在极点上，似乎听到了这永久的冰块之下，有海豹的呢喃，鲸鱼的尾巴摆动。我忽然看见了一个活物，是的，是一个活物，那是一只北极狐狸，白蓝色的，在冰原上探头探脑，一跳一跳地靠近我们，站起来观察我们，然后，又一跳一跳地跑了。这北极狐真是冰雪世界的精灵，它安慰了我孤寂无比的心灵，这时刻，我心情平静多了。

想到马上要刮大风，我们必须尽快撤离，这里不是久留之地，我们很快回到了直升机营地，乘坐直升机飞向极地小岛，从那里再坐更大的喷气式飞机飞回挪威的奥斯陆。北极探险就这么结束了。到达过北极点和没有到达过北极点的人，一定有所不同。可有什么不同，我得好好想想。后来，我的眼前总是出现那只北极蓝狐，它来探望我，似乎想和我说什么，它有秘密要告诉我，只是没有来得及说。

晚上，躺在奥斯陆的一家宾馆里，我头枕雪白的枕头，盖着雪白的被子，那一刻特别想念我的家人，我的妻子、孩子，我一下子大哭不止。我知道，他们都在远离我，而我此刻是多么想和他们靠近，手拉手地靠在一起。

第二年的年底，我又前往了南极，去寻找极点的位置。和北极的冰原不同，南极点的海拔很高，有3800米，那里的气温也非常低，低到了人类几乎难以承受的地步，似乎比北极更加寒冷。不过，那时我已经知道自己停不下来了，我必须要到达这些人迹罕至之处，才能驯服内心的野马。

我那一次去南极，到达南极点之后，又接着攀登了南极的最高峰——文森峰。文森峰海拔4897米，是南极洲的最高峰。南极洲之所以叫作洲，是因为这里有一片连续的陆地和冰原构成的大陆。这里和北极刚好相反，只有一个方向——北方。在南极点，不管你往哪个方向走，都是北方。在这里，也是半年黑夜，半年白天，就是惯常所说的极夜和极昼。

到达南极有很多办法，从智利坐大船穿越终年刮大风的德雷克海峡，是常见的一种。不过，由于我后面的登顶路途还很艰险，所以我就直接坐一架红色的飞机，飞到了南极洲的边缘。而从那里出发，沿着南极洲的埃里伯斯山脉向南极点进发，就容易多了。在智利那座小城，我们前往南极点的探险者临时形成了一个队伍。等到红色飞机载着我们飞到了南纬89度的探险营地，继续向南极点进发的路途，却依旧十分遥远。想想吧，一架红色飞机在白色的冰原上空飞翔，这有多美！当时，我坐在那架红色飞机里飞越了智利到南极的海峡，飞向了极地边缘，心里按捺不住激动。人类最早到达南极点的时间是1911年，是由挪威探险家罗纳尔·阿蒙森实现的。一个多月后，英国探险家罗伯特·斯科特和同伴们再次到达，却悲剧性地将自己的理想和生命一起留在无边无际的冰原。

如今在南极大陆，通往南极点的路上有多个观测站和补给站，可以得到很好的休息和救援。我发现，到南极的人比去北极的人多多了。可能大家都对南极企鹅感兴趣。那些几乎可以叫作熙熙攘攘的人们，纷纷来到了南极，在任何一个观察站，到处都有人讲英语、法语、德语和西班牙语，讲中文的却很少。我们要先在爱国者山的营地里，集中进行训练，学会如何在雪地上行进。每个人的雪车后面都拖带着行李包。要是善于用雪车，那在蓝白色的冰原上，你就会行走如风。

南极大陆也是一望无际的大冰原，这种空旷让我顿生绝望感。它使我忘记了北京大都市的所有烦恼，也忘记了家庭琐事、夫妻之间的冷战和热战带来的不快、抚养孩子的艰难和所有的烦心事。

我们走的通往南极点的路途已经很寻常了。那是一条一百年来很多到达南极点的先辈们不断行过的路。他们的身影在时间的深处消失了，只有我们呼哧呼哧的喘气声，在冰原上回响。除了无垠的雪原，从表面上看不到有什么危险。我们艰难跋涉，一走就是十几公里，拉开了散兵线。可南极企鹅在哪里？完全看不见，不知道它们在哪里休息呢，实在是看不到一只企鹅。

向导杰克走在最前面。他就像是在雷区前进的排雷兵那样，手里拿着导航仪器，引领我们直接向南极点进发。我们要走一百多公里的路途才能到达南极点，需要走整整九天。每天，我们都要跟在向导杰克的后面走四到八个小时，然后是扎营休息。有时候，他那穿着红色雪地服的身影会在冰原上停下来，是磁场导致他手里的仪器发生了偏转？我紧盯着他的背影，祈祷他千万不要把我们导向了万劫不复之地。好在这冰原不会突然裂开，也不会有暗流涌动，更不会有大鲸鱼猛地冲破厚厚的冰层，从冰盖下一跃而出，把我们掀翻在地，然后全部吞噬。我的眼前有的，只是无尽的冰原，有的只是那像刀子一样切割着我的脸的冷风。南极的冰原开阔无垠，人太渺小了，这里太浩瀚了，浩瀚到了你简直置身于星空和宇宙里，没有任何参照物能够让你觉得这里有边界。这里的一切都是减法，你什么都看不到，除了来到这里的人自己。没有苍蝇，没有苍鹰，没有岩石，没有乌鸦和马匹。我这一路前往南极点就没有看到一只企鹅。冰原上走动着的，就是我们这些人。我们人人都是逃犯，又像是在追捕自己的镜子里的猎人。

太阳永不落下，我们在白昼里行走，每天要走好几个小时。我们这一行一共有九个人，其中有两对夫妇，分别来自英国和瑞士，还有一个日本人，一个西班牙人，一个德国人。那个德国佬一直对我不满意，在智利的餐厅里就觉得我不顺眼，出来一路上扎营的时候，我们挤在一个帐篷里，他总是要睡在中间。在我们的头顶，那永远都不落下的太阳，却是阴冷无比的。零下五六十摄氏度的天气，稍微不注意就会被冻伤，截肢的人比比皆是。

一天又一天，走啊走，在茫茫冰原上走路，实在是疲乏至极。当我们看见了南极点的一处美国观测站的建筑屋宇的时候，都很振奋，立即加快了步伐。

终于到达了南极点了！北极点是什么都没有，南极点却有一个巨大的钢球，放在那里，显示着地球这一重要支点。

我靠近了那个镜面反射成凸透镜的钢球，看到了自己皲裂和变形的脸。太丑了，被冰雪和风扭曲了，击打了，摧毁了。可我到达南极点了，我终于到达了！我一下子躺下来，再次展开国旗，拍照留念。

在南极点，我感觉到这里真是乏善可陈，我到达这里之后，内心里浮现的是一种虚无感。在南极点观测站里，我喝到了热水。我泡了龙井茶，也请周围的人喝。接着，很快我们会坐飞机离开这里。那几天除了我们，后面还有一些探险者也陆续到了。我们等待了两天，终于有一架飞机前来接我们了。

我们飞离了南极点。还是一架红色的飞机，飞在白色的南极上空。

我坐飞机回到了休整地。我的下一个目标，就是攀登距离南极点并不遥远的南极洲的最高峰，文森峰。再次出发，来到文森峰下，是一周之后的事情了。我这个人做什么事情都喜欢一鼓作气。一鼓作气，再而衰，三而竭，这是中国古人说的。既然来到了南极洲，那我就要攀登文森峰这座最高峰。

文森峰海拔4897米，是地球上几大洲的最高峰中，最后一座被登顶的山峰。一九六六年，几个美国登山队员登上了文森峰。二十二年之后的一九八八年，两个中国登山家也登上了这座山峰的峰顶。现在，我来了。

从山脚下的一号营地出发，直奔海拔3000米的二号营地，一开始的登山路途十分顺利。从二号营地到达海拔4000米的三号营地，则是一段直上直下的路，需要借助绳索、冰爪和冰镐的力量，还有团队的协作。到达三号营地之后，往四下观察，南极洲真的是令人悲哀的苍茫。这简直是单调到极点的世界，到处都是灰白一片。天地之间，白云和大地，雪山和天空都是浑然一体的。不像其他地方的高大的雪峰，崇山峻岭之上是蓝天和白云，苍鹰也飞在你的脚下。

我记得在文森峰登顶之后，一场突如其来的风雪袭击了我们。我们来不及在山顶歇息，就赶紧下撤，结果还是有人冻伤了。那对瑞士夫妇的手脚都冻坏了，我估计他们得截肢了。回到了营地，红色的飞机接应我们。然后是向北飞行，飞回到智利的圣地亚哥。

在圣地亚哥，我彻底放松下来，在那些热闹的、到处都喧响着拉丁音乐的智利安第斯山牧羊曲的调子里，我会忧郁而放肆地大哭起来，然后我给我见到的每一个在酒吧里的人买酒喝。我请客！我请所有的人喝一杯！在这个夜晚，我这个唯一的中国人是最孤独的，旷世的孤独，而我又是最幸福的，我和他们在一起，在圣地亚哥这家酒吧里，和他们每一个人都能敞开心扉地拥抱。我哭了，他们也哭了，然后我们又笑了，喝得醉醺醺，人人都跳舞或者抱在一起。

第二天，我们的团队解散了。告别的时候，我和他们都很感伤。有人不知疲惫，兴致勃勃地前往阿根廷，打算去攀登南美洲的最高峰——阿空加瓜峰。阿空加瓜峰是安第斯山脉中的一座高峻的山峰，海拔6964米，是一座死火山山峰。山顶岩石林立，地势相对平坦。

我感觉到疲惫至极。其实，是我的内心里忽然产生了某种厌倦。

我格外想念我北京的家，我的老婆和孩子。我拿起电话就给祁红打过去了。在北京，还是白天，祁红正在工作，她还有点不耐烦，可她不知道我现在多么想念她，多么想家。她听我絮絮叨叨说了半天，只说了一句："好啦，你赶紧回来吧。"

于是，我就想尽快飞回去。再见了，南极大陆，南极点，还有南美洲。

这就是我前往北极和南极的一点经历。我去过了，我看见了，然后我又离开了。可能登山的最终目的，就是山在那里，你登顶之后，山，它还在那里。你以为你增加了山的高度，可实际上，山峰是不增不减的。

他们感觉到山上的气温在下降。太阳总是躲在云彩的后面不出来，或者说，云彩太厚了。紧接着，就下起了雪。

周翔没有见到过高山上飘雪。风裹挟着雪花，从天空的深处飘来。其实是从右侧的山谷里升上来的，几朵雪花撞在一起，就变成了雪团，打在他们身上。

"继续前进，我们要翻过这道山梁，然后向东边走，就是一条平缓的坡地了。"陆英勇在前面说，"这段路，你注意脚踩得实一些。刚下的新雪很虚浮，踩不实的话，容易滑坠。"

周翔这才发现他们已经走在了一道非常陡峭的山脊上了。爬山的时候，你会不知不觉就习惯了大山的走向，等到你真的来到危险的地方时，你不注意就会习以为常，你注意了，那就会胆战心惊。周翔看到，假如他稍微向左边走两步，就是一个陡坡，掉下去就是万丈深渊。他的心悬了起来，不敢走了。

陆英勇发现了他的情况，转身喊："加快步伐，快速通过！"

周翔感到雪团砸在雪镜上，更令他烦恼和慌乱。他加快了速度。可脑子跟上了，步子却跟不上。一脚，两脚，他一下子踩虚了，一个趔趄，失去平衡，就向左边倒去。新雪的虚浮让他没有着落感，他一下子滑坠下去了。

滑坠是登山途中最危险的事故。滑坠，就是你无法按照既定路线前进或者后退，而是偏离主线，突然掉落到一边的非安全区域了。周翔感到自己一下子就掉下去了，他的手杖也甩开了，情急之下他使劲地抓着冰壁，可就是抓不住，一下子滑坠下去。陆英勇立即看到了这一危险情况，他狠踩地面，大喊："抓住绳子，不要乱动。"

在登山过程中，绳索也起着关键的作用。用冰镐在冰雪上开道，绳索则拴系着人的腰部，贯穿着冰锥、冰爪，登山者使用上升器提升自己。周翔悬在了半空，他脚下是一个巨大的斜坡，掉下去就是滑向不可知的地狱，有去无回。现在，是腰上的绳子救了命。

"脚踩紧了，稳住身体，抓牢绳索，不要动，让我来！"上面传来了陆英勇的声音。这声音沉着而有力，就像是最大的安慰剂一样，立刻让周翔清醒了许多。他不再慌乱了，心里浮现了未婚妻的脸。他必须活着回去娶她。按照陆英勇说的那样，他脚踩实了，这时，陆英勇开始一点点地将命悬一线的周翔拽上来。那个过程是周翔刻骨铭心的，就像是一百年那么长的时间。

终于把他拽了上来。周翔得救了。他瘫软在山脊上，喘了半天气。陆英勇走到他身边，说：“很好。我们继续前进。给你三十秒，立即站起来。”

这次的脱险让周翔切实感受到了登山的险恶。这绝不是旅游，而是玩命。他更加小心了，内心里也更加坚定了。有些事情，你经历过了，就会更有力量。而不是被惧怕所吓阻。

下午，雪停了。阴冷而耀眼的太阳再次照射在群山之间。陆英勇在一处凸起的岩石后面，搭起了帐篷，两个人钻进去休息休息，保持体力。

“谢谢你救了我。”周翔递给陆英勇一块牛肉干。这东西在山上吃非常管用。

陆英勇笑了笑。“也是你自己命大。”他嚼着牛肉干，“再说，有个姑娘等着你回家结婚的，上天不会让你留在山上的。”

“你为什么会离婚？我总是不明白，你们——”周翔疑惑地问。

“生活中总有潜流，缝隙，暗礁，闪失，顿挫。不知道哪里来的破坏力量，会突如其来地袭击我们的生活。从南极回到家里后，我似乎感觉到婚姻出现了问题。我老婆有个律师事务所，她是合伙人律师，平时非常忙。我又不断在外面登山，没有人照料家庭。于是，我那个叛逆儿子初三那一年，跟着几个搞摇滚的年轻人，忽然退学去了拉萨。是我老婆花了半个月的时间，才把儿子从西藏找回来，我回家她就埋怨是我把儿子带坏了，儿子变野了。她就开始和我冷战。而我那时候公司业务很忙，赶上了网络化的最好的电商时代，简直要忙疯了。”

“肯定有年轻姑娘喜欢你，对吧。”

“那是有的，这点事情瞒不过我的律师妻子。也有男人喜欢她啊。我们离婚了。她后来找了一个比她小八岁的男朋友。厉害吧？我妻子的取证手段也很厉害。但我很痛苦，我很爱她，可我不得不离婚。办完了离婚手续，为了疏解心情，我就去攀登了一座山峰……”

那座山峰在印度尼西亚的新几内亚岛上，叫作查亚峰，海拔高度4884米，是大洋洲的最高峰。要是展开地图来看，你会惊讶于新几内亚岛的巨大，这座岛简直是一个小大陆，靠近赤道。我就是那一次和皮特相识了。他也是去攀登查亚峰的。他是美国宾夕法尼亚人，高个子，长头发，喜欢登山运动。

在新几内亚岛，我想到了自己攀登乞力马扎罗山的那种感觉。查亚峰是一座没有积雪的岩石山峰，山下到处都是热带植物，山脚下，植物长得太快了！十分茂密，第一天和第二天的植物都不一样，植物能一下子就覆盖了所有人兽的踪迹。有一次，我站在那里没动，忽然感觉到我的脚被什么带毛的东西抚摸，我一惊，低头一看，原来是一只猴子，正在睁大眼睛——它的眼睛像是鸡蛋那么大——清澈、深邃、恐惧地看着你，脑袋上褐黄色的毛像是损坏的刷子那样支棱着，你一看它，它就尖叫一声，逃跑了。

岛上还有很原始的土著，我们就碰到一些，就在我和皮特一起攀登查亚峰之前，在山脚下的密林边上，就有一个用草木编制而成的屋子连接起来构成的一座小村落。一些男人出现了，全都是裸体，他们的裆部用长长的树叶包裹起来，脑袋上装饰着锦鸡或其他鸟类的羽毛，很长、很夸张。不过，他们见过很多外面来的人，并不惊奇。那时候前来查亚峰登山的人络绎不绝，几乎每个月都有，登山者给他们带来了各种东西作为礼物。那个酋长和我握手，他的手又黑又长，就像是猩猩的爪子一样。他看我的眼神就像是食人族看待即将到手的猎物那样。不过，态度基本是友好的，假如你给他们带来了巧克力和糖果，香烟和酒，他们就非常喜欢你，然后一哄而散。

查亚峰攀爬起来十分艰难，艰难的地方在于它完全是一座岩石山，没有一丝冰雪覆盖，需要有攀岩的本领。这恰恰是我不擅长的。所以，皮特帮了我。他教给我很多攀爬这样的岩石山的技巧。

我们出发之后，一开始，有土著孩子忽而跟在后面，忽而跑在前面，拿着弓箭射杀小鸟和小动物，大呼小叫的十分快活。等到海拔升高，岩石山裸露出来，没有了雨林的遮蔽，他们就不见了，我们开始了真正的登山之旅。这时，攀岩的专用鞋子就派上用场了。这是一种柔韧性很好的鞋子。冰爪鞋和冰镐都用不上了，但手杖和绳索依然管用。互相协作至关重要。在岩石山上最大的危险是摔死，把自己随时固定在绳子上很管用。用手牢牢地抓住石头的棱角很管用。一鼓作气，缓慢登山很管用。利用绳索硬是把自己拽上那五十米的绝壁很管用。

我就是在那次登山遇到了生命危险。当时我也滑坠了，掉到了悬崖下面的石缝里。我卡在那里整整有两个小时，是皮特耐心地、一点一点地将我拽上去。就像我刚才拽你一样。皮特救了我，等下你会看到他。我很感谢他，所以，这一次我们在网上约好了一起来到了这里登山。

然后，经历了一场生死挑战，我重新振作起来，和皮特一起，慢慢地登上了查亚峰的峰顶。极目远眺，查亚峰四周莽莽苍苍，全都是雨林。在雨林之上，云雾氤氲漫卷，雨林被涂抹得朦胧神秘。不过，煞风景的，是能看到在查亚峰一侧的美国人投资的一个铜矿，热带雨林被砍伐了，那里就像是一个疮疤。柴火烟雾升腾，山石一层层剥落。

我对皮特说："你看你们美国人，手伸得太长了！"皮特耸了耸肩膀，表示道歉。

那次下山是十分痛苦的，我左腿摔伤、肌肉酸疼，穿越了丛林刀斧般的岩石山，穿越了不断掉落在身上虫子的森林，经历了千难万险，我和皮特回到了市镇上，看到了乱跑的猪和鸡，我才知道自己回到了人间，也就不再怕那些带着食人族的目光看着我的土著了……

“他们在那里!”陆英勇指着前面的一顶小帐篷高声说。此时，连续行走了好几个小时的周翔已经筋疲力尽了。他振作起来，加快了步伐，靠近了那个营地。

小帐篷里的几个人出来了。他们是高个子的美国人皮特·恩斯特，金发长腿的奥地利人安娜，很瘦的、看上去有五十岁的法国人让·欧塔维，还有匈牙利人佩泰尔菲，他是一个很壮实的三十多岁的年轻人。

在暮色中，四个人的身影显得错落有致，加深了周翔对这片山谷的亲切感。空气中有煮肉罐头的香气，周翔饿了，他看到陆英勇上前紧紧拥抱了皮特，热烈地说了几句话，又和其他几个人握了握手，显然，他和皮特很亲热，两个人的暗号是拿出两罐红牛碰杯，然后一饮而尽。

周翔已经知道他和皮特一起爬过查亚峰，还把他从石缝里拽出来，救了他的命。陆英勇把周翔介绍给了这几位，他们互相友好地握手拥抱。在这人迹罕至的地方见到了同类，他们都很高兴。终于会合了，明天就可以继续登山了。

陆英勇对周翔说，在这个海拔超过五千米的边境地区，除了偷渡者、武装分子和边防士兵，偶尔会有一些牧羊人出没。

晚上，在帐篷外面，他们一起聚餐。在海拔这么高的地方，有这么一场小小的宴会进行，简直太棒了！各种压缩饼干、罐头、肉干、面包、干果和水，让所有人都感到了愉悦。

皮特和陆英勇商量了一下，就告诉大家明天的登山线路。

周翔观察着来到这里的几个登山者。唯一的女性，奥地利人安娜的长相很硬朗，这符合奥地利人脸部线条清晰的种族特征。德国人和奥地利人都善于沉思，所以，安娜也很喜欢沉思，还略带忧郁。也许，她在怀想长眠在海拔六千多米处的未婚夫。为了活跃气氛，周翔给她递过去一块牛肉干，用英语说，你要补充好能量。你必须像母牛一样有劲儿，才能登上顶峰。

她笑了，说，用母牛这个词形容一个金发美女，合适吗？

美国人皮特胡子拉碴的，他的个子超过了一米九，不知道这么高大的身材，是不是在高山上很耗氧？匈牙利人佩泰尔菲喜欢借助手电看书，他带的听说是一本诗集，那就更加令人惊奇了。他来这里是为了写一部描绘喀喇昆仑山的游记。那么法国人让·欧塔维呢？他抱着他一个小型吉他，在弹唱着科西嘉地区的歌谣，带有意大利风味儿。周翔笑了，觉得这支队伍的构成五花八门，很奇葩。

晚上，在帐篷里，陆英勇睡着了。周翔感觉自己的状态好多了，肺部似乎习惯了缺氧状态。他拿出未婚妻的照片，用手电筒照着看，心里很温暖。这次登山回去之后，他就要带她一起去一座海岛上举行婚礼。此刻，在他登山的时候，她正在筹划着他们的婚礼的细节。周翔觉得自己很幸运，遇到了一个好女人。

他的动静把在一边打鼾的陆英勇闹醒了，看到周翔拿着手电筒在看照片。陆英勇叹了口气："你会把她娶到手的。你有福了。"

“我要结婚，而你却离婚了。咱俩的状态刚好相反。”

“是啊，刚好相反。结婚，很美好，而离婚，肯定不好。”陆英勇的声音有点低沉。那么，这次登山，也是他治愈创痛的一个方式。陆英勇躺了一阵子，坐起来开始在一张厚纸上写着什么。周翔想看，他不让看。陆英勇写了很久，难道他在写游记吗？或者，是给远方的人写一封信？想到陆英勇一路上悉心地照料着他，从耐心指导他登山的要领，到路上帮助他背东西、煮饭，再到后来在雪坡上把他生生拽出死亡的领地，周翔觉得这个学长很伟岸，有一种面对任何挑战都顽强不屈的精神。他对陆英勇充满了感激和崇敬。

第二天一早，山下送给养的牦牛队上来了。那是几个夏尔巴人。夏尔巴人的血液里，据说有能适应高山上活动的有氧因子。他们在海拔五千米以上的地方都如履平地。在喜马拉雅山和喀喇昆仑山登山的人，都喜欢雇佣夏尔巴人担任向导和助手。往往是好几个夏尔巴人帮助一个登山者攀登。只要你有足够的钱，夏尔巴人就能把你抬到珠穆朗玛峰的峰顶，而且可能你因缺氧都奄奄一息了，夏尔巴人还不怎么使用氧气罐。

周翔近距离地看那些上山的牦牛。牦牛非常雄壮，几个夏尔巴人把供给从牦牛背上解下来，由队长皮特分发给大家，主要是水和食物。

上午天气不好，山上有风雪，可能还有雷电。夏尔巴人描述说，雷电袭击之前，岩石发出了嗞嗞的声响，他们就一直等到了下午才出发，一步步地向山上迈进。六个人都背着自己的东西，丁零当啷的声音在山谷间回荡。一个夏尔巴人走在最前面，后面跟着皮特，中间是他们几个，断后的是陆英勇和两个背着食物、水和其他东西的夏尔巴人。

九个人在山脊线上行走，拉远了看，就像是小黑点，蠕动在天地之间。一只鹰看到了他们，它从遥远的雪山之巅飞来，在他们的头顶盘旋，啸叫了一声，等到太阳猛地跳出来，将这片海洋般的山系映照成殷红的沸腾的山脉的时候，它又飞走了，阴影在山峦之上移动成一条线。

走了半天，傍晚的时候，他们扎营了。周翔感到自己明显缺氧，头疼，晕眩。他尽量不吸氧，可还是不能像陆英勇那样轻松自如。人家是资深登山家，我是菜鸟。周翔停下来，在一个夏尔巴人的帮助下扎好了帐篷，将手杖绑在帐篷的角上，钻进去躺在泡沫软垫上，赶紧按摩酸疼的小腿肌肉。

天色渐渐黑了。周翔觉得心脏有点小不适应，陆英勇看出来了，他说："你躺下别动，呼吸要均匀，可能今天你走得太快了，明天要冲顶了，你今晚必须好好休息。"

周翔点了点头，很听话地躺在那里，渐渐地睡着了。在睡梦中，他似乎来到了一座海岛上。天空碧蓝碧蓝的，海水是透明的，他和新婚妻子小冯老师在浅海处潜水，在水下追逐着那些漂亮的热带海鱼。

太阳照射在他们水下的身体上，白花花的，闪动着光斑，妻子戴着氧气面罩的脸很生动，她很调皮地游过来抓住他……

就在这时候，他感觉到有人捅他，他醒过来了。

是一边的陆英勇。他小声说：有人在外面。不要动。

周翔也听到了外面有声音，那是人走猫步的声音。可在这高山上，哪里能有人出现呢？

他睁开了眼，忽然看到了一片火光，映照在帐篷的外面。这时，帐篷外面有人用英语大声喊：出来！你们都出来！否则开枪了！

周翔紧张坏了，但陆英勇非常沉着，他按住周翔，自己坐了起来，然后走出去了。周翔跟着出来了。

只见在他们扎营区帐篷的四周，站着十几个竖立着的黑影。有几束火把被人举着，在燃烧。周翔明白了，他们被某个武装团伙包围了。

接着，皮特、安娜、欧塔维、佩泰尔菲几个人都从帐篷里被赶出来。他们都吓了一跳，很紧张，也很配合，并没有做出什么反抗动作。很快，他们每个人都被捆住了双手，背在身后。这一切只发生在短短的几分钟之内。

周翔的心要跳出胸腔了，他害怕极了，但陆英勇给了他一个眼神，那是温暖的、稳重的、告诉他千万不要怕的眼神。他立即安稳了下来。

在火把的映照下，可以看到这些人都蒙着面，围着头巾，手里端着冲锋枪，都保持了沉默。为首的一个穿着黑色的衣服，只有一双眼睛露出来。他的腰间别有手枪，还有手雷。这伙人全副武装，一看就知道是邻国的一伙武装分子。可他们包围登山队干什么？

为首的对他们进行了搜身，抢走了手表、现金、护照，撕掉了佩泰尔菲的诗集，砸烂了欧塔维的小吉他。其余的人将他们的帐篷也进行了搜查，把抢到的东西背在了身上，拆毁了帐篷。

大概是凌晨四点多，周翔发现那几个夏尔巴人不见了。那些聪明的当地人，肯定察觉到有人包围了营地，早就跑了。

领头的走过去，他的手里拿着从他们身上搜到的各类证件，一一进行核对。他走到排成一排的登山者跟前，先问了陆英勇，你，中国人？

陆英勇点了点头，说，是的。领头的不说话，接着走到周翔跟前，你，中国人？他拿着证件核对着。周翔点头。等到问到皮特的时候，他站住了，你，美国人？皮特很淡然地说，是的，美国人。

那个领头的看着他，挑衅地和皮特对视。这人的身材也很高大，有一米八，不过还是比皮特矮一点。可以看出来，他很在意这个眼前的美国人，对视了十多秒，他拿起枪托，猛地砸在了皮特的肩膀上，皮特一个趔趄，差点就跌倒了，他站起来，那个带头的上来又朝他的脸上打了两拳，皮特的嘴巴和鼻子立即出血了。皮特刚要还击，两个蒙面的人走过来，在他身后用枪托击打他的小腿，皮特一下子跪在那里了。

皮特大喊："杀了我！来吧！"他恼怒起来了。周翔和陆英勇都感觉到了皮特的愤怒和倔强。四周响起了一片拉枪栓的声音。被绑架的这些登山者和那些劫持者都感到场面紧张起来。

黑暗的山谷里，只有火把的猎猎声响。大家都凝滞不动了。

那个带头的发话了，你们，跟我们走！

周翔感觉到有人拿着枪管捅他，他知道在催促他上路。寒风凛冽，凌晨的山风刺骨寒。陆英勇示意他，不要和他们冲突，伺机而动。

他们一队人开始前行。

周翔紧紧地跟着陆英勇。他猜测他们是被邻国的极端武装分子绑架了。现在，他们被押着前往大山的那一边。在路上，陆英勇小声说，前方有一处海拔6200米的隘口，过了那个隘口，有一条山羊道，从那里向北走有我们的边防哨所。

周翔点了点头。他想，那些人绑架他们这些登山者干什么呢？他想不明白。这里地形复杂，好几个国家互相接壤。再往西，就是中亚地区，往南是巴基斯坦和阿富汗。绑架他们，无非是为了金钱，或者拿去交换什么俘虏，比如被俘虏的塔利班。周翔忽然想起来，他们对美国人皮特很凶狠，刚才还打了他，这说明，他们恨美国人。对陆英勇和他这两个中国人，还算友善。

这一走就是几个小时，一直走到了天光大亮。他们拉开了很长的散兵线，在山脊上行走。那里有一条山道，能够看见远处那海拔七千多米的雪峰。不过，这突如其来的阻断，看来是无法让他们再去登顶雪峰了。

在海拔6200米的隘口，是冰川的一条冰舌的延伸地带。周翔看到在旁边的山谷里，巨大的冰舌从山上伸展着，沿着山谷奔腾，蓝色的冰川晶莹剔透，非常美丽。

忽然，大家都看到安娜激动了起来，她挣脱了押送她的那几个人，跑向了旁边的山谷。她这是要干什么？所有的人都站住了，枪栓拉动、子弹上膛的声音响成了一片，有人在喊叫，要她停下来。可安娜还在疯狂地跑向那片冰川。几个蒙面人在后面追赶他。她跑着，双手在后面被绑着，可她还是跑着。有人开枪了，子弹射在了安娜脚下的山石上，溅起了火花，她还在奔跑，跑向那一片山谷。

皮特也大喊起来，他的喊声让安娜停了下来，她还在向冰川方向张望着。后面的蒙面人追了上来。

周翔忽然明白了，她不是在逃跑，而是在奔向靠近冰川的一处山岩。皮特大声对着敌人喊，不要开枪！她的未婚夫去年掉在了那个冰川下，死在那里了！

所有的人都明白了。他们知道了安娜为什么奔向那片冰川。她的未婚夫去年死在了那里，她来这里就是为了这一刻，来到未婚夫殉难的地方。可现在，她以被控制住的方式来到了这里，她被人反绑着，没法自由行动。

大家都站住了，陆英勇对周翔说，要找机会逃跑。你要听我的。

周翔点了点头。他从来没有遇到这样惊险的事。他心乱如麻，简直糟糕透顶，这次登山是他找的陆英勇，让他带他来到这里的。可现在，陷入了危局。怎么办？他很焦急。

安娜在山崖边跪着，哭了一阵子。

然后，蒙面的极端分子继续押着她前进。

他们很快翻过了海拔6200米的隘口。这里的视野非常开阔，周围的群山展现了狰狞的一面。凝固的大海波浪般的山峰层峦叠嶂，从这里下山，就会到达另一个国家了。海拔这么高的地方，没有人烟，只有他们这几个登山者，和那些武装分子。不过，可以看出来他们在高海拔地区并不适应，也在加紧往下走。

走了几个小时，中午的太阳看着很毒辣，可落到他们身上的感觉依旧是冰凉的。周翔感到手上的绳子勒得很紧。

他们扎营了，这里的海拔降了不少。似乎已经到了别国的领土上了。那些绑架他们的人也放松了，就在一处山谷里埋锅造饭。

吃完了饭，带头的似乎要审问皮特，把皮特带到了一边问话。皮特的额头和嘴角上都有血迹，已经干了。他们每个人都有两个或者三个武装分子看押着。

吃饭的时候，他们给他们松了绑。周翔和陆英勇蹲在地上，吃着一种馕饼。没有水，干嚼很难吃，可一直走路，他们都饿坏了。陆英勇忽然塞给他一张折叠好的纸，对周翔小声说，帮我带着，也许你能先逃脱。周翔来不及问什么，就塞到了胸口的内袋里。

一定不要慌张。要找机会跑。我们一路在向南，现在我们已经不在中国境内了。他们把我们带到了境外。不过，看来距离他们的营地还很远，要到山脚下才行。陆英勇小声说。

那怎么办？周翔用眼睛问他。

陆英勇这时看他的眼神特别温暖，让周翔很奇怪。陆英勇小声说，我会掩护你，我说要你快跑的时候，你一定要头也不回地使劲跑，像山羊一样往北面跑，转过山岩，你使劲跑，只要十分钟，你就能跑到祖国的土地上。

周翔点了点头，他明白了。所有的人命悬一线，能逃跑的机会很渺茫。可他的兄长，他信赖的这个男人会帮助他。他经验丰富，征服过全世界各大洲的最高峰，还去过南极点和北极点，经历过生死考验了，他什么都不怕，早就将生死置之度外了。周翔的心渐渐平静了下来。

忽然，他们都看见，就在前面的空地上，那个蒙面的首领和皮特说着说着，就扭打了起来，皮特将蒙面人打倒在地。场面立刻变得紧张了。他们全都站了起来，蒙面人爬起来，拔出手枪，对着皮特的头部就开了枪。皮特一下子倒在了地上。他一定是被打死了！

这时，陆英勇一把将身边看押他的那个蒙面人的冲锋枪抢了过来，对周翔说："快跑！快跑！"然后，陆英勇就和冲过来的几个人扭打在了一起。

周翔连滚带爬地开始跑了，向着相反的方向，向着山那边，他像是山羊一样开始跑了。本来他以为自己完全没有力气跑了，可是不，现在他敏捷如山羊，不知道从哪里迸发出了全部的力量，他开始使劲地奔跑。腾跃！躲闪！转弯！迟滞！飞奔！停顿！翻滚！冲刺！他飞快地跑着，他听到了其他人都在奔跑的声音，在他背后，场面大乱，大家都在反抗，都在奔跑了。

子弹在他身边和脚下嗖嗖地响着，他不会回头。必须要听陆英勇的，他那温暖的目光，其实就是一种诀别。周翔的心里闪耀着陆英勇的目光，他奔跑着，奔向代表活命的那个方向——北方。在他的身后，不仅有枪声，还有追赶他的跑步声，时远时近。跑过了一个山头，就是一面陡坡，有雪，有大石头，还有一片茂盛的雪莲花。奇怪了，从来没有见到这么多的雪莲花盛开在这美丽的高山上，往常它们都是一朵朵的很孤立，现在则成片开放在这里，像是在欢迎他一样。

他飞快地奔跑着，几乎是跳跃着，翻滚着，像是自由落体的石头，弹起来，掉下去，飞起来，再落地。跑啊，跑啊，跑啊。他一口气跑到了山脚下的一片树林里。

他成功逃脱了。躲了一阵子，只能听见风声。这时他看到，在附近有一队中国边防巡逻兵，正在向这边赶过来。他彻底安全了。周翔再回头往山上看，他看到了一只鹰。那只鹰一定是听到了所有的声音，看到了所有的行动。那只巨大的鹰，沉着地盘旋着，看着眼前寂静的山谷，啸叫了几声。

他走出了树林，仰望着那只鹰，看到了它的影子正在扫过大地。

也许陆英勇已经牺牲了。他为了保护周翔，肯定是中弹了。他们一定会杀了所有的人。只有他逃脱了，回到了祖国的土地上。他忽然想起来陆英勇交给他一张折叠的纸片，他从胸口的内袋里取出来。原来，那是一封写给他的前妻祁红的最后一封信。在信中，他告诉她，他依旧爱她，他已经无法再回家，希望她照顾好儿子，还请她照顾一下他的寡母。显然，这是一封诀别信。陆英勇当时已经感觉到自己再也不能回家了。

周翔没法看下去，他眼睛潮湿了。那只鹰继续在飞翔，就像是陆英勇的化身一样，在遥远的高空守护着他，使他回到了自己的国土上。周翔久久地端详着那只鹰，泪水横流。他默默地念着陆英勇的名字，直到那只掠过整个天空的大鹰翅膀的阴影，被太阳的反光照亮。

2018年6月29日

圣保罗在下雨

1

圣保罗在下雨。是的，圣保罗在下雨，在下着雨。

圣保罗似乎总在下雨。他还记得自己第一天来到这里的时候，圣保罗也在下雨。那一次，他飞了很久。

他先从浙江家乡的那个小机场飞到北京，在北京转了两天，才从首都机场继续出发，前往巴西。飞机先飞到了西班牙马德里，在机场停留了一个多小时，好像在加油，过站抵达西班牙的旅客下了飞机，飞机上空出一些位置，他得以在经济舱的座位上斜着躺下来，麻木的腿得以舒展。之后，飞机继续起飞，飞越了茫茫的大西洋，前往南美大地。

进入南美大陆上空飞行，不知道为什么，他心里感觉踏实一些。从飞机上往下面看，巴西大地上空，白云朵朵，森林、河流、草地、房屋，在强烈阳光的照射下，显得很暗淡。西边就是亚马逊河地区，广大无垠。

云彩很多很厚，有一阵子飞机比较颠簸，把他弄醒了。飞机餐他觉得很好吃，这一趟有两顿，一顿比较简单的，一顿是正餐。中西式的都有，国航的空姐很好，态度非常大气、亲切，也非常职业，一丝不苟、麻利异常。在接近圣保罗的时候，云彩增多，飞机下降时穿越了多层的云彩。

飞机开始下降的时候，他透过舷窗，看着下面的圣保罗市。此时，这是一座被翻滚的乌云笼罩的城市，雨云正在降下雨水，圣保罗看上去很狼狈，到处都是灰黑色的屋子。可能是正在下的雨把城市都淋湿了，都浇透了，让城市里的房子都发霉了，都显得无精打采。

飞机越降越低，越来越近，降落到接近地面的时候，雨水在窗户上拉出了一些细线。下雨了。圣保罗在下雨。他看到的圣保罗是一座平面铺展的城市，被阴雨连绵所笼罩的这一刻，在他的记忆里定格。

“你要去的城市在南美洲的巴西，那是一个面积很大的国家。巴西的人种也很复杂多样，移民来自全球近百个国家。巴西的大城市治安不算好，特别是抢劫，随时都有可能在城市的某个地段发生。在一些街区，有时候还会发生黑帮团伙之间展开的枪战。出门的时候，你需要下载一个软件，查一查，看一看，你出行经过的地方，是不是正在发生枪战。”给他办出国手续的老乡邓贵告诉他。邓贵在巴西里约热内卢和圣保罗都生活过。

他咯咯笑了起来。“这是瞎说的吧？是不是有人在黑巴西人呢？这么乱？出门还要下载了解黑帮枪战的app？太夸张了吧。”

邓贵下意识地摸了摸左耳朵后面的一道伤疤。据说，那道伤疤是巴西的抢劫犯在抢他的时候用匕首划的。

“这个，你到了就知道了。兴许现在的治安好多了。我有几年没去了。有人抢你，你把钱给他就是了。你去了那里，要先找到同乡会，那里的同乡会商会能帮你解决所有的问题。即使你一分钱都没有了，你找到他们，他们了解你的处境后，就会帮助你。这就是咱们老乡的厉害。看看你想做什么，比如你需要安家，你需要做小买卖，开个小店铺，你没钱，不要怕，同乡会里的人就能发动起来，联合给你借钱。这些钱，不是白给你的，是要还的。天下没有借钱不还的道理。当然，你可以慢慢还，也可以在有钱的时候一次都还掉。一两年后，你肯定能还得起，除非你的命没了。记住，任何时候，保命都是要紧的。”

“同乡会商会在巴西这么重要？”他问。

“你去了就知道了。这就是我们本乡本土人的厉害。在人生地不熟的地方，老乡帮老乡是自然而然的。”

邓贵说这些话，还是前年的事情了。那一次他一下飞机，在圣保罗市就迷路了。打车转了半天，语言也不通，说不清楚要去哪里。这里的人讲葡萄牙语，他只会简单的几个单词。最后，他终于找到了一张纸条，上面写着同乡会商会的葡萄牙语地址，出租车司机才把他送到，宰了他一笔车费。

他找到了要投奔的人、同乡会商会的会长，褚荣华。褚荣华会长看到他的时候，他感到自己很狼狈。可能是经过了长途飞行，坐的又是经济舱，大半时间都蜷缩着身体，即使后来有机会斜躺在旁边的空座位上，这身姿也让他感到不舒服，显得很疲倦。但褚荣华会长一开口，满口的乡音就让他觉得很亲切。

不用再细说那些让他安顿下来的事情了。褚荣华召集了同乡会商会的人，针对他开了一个小会，了解他的情况。他们似乎已经了解了他的事：父母都去世了，妻子死了，没有家庭，没有孩子，孤身一人来到巴西。他们问他想做什么，他说，他想开一个杂货店。这需要启动资金，他带的钱不够多。还需要租一个店面，需要这需要那，需要靠他自己活下来，这是关键。这些问题，同乡会商会的人很快都帮他解决了。他们给他借了一笔钱，帮助他租下了店面，还有人帮助他进货。只是几天的时间，他的小商店杂货铺就开门营业了。因为是在华人聚集区，虽然有当地黑帮骚扰，但同乡会商会出面协调，遇到的麻烦很快化解。同乡纷纷来看望他，指点他：

"不要相信片区的警察，警察是两面都通吃的。得打点他们。"

"有人抢劫你的时候，你就把双手举起来，他要什么，你就给他什么，不要动。他们大都带着枪，一枪就能打死你。"

"天黑了，就不要出门了。这里的晚上是罪犯们的天堂。尤其不要去不熟悉的街区。"

"对一些你不认识的外国女人要小心，别看她们屁股大胸大，很容易吸引你的目光。可她们要的不光是你的钱，要的可能还是你的命。”

“有点钱就寄回家去，或者早点还给借钱给你的人，不要欠任何人的。”

“这里不是久留之地，中国人还是要回到中国去。”

七嘴八舌的话，这一年多他也听了不少了。有的话当然能听进去。谁对他说，他都能听进去。这些老乡都是善意的。他们都是对他好的。因为他已经无依无靠，只能依靠他们了。

俗话说，天无绝人之路，这话在他身上应验了。来到圣保罗站稳脚跟，他更加相信这句话了。本来他觉得自己已经走投无路了。

圣保罗市是巴西最大的城市，距离另外一座有名的巴西大城市里约热内卢也不远。圣保罗在下雨，里约热内卢不一定在下雨。这两座大城市都是乱糟糟的，热热闹闹，一片喧哗缭乱。到处都是人在来回窜。在白天里，各色人种、奇形怪状的身材和长相，让他眼花缭乱。那么，圣保罗的华人有多少呢？不知道，也许有二十万，也都在各忙各的。每个人来到新大陆的机缘和想法都不一样，但首先在想的事情，肯定是如何活下去。

对于他来说，至亲的人都没有了。他父亲很早就去世了，母亲不久前也去世了。妻子死了，孩子本来就没有。其他的亲戚都不来往。这就是他为什么会来到这里的原因。那么，来到地球上距离家乡非常遥远的巴西讨生活，是不是不如在老家的县城或者省会讨生活要容易呢？

是的，在家乡无论如何都会更容易一点。不过，这完全不能排解他内心的忧愤。必须跑得远远的，才能化解他内心里积郁的一团黑暗的东西。这积郁的黑暗东西和死亡有关。这是他的隐痛，是难以言说的巨大的隐痛。知道的人不说，他也不说。他也很难去面对。去向谁诉说？说了又有什么用？人都已经死了。

那年的春天，他们去省会办事，当时，他们结婚才三个月，两个人高高兴兴地去省会城市逛游，买东西，就住在西湖边的一家宾馆里。因为一桩很小的事情，他们小夫妻俩吵架了。

他记得那个时候是上午十点钟，他妻子杨春花赌气出去了。他记得那一天天气不好，从早晨就开始下小雨，是一种毛毛雨，非常腻烦人，落到身上就像看不见的纱布一样挥之不去。

老婆杨春花这一出去，就没有再回来。到了晚上九点钟，等得不耐烦也感觉有点奇怪的他报警了。那个时候，淅淅沥沥的小雨还在下，一刻也不停，让他的记忆里都是雾气蒙蒙的。警察立即出动，冒着小雨在附近搜寻。通过监控录像，发现她一个人上了湖边的一座山。

那座山并不高，海拔只有几百米高，山上还有一座寺庙，和一座七重飞檐的佛塔。警方继续搜寻，白天里却没有找到。监控录像里没有她下山的影像。一直到第三天凌晨，终于在山上一处四五米高的悬岩下面，发现了杨春花的尸体。经验尸，是他杀致死，因流血过多休克导致死亡。

那几天都在下雨。警察根据脚印等各种痕迹，判定她是在上山的时候，被凶手拦住了。凶手很可能是要打劫她，杨春花反抗了，现场有激烈反抗和打斗的痕迹。凶手把她拖到路边的树林里，然后把她扔下悬岩。她掉下去后，落在一人高的灌木丛中被青草覆盖，加上是雨天，很难被发现。就是一场非常偶然的残杀，让倒霉的她碰上了。

监控录像无所不在，这有一点好处，就是一个人一旦干了坏事，他的轨迹就会有很多影像记录。警察随后就在那天上山下山的人中间，锁定了那个时段出现的一个嫌疑人，然后，根据他在各个摄像镜头里的活动轨迹看到，这个人在游览区的西门搭乘一辆出租车，前往火车东站。经查，他买票后，乘车离开了省会城市，前往西南某个省份。

仅仅过了两天，警察在云南把这人抓获了。一经审问，他就承认了杀害杨春花的罪行。凶手是一个二十二岁的小伙子，他招供了他在省会打工，被辞退之后，一时之间有点走投无路，就走上那座有寺庙的小山，打算找个地方割腕。当时下着雨，他在一片小树林里对着自己的手腕下刀，却很胆怯，仅仅割开了一个小口子。这时，在树林里的他看到了上山的杨春花，正在落寞地一个人走着。他悄悄跟了一会儿，判断她是一个人，就动了抢劫的念头，从树林里冲出来，对她实施抢劫。

杨春花和他发生了扭打，她试图逃跑，但他没有让她逃脱成功，击昏了她，拖到树丛中，扔下了悬岩。之后，他就赶紧逃回到了西南老家。接着，他就被神勇的警察抓获了。

现在，只要回想起杨春花死的那一天，他就感到十分恍惚。那天真的没有任何兆头，没有任何警示，这样一件影响他一生的事情，就突然发生了。就像是从天而降一块石头，突然砸在他的脑袋上，让他头晕目眩。

那是一个雨天，这一点他记住了。那天在下雨，省会在下雨。大湖之上都是雨。那些天，他的泪水和细细的雨水混合在一起，在他的脸上流。没有人知道他有多悲伤，他知道，自己的生活从此被改变了。后来，她的身体变成了一把骨灰，骨灰里还有一点儿骨头是白色的。这么一个活生生的女人，变成了一把骨灰，这种感觉对他来说太残酷了。可这就是他的命运里必须要面对的，也是他必须要承受的。

杨春花的家人对他非常愤恨，认为是他没有照顾好杨家的女儿，导致她被杀的。他们反复质问他，到底他对她做了什么事，让她独自离开了宾馆，跑到了山上去的？他到底做了什么？他无法回答，他的脑袋里是蒙的，不知道他做了什么，她就跑出去了。他这么回答的时候，杨家的人，特别是在上海教书的他的小舅子杨军，还冲上来打他。

他给杨家赔了不少钱，还卖掉了家里值钱的东西。他一下子一贫如洗了。受此打击，又过了几个月，他母亲也去世了。家里就只有他一个人了。

那个杀人犯被判死刑，最高人民法院核准了死刑，并下达了执行死刑的命令，这期间花了半年的时间。他没有去看行刑的整个过程。等到报纸上登出来罪犯已经被处决的消息之后，他咬紧的牙齿忽然松开了，不知道为什么，他内心里有着深深的悲哀和怜悯，忽然减轻了对这个杀害他妻子的人的仇恨。

此前，在庭审的时候，他坐在法庭之下，见到过这个死刑犯的那张年轻的脸。此人个子不高，二十二岁的年轻人的脸色，却一直带着一种惶惑。他想，为什么这样一张年轻的脸，你的人生还长呢，怎么能丧失希望呢？你是个男人，没有勇气自杀，反而杀了一个无辜的女人？那么凑巧，碰到了我的老婆杨春花，然后这人却变成了杀人犯。这太诡异了，人性的深渊让人看不到底。

他记得那家伙的张皇的脸上还带着稚气，一脸恐惧。他非常自责，当时要是他追出去找她，杨春花就不会死。也许，他们两个人一起在湖边游逛，开心起来，在细雨中奔跑，就像他们刚认识的时候那样。他久久地注视着这个小个子男人，这个人生的失败者，仇恨他，也怨恨自己，他的泪水流干了。等到审判长宣布判决杀人犯死刑的时候，他松了口气，忽然想到，自己和这个杀人犯一样都是人生的失败者。

现在，一切都破碎了。生活中有一种野蛮的力和无可名状的突袭，它像猛兽一样出现，对它偶然碰到的人突然袭击，撕碎他们的生活，让他们的生命缺失，一下子被打入深渊地域和悲惨处境中。杨春花那春花一样一闪即逝的生命也没有了。她的骨灰下葬在家乡县城的一处墓地。

他在她的墓前献上了一束鲜花，把她很喜欢的一本书读了一段，读给她听。那是一本诗集，诗集的名字叫《五月中的四月》。里面有几句她很喜欢：

“四月的雨下在了五月/错位的季节让我遇到了你/人生总有大事发生在雨天/我变作了雨滴将和你永别”。

他选择了远走天涯，他来到了巴西圣保罗。他到的那天，圣保罗在下雨。

2

圣保罗在下雨。是的，整座城市都在下雨。不管这座城市里有多少人欢笑和哭泣，诞生和死亡，这座城市在下雨。

圣保罗市是巴西的经济中心城市，也是南美大陆上最大的城市，城市人口超过两千万人，也是华人在巴西最大的聚居城市。有二十多万华人长期在这座城市里工作生活，占在巴西华人的百分之七十，大部分在东方街和3·25街商圈从事商业经营。日裔人口在巴西有三百万，过去日本人喜欢移民拉美大陆，在圣保罗只有一个日本人区，也是中国人喜欢活动的区域，没有华人单独聚集片区和唐人街。

这座城市收留了他，这个来自远方的伤心的男人，他要从这里再度出发，寻求他的新生活。他开了一间杂货铺，因为有同乡会商会帮助他。他安顿下来了，他活下来了，就这么很快过了好些天，好些个月。

圣保罗在下雨。当然大多数时候圣保罗不下雨。圣保罗和里约热内卢都是巴西南段的滨海城市，两座城市相距两百公里。据说巴西很大，人口也不少，但他没概念，巴西的首都巴西利亚却远在内陆的一片隆起的高原上，看电视上的镜头，那完全是一座新建的城市。他也去过那里，那是在一块空地上完全按照图纸建造起来的城市，他去的时候是秋天，为的是在那里购买一些巴西蓝宝石。巴西利亚的气候要干燥得多。

在圣保罗，华人最喜欢谈论的事就是这里发生的抢劫案。圣保罗有一个中国领事馆，总领事是一位儒雅、潇洒的外交官，个子高高瘦瘦的，他记得那个外交官。当时是他们同乡会商会搞活动，邀请总领事去参加典礼。

总领事在晚宴上和褚荣华会长聊天时说，他平时开车出行，一般他都会在右手座位上放一点儿雷亚尔。雷亚尔是巴西的货币，有时候也放上十美元或者二十美元。他开的车是一辆黑色的、外交牌照的车子，比较扎眼。有一次，总领事开车出门，在等红绿灯的时候，就那么一小会儿，十秒不到，有一个劫匪拿着枪，敲打着他的车窗，那架势就是如果他不给钱，就立即开枪了。

他把车窗打开一个缝，把早就准备好的二十美元拿过来，递出去。劫匪一把拿走，人就不见了。这个时候绿灯亮了，他一脚油门，车子也开走了。从后视镜里看，连个贼毛都没有看到，但实际上经历了一次险境。如果他不给钱，那家伙可能就会开枪。

近年来，很多来到巴西的华人都被抢劫过。他们知道华人喜欢带现金，也比较有钱，所以是最佳抢劫目标。当然，那些家伙谁都抢，巴西人也抢巴西人。抢劫在圣保罗和里约热内卢简直就是家常便饭。不过，在任何城市，总有自己的生存门道，你要是扎下根来，成为一个懂得生存法则和各种规矩的人，你就能够趋利避害，躲开一些倒霉事。

安顿下来之后，他的生活就开始向好的方向转变。杂货铺的生意很好，他慢慢积攒了一些钱，当初，同乡会的同乡们借给他的钱，他也分批还了。中国人的本乡本土人的观念帮了他的大忙。

想想吧，谁来到了圣保罗，只要你是老乡，那些同乡就会借钱给你，让你有生活下去的可能性。他的小卖铺人来人往的，不仅华人喜欢到他这里来买东西，有一些圣保罗当地人也来买东西。有时候他们没钱，就先赊账，把东西拿走，后来忘记还钱了，他也无所谓，干脆就不要了。这就有了好名声。

国内的旅行团来到圣保罗，喜欢买巴西蓝宝石。他认识了一些圣保罗人，他们有自己的渠道，可以搞到价格公道品相好的巴西蓝宝石，拿到他这里卖。中国游客喜欢买东西，特别是一些女士很喜欢巴西宝石，导游就把她们带到他这里来。他这里的巴西宝石的价格便宜、品相好，就有了信誉。

他店里的巴西宝石，都是货真价实的。巴西宝石价格和钻石没法儿比，并不很贵。有些品种，比如红宝石，红得像血凝结后又闪闪发光，很受喜爱。巴西蓝宝石个头大，很漂亮，蓝色的颜色变化似乎有很长的光谱，靛蓝、深蓝、浅蓝、幽蓝、黑蓝、绿蓝、青蓝、烟蓝、钴蓝、碧蓝，等等，有几十种蓝色，让人爱不释手。即使他一分钱不赚，他也希望国内来的朋友在他这里买到货真价实的巴西红宝石、蓝宝石。

他有时候去圣保罗市的繁华商业地带逛街，看到圣保罗的人种特别丰富和复杂，各种肤色、各种长相、各种体型，完全是地球上的一个种族大熔炉，据说也就是纽约能和巴西圣保罗有一拼，让他看得目瞪口呆。这些移民来自上百个国家，他们都带来了自己的文化和形象。

国内来的人聊天没有几句，就会聊到巴西的贫民窟。圣保罗市有没有贫民窟？那些贫民窟是怎么存在的？在里约热内卢和圣保罗的贫民窟规模是不是很大，又是怎么建立起来的？他也说不清楚，直到他有一次进入到了圣保罗的一个贫民窟，才算是看到了贫民窟的真容。

巴西这个国家曾经有一个很绝的政策：只要是你在巴西的土地上盖上一间屋子，那么这间屋子连同屋子下面的土地就属于你了，政府不能随便强行拆除。所以，才会出现广大如海洋的城市边缘那些连片的贫民窟。

巴西人也告诉他，巴西是自由的国度，你在这片自由的土地上盖了房子，这里就是你的！

这就是巴西，寻求自由的人，向往新生活的人，都能够在这里找到立足点。一百多年来，那些来到巴西的各种人，白人、黑人、黄种人、棕色人种，都住下来了，都盖了自己的屋子，生下了自己的孩子，也就都成了巴西的主人。

贫民窟，不能以别的名义去强行拆除。后来，贫民窟就越来越大的，摊大饼，尾大不掉，贫民窟里就成了政府管辖的盲区，或者三不管地带，由一些黑社会控制了。要是你走进贫民窟，简直就是走进了迷宫。假如你不是巴西人，在贫民窟又没有朋友，最好不要进去，否则，你就是站着进去，躺着出来。活着进去，死了出来。当然了，这是当地人吓唬他的。

在圣保罗待了一年之后，他完全习惯了这里，也交了几个圣保罗当地的朋友，还有很多华人朋友。圣保罗人喜欢他，当地的华人也喜欢他。眼看着他的杂货铺开成了一家超市，开始经营一些生活用品的批发，直接从中国义乌进货，他还成立了一家商业贸易公司。

如今他开着自己的车子，在圣保罗买了一套自己的公寓，他还打算在海边买一幢能看到海的房子，就像在他家乡的房子那样。他过得不错，生活蒸蒸日上，在圣保罗生存下来，获得了长期居留的许可。

3

来到巴西这个遥远的国家，只要想到自己父母双亡、妻子离世，这世界上他的至亲一个都没有了，一切都需要他一个人去面对，那种孤独忧伤的情绪就弥漫在心头。但这也激发起他的勇武和斗志。为了应对不测，他把小时候练习过的南少林拳术捡起来，经常练习空手夺白刃。

在圣保罗，也有华人开设的武馆，还附带有健身房，是很好的训练场所。有一家武馆就叫“功夫公社”，开“功夫公社”的华人叫杜飞，属于来到巴西的第二代华人。杜飞的这家“功夫公社”招揽了不少人担任教练，进行一对一的私教或者专门的训练。

在“功夫公社”里，有美式拳击、中国武术、日本空手道、韩国跆拳道、自由搏击等等项目。杜飞发现他的身手不错，就邀请他在业余时间里担任中国功夫教练。他那时已经雇了看店的伙计，就有时间去杜飞的“功夫公社”担任私教，另外也是有场地锻炼自己的身体。

他在杜飞开的武馆里，认识了一个圣保罗当地的姑娘，她叫卡迪娜，他教她练习自由搏击。卡迪娜是在贫民窟边缘的一个中产社区长大，她后来通过自己的努力上了巴西利亚大学。卡迪娜的血统很复杂，在她的家族里，三代以来，日耳曼人、爱尔兰人、荷兰人、印第安人、华人的血统都混杂起来了。血统十分复杂的人，也就是巴西和美国比较多。她给他说了半天，他也没有明白她到底算是什么人种。她肤色是白人，身材颀长，臀部微翘，高胸细腰，长相却有点像是华人。她在一家旅行社工作。

她长得像个华人，就让他感到了亲切，两个人第一次在"功夫公社"里见面，就似乎很对眼儿。他就给她当搏击教练，每周有两三次，约在"功夫公社"里训练，每次一个小时，两个男女赤膊上阵、摸爬滚打在一起，很快就熟络起来了。他们就成了男女朋友。

她还给他起了一个名字叫何·卡洛斯，因为他姓何，叫何东。

这一天，何东或者何·卡洛斯在等候卡迪娜的到来，在"功夫公社"休息区的报刊阅览架上取下了一份圣保罗华侨日报，看到了这样一个案件报道：

一华人女孩在巴西圣保罗遭抢遇害

中国驻圣保罗总领馆证实，当地时间10日，一位中国浙江籍21岁女孩在圣保罗州圣母城一家旅馆遭抢并遇害。目前，警方已经锁定犯罪嫌疑人，正在实施抓捕。据驻圣保罗总领馆向警方了解，发生凶案的旅馆为遇害者家族经营，匪徒进入旅馆后，先制服并杀害了当地门卫，后上楼对中国女孩实施抢劫，将其勒死并弃尸于电梯天井。这起血案当晚被发现，警方估计案发时间为当日下午。

案发后，中国驻巴西使领馆高度重视，立即启动应急机制。中国驻圣保罗总领事立即召开紧急会议，部署相关救助工作，并敦促警方全力侦破。当地警方在中方敦促下对此案非常重视，连夜破案，并强调此为普通刑事案件，并非特别针对华人。目前，警方已通过周边监控录像锁定犯罪嫌疑人，初步判定为旅馆前雇员作案，正在缉拿中。

巴西治安状况令人担忧，据统计，该国平均每年有5.2万人死于凶杀。今年以来，由于经济陷入衰退，圣保罗地区治安状况并不乐观，1—9月份共发生凶杀案2809起。今年以来，驻圣保罗总领馆多次就华侨安全问题约谈巴西警方相关负责人，下周还将约见圣保罗州相关部门负责人，敦促他们重视华侨安全，采取更有力的保障措施。

本着利于整体侨胞长远发展和生存的原则，总领馆呼吁广大华侨保持冷静，切实提高风险防范意识，采取必要措施加强自我安全保护。中巴两国关系良好，巴西政府、社会和民众总体上对中国侨民十分友善、包容。中国侨民对当地的经济社会发展也做出了重要贡献。在当前这种特殊的形势下，华人社会应该和巴西民众同舟共济，共同面对困难和挑战，携手创造美好家园。

这则报道让他想到了自己妻子的死。这时，卡迪娜蹁跹而至，看到他的表情异样，就问他是怎么回事。他简单叙述了中文报纸上的这起案件。

“凶手最后抓到了没有？”卡迪娜把手放在他的肩膀上，关切地问。

“犯罪嫌疑人锁定了，但新闻里没有说抓到没有。”

“圣保罗的警察，你知道的，有些可能都被收买了。巴西警察的装备可能还不如黑社会的。有些警察还和黑社会的人有关系。我们都要小心一点儿，特别是你。”卡迪娜温柔地说。

他知道她的意思，作为一个华人，他可能不知不觉就会成为被盯着的对象，因此要格外小心。

正在这时，他的手机响了，是他的小舅子杨军打来的。他忽然想到妻子死后，他这个小舅子曾当着很多人的面，抽了他两下耳光，把他打得脑袋嗡嗡响。现在，他到巴西来了？是的，在电话里，好几年没有联系的小舅子告诉他，他们来巴西了，他要抽空见见前姐夫。杨军在电话里姐夫、姐夫地叫，一下子让他有点哽咽，立刻就不再讨厌这个小舅子了。

杨军在上海一所大学教书。自从姐姐死后，杨军很恨他，现在，他来巴西干吗呢？难道是来找麻烦？他想，不会，他们之间已经没有什么交集了。这个小舅子一下飞机，就和他电话联系，说是从玻利维亚过来的，等到在巴西交流考察结束，就来看看他。

他说，行啊，我请你们团吃烤肉，你们来了几个人？

杨军说，我们有十几个呢，你不用管他们，你就管我就可以了。

他说：来多少人都没问题，我都能请得起，关键看你们能不能吃。巴西烤肉考验的是人的肚量。

杨军在电话里说好啊好啊，那就都请吧，那我的面子就很大了。谢谢你。我们先在圣保罗活动几天再说。

挂了电话，他的表情比较舒展，卡迪娜很敏感，能够感觉他的心态变化，说：中国女朋友来了？

他笑了笑：不是的，是个男人。我前妻的弟弟来了，我得请他吃烤肉。你知道我前妻已经死了。

卡迪娜放心了，揽着他的腰说，那我放心了，我们来打搏击吧。

但杨军他们那个团在圣保罗出事了。事情是这样的：他们是一个教育考察团，主要和圣保罗大学有些交流活动，当天活动结束之后，他们就结伴去街上溜达，到处转。有一位研究社会学的副教授，说听说圣保罗的贫民窟距离城区近，想去看看。他们就打车去了，语言上没有问题，好几个都会讲葡萄牙语。他们的出租车在贫民窟附近被截住了，上来几个当地人，拿着匕首，蒙着面，把他们几个人的包抢了。

听杨军的描述，那就是光天化日之下的抢劫，他们是一个团伙，互相配合，你把他的包抢了，包里面什么东西都有，现金、护照、银行卡、身份证。抢了包就跑。杨军他们几个人胆子比较大，不知道巴西盗贼的厉害，就去追，在后面用葡萄牙语喊：把护照给我！那个你们没有用！这一追不仅没有追回东西，劫匪停下脚步，反而把他们打了一顿。几个人都被打得鼻青脸肿的。

他们找到了领事馆，总领事了解情况之后，让一位处长抓紧处理这件事。中国驻圣保罗总领馆每年要发出四万份前往中国的签证，很忙碌，总领馆加上雇员，只有十多人。

那个处长姓陈，何东认识。陈处长是一个精干的小伙子，他了解到杨军的姐夫是何东，就给他打电话，告诉他，杨军现在在领事馆里，请他来见面。杨军他们的护照被抢，领事馆临时补办是可以的。但陈处长说，也许他有办法通过当地人的关系，把护照要回来，请他来领事馆商量。

"好，这事交给我来办。"何东说。因为这牵涉到他的小舅子。虽然他没有什么把握，但这些年在圣保罗积累的人脉还是有一些，特别是来"功夫公社"里训练的人，就有些和贫民窟的帮派里面有联系的，他们大都是在圣保罗的贫民窟里长大的。他脑海里出现了格力迪索洛、佩特雷和扎迪这几个人的脸。

在领事馆，何东来见小舅子杨军，杨军的脸上还有一些伤痕，显得很狼狈。

"姐夫，我差点让人给杀了。妈的，这圣保罗怎么这么乱呢？"

“你先别着急，护照最要紧，我找当地人问一问。当地人都是勾着的，他们就是想要点钱，都知道中国人出门喜欢带现金。你们没事去贫民窟干什么？那里我都没去过。你先回宾馆休息一两天，这一两天，我看看能不能把你的护照找回来。”

他给卡迪娜打了电话，请她和那几个常在“功夫公社”训练的巴西人帮忙。

4

他在“功夫公社”等到了卡迪娜。她穿牛仔裤太好看了，在圣保罗，很多姑娘穿牛仔裤都不系皮带，裤子就像是随意挂在她们的腰上，把浑圆的屁股包得紧紧的，长长的腿走路很有弹性，很显身材。

“我弟弟去找了他在贫民窟里的朋友。那些人问到了，被抢走的护照等东西，就在贫民窟里一伙人手里，我们可以一起去，用钱把它买回来。他们就是想要一点钱。不过……”她稍微迟疑了一下。

“怎么了?”

“我们要去特罗梅贫民窟里面去找他们。你敢不敢去贫民窟呢?”她的眼睛闪闪发亮。

那又有什么不敢的呢？有你跟我一起去，我什么都不怕。他说。

卡迪娜就挽着他的胳膊：我带路，我弟弟跟着，我们三个人一起去。

太好了，那咱们什么时候去？

傍晚的时候，他们是一伙惯偷和劫匪，需要暮色的掩护。我们傍晚去。卡迪娜说，咱们先去吃点儿东西。

特罗梅贫民窟不是圣保罗最大的贫民窟，位于圣保罗近郊一条国家公路和一条火车道之间的狭长地带里。据说，1970年代修建铁路的时候，随着铁道的延伸，就出现了这个贫民窟。

贫民窟是巴西城市边缘地带的一大景观。贫民窟是住人的，里约的贫民窟规模大，圣保罗市的贫民窟较为分散，规模也小多了。城市贫民窟是巴西下层社会的一个缩影。在上一次巴西奥运会举办之前，在里约市，为了阻止警察进入贫民窟执法，发生了黑帮对城市公用设施的袭击。公交车爆炸、被烧毁，警车被烧毁，道路被阻断。当时巴西政府强力进行反击，并对黑帮势力控制的贫民窟进行了强力介入，围剿躲在里面的黑帮分子，取得了阶段性胜利。但奥运会开完之后，里约和圣保罗的贫民窟照样由黑帮控制着，并无实质变化。那里就是一个法外之地，藏污纳垢之所，底层民众的生活居所和社会分层的真实反映。

进入特罗梅贫民窟去取护照，是一个很危险的举动，带有冒险性。何东不仅没有害怕，他的眼睛反而亮了。卡迪娜带着他，还有卡迪娜的弟弟胡安·格力迪索洛，三个人开着一辆破旧的巴西产的汽车，在暮色中来到了圣保罗市郊的特罗梅贫民窟。

圣保罗市是巴西最大的城市，也是经济发展最快的城市，相当于中国的上海。总有人这么说，这里是巴西的工业中心、经济中心、金融中心和贸易中心。圣保罗是巴西的经济心脏，所以这里的贫民窟发展不起来。穷人在这里待不下去，活不舒展，他们就去别的地方讨生活了。很多人都跑到里约热内卢去了。

如果你站在地面上看过去，即使不能用一片大海来形容一块贫民窟，但也差不多了。去过里约热内卢的朋友告诉他说，飞机降落时，刚好要在一片海湾处转弯，在飞机上能看到五颜六色的城市区块，那些贫民窟就像是一片片补丁一样，被装饰在城市的街区之外。贫民窟，顾名思义就是穷人住的地方，属于谁都不管的地方。政府不管，因为政府没有钱帮助穷人盖房子，那就靠穷人自己来盖房子了。每一家、每一户的人的能力不一样，来到这里的先后时间不一样，那么他们盖房子的方式也不一样。就这样，盖起来的房子都是连起来的，就像是地衣一样扩展蔓延而去的贫民窟，规模之大让人难以想象。穷人盖房子，当然没有规划，乱盖，到处盖，约定俗成随便盖，你也盖、我也盖，沿着一条条小道的两边盖。每个贫民窟都有几万、十多万人住在里面，被那些小房子收纳着，混乱的内部结构和不被眷顾的人群结合在一起，就像是老鼠的领地，流民的乐园。

他们的车子停在边上，远看这片贫民窟，晚上灯火如豆，城市公用设施比如道路、自来水系统都在外围，进入贫民窟的都是鸡肠小道，里面的结构错综复杂。卡迪娜的弟弟胡安在这里有朋友。他曾申请到联合国一个扶贫项目的资助资金，在巴西汽车学校学习了几年，对如何修理汽车很拿手，现在他在圣保罗一家汽车修理公司工作。

胡安对何东很有好感，不仅因为何东是他姐姐的男朋友，还因为何东教给他格斗技法，经常在对抗练习中把他打倒在地。所以，一个能放倒他姐姐和打倒他的中国男人，在他眼里就很高大。胡安对这里轻车熟路，他给自己的姐姐和她的男朋友办事，也很高兴，何况何东给了他一笔钱。他们下了车，沿着一条小道，进入贫民窟。

胡安、卡迪娜和他一进入贫民窟，就闻到了各种奇特的气味。有电线胶皮烧焦的味道，还有石灰水和沥青的味道，有饭菜馊了的味道，更别说还有屎尿横流的臭味。何东和卡迪娜跟在胡安后面，感觉有点深入虎穴的味道。走在贫民窟中，何东还能听到各种声音，他的耳朵十分灵敏，小时候就练就了这一本领：能够同时听到来自不同方向、不同距离的声音，并仔细加以分析和辨别，谁在哪里说话，说了什么，什么东西正在疾速向他飞来，等等。这个异秉让他躲开了一些倒霉事，现在也许也能发挥作用了。

此时，太阳西沉，一下子掉入了黑暗的洞窟。贫民窟的房子像是远古时候留在这里的动物的尸体，也像是吞噬人的奇怪海生物，人一旦进去，就很难找到了。他们三个人走进去，黑黢黢的贫民窟没有人关心他们，他们就像是被黑色的吸铁石吸食了一样。他看到，到处都是房屋高低错落，密密麻麻地挤在一起朝他做鬼脸。铁皮屋顶、泥土灰墙、木质门窗，这个贫民窟的房子彼此连接在一起，没有规划和设计，就这么盖起来的，一幢房子连着一幢，分割了房屋上方的天空。

傍晚也是吃饭的时间，一时间，饭菜的味道，使他闻到了墨西哥卷饼、一种叫法吉他东西的气味。还有玉米粒炖猪内脏、黑胡椒烤带鱼、鹰嘴豆煮羊蹄子，以及马黛茶的气味。巴西人对食材并不很讲究，平时吃饭，玉米、土豆、番薯都是主角。

何东现在对巴西的食物的气味很熟悉。他发现巴西的辣椒并不辣，甚至带着一点儿甜味。他不爱吃辣的。根据飘过来的味道，他能猜到房间里面的人在吃什么。他们没有多少肉吃，特别是好的猪肉更难找到。在巴西，吃牛肉和羊肉比较多，巴西腹地的一片高原上很多地方可以养殖牛羊，巴西牛肉很有名。巴西烤肉可是中产阶级的美食，在贫民窟里的人们所有的热望，就是活下去，把这条命艰难地维持住。

都说这里是犯罪的天堂和罪犯天然的庇护所，等你进到贫民窟里，你就明白了，这绝对是真的。在贫民窟里，逃跑和藏匿很容易，就像蜥蜴钻到乱石堆里，你根本就找不到。所以巴西的犯罪集团，如贩毒集团的触角就能深入到贫民窟的每个角落，每家每户多少都被黑帮控制的片区势力所笼罩，他们以各种方式，渗透到巴西贫民窟的生活里。

本来是一片安静，走在贫民窟里面，越往里面走，就能听到到处都是孩子的哭闹声。少年在屋顶上奔跑和追打，把铁皮屋顶踩踏得嗵嗵响。还有女人的哭泣声，男人的呵斥声，以及摩托车引擎的轰鸣。杂七杂八的声音在贫民窟里传得响亮。这么多人都拥挤在这狭小的区域里，国家没有足够的企业和工厂、没有足够的生产单位来容纳他们，他们就被犯罪集团席卷或者涉及。人人都要谋生，都要生活下去，都要讨一口饭吃，各种合法非法的生意就应运而生。

现在，卡迪娜拉着他的手，跟在她的弟弟胡安后面。偷走了何东的小舅子的护照和钱包的那些人，在里面的一个岔路口等着他们。在巴西的贫民窟中，贩毒集团的触角最深，他们的利益最大，那些搞盗抢犯罪的，主要是一些下层年轻人，这些人互相都有联系。胡安在汽车学校学习的时候，认识了不少贫民窟里长大的人，现在，他们就要去找那些人。

他们走了半个多小时，深入到这片贫民窟的里面。在一个三岔路口，有一辆摩托车等在那里，一个长发小伙子骑在摩托车上，戴着头盔。腰间别着一把长长的刀子。

卡迪娜的弟弟胡安朝那个人走过去，先说了一些什么。然后招手，何东走上前。

“再给我加三百美元，我就把护照给他们。”那个人对胡安说。

“何，除了约定好的价格，还得再给他三百美元，他就把护照给你。”胡安说。

何东掏出了早就准备好的纸币，拿出几张美元钞票，把钱递过去。他看到那个摘下头盔的家伙很年轻，肤色偏深，嘴里嚼着口香糖，嘴唇上有一撇小胡须，似乎很得意。他的左眼下面还有一道疤痕，像是刀拉的。他们一手交钱，一手交货。说时迟那时快，何东把递过去的纸币往回一收，一把将装了杨军护照和钱包的手袋夺过来，转身就走。

只听那个小伙子一声呼哨，一下子，突突突从三个岔口跑出来早就埋伏好的五六辆摩托车，每一辆摩托车的后座上都坐着一条大汉，十多个人一下子把何东围了起来。

卡迪娜的弟弟胡安很惊慌，赶紧闪开在一旁。摩托车后屁股轰轰响着，那些人围着何东转，把他包围在三岔口的中间地带。然后，那些摩托车后座上的人下来后，手里拿着木棍，就冲了过来。

何东稍微停顿了一下，就开始了反击。此刻，何东展现出绝佳的功夫。只见他闪展腾挪，就像是一条游蛇一样左右游动，上下翻飞，忽而腾跃忽而低伏，瞬间将那几个拿着木棍的人击倒，他继续进击，摩托车也东倒西歪，倒了一片。本来就是一手交钱一手交货的事情，怎么忽然就动起手来了，这让卡迪娜很担心何东，她摆出格斗姿势，准备随时上前助战。可何东那几分钟让人眼花缭乱的打斗，顷刻间倒了一片人，让她看出神了，非常佩服何东，觉得他的武功太厉害了。

忽然，一个光头男站起来，掏出来一把手枪，冲过去直接抵在了何东的脑门上。他们两个人的目光刹那间对接起来。

在贫民窟，杀死一个人就像打死一条狗，没有谁真正关心的。这时是最紧张的时刻。显然那家伙是个带头的，他的人被打得落花流水，他恼羞成怒了，他要开枪了，瞬间，何东能想象到自己的脑袋假如被一颗射出来的子弹强力破开，子弹在他的脑袋里钻过，他的脑浆一下子迸射开来，血色的豆腐脑般的脑浆子迸溅开来，这可怕的一幕是下一秒的事情。可在前一秒，他已经出手了，眨眼就夺过了光头的那把枪，一甩手，这把枪飞向了在一边靠墙看呆了的卡迪娜那里，卡迪娜没有躲闪，一把将枪接过来。

何东已经从袖子里顺出一把短小锐利的剃刀，抵在了光头的脖子上，这时只需要轻轻一划，光头的动脉血管就会破裂，鲜血就会喷溅而出，他就会像一条死狗一样先行死去。

何东没有动，他对胡安说："好了！我们就这样结束，好不好？"他低声吼道。胡安立马翻译了这句话。光头点了点头，他的汗珠子沁了出来。然后，何东把几张美钞塞在光头的短袖衫胸前的口袋里，停顿了三秒，一把松开了光头，他退后，光头跑开后转身站住。

何东收起了小刀。卡迪娜走上前，把枪还给了光头。胡安上来也打圆场，说了几句葡萄牙语。光头和手下几个人刚才挨打了，但毕竟认识胡安，也知道何东身手不凡，能要他们的命，不是善茬，且光头又得到了那几百美元，受点惊吓就算了。光头嘴里骂着，那些人纷纷骑上摩托车，离开了。

惊险的贫民窟之行，就这么在卡迪娜姐弟的帮助下，达成了几乎不可能的好结果。要知道一旦有东西落在了贫民窟盗匪集团的手里，是不可能拿回来的。可何东拿回了杨军等人的护照和证件。

5

护照拿回来了，杨军很高兴。他住在市区的郁金香酒店，他们几个大学教授还要在圣保罗待几天，有些学术会议要参加。

这一天，他告诉何东，想在圣保罗市转一转，看看市容，再按图索骥要看看一座圣保罗教堂，还要找到一座雕塑。

何东就叫卡迪娜开车，带着杨军到处转。杨军对姐夫的这个新女朋友多少带一点敌意，但发现卡迪娜待人很友善，而且他的护照还是她找人弄回来的，态度就好了一些。他们先来到了主城区。杨军说要走一走街道。在圣保罗的主城区，建筑陈旧，很多墙面上都有怪异的涂鸦，看着让人心惊肉跳。有一个浑身刺青的乞讨者嘴里说着话，走过来要钱，杨军躲开了。能看到街边都是些嬉皮士在摆摊，还有流浪汉、乞讨者，这是一个潜在匪徒和吸毒者遍布的区域。

何东说，你在这里转，还得被抢一次。还是去中产阶级和富人区转一转吧。

他们来到了圣保罗的一家大型商场。看来，全球的大型商场都是一样的，上下八层的大型商业建筑，琳琅满目，各类品牌都有。杨军兴味索然，要去参观文化建筑。

这一天，博物馆闭门，他们来到了圣保罗的一座圆形建筑，那是美洲会议中心。附近还有一座电视台的转播高塔。在美洲会议中心里，他们来到一个玻璃长廊里，感到豁然开朗。碰巧里面有一个拉丁美洲的民俗、器具、服装、雕塑展。杨军赞叹：太好了，真是琳琅满目，这些陶器、人偶、服装、面具都是拉丁美洲特有的。

他们在里面转了半小时。有一面玻璃隔断可以用脚踩在上面，下面是整个拉丁美洲的雕塑地图，拉美的山川、河流、城市一览无余，从北部的古巴哈瓦那到巴拿马群岛，从哥伦比亚的波哥大再到委内瑞拉的一些城市，一直到南部的阿根廷布宜诺斯艾利斯，还有巴西圣保罗、里约热内卢，以及高大的安第斯山、智利长岬，山峦，亚马逊河广袤的流域尽收眼底。

从这幅雕塑地图上可以看到，巴西八百多万平方公里的国土中，地下矿产资源多，地上都是森林和河流，土地肥沃，不是贫瘠的土地，巴西是个好地方。可是，这样的国家怎么能有那么多的城市郊区贫民窟呢?

这么开车转了半天，杨军说："姐夫，我来了圣保罗市，才发现圣保罗还是一个发展中国家的城市。据说大圣保罗区有2000多万人，巴西一共有2亿多人口，人口多是巴西经济发展的优势，这么多人要吃饭、睡觉，要工作，就会有发展的动力。巴西人均国民生产总值一万多美元，比中国略高。但你看，城市基础设施差，因为政府手里钱不多，不像中国，连个小县城都很光鲜，政府手里有钱，能干很多事。”

他说：“巴西是私有制国家，藏富于民，连街上警察都不多。安全是个大问题，巴西没有死刑，在圣保罗、里约热内卢等地，抢劫事件很多，枪支泛滥。所以，很多人出门总要带点钱，以免碰到劫匪没有钱给，人家恼怒了，给你一下子。这里的中国总领事馆常常要处理来自中国的游客和商务人员被抢劫的问题。就你们来之前，刚就有个广东团的几个人的钱和护照被抢了，不光是你遇到了被抢劫的倒霉事。”

卡迪娜听不懂他们说的汉语，就专心开车。杨军坐在后座上，看到她伸出右手抚摸何东的左手。接着他们去找杨军要找的那座教堂。

这一天是巴西祭奠亲人的节日，算是他们的清明节。全城放假，街上没有几个人。他们按照导航，很快找到了那座教堂。卡迪娜对杨军要参观教堂感到吃惊。她说，她结婚的时候，要来这座教堂举行婚礼。

他说，那我不是教徒怎么办？

卡迪娜就流露出为难的神色。她真不知道怎么办。

杨军说：“这座教堂是纪念保罗六世建的天主堂，是一座圣母堂，就叫作圣保罗教堂。在门口有圣徒保罗的雕像，他穿着长袍，拿着剑。传说他过去是异教徒，本来不信天主，后来跟随了耶稣基督。”

他们进去之后，看到教堂里十分安静，在教堂的纵深之中，有不少人在教堂椅子上半跪着祈祷。远处的礼拜堂上，有穿白衣的神父在做着什么。一个高大健硕的黑人保安示意他们要安静。他们穿越教堂内部，看到了窗户上漂亮的雕花玻璃，以及一些圣母的塑像，十分安详。何东看到在旁边小小的告解室内，有一个姑娘正在向神父忏悔。杨军告诉何东，巴西有一亿人信仰天主教，是天主教信仰人数最多的国家。

他们出来，上了车，这时云开雾散，天气晴好了，真是难得。接着杨军要找到一组雕塑才会心满意足。

他们按照地图的指引，来到了一处街心公园，看到了那一组雕塑。那组群雕在一片环岛似的公园路口矗立，表现的是一群印第安人和葡萄牙人拉着一艘独木舟翻山越岭的群雕，场面宏大，杨军很激动，他说："姐夫，我找的就是这一组雕塑。你看过一部电影吗？它讲述的就是葡萄牙远征军在巴西丛林里翻山越岭的故事，叫作《陆上行舟》。主演是德国著名男演员金斯基，他身材削瘦，长着一双疯狂的大眼睛，金色头发。"

"没看过。"他说，"等会儿你还想去哪里？"

"我要去圣保罗大学，下午还有个交流会。你们送我过去吧。"

他们上车，又去了圣保罗大学。圣保罗大学在全球排名位列一百四十多名。圣保罗大学的主建筑楼，是一幢黄色的、有着希腊式大柱廊的房子。在它前面，是一个下沉式绿地喷泉广场。有很多游人，包括中国旅游团在这里参观停留。

杨军说自己要去开一个两小时的研讨会，让他们等他出来，再送他回郁金香酒店。卡迪娜拉着何东的手，沿着下沉广场往下走。此时两个人很闲适地逛着。有一条很长的坡道，坡道上都是玩滑板的人，成年人、美少女、小孩子都有，戴着头盔在玩儿滑板，一路滑下去，做出各种危险动作，然后拖着滑板再 沿着坡道的边上走上来。

这条长达几百米的坡道向下通向一座纪念碑式的雕塑建筑。他们走着，路过了一个地方，卡迪娜很激动地告诉他，说那座小房子，是巴西在1821年独立时建造的。何东看过去，觉得那座小屋很奇怪，造型像纪念碑，又像陵墓。周围有很多孩子踢足球，闲逛，大人带着小孩子散步，恋人在长椅上拥抱接吻。有几组铜雕人物，在建筑顶端，都与巴西国家独立有关。

他们发现，这里还埋葬着巴西独立后的第一任国王和王后。在陵墓建筑顶端，是象征自由女神的王后与几位当年的历史人物，摆出了前行的姿态。在建筑的前端，则是国王和他的主要随从、官员和重要军事将领的铜雕。

他们俩在圣保罗大学里闲逛，等杨军开完会出来和他们会合的时候，已经是傍晚了。

何东说：“我要请你吃一顿真正的烤肉。必须吃一顿正宗的巴西烤肉，才算来过巴西。”杨军很兴奋，他开会早就开饿了。

他们上车，前往一家有名的巴西烤肉店吃烤肉。半个小时后，他们来到了一家烤肉店。餐馆门口有一头牛的塑像，还有一个明火炉，正在旋转着的转台，上面烤着大块的牛肉羊肉猪肉。

他们进去之后坐下来，卡迪娜推荐他们先喝一种巴西人参果饮料，这是一种酸甜带气泡的饮料，很开胃，但有些凉。等了一会儿，服务员示意他们可以拿着餐盘去附近的大餐台，自取一些配菜。

卡迪娜领着他们俩过去，给他们解说配菜和各种冷肉、奶酪、酸笋、酸黄瓜的作用。吃巴西烤肉的佐料非常多，有橄榄油、辣椒酱、草莓酱、沙拉酱、酱油、油醋，样样俱全，丰富极了，让杨军惊呆了。他们取了一些油蘑菇、酸笋、酸辣椒、萝卜缨，这是解腻和开胃的。三个人回到餐桌边，很快就有一个穿着马靴、看着像士兵的男服务员，拿着烤好的肉块，串在两根大铁签子上嗞嗞冒油，来到了他们的餐桌旁。啊，随后，就是一顿美好的巴西烤肉大餐。

只见那些服务员不断地从后厨的烤肉台走出来，右手倒提着嗞嗞冒油的烤肉签子，左手拿着锋利的刀子，他们三个人拿着小夹子，夹住烤肉签子的某个部位，那个服务员就拿刀子给你割下来一块，这就叫作一刀。一刀，就是一块牛肉，看着很大的一块，一刀绝对不会切成一个薄片。你吃了多少刀，就按照多少刀结账。除了烤牛肉和烤羊肉，烤香肠、烤鸡腿、烤鸡心、烤猪肉也都有。当然，最好吃的是烤牛肉。

卡迪娜给他们两个中国佬解说烤牛肉怎么吃。在这里吃烤牛肉，可以吃到牛身上的八个部位。服务员拿来一张说明书，这张纸上专门介绍了牛的八个部位的肉的不同特点。他们双眼放光，每次烤牛肉上来的时候，杨军都会问这是牛的哪个部位？他要从牛的后臀尖，一直吃到牛里脊肉、牛排、牛眼肉，一直吃到牛的驼峰——只有巴西高原上出产的一种牛才有驼峰，而且是公牛才有。

卡迪娜给他们俩解释，这种牛的脊梁靠近后脑的地方，有一个隆起，那里就是牛的驼峰。何东要了一块，感觉牛驼峰肉口感非常好，只是稍显肥腻。所以才要配上很多酸黄瓜、酸菜、萝卜缨和各种蘸酱淋汁。

杨军想到了红酒配红肉，就点了两瓶阿根廷红酒。卡迪娜要开车，她只喝苏打水，他们互相碰杯，大家都很开心。何东喝下去一杯，感觉好极了，一下子就把烤肉的肥腻给压住了。他看到这家店里的客人越来越多了，实在是太火了，客人大部分看着都像是白人中产阶层。

杨军打着饱嗝，说："姐夫，我有点吃不动了。"

卡迪娜说："你们两个人吃烤肉不怎么样啊。"

杨军说："为什么不行？"

她说："我有一次去里约热内卢，那里有一家烤肉店，店主告诉我，他曾遇到一个中国人，一共吃了一百二十刀，当时店主彻底服了，说，巴西烤肉是巴西人发明的，但最能吃巴西烤肉的，是你这个中国人！所以，我还以为你们两个中国人也一样能吃呢。今天算起来，你们每人才吃了十多刀，最多不到二十刀，就吃不下去了。"

这激发了两个人的斗志，他们又吃了五六刀，加点了一瓶红酒，就再也吃不动了，还醉醺醺地嚷嚷着回去了。

滴酒未沾的卡迪娜笑着扶起了何东，她是他最好的女朋友和驾驶员，她开车拉着他们俩，前往杨军下榻的郁金香酒店。

6

这一顿巴西烤肉把杨军吃得灵魂出窍，使他几乎忘了在巴西遭抢的事。他是大学老师，专门研究拉丁美洲的左派政治运动。

在郁金香酒店杨军的房间里，他们喝茶醒酒，三个人歪在沙发上和地垫上，何东怀里抱着卡迪娜，感觉很惬意。杨军说："姐夫，我现在同意你和她在一起了，卡迪娜是个好女人。"

何东笑了："那我就会又多一个小舅子了，他叫胡安。"

杨军说："我现在很想念我姐姐。"他沉默了，何东拍了拍他的肩膀。卡迪娜似乎知道他们在说什么，他觉得这两个男人之间的关系可能不很好，但现在好了。杨军打开了电脑，给他们看他的电脑里存的照片。

"你们看，来巴西之前，我们去了玻利维亚，找到了切·格瓦拉被捕后就义的地方。"

"切·格瓦拉？是什么人？"何东问。

"姐夫，就是他。"杨军给他看电脑里的一幅切·格瓦拉的半身像。

这是一张醒目的照片，有着连鬓胡子的切·格瓦拉戴着一顶贝雷帽。这幅头像太有名了，后来在很多商业广告上都出现过。

卡迪娜对他说："格瓦拉是古巴人，卡斯特罗的战友。他死在了玻利维亚，这个切·格瓦拉要继续革命，他就带着一支游击队，前往南美一些国家发动起义。在玻利维亚他被包围的时候，他的游击队就剩下十几个人了。"

何东说："我看到过这张照片，我喜欢这个格瓦拉，他是一个真正的男人。"

卡迪娜温柔地摸着他的脸："你也是一个真正的男人。"

杨军说："我们这次的考察，先抵达玻利维亚的首都苏克雷，从那里再换车，前往切·格瓦拉最后就义的地方。那是海拔较高的一片山区，距离秘鲁、智利、巴拉圭、阿根廷和巴西的边境都不算很远。宏伟的安第斯山脉将这些国家隔开来，形成了一片地理意义上的南美洲大陆。在玻利维亚首都苏克雷下飞机，我们驱车前往圣克鲁斯省，那里是切·格瓦拉在1966年展开游击战并最后牺牲的地方。格瓦拉是一个英俊的男人，他有坚定的信仰，也有牺牲生命的勇气。这一次来到南美，我们的一个心愿，就是要去看一看格瓦拉牺牲的地方。我们不能忘记人应该有理想。我们到达了萨迈帕塔镇，那里是一片小灌木丛生的山坡。我们看到，镇上的房子都是土坯房，但都粉刷得五颜六色的。然后，我们继续前往普卡拉。"

何东说："你给我说说，格瓦拉是怎么死的。"

杨军被红酒点燃的脸更红了，他站起来，说：“1967年10月8号，就是在丘罗山谷中，格瓦拉被包围了。在山脊上，出现了玻利维亚军队的身影，他们埋伏在树木和岩石的后面，大约有几百名。他们在美国的贝雷帽特种部队训练过，战术精良。他们在这里设计了伏击圈，把格瓦拉装进了包围圈的袋子里。而且，玻利维亚政府军武器精良，还有迫击炮。战斗打响了，炮弹在格瓦拉的身边炸开，他的游击队员左冲右突，在包围圈里徒劳地战斗着，一个接一个地牺牲了。就剩下了两个人，却还在战斗。其中一个就是格瓦拉。最后，他以一条小溪流边上的石头作为掩护，使用手里的步枪进行还击。他的左腿受了枪伤，游击队员威利过来帮助他，把他扶起来，然后他们朝着一片长满了灌木的小路走去。那是一条小路交叉的三岔口。格瓦拉在那一刻迷惑了，他不知道到底往哪个方向走，这个时候，从灌木丛后面出现了一个端着枪的玻利维亚士兵：不许动！”

何东说：“格瓦拉投降了吗？”

杨军又坐下来，语调变得深沉了：“这个时候，格瓦拉缓缓举起了双手，因为他和威利手里的步枪都没有子弹了。他说：‘我就是格瓦拉，不要开枪！我活着比死了对你们更有用。’据说，这是切·格瓦拉被抓住的时候，说的一句话。”

杨军很激动，看得出他很喜欢格瓦拉。他说不下去了。

卡迪娜说：“我想知道的是，去看格瓦拉就义的地方的人，现在还多吗？”

杨军说：“去那里参观的人还有不少，年轻人比较多。我们在路上就碰到了一对恋人，他们是从阿根廷来的，我问他们，你们去拉伊格拉干什么？他们说，要去丘罗山沟，看看格瓦拉最后战斗的地方。我又问，你们怎么看格瓦拉这个人？他们告诉我，格瓦拉是一个英雄。他帮助穷人，虽然死了那么多年，还能够给人以力量。这是一对阿根廷年轻的情侣告诉我的，说明在拉美，格瓦拉的魅力还在。你们看，这就是他们的照片，我当时把他们拍下来了。这个女孩子叫兰阿亚，她告诉我，格瓦拉很帅。是的，他很帅，女孩子尤其这么认为。他的脸上总是带着坚定的、勇敢的表情，有些藐视一切，他喜欢穿长长的风衣，戴着有一颗星星的贝雷帽，留着的连鬓络腮胡子很有味道，看上去有些超凡脱俗。”

“可为什么他要去玻利维亚？玻利维亚政府军为什么要抓他？”何东问。

杨军说：“这就说来话长了。当时，也就是1967年，在贫穷的玻利维亚搞游击战，玻利维亚政府军当然要抓他。那时候，悬赏格瓦拉人头的赏金，是4200美元。这是一笔很大的钱了。我一直研究他。我认为，当格瓦拉身边的战士就剩下几个人的那最后几天里，他变成了一个超然的人。”

卡迪娜觉得杨军说得很有意思：“他变成了一个超人？”

杨军说：“是的，一个不再惧怕失败和死亡的超人。此时的格瓦拉，能很超然地看着自己走向覆灭的命运。他知道自己的生命要结束了，他的战斗也无法继续。他甚至还有些饶有兴致地欣赏这一过程，就像他是一个局外人。他知道，他带领的游击队，在玻利维亚失败了。因为他说过一句话：‘我来了就没想走，离开的只可能是我的尸体。’你看，这个人的信念是多么的坚定啊。”

“丘罗山谷现在很有名。”卡迪娜说。

“我们到达山谷的那一天，天气十分晴朗，从普卡拉村子开车不久，就能到达丘罗山沟。那里到处都是茂密的灌木，可以想见，当时格瓦拉在这里藏身是明智的，那里是海拔2000多米的地方。我们走得气喘吁吁的。山地非常贫瘠，现在还是这样的。石子路上有些蚂蚁窝，一条山溪穿行在岩石间奔涌而下。在溪流边，有一条山间隧道，我们走进去，看到很多的游人在石头上和岩壁上画的格瓦拉的头像，一些树身上也有。到处都是格瓦拉的头像，还有喷漆的画像，格瓦拉的头像脸色煞白，就像是从坟墓里出来了一样，看着我们。我们来到了一片空地，前面有一块巨石，石头边上一棵有长满了树瘤的无花果树，那块石头上有一句西班牙语，写的是‘祖国或者死亡’。这句话是什么意思？就是实现不了自己心中的祖国，就面临死亡。边上有人画了五角星，格瓦拉就是在那块石头后面被抓住的。那一天，山间溪流里躺着死去的游击队员的尸体，潺潺的流水声在山溪间响起，植被散发着一种山羊奶的腥膻味和血腥的气息。受伤的格瓦拉被抓住之后，玻利维亚政府军士兵把他抬下了山。在山下的拉伊格拉村，有一间曾用作小教室的屋子，他们把他放在那里，格瓦拉靠着墙，喘着气，说：你们要打得准一点儿，不要怕。然后，那些玻利维亚士兵枪杀了他。”

7

小舅子杨军走了一阵子了。他走之前还送给了卡迪娜一份礼物，意思是他这个小舅子的称号今后可以不再有，何东的小舅子可以换成她的弟弟胡安了。

现在，圣保罗在下雨。何东感觉到心里不舒服，有一种奇怪的感觉在弥漫。他觉得，下雨天会有坏事发生，就像是他的妻子杨春花死的那一天。

果不其然，他的手机接到了一个非常紧急的信息，是褚荣华发来的，那个信息的意思是他被绑架了。褚会长一向不信任巴西的警察。他在家里安了报警器。这个报警器连通了他的手机号，按照约定，一旦褚荣华摁动了报警器，何东的手机上就会收到几个紧急数字。也来不及告诉卡迪娜，他立即赶往褚荣华的家。

褚荣华会长的别墅位于圣保罗市圣丹斯大区的富人区，从外面看很安静，没有什么异常。这是雨天，天色阴沉。但他不能掉以轻心。按照早先的计划，他得到这样的信息，就要以有了最严峻的情况来对待。

早先，褚荣华曾把他请到家里吃饭，带何东详细察看了他家的房屋结构。他们约定，如果他家里出现了入侵者或者其他紧急的安全威胁，他就会给何东发去信息。褚荣华如果被绑架，肯定是被人盯上了，有预谋的。那些巴西绑匪常常盯着有钱人，伺机下手。

褚荣华对他非常好，前面说了，在他身无分文、举目无亲地到达巴西之后的第一个星期里，褚会长不仅组织了同乡会来欢迎他，还帮助他筹集钱款，提供给他最开始的发展资金。知恩图报是一个人最重要的品质，褚荣华会长这两年对他的关照很多，会长遇到厄难，他不仅要挺身而出，还得机智勇敢。

他翻身上了褚荣华家隔壁的一幢别墅的院墙，轻巧如羽，猫腰快走，没有发出声音。一阵阵雨云包围了天空，阵雨很猛烈，让植物和空气都显得倦怠，丧失了活力和警惕性。从山墙上他又猫腰上了三层别墅的屋顶，从隔壁大宅，跳到了褚荣华家的别墅屋顶。雨声盖过了所有的声音，这样屋子里的人很难察觉。

他蹲下来，观察四周的情况，看到下面院子里没有什么动静。褚荣华家是一幢带游泳池的别墅，门前有一个小花园，还有门卫岗亭和停车库，地下还有两层。他从褚荣华家的独栋别墅的排烟管钻了进去。从烟道爬进去，这条烟道原来就是褚荣华设计的逃生通道，里面有钢筋扶手梯。

他把耳朵贴到了墙壁上，仔细谛听。外面雨声哗啦，可别墅里面没有动静，似乎没有异常。何东知道，在巴西发生的一些华人遭受绑架的案件中，有时候是华人针对华人的预谋绑架，因为华人对华人的情况最熟悉，下手有时候更狠。不排除这一点，就是有华人匪徒对褚荣华进行绑架敲诈。

他从烟道向下走，很快进入到别墅内部了。现在，他在装饰性的壁炉里了。壁炉是假的，里面还有暗门通向地下室，不过，暗门的按钮只有褚荣华自己知道。在壁炉侧面有一道暗门可以直接进入客厅。

这套地面三层、地下两层的别墅内部有一个天井，有一座很大的枝形吊灯从高处悬垂下来，类似无数碎钻石那样的吊灯。褚荣华很好客，喜欢邀请客人到家里来吃饭，也邀请过何东和一些老乡来家里做客。褚荣华有三个儿子，两个儿子长大了，都在美国念书。现在只有小儿子、他老婆和他三个人住在这里。他们雇了一个很胖的巴西女人当保姆，还有一名专门的司机。另有一个黑人保安，负责在前院当门卫。

他身材削瘦，在壁炉里完全容得下，他就静心谛听。一开始没有任何声音，等了十多分钟，他忽然听到了葡萄牙语的说话声。卡迪娜一直在教他葡萄牙语，渐渐地，他听明白了，褚荣华果然是被绑架了。现在的情况是，在别墅一层有一个绑匪，在大门口躲在帷幕后面向外面观察。在二楼的卧室区还有一个绑匪，正在那里说话，想必是他在控制着褚荣华。

他想象着楼上的场景，判断着屋内的情况。绑匪一定不止两个人，肯定还有人，只是不在屋子里了。那么，褚荣华家的那个黑人门卫呢？他家的胖胖的女保姆呢？现在都不在屋子里。他现在知道就在壁炉外面，距离他不很远的大门旁的窗户边，有一个人在向外观察，他手里还有枪。是的，他的手里肯定拿着枪，正对着窗外观察，看看谁会进来。

他在壁炉里想着可能的情况。他猜想，最可能的情况是，绑匪一共有三个人，其中一个出去了，也许正押着褚荣华的老婆，去银行取现金。巴西绑匪喜欢现金，可是褚荣华警惕性很高，平时在家里就不放很多现金，而绑匪要的就是现金，那么，他们进来控制住褚荣华之后，就会押着他的老婆，拿着银行卡去银行里支取现金，否则就会要了他们一家三口的命。

他们还会回来，拿到现金之后，就会把她押回来，然后和屋内的同伙一起安全离开这里。他们要的只是钱，他估计褚荣华也会答应给他们钱，并且让老婆跟他们去银行取钱。

那么，现在在楼上的卧室内，很可能褚荣华和他的小儿子被胶带封住了嘴，一个绑匪正看着他们。就是这个家伙在和楼下的另一位同伙通话。至于出去取钱的同伙，可能是一个，很可能是两个人，他们有一辆车能装下所有的人，他们的人数最多有四个。

他的猜想都是对的。事后证明，他的想象和判断都是准确的。

他从壁炉的缝隙中观察到，在客厅的地毯上躺着一个人。那个人已经不动了，很可能是一具尸体。后来证明那具尸体就是褚荣华聘请的、忠于职守的黑人门卫，已经被绑匪打死了。

这显示了何东过人的判断。当时，他一边想象着这些可能性，一边想自己应该怎么办。他没有枪，来巴西后，他发现在巴西买枪也不是难事，但没有买一把。他会打枪，也去射击场练习过射击。他最擅长的还是短刃的使用。

躲在壁炉里的他身上藏了三把刀。袖子里有一把短刀，在他的右小腿上绑着一把匕首，右侧腰间还有一把。这三把刀都很短。匕首的长处不在长，恰恰在短，一寸短、一寸险。关键在使用到位，短刃杀敌，就要切断敌手的动脉、筋脉，让对手丧失行动能力，迅速被致伤才是最佳效果。

他在壁炉里安静地待了十五分钟，这段时间里，他在脑海里详细模拟着他一旦从壁炉里出来，出手后可能会遇到什么情况。他推演了一遍又一遍，包括他自己可能被杀死。

此刻，这下一步的境遇，在他的脑子里就像是放电影一样，将所有的结局都呈现了出来。他想到，最好不要死人，尤其是褚荣华会长不能死。要保证他的安全，这是他来到这里的唯一目的。褚荣华对他如此托付，他不能让褚荣华身陷于危险之中。褚荣华的尊严和生命，现在都要依靠他来保护了。

8

圣保罗的那一天在下雨。是的，在下雨。

后面的事情，回想起来，就像是瞬间发生的，在他的脑海里多次闪回。那天晚上发生的一幕就像是闪电一样，不断激活着他的记忆，闪回、倒带、倒带、闪回，重复播放那一天的那个时刻。

他记得他后来悄悄地打开了假壁炉的侧门，从里面出来了。他几乎是飞出来的，一点声音都没有。他看到一个穿牛仔裤的绑匪在窗户边向外张望，右手拿着一把手枪，枪口指向了地面。人是向外看的，嘴里说着话。绑匪在耐心地等待着取钱的人回来。等到他感觉到身后有异样，一转身，用余光扫到了一个移动的活物，正在向他扑来的时候，已经晚了。

绑匪举起手枪对准何东，就等于宣判了他自己的徒刑。然后，他手里的枪飞起来，来不及发射，在空中翻着个儿，掉在一边了。他脚下一个趔趄，被何东一把揽住，用力将他的身体一转，就把他按在地上，一拳就打昏过去了。然后何东看到茶几上有绑匪带来的绳子和胶带，他就三下五除二，很快把这个人双手背后，用绳子把他捆起来，在他的嘴上贴上胶带。

何东面对惊慌失措的劫匪出手的一刻，脑子里闪现的是残害他妻子的那个杀人犯的表情，那是惶惑的，对他人生命并不尊重的表情。这样的人在世界上还有什么意义？何东想着，却在最后的一刹那手下留情，没有划开他的喉咙。他只是感到了厌恶。现在，一层的大厅里，躺着一具尸体，一个活人。壁炉边的酒柜里闪着晶莹的亮光，那是什么？他看清楚了，那就是被倒置的水晶酒杯的光亮。

他捡起了劫匪的那把手枪，别在腰间。这时，楼上的绑匪听到了动静，大声喊着，楼下的同伙已经不能回应他了。

何东向楼上摸去，紧贴墙根，沿着旋转楼梯向上，右手上拿着枪。楼上那个劫匪感觉到楼下有问题了，他停止了呼唤，安静下来。也许他发现有人在往楼上走，这时就看谁有机会先下手为强了。有一个黑影在楼上露头，他开枪射向何东。枪声过后，子弹击中何东身边的墙壁，溅开来的水泥渣滓扑到了他的脸上。他继续跃步上前，来到了楼上。

二楼有好几间卧室，褚荣华夫妇和儿子、保姆都住在这一层。绑匪估计很紧张，他又从躲藏处开了两枪，都没有打中何东，然后他就后退不见了。何东也开了一枪，他来到卧室门边，眼观耳听。这时是决战前的寂静时刻，是风暴来临前的压抑的安宁。

忽然，一间卧室的门打开了，一个戴着面具的绑匪手里拿着枪，抵在褚荣华被胶带贴嘴的脑袋后面，大声嚷嚷，冲着何东喊叫。褚荣华的眼神里立刻流露出欣慰的神情。是的，何东来了，救兵来了。

何东一看对手的枪口在褚荣华的脑袋和他之间来回指，就用葡萄牙语喊了一声，点了点头，意思是明白那个绑匪的喊叫了。他把手里的枪扔在地上，举起了双手。就在他手里的枪掉到地上、绑匪的注意力被发出的声音所吸引，往那把手枪看去的一瞬间，那一刻真是电光石火一般，何东一个翻滚，快如闪电就滚到了绑匪的左侧，短刃已然从袖口伸出来到了他手上，一二三，几下子就在绑匪拿枪的胳膊、大腿和跟腱处，连划三下，绑匪的枪也掉在地上了，他手臂上、大腿上和后脚跟上的鲜血一下子流了出来。他啊啊叫着，去捂大腿，这时何东已经把绑住手脚的褚荣华抱起来，快步走到了走廊里放下，用匕首几下就割断了绑着他的绳索，揭开胶带，然后再回身从门口侧身向屋内张望。

他看到那个绑匪还在地上挣扎，手里的枪掉在脚边无力去拿。他又冲进去将那个绑匪也捆起来，嘴上贴上胶带。那个绑匪不再挣扎了。何东这才返身出来。

“您的孩子呢？”他问褚荣华。褚荣华紧张得嗓音嘶哑，却不成句。他感激地抓住他的胳膊，向旁边的屋子里指了指。

何东明白了，褚荣华的儿子肯定被绑在屋子里。他说：“您去解救儿子，我去楼下，等会儿回来的绑匪，还有几个？”

“只有一个，他押着你嫂子去取钱。他们快回来了。”

“好，我去对付那最后一个，你去把儿子解救了，在楼上躲起来，不要出声。”褚荣华点了点头。他下楼了。

足足等了半个小时，外面才响起了汽车行驶而来的声音。别墅的电动门打开了，车子直接开进来，在别墅门口停下来。何东躲在门口一人高的大花瓶后面，等待那个绑匪进来。

后面的事情比较简单。第三个绑匪是红色头发，高个子，没有蒙面。他进来之后，迎接他的是埋伏在那里的何东。何东迅速用拳脚和匕首将绑匪击伤，红头发倒在地上了。何东缴了他手里的枪，将褚荣华惊喜交加的老婆拉开，示意她楼上问题已经解决。她点了点头，腾腾腾上楼去看自己的丈夫和孩子了。还好，整个过程有惊无险，最关键的几下都是解决问题的。他的武功发挥了作用，这一场就打倒了三个人。有那么一刹那，在他的脑海里闪过了格瓦拉的那张戴着贝雷帽的脸，和他面对玻利维亚士兵开枪射击时的英勇姿态。格瓦拉激励了他。

接下来，一定是褚荣华报警了。巴西警察坐着哇哇叫的警车很快来到。褚荣华的屋子里一共有一具尸体和三个被绳子捆得结结实实的绑匪。那些肚腹圆圆的警察感到很吃惊：这几个中国人太厉害了，竟然能控制住三个拿枪的玩命绑匪。这事情是怎么发生的？褚荣华一家三口完好无损，但有些惊魂未定。警察把他们都带到警察局，进行了询问和笔录。

褚荣华担心何东会遇到麻烦，毕竟何东是一个只有居留证的中国人。他发动力量，上下活动，何东从警察局里出来了。褚荣华也担心，像这样打伤并抓住三个入室的绑匪，很可能惹了当地的黑帮团伙，特别是如果牵涉到势力很大的贩毒集团，那就会遭到报复。

圣保罗的媒体报道了这起案件，还说这三个绑匪中，有两个是表兄弟，另一个是他们的邻居。他们能入室绑架褚荣华，与褚荣华家的女佣有关。是她提供了关键信息，比如家庭成员、出行特点、房间结构，她把别墅门打开，让绑匪进来。绑匪杀了保安，控制住褚荣华一家三口。然后，她跑回了巴西利亚老家躲起来。那个女人被警察从巴西利亚带回来，进行审问。更多的媒体都报道了案子，一时间何东变得很有名。

卡迪娜一开始有点生气，后来也为他的英勇救人的行为感到自豪。他对她说："我可能带你去中国，你去不去？"卡迪娜笑了，她点了点头："当然了。我还给你买了一顶贝雷帽。"

圣保罗领事馆的总领事也前来探望，对何东勇敢的行为表示赞许，并告诉他，他已经要求圣保罗警方对他进行保护，要保证他的安全。

褚荣华说："不用等这个事情宣判，你应该回国了。因为可能他们会报复。圣保罗的帮派很复杂，这件事让他们感到了不满。那些亡命徒肯定还有同伙。我也不想在圣保罗待着了。你要回去，卡迪娜愿意和你一起回去吗？"

何东点了点头。随后一些天，他把自己的小超市和其他的生意都交给了胡安，买了两张机票，准备回中国老家。褚荣华也决定卖掉圣保罗的房子，举家去加拿大发展。

他带着卡迪娜登上了国航的飞机。这趟飞机从圣保罗飞往加拿大的多伦多，经停之后再飞往北京。在航班上，卡迪娜倚靠着他的肩膀，大部分时间都在睡觉。飞机起飞的时候，他从舷窗向下看，圣保罗在下雨。

雨幕中的圣保罗市像地衣一样在大地上扩展，带着几千万人的梦想在旋转。人们的贫穷和富裕，欲望与金钱，还有那些贫民窟、中产阶级社区和富人区，天主教教堂，都在他的视线里和想象里开始模糊了。圣保罗在下雨，而他要走了，带着一个心爱的巴西女人。他不知道未来会怎么样，但他已经获得了逆水行舟的勇气。

飞机上升，钻过云层之后，看不到圣保罗在下雨了。

2020年5月9日一稿

2020年8月21日再改

普罗旺斯晚霞

1

一开始，他们计划得很周详，打算先在巴黎玩几天，到处走走看看，游览塞纳河，吃法国大餐，带孩子去上埃菲尔铁塔。逛累了就好好睡个自然醒的觉。然后租一辆车，沿着法国通往中南部的一条向东南方向走的大斜线，穿越大半个法国，途经第戎、里昂，到达尼斯。

到了尼斯，他们可以在尼斯海滩游泳，在戛纳小城饱览电影城的时尚风光，好好玩儿几天。之后再向西北走，在大普罗旺斯地区考察那里的葡萄酒庄园，如果对某个正在出售的酒庄中意了，就买下一个来。

他来过巴黎很多次，埃菲尔铁塔也上去过好几次。对巴黎他并不陌生。巴黎拉德方斯商务中心区他也很熟悉，每一次来法国谈生意，都要在拉德方斯商务区的那片高楼大厦林立之地出入。这一次，他是带老婆和孩子一起来的，那就不一样了。首先，孩子就没有见过埃菲尔铁塔，必须要去一下。在铁塔之上，看看巴黎市容市貌。其次，他老婆喜欢法国大餐，特别是焗蜗牛，还有别的法国美食。那么他呢？

他喜欢喝法国葡萄酒，一定要喝到奇特的红酒。这几项，都要一一满足了才好。

他夫人叫陈丹红，在他的主业公司、也就是一家房地产公司担任总经理，而他是董事长。老婆虽然是公司的二把手，总经理，可陈丹红比较强势，平时就是她说了算。

飞机一落地，他就感觉到法国的阳光似乎不怎么友好，清凉一阵，炽热一阵，就像是一个人的脸红一阵、白一阵，很不舒爽。巴黎的夏季热起来比重庆还要火热，他们是重庆人，陈丹红说，我们到法国，千万不要想着找中餐馆吃重庆火锅，一定要顿顿都是法式大餐。

入住距离凯旋门不算远的一家早就订好的酒店，那是一幢很古老的石头房子，外表很不起眼，可进到房间里面，就发现装修十分现代，设施非常方便。他们是做房地产生意的，对房屋的建筑材料和室内装修都很懂，知道这家酒店的装潢是花了大力气。房间里的用具都很考究，处处都是古典欧洲的风范韵味，洗手间里的水龙头，用的是捷克水晶。

埃菲尔铁塔自然是马上就去看的，因为孩子在闹腾。那么大一个铁塔，站在那里有一百多年了吧？矗立在塞纳河畔的战神广场边。上去，下来，他没有什么感觉，可十岁的儿子却兴致勃勃。来埃菲尔铁塔参观的孩子很多，就像他儿子一样，估计都是在小时候从绘本上看到了这座铁塔。等到真的面对它，你会感到很惊喜很震撼。它那么的高大，的确是一个奇观，并且是在巴黎这样古朴和优雅的城市里，站着这么一个钢铁怪物，倒也很反差。不像有的风景名胜，早就听说了，可你去那里一看，发现原来真是一见不如百闻。

然后就是吃法式大餐。他们全家在福楼吃过，在另外一家百花餐厅也吃过，每次点的菜肴都很丰盛。陈丹红吃过国内几个大城市里有名的西餐厅做的西餐，特别喜欢法式大餐。她对法式大餐很熟悉，点什么菜都很有主见。可他并不熟悉，在餐厅里，侍者站在一边，谦恭地等待着他们点菜。陈丹红要他点自己的主菜，他看着菜单随便用指头一戳，点了一个，陈丹红很惊讶：

"哎，这个你可不要吃，这是一个大猪肘子。"

他却执意要点这个菜。猪肘子就猪肘子，怎么了？法式大餐里的猪肘子我还没有吃过，我就不能尝尝？我什么都能吃，他在心里气哼哼地说。不过，他很怕老婆。老婆陈丹红脾气火辣，平时他就礼让三分。那么，这次点菜他这么执着，非要胡乱点一个，也是一次小小的反抗。

孩子喜欢吃蜗牛，喜欢吃牛肉，喜欢吃各种好吃的甜点。孩子很淘气，孩子是他们俩的黏合剂，是他们家生活中的一个中心。孩子点的什么？他不知道，总之都是陈丹红去安排了。

等到那个猪肘子上来之后，他确实是惊呆了。他没有想到这个猪肘子被法国人做成了一个圆球状的、十分巨大的东西，红烧的，估计是用厚重的酱汁煨出来的，还浇上汤汁，上面放了一片紫苏。关键是这个猪肘子真的很大，大到让他感到为难和畏惧的地步。现在他明白，这就是不懂法语、不听老婆的话的惩罚了。只好吃呗。既然上来了，那怎么办？拿起刀叉，吃呗。

他也就不动声色，吃起了那个大肘子。吃了几口，感觉很不好吃，肉厚味重。这个时候，他看到儿子亮亮的眼睛看着肘子发亮了。

“你想吃这个？”他问。儿子点点头，他很高兴，把盘子里的肘子切了一半，用刀叉挪移到了儿子的盘子里。

陈丹红怪罪他：“他吃红肉太多了不好，我让他多吃海鱼。你自己点的你都给他了。”

法式大餐自然少不了红酒。他对红酒多少懂一点儿，这要仰赖家里的地下室里有一个藏酒屋，里面储存了上千瓶世界各地的红酒。他和陈丹红都喜欢周末在家里招待朋友，一起聚会，那么收藏品尝红酒也是他的一个爱好。法国、意大利的名酒，旧世界、新世界的红酒，国内新产区如宁夏贺兰山下小产区的红酒等等都有。红酒是他的最爱，只要有红酒，一切全都有！真好，这红酒是醇厚的，香的美的，反正就是好的。

陈丹红对他这次来法国想盘下一家葡萄酒庄园的想法并不反对。她说：“等我们老了，在普罗旺斯的葡萄园住下来，和当地的人一起种葡萄收葡萄，榨汁酿酒，这想想就是很好的事。”

他想提醒她，理想总是很丰满，现实却很骨感，但没吱声。前几年，有些中国有钱人在法国买下了十几家葡萄酒庄园，因为经营不善，不会管理，维持不下去，只好转卖了，转卖的价格比当时的收购价更低。要知道，葡萄酒庄园的经营是一件非常专业的事，并不是谁都能够染指的。加之现在法国人比较警惕外国人、特别是亚洲新贵购买他们的葡萄酒庄，这个事情还比较复杂。

他点了这家餐厅推崇的一款列级酒庄的酒。这瓶酒的价格，是他们今天饭钱的好几倍。醒酒用了一阵子，也许有四十分钟？一顿法国大餐要吃两三个小时的时间很正常，你要有足够的时间的话。

那瓶名贵的红酒被穿着白衣的侍者斜托在右手里，瓶子已经打开了，他似乎闻到了那葡萄酒被唤醒的酒体的美妙味道，混合着果香和花香的气息。深红的酒倒入分酒器中，瞬间发出葡萄酒被唤醒的“唰唰”声，这种声音尽管有点强烈，也有点嘶哑，却非常快活，说明这酒还是活的，本来还是睡美人，在沉睡着，瞬间就醒过来，发出了欢快的声音。啊，这个世界真是万般美！他心情大好。

侍者把红酒倒在他和陈丹红的酒杯里，孩子喝苏打水。他拿起酒杯观察酒体。这一款酒的酒体很沉着，呈现出深玫瑰红色，显示了时间对酒的深厚作用，无论是酿酒的作坊，还是装酒的橡木桶，或者是装瓶之后的沉淀期，都能看到时间对酒的缓慢作用，酒在微生物和小细菌的作用下，慢慢转化成熟，慢慢沉睡，直到最终被唤醒，和空气相遇，氧化之后形成色香味结合的最佳状态。

此刻，这瓶酒被唤醒，被倒入杯中，和今天的空气相遇，和透明的郁金香玻璃杯相遇，和他们这些巴黎的访客相遇，被他喝到嘴里，品在舌面，转几圈，他的味蕾活跃着，体会到了这款酒散发着醋栗、橡木和独特葡萄品种的香气，然后咽下去，沿着喉咙一路跑下去，就像是一股清流在山涧奔走，最后来到他那深深的肚腹之中，将一种舒坦弥漫在血管里，走遍全身。

他和陈丹红碰杯，有些自鸣得意。老婆看他的目光显得有些嘲讽，对他这么爱这杯中物，一向感到他夸张了。男人和女人的关注点永远都是不一样的。

“不要喝多了，就这一瓶。我们明天还要去老佛爷商场呢。”她提醒他。

巴黎老佛爷商场，也就是最喜欢中国顾客的拉法叶特商场。那是一个类似北京秀水街或三里屯，抑或重庆朝天门商场的地方。他记得，那还是在1998年，那次他来到巴黎，在老佛爷——拉法叶特商场给当时还是他女朋友的陈丹红买化妆品和品牌服饰，按照她写在一张纸上的单子按图索骥。迎面就走过来一个华人小姑娘给他当导购，他跟着她，她高举着陈丹红写的那一张导购单，来来回回在老佛爷商场里面跑，终于都给他买齐了。

他笑了，因为陈丹红这二十年变化很大，起码是胖多了。把这红酒喝下去，现在，他喝下去这美好的红酒佳酿，想起来二十年前的那一幕。那些高级化妆品并没有明显改变陈丹红，他亲爱的老婆的衰变在继续着，岁月带来的皱纹爬上了她的脸、她的脖子和身体的其他部位。

是的，不能叫衰老，要是陈丹红听到衰老这个词，一定会恼怒的。衰变，重金属衰变，制造核武器的铀元素会衰变，人也会衰变的，一点点慢慢变化，时间的尺度很大，二十年的时间真是弹指一挥间，1998年他还没有和她结婚，两人还在谈恋爱。她比他小几岁，显得小鸟依人。后来，她就像是发生了突变，也许和穿高跟鞋也有关，她变得高大起来，身材也变宽了，甚至和他一样高大。实际上她只有1米66，而他是1米76，比她要高十公分。

他微笑着，想着，重要的是，今天这款酒很好，他们一家人都很好，很幸福美满。他们人到中年，事业有成，孩子虽然生得晚，却很健康，在茁壮成长，这非常好。孩子消灭了所有的蜗牛，连同他和她的，都给亮亮了，正如他几乎喝掉了那瓶红酒的一大半。陈丹红的酒量很好，可她并不喜欢和他一起喝。为了应酬，他曾经训练过她，但到了后来，他发现她的酒量不错，特别是喝白酒的时候，酒量要好过他。

“我们再在巴黎转三天，然后就往南部走。”陈丹红吃下了一口法式鹅肝，配着一块淡黄色的柑橘片。这是她的最爱，实际上，她自己已经是中度脂肪肝了，去年体检的时候还是轻度的呢。

不能再这么吃鹅肝了！他在内心里嚷嚷，可嘴上却说：“你爱吃鹅肝好。这个鹅肝很养人，对人的身体很好。法国人做的鹅肝太美味了！”

他开始鄙夷自己了，因为自己的心口不一。为了这个家庭的幸福，他是拼了。想到这些年的打拼，他都要流泪了。一家三口能在巴黎最美好的季节里穿行，吃到最棒的法餐，喝到最好的红酒，看到这座城市里最好的风景，应该感到满足了。好日子并不总是有的，要记住这一点，很多人都不知道他们已经拥有的就是最好的，却还在胡思乱想，等到失去的时候，他们才会明白，可那时就晚了。

2

回到宾馆房间里，醉醺醺的他感到很疲累，躺在柔和的床头灯边，宾馆的枕头很软和。他翻看着《巴黎竞赛画报》，没等淋浴间的妻子出来躺下，就自己先睡着了。

……他看见他坐在巴塔克兰音乐厅里，正在观赏乐队的演出。那是在2015年的11月13日。那一天，法国巴黎的天气比较寒凉，人们都穿着外套。初冬的巴黎还没有下雪，下雨是有的，是那种巴黎的冷雨。这天上午，他去拉德方斯商务区的一幢大厦与法国人谈生意，出来的时候赶上了一阵小雨，把他淋湿了。巴黎的云是奇怪的，有时候，一小片云彩就能带来一阵雨，其他地方不下雨。

这些都不说了，傍晚，他在一家餐厅吃了意式肉酱面，然后就前往巴塔克兰音乐厅看演出。巴塔克兰音乐厅很有名，分为两层。二楼是红色的天鹅绒靠背座，楼下的大厅就像是一个巨大的天井，实际上是一个中庭。一圈红色的帷幕把内部空间环绕起来，就像是流苏装饰着二楼与一楼间的空隙，一楼和二楼都有白色的圆柱支撑着这座音乐厅的结构。

这天晚上，是一个很有名的乐队在演出。他找到自己的座位坐下来，旁边的人都不认识。这张票是他在溜达的时候偶然兴起，才买下的，位置比较靠后。现场乐队的演出，是不是流行音乐？他在琢磨着。他看清楚了，是死亡金属之鹰乐队。他们来自美国加利福尼亚，是带有蓝调风格的摇滚乐队。可为什么叫“死亡金属之鹰”乐队呢？当时他脑子里闪了一下。后来，回想起来，他觉得这是一个象征。那个白胡子贝斯手弹奏着，就像是不祥的一朵云在跳动。死亡金属乐队很有名，可他们带来了真正的死亡。

那天白天他跑了好几个地方，他感到自己很疲惫。可是在音乐厅里看乐队演出，他们在舞台上演出很卖力的，场面很嘈杂，这个时候就睡着了，是不是很糟糕呢？当然了，肯定是很糟糕的。可是，要是不睡着，又该干什么呢？他又不懂蓝调和摇滚乐，就是在巴黎瞎逛，买了这张看演出的票，可能就是在地铁里看到了招贴画。该睡就要睡，他眯缝起眼睛来。

不知道过了多久，忽然，迷蒙中他听到有人大喊，喊的声音很奇怪，舞台上，乐队的乐手开始向幕布两边散去，灯一下子明明灭灭的，在昏暗中，瞬间就亮起了一些火力点。枪声响起来了。

是的，绝对是枪声，闪光点也绝对是火力点。有人开枪了。好几个人，情况紧急。这家音乐厅被人袭击了！一瞬间，他知道这一定是恐怖分子，他赶紧钻到了椅子底下，有人在向外跑，踩到了他，衣服掉到了他的身上。他用双手抱住了脑袋。子弹只要不打到脑袋上就不会死。他听见了有人在喊叫，可是舞台上的音乐还在响着，大家都不知道发生了什么事。

他不敢冒头，只听见开枪的声音，突突突，突突突，沉闷有力，带着狰狞的嘶叫，在剧场里一阵阵亮光变幻中响起。人们尖叫，女人的尖叫此时显得格外的刺耳。这一刻十分漫长，漫长得混合着无尽的恐惧，只能听天由命了。在他的脑袋上，蒙着一件披肩，也不知道是谁的，上面浓重的香水味刺鼻，搞得他想咳嗽，却根本不敢咳嗽，他使劲压抑住喉咙里的反叛，香水味儿闻多了就习惯了，就没事了，等一会儿就好了。

他发现自己确实不能动弹了。还有一个人躺在他的一侧，那个男人的一条腿重重地压着他的腰，那人可能中弹了，也可能已经死了，完全没有动静。子弹打在一些乐器上，发出了比敲打乐器更刺耳的声音，弹头瞬间改变了方向，射向了墙壁，有人喊叫，喧嚣而惊恐。舞台上的灯光效果还在，一轮轮霓虹灯闪过来照过去，使得剧场里的气氛诡异，就像是死亡本身在导演着一出戏剧。实际上，是两场演出在进行，一场是大家都知道的，那就是音乐表演，还有一场是突如其来的，是闻所未闻的，是谁都没有准备好的，只有上帝知道，恐怖分子知道，死神知道，这一场演出是半路里杀出来，临时上演的。而每一个在场的人都成为了这出戏的主人公，每个人的命运就像是掷骰子一样，根本无从预测，瞬间就发生了，就看你的运气了。

他就躲在观众席中间靠后那一排中，原先一开始落座的时候，他还有点儿不满意，这一排的价格不低，但位置靠后，现在看来，前排观众的命运可能最不好，他们一定是最先中弹的人，那些家伙补枪，也会先在他们的后脑勺或者是左胸口补上一枪。这完全是靠运气了，这也许就是狗屎运。但是且慢，现在他们，那些大呼小叫、可能是吸毒了或者吃了兴奋剂的恐怖分子，在快速地跑来跑去。他能够听到，能够感受到他们，他的耳朵很灵，能听见他们在不同的地方发出的叫喊，他们的语言不是法语，他们手持的武器事后证明是AK系列的自动步枪和冲锋枪，还在不断射击。也许外面的法国警察也在向里面冲。不知道有几个恐怖分子，他们守在剧场观众席的两侧那两个门边，分成交叉火力点，堵住了前面的两个门。

忽然，他听到了爆炸声。这是恐怖分子扔出了手榴弹。手榴弹的威力似乎不像他原先从电影上看到的那么大，也许是小型手雷，就像是一个小地瓜那么大，但扔出去炸死炸伤十几个人是没有问题的。这些家伙一定是准备充分的，他们可能痛恨法国对他们的监视和压制。

就在不久之前，法国的《查理周刊》因为刊登了一些讽刺漫画，编辑部被恐怖分子袭击,《查理周刊》的编辑被打死了十几个，这都是他们的人干的。这些家伙所在的团伙过去好多还是难民，从叙利亚和北非来到法国，他们在法国不好好待着，却干下了这么可怕的事情。这就是现在的法国，他的脑子里就是两个字：后悔。我来这里干什么？我哪里知道欧洲这些国家，法国、意大利、英国、西班牙和德国，都成了难民和恐怖分子的天堂了？他妈的，狗屁伟大的欧洲，我怎么把自己搞到了这样一个绝境里？真是倒霉透顶。

后来，他才知道，只有后面的大门和侧门能够逃出。剧场里奔跑的人发生了踩踏，在枪声中醒悟过来，纷纷向外跑，有不少人跑出去了。这家音乐厅里一共能容纳1500名观众，刚才坐定的时候他环视四周，发现是座无虚席的。枪声一直在响，爆炸声也在持续，爆炸使得椅子的碎片飞起来，砸在舞台上、墙壁上又反弹回来。慢慢地，巨大的混乱、喧哗沉静下来。冲锋枪的突突声停下来，那些恐怖分子大声喊叫，彼此呼应，现场渐渐沉寂了。一些人被驱赶着向旁边的黑暗空间走去，四周响起不同音调的呻吟。因为恐惧和空气污浊，他短时间昏迷过去了。

不知道过了多长时间，忽然又响起了枪声。他猜测这是外面的警察攻进来了。很快，一声声爆炸响起，血肉横飞的想象在他的脑海里弥漫着，事后他得知那是四个恐怖分子中的三个，在警察靠近他们的时候引爆了炸弹腰带，自爆而死。这些死有余辜的家伙自杀了。还有最后一个家伙负隅顽抗，被法国警察击毙了。

他被抬到救护车上的时候，救护人员发现他的身上都是血，半天之后，他才明白，他是躺在巴塔克兰音乐厅的血泊中，可那些血都是别人流的，不是他的血。他只是受了轻伤。浸透在他的衬衣上的那些血十分浓重，腥味十足，让他头晕目眩，让他难过悲伤，也让他更加清醒和庆幸，让他感到了大难不死的好运，和无限的惆怅感。

后来，很长时间他都不敢回想那天晚上他在巴黎巴塔克兰音乐厅的遭遇。他亲身在地狱的边缘走了一遭，目睹了那么多人的死亡，而他们此前根本就预料不到会有这样的事情发生。那天，在音乐厅里被恐怖分子打死的至少有120人，还有200多人受伤。此外，几乎在同一时间，在伏尔泰大街、柬埔寨餐厅和法国体育场都发生了枪击事件。这天晚上，早有预谋的恐怖分子在巴黎的多个地点发动了袭击。这是法国的紧急时刻，也是巴黎的黑色时间，好在巴黎城和法国人都是坚强的，最终这一切被证明不过是一阵烟云，什么作用都起不了。那些极端分子遭受了更大的打击，法国出动飞机对叙利亚和其他地方的恐怖分子营地进行了轰炸，并对境内的极端分子不再客气，采取了抓捕行动。

出了医院，在巴黎戴高乐机场那陈旧的候机楼里，准备搭乘航班回中国的时候，看到他熟悉的国航那凤凰飞翔的标志，他很激动。他想，我再也不来巴黎了。妈的，巴黎，哪里是天堂，简直是一个地狱啊……

他醒来了。巴黎宾馆窗外的日光投射进来，天色大亮。他感到呼吸顺畅了。刚才的噩梦让他回到了两年前。现在，在他身边躺着的老婆的呼吸很轻柔，一切都很好。他大汗淋漓，起身去洗手间小解，并且做了几个深呼吸。

3

他食言了，这不，隔了两年多，他带着老婆孩子又来到了巴黎。2015年那场噩梦一样的经历，他不愿意触及，也不再提起，他只是淡然地给她说过劫后余生的感受。他们带着孩子在巴黎闲逛，游玩，上埃菲尔铁塔，在拉德方斯地区的写字楼里和客户谈生意。法国生产的东西，从贸易角度讲，高端的产品，由于有欧盟协约，有的涉及军事和高科技产业，不能随便出口。而香水、化妆品、葡萄酒和其他生活用品的出口贸易，在中法之间就很普遍。那么，还有什么商业空间吗？这是他妻子陈丹红感兴趣的事情。

中午，在塞纳河边的一家早就订好的餐厅里，靠近窗户就能看到街景和河景，他还有些若有所思。亮亮对塞纳河上的漂亮游船感兴趣，指着问他什么时候去河上玩儿。

她问："昨晚你睡得不踏实，你做噩梦了？"

他点了点头："噩梦醒来，有你真好。"

她听了，俯过身来，温柔地用手摸摸他的手，关切地看着他。"我们一家都很好，都在巴黎，这不很好吗？"

"当然，"他说，"一切都很好。"儿子回到座位上翻看菜单。他看菜单，这家餐厅的菜单只有字，没有图片，没有什么可看的。不过，餐厅里非常安详、雅致。就餐的人们轻声细语，男男女女都很文雅。这样的气氛令人愉快。置身他们中间，一家三口，他感到从来没有这么幸福和惬意。

餐厅门口那边走过来两个人，是他们正在等待的人。是他的一位老友，胡昕教授，他在巴黎一所大学任教。他们俩是大学本科同学，不过后来胡昕一直读了上去，读到了博士，然后到法国留学搞研究了。

胡昕教授笑容可掬，人长得瘦瘦的，穿着闪亮的银色西装，走过来，姿态很潇洒。听说老同学来巴黎，一定要请他们全家吃饭。他说，还是他们请胡教授吃饭，因为在大学读书的时候，胡昕曾帮助他考过了对他来说比较难的一门课——法语的考试。那个时候，需要修习第二外语。他选择了法语，可他在西南地区长大，说话发音讲普通话都带口音，何况学习法语？法语里面的“你好！再见！”怎么读都被他念成了“笨猪、傻驴”，让同学哄笑不已。一旦考试不及格就无法毕业。所幸胡昕帮他复习考试要点，过了这一关。

胡昕坐下来，和胡昕一起来的，是他的华人学生陈琦。陈琦小巧玲珑，笑眯眯的，不说话。

他给妻子陈丹红介绍胡昕教授，并请侍者斟酒。红色的葡萄酒在胡昕面前的杯子里荡漾。

“我并没有晚到，对吧老同学？今天我请你们全家，说好了哈。我知道你们生意做得好，钱多，但在法国，我当教授，欧元薪水也不低。嗯，你的红酒品位不俗，这款酒很好。一般人不敢点博若莱产区的酒，他们那里的新酒更好，可实际上也有一些好的酒庄酒。这一款就很好。”胡昕显然也很懂法国红酒。

陈丹红饶有兴味地看着胡昕，她觉得胡昕是一个热情的人。他身上淡淡的香水味也让她感到这个男人很法国化。亮亮对胡昕很好奇，他不怎么乱动了。

胡昕很热心地拿过酒单，给他们介绍一款香槟酒。“今天必须喝香槟，庆祝我们的相聚。香槟要空腹先喝才好，我给你们选一瓶，就这一瓶。”他用法语告诉侍者。

穿着白衬衣、扎领结的侍者去拿酒了。很快，他们的菜品也上来了。侍者端来一个冰桶，在冰桶中，半埋着一瓶胖宝贝一样的香槟酒。品酒也是胡昕的一大爱好，胡昕很懂酒，说起话来就滔滔不绝：

“中午喝香槟比较好。你们是一家子来，弟妹，你和你们家儿子，叫亮亮对吧，喝香槟没问题吧？啊，没有问题，那太好了。在晚上，喝红酒一醉方休都是可以的，可是中午我们需要清醒。你们下午还要去游玩呢。喝香槟得听我的，香槟一般被法国人当成开胃酒，这样一开始你的味觉就会被唤醒，满含希望地等待餐食的到来。香槟带着气泡，口感也轻柔爽利，风格舒缓，会使一顿餐食变得更有味道。”

“法国人喝香槟的时候，还喝葡萄酒吗？”她问。

“喝，当然可以喝，不过，要先喝香槟开胃。我知道国内喝香槟有时候是跟餐后甜点一起用的，那不好。香槟会让甜点显得更加腻人。对不对？”他取出冰桶里那瓶古雅的香槟酒瓶，“你们看，这是一瓶三十年的香槟酒，够年份吧？其实，还有更老的香槟酒。你想想，老同学，碰上一瓶三十年的茅台会怎么样？这一瓶香槟，同样也很难得。”

亮亮问，酒瓶子上写的是什么字呀？胡昕微笑着，仔细把瓶身上的酒标法语念出来，翻译给他听。然后把香槟酒瓶递给了旁边的侍者，让他打开。

“嘭”的一声响，香槟打开了，欢乐的泡沫涌了出来。这一刻真是喜庆啊，几个人都兴奋了起来，香槟由侍者倒进了每个人面前的杯子里，在杯子里，香槟丰富的液体在翻腾着。每个人的面前有一个小碟子，两个碟子装着杏子挞，另外两个小碟子里装着黄桃挞，都是配着喝香槟的。

“咱们干开胃酒，庆祝我们过了二十多年再相逢！”胡昕举起香槟杯，大家也举杯相互碰杯，庆贺这一场相聚，看那香槟在酒杯中轻轻荡漾，然后开启嘴唇，把它一饮而尽。

“在法国，喝香槟酒，总是和喜事、大事、重要的事联系起来。这一时刻才最有纪念意义。喝香槟，不仅有味觉记忆，还有亲情和友情的记忆了。你们看，这明灭的气泡，芬芳的香气，多么让人愉快。从口感上说，有的香槟酒比较干一点儿，还带微苦味儿的。有的香槟余韵绵长，能在口中保留很长时间的感觉。不过，余韵长的香槟酒，要看香槟产地的特定年份，是某些特定年份的气候使香槟酒具有了这样的品质和性格。”

“当年的天气和气候对酒的影响有这么大?”他问胡昕。

“是的，葡萄酒也是如此，每一年的收成、成色、口感和味道、酒精度都是不一样的。像凯歌香槟、路易王妃香槟、库克香槟和沙龙香槟，这些牌子我经常喝，就是余韵比较好。香槟酒陈放一些年，酸味就消失了。在法国香槟酒中，有的香槟叫作传统香槟酒，是由一些存放五六年时间的葡萄酒勾兑调配而成，这样的香槟酒品质比较稳定，口感变化不大。还有的是年份香槟酒，要看某一年的某个产区的葡萄，如霞多丽葡萄的生长情况如何来判定。”胡昕举起了酒杯，和陈丹红碰杯，“敬弟妹一杯，我知道，他的成功都是你的功劳。每个成功的男人后面都站着一个女人，而你们，是两个人一起都很成功。”

喝下去的香槟在肚子里荡漾，香味在口腔里弥漫。胡昕接着说：“法国国王路易十五有一个情人叫作蓬帕杜夫人，她讲过：‘香槟是唯一一种喝完之后还能让女人保持优雅的酒。’”

陈丹红笑了起来：“他老让我喝白酒，在中国的生意场子上，喝白酒才能体现出豪迈。这香槟酒过于轻柔了。”

陈琦是一个笑眯眯的、眼睛很好看的姑娘，她一直不说话。接下来，胡昕告诉他，他们向南走，就由陈琦担任他们的司机和翻译。而且，一辆七座雪铁龙商务车也租好了，随时可以出发。胡昕办事非常有谱，这使他对贯穿法国的旅行感到很放心。

他们几个人这一场美好的聚会，继续在品酒中进行。

下午，他们全家在巴黎城转悠。亮亮一定要在游船上看看巴黎，他们主要是游览塞纳河。河上的微风吹得他有点头晕。不过看到儿子那么高兴，他也很高兴。陈琦给他们担任导游，她是一个细心的姑娘。

这天晚上，他又做噩梦了。在梦中，几年前，他的一个半山房地产项目的拆迁涉及一座道观，需要尽快拆迁掉道观。那座道观并不古老，是民国后期才有的，“文革”中被砸烂后长时期荒废。本来是个荒弃的地方，前几年，有几个道人让它重新有了香火。道观有三个道人，几间房子也很破烂，就在山腰上。他的一个别墅项目叫作“山水星园”，盖好了，能够见山、见水、见星星，这个破烂的道观成了拆迁阻碍。

他愿意出钱异地重建道观。可道人不同意。僵持了半年了，拿不下来。最后，拆迁队的推土机来了，强行推掉了道观。就那么几间破房子，非要说什么古代就有了，没有文物部门的鉴定。

然后，就发生了道人自焚事件。三个道人是真生气了。虽然这个山间僻静的道观过去无人关注，可真的拆掉之后，就不行了。一个道人坐在那里，在道观的废墟上用汽油把自己点着了。那天，不知道哪里来了很多人，他们纷纷在那里拍照，然后发到网上去，到处都是。那个自焚的道人经过抢救治疗，还是死在了医院里。这就造成了很大的影响。

于是，他赶紧花钱了事，他答应立即迁建道观，还给接纳另两位道人的一个道观捐了不少钱，并且，通过道教协会组织发布了声明，达成了协议，将这一事件的影响尽快消除。可毕竟造成了网上的舆情。就在巴黎，就在这一天的晚上，在他的梦中，他看见那个道人浑身着火，先是坐着，然后，道人站了起来，哇哇叫着，一个火人扑向了他，他惊醒了。

原来，他还在法国巴黎老城区的宾馆里。他又一次大汗淋漓。

4

他们从巴黎下榻的酒店出发，前往盛产葡萄酒的法国波尔多地区而去。出巴黎花了很长时间，巴黎的堵车也非常厉害。这让他感到了烦躁。不过，因全家都在一辆车上，又让他心安。

陈琦开车很稳，这个小姑娘二十多岁，难得有沉静的心态和沉默的性格。他不问话，她从不主动说什么，可很多细节也为他们都想到了。她已经为他们联系好了一家打算出手的酒庄了。现在，他们就要去看看那家酒庄。

走出巴黎，一路上，都是法国的田园风光。车子沿着一条乡间快速公路向西南方向而行，他翻看了地图，那是直奔大西洋的方向。在大西洋岸边，有很多葡萄酒庄都是久负盛名的。

他看到，两边起伏的丘陵地带，无尽的小山峦和丘陵谦逊地低伏着身子，不想被远方的客人所注意。这里生态环境非常好，空气也好，沁人心脾，有一种含着露水的清新感。所以，他时不时要打开车窗，呼吸一下新鲜空气。陈琦开车，走累了就随时停下来住下，有法国乡间美食等待着他们。

波尔多地区到了。这片地区的景物已经和巴黎大不相同。到处都是隐没在树木和藤蔓背后的低矮的建筑。

车子沿着一条通向山坡的路开去，可以看到沿途开始出现酒庄了。法国的酒庄，往往是有一座古堡一样的建筑居于一大片的葡萄园的包围中。古堡的尖顶像是教堂的尖顶，在很远的地方就能看到，也能听到有些酒庄在为绿色的葡萄园播放着交响音乐。

“法国人认为，给葡萄播放音乐，就能让葡萄的长势更好。”陈琦说。

“这算是一种迷信吧？起码是心理作用。”他说。

“不，植物也有耳朵的，它们还有自己的表情。我们可能低估植物的生命状态了。就比如说，有的草不能移动，但再生能力特别强。你割掉了一茬，马上就会长出新的一茬。人就不一样了，四肢没了，绝不能再长出来。”陈琦说。

他们说着话，就靠近了卡梅拉酒庄。卡梅拉酒庄位于大波尔多地区的上梅多克地区，在吉伦特河边不远的一片向上缓缓升起的坡地上，能够看到远方高高的丘陵匍匐着，成为这座酒庄的屏障。酒庄主体建筑之外，还有酿酒房，一个很大的人工湖，这个人工湖的湖水可能是从不很远的那条流向大西洋的河——吉伦特河中抽引过来的。因为种葡萄非常需要水。柳树和杨树，还有一些不知名的树掩映着酒庄的大门。

他们乘车抵达酒庄后，酒庄的主人，老巴克先生出来迎接他们，手里拿着一柄烟斗，态度非常热情。这个酒庄虽然不是列级酒庄，但也是一座不错的酒庄，只是巴克先生的儿子在美国工作，在那里办企业，不愿意回来继承父亲的酒庄，巴克先生就想着把酒庄卖掉。

为了迎接买主的到来，巴克先生精心准备好了餐食。他是一位七十多岁的老先生，瘦瘦高高的，白胡子白头发，穿着一件粗布汗衫，下身穿一条被葡萄汁溅满了图案的牛仔裤，脚上是一双沾满了泥土的鞋子。一个标准的法国南部的老头。

“非常非常欢迎。”他热情地先和陈丹红与陈琦两位女士行贴面礼，然后再和他握手，又拥抱了亮亮。巴克先生通过陈琦翻译，问他们是想先吃饭，还是先看看地下酒窖？

“先看看地下酒窖吧。”他说。

巴克先生很有法国人的魅力，他年纪不小了，但身体很硬朗，带领他们进入到他的地下酒窖。地下酒窖的门像是一座秘密山洞的大门。亮亮在脑袋上戴着一个尖顶帽子，手里还拿着一根魔法棒，感觉自己要进入一个充满了妖魔鬼怪的山洞世界。

他们一进去，酒窖里一股清凉的风就吹了过来，带着橡木桶、陈年葡萄酒发酵的温暖气息。转过一个回廊，一大片横躺着的橡木桶就像是沉睡的军队，都在那里横卧着。“那都是我的酒庄沉睡的葡萄酒，该唤醒它们的时候，它们就会醒来。”巴克先生在前面缓缓走着。

他和妻子、儿子亮亮走在一条专门为参观者和取酒者设计的道路上。在他们的视野里，出现了像是一座战时地下仓库那样的一个庞大的地下酒窖。无数的橡木桶堆放着，按照年份、按照不同的酿酒葡萄品种，分区横卧在那里，延伸出去，有一百多米进深，几乎看不到头。昏黄的灯光更是营造了一种古老的、适合美酒沉睡和酿造的氛围。

巴克先生说话，陈琦翻译：“公元2到3世纪，法国人的祖先高卢人从近东一带引进了葡萄，开始在法国的土地上种植葡萄，接着，就出现了酒庄。后来，法国人开始为酒庄酒进行评级，发明了年份酒，还确定了庆祝葡萄丰收的节日。葡萄酒是法国文化的重要组成部分。是法国人发明了葡萄压榨机、酿酒槽，发明了酿酒冷却装置，和这样的地下储存葡萄酒的酒窖。这个酒窖也有很多年的历史了。”

在一个拐弯的地方，有一个横放着的橡木桶，是用来观察新一批入库的葡萄酒的品质。橡木桶上有一个开关，可以打开，接一点儿葡萄酒放在高脚杯里。

巴克先生接了一杯，在灯光下观瞧：

“这款新酒还不能喝，现在还是刚刚睡着的状态，就像是一个傻孩子，没有长大。需要继续成长。对了，就连酒塞和酒桶、高脚杯，都是我们法国人发明的。后来，为了葡萄酒的跨越海洋的贸易，法国人发明了专门运输葡萄酒的运输船，建立了世界葡萄酒贸易网，品酒师制度也是我们法国人建立的。有人说，是意大利人发明的葡萄酒和香水，后来被我们法国人发扬光大了，这是不对的。香水是他们发明的，意大利人过去要把皮货贩卖到巴黎，皮子都很臭，所以他们发明了简陋的香水，为了掩盖臭气。但是法国人对香水配方进行了重新的改造，创造性地产出了法国香水。”

巴克先生带着他们参观地下酒窖，一边走一边说，陈琦的翻译很简洁，他也秀了几句法语，和巴克短暂交流。亮亮一会儿奔跑，一会儿躲在一处阴影里，和想象中的妖魔捉迷藏。陈丹红的眼睛没有离开过儿子，这么大的酒窖，她怕他走失。

这一段地下酒窖的参观路程，他们走了二十多分钟，可见巴克先生的地下酒窖很大，酒也很多。不知道他卖掉酒庄，是不是也包含着这些陈年的老酒？酒窖里曲里拐弯的，最后，他们来到了一个品酒区，灯光立刻明亮多了。

在品酒区中，有酒庄的招待员。那是一个金色头发的胖姑娘，站在圆形的柜台里面。柜台里有一面酒柜，玻璃格子里放着各种年份和品种的葡萄酒，有专门的聚光灯打在上面，把葡萄酒瓶的各种造型和酒体的颜色映射出瑰丽的光谱，参观者一走动，那些葡萄酒瓶的光影也在转动。

“现在，我们来品酒。”巴克先生让那个金发胖姑娘拿来几个高脚杯，金发姑娘微笑着按照他的指令拿来不同的酒，动作娴熟地轻轻倒入酒杯中。

“品酒，一看、二闻、三品。”他用法语说。大学里学的第二外语现在似乎复活了一点点。

“重要的，是要先凝视葡萄酒。”巴克先生说。

他们按照巴克先生的样子，先凝视杯中的葡萄酒体。他们就端着酒杯，凝视面前的葡萄酒。可看着看着，在他看来，这葡萄酒忽然变得像是人的血液在晃动了。自从在巴黎那晚梦到2015年在巴塔克兰音乐厅他的亲身遭遇，他这一次来法国，不知道怎么回事，摆脱不了巴塔克兰音乐厅大屠杀的那场噩梦。这暗红、玫瑰红色的葡萄酒，就像是剧场里被恐怖分子射杀的人流出来的鲜血一样让他惊悚。酒窖里，谁都不知道他还有这样的联想。他有一阵感到了恐惧，不敢晃动酒杯了。因为巴克先生在晃动酒杯，还把自己的鼻子伸到酒杯的边缘，去嗅闻酒的味道。

“嗯，有一种黑莓和樱桃的味道，单宁很丰厚。这一款现在喝最好了。”巴克先生说。

他问道：“巴克先生，这葡萄酒的香气有很多种吗？”

“对的，葡萄酒的香气有很多种。首先，会有植物的花香。比如，你会在葡萄酒中品尝到茉莉、椴树花、洋甘菊、合欢花、醋栗、欧白芷的味道。葡萄酒的香气有好几层，越是有些年份的酒，酒香就层次分明，过于年轻的酒，就没有那么丰富的香气了。葡萄酒还有水果的香味，如芒果味、无花果味、荔枝味、葡萄柚的味道，在酿酒的过程中，也曾有酿酒师加入了陈皮、梅子酱和焦糖苹果，还有桂皮和肉豆蔻这样的香料，于是，法国葡萄酒的香气就更加馥郁了。你们可以尝试不同香气的葡萄酒。”

“可葡萄酒是葡萄酿造的，怎么可能有花卉和水果的香味呢?”陈丹红提出了一个疑问。她喝下了给她倒的酒，但她肯定没有品尝到巴克先生刚才说的那些水果香气，她的表情告诉大家，一丁点儿都没有。

“我尊敬的女士，你说得很对。有些酒香，都是品酒师自己想象出来的，他舌尖上的味蕾告诉了他，这一款葡萄酒的香气像什么，他的嘴里就说出来，像是什么香气。你要是刚去菜市场买了菜回来，你也可以说这酒香还带着西红柿、黄瓜和茄子的香气，也是可以的。香气因人而异的。”巴克先生哈哈大笑了。

“啊，那我就懂了，不然就越说越玄妙了。中国人也喜欢把一些事情搞得很玄，比如白酒有什么功能和香气，其实，都是蒙人的。葡萄酒就是葡萄酒，除了葡萄的香气，别的都是你自己想象的。”他对妻子说。

陈琦翻译完了之后，巴克先生眨巴着眼睛:“不过呢，在上个世纪的五十年代，有法国的化学家对葡萄酒的上千种芳香分子，专门进行了分析研究，把这些芳香分子分成了六大类。从此，这就是一种对葡萄酒的香气的科学分类，这是很实际的香气的描述，后来，我们大部分葡萄酒农和酒商也认为，这种分类比较科学。”

“是哪几种香气呢?”他很好奇。

“这六大类的葡萄酒的香气，分别是花香、果香、香料香、矿物香、动物香和植物的香气。也就是说，葡萄酒是天地之间的精华，所有天地之间的事物的香气，都能在葡萄酒里得到体现。你要是从你的鼻子、舌头和口腔中，灵敏地品尝和感受到葡萄酒里水果的香气、类似胡椒香料的辛辣香气，还有巧克力和蛋糕的味道，以及烟草味儿、猫屎、猫尿、蓝莓、醋栗、无花果、苹果花、茅草根、香蕉、烤面包、土豆、荠菜、甘薯、防晒油或者是运动鞋的鞋垫的味道，我的天！那你就是一个最高级的葡萄酒品尝者，和最佳葡萄酒爱好者了。”

他和她都目瞪口呆了，感觉到了自己眼前的这杯酒里，的确有一种烟草味儿、猫尿、烤面包、防晒油和运动鞋鞋垫混合的味道了。

巴克先生又大笑起来了。他实在太幽默了。

5

从地下酒窖的品酒廊里沿着一条通道走出来，他和陈丹红因为喝了好几种葡萄酒，都感到了微醺。他们的儿子亮亮很快活，他喝的是香槟，显得很活跃，跳来跳去的。不管酒精的含量是多少，都会对人的精神状态发生作用。

巴克先生带着他们去看下午的葡萄园，边走边向他们介绍这片波尔多地区的葡萄庄园的历史。

“可能你们不会了解到，波尔多地区曾经由英国人统治过，但这个地区呢，一直是一个自治领地，英国人和美国人后来都是波尔多葡萄酒产地的大客户，也有这个历史渊源。”

此时，下午的光线渐渐变得苍白。站在葡萄庄园的斜坡上，他看到的是带着坡度的广袤的一片田野。能够看到酒庄的城堡建筑位于一大片葡萄田中间的位置，突兀地呈现出它的尖顶。在波尔多地区，随处可见这种有一座古堡建筑作为中心的葡萄酒庄。

“只要是有古堡建筑的葡萄庄园，在以前，庄主大都有贵族的封号。而且，还有一个要求，只要在这里有几公顷的葡萄园，要想一直拥有葡萄庄园，庄主必须住在古堡里，不能住在城市里的公寓。每一座葡萄酒庄园的古堡的名字，就是庄主的名字。也就是说，如果我们成交了，这座古堡的名字，就要改成你的名字了。”

他听到这里，有点小兴奋，那么，这里会有一座以他的名字命名的酒庄？陈丹红会不会要以她的名字命名呢？比如，丹红酒庄？不好。他觉得还是法国贵族的名号比较好听，每一种文化里都有自己最纯粹的东西，一旦杂交了，就不是原来的东西了。他们在葡萄架边徜徉，傍晚的光线渐渐地暗淡下来，充满了整个葡萄园。夕阳给绿色的葡萄树涂抹上了一层瑰丽的金黄，使它们的藤蔓看上去像是长了一层金色的绒毛。

巴克先生说：“这一片，就是我的庄园葡萄田的坡丘。在波尔多地区，葡萄园的坡，指的是高度比较峻急地降低的地带，这会使得温差发生变化。雨水在葡萄田里的聚集也不一样。丘，指的是带着平缓延伸的一大片地方。你们看，这就是我的酒庄的坡丘，坡度陡峭的只有那边一点，这边大片的都是丘，地势平缓，适合葡萄接受阳光和雨水的滋润。”

“是不是河谷地带坡度比较大的葡萄园，出产的葡萄酒质量就不好呢？”他产生了一个疑问。

“不是的，你们看，我的葡萄庄园大都是丘陵构成，适合大面积种植某种单一的品种，产量和口味比较稳定。像那边的河谷地带，坡度陡峭的地区，因为坡面向阳，烈日炎炎的夏天里，葡萄接受阳光的炙烤，对葡萄种类的选择就更严格，对葡萄工人的工作也提出了更多挑战和要求，伺候这些葡萄园的时候要更加细致。一般来说，丘陵葡萄园出产的葡萄酒，性情安宁，也很甜美温顺。而坡度比较大的河谷地带的葡萄园，酿出来的酒有时候就带着谷底那种峻急、激烈和冲动的性格。”

陈丹红啧啧赞叹：“想不到法国葡萄酒还有这么多的讲究，这么细致的分类，特别是像人一样，脾气难测的。”

“法国的酒庄分级制度是怎么建立的呢？这么多酒庄，级别不一样的酒庄的酒，差距现在还是很大吧。”他问道。

巴克先生觉得他问得很好，就停下了脚步，将手里的烟斗在一棵葡萄树上磕了磕，取出一盒丹麦烟丝，换了烟丝。

“酒庄分级非常重要。实际上，酒庄分级是在距离现在一百六十多年前的1855年。当年，为了参加由新皇帝拿破仑三世举办的巴黎世界博览会，在波尔多地区的葡萄酒庄的庄主们，将这个地区公认比较好的六十多种葡萄酒集中进行了一次品评，后来，这些葡萄酒就是列级庄的酒。你看，现在都过去一百六十多年了，可当年波尔多酒庄的分级，变化很小。可以说几乎没有太大变化。”

“一百六十多年过去了，为什么这些酒庄的级别和酒品都这么稳定呢？拉菲、拉图、玛歌这些，我们中国人都知道是列级庄酒中的顶级。而木桐庄园酒似乎过去不是列级庄园酒，后来才变为一级庄园的，是不是？”

“你说得对，1855年的这次评比出来的结果，在时间的长河中，只发生了一些很小的变化。这六十多款当时进入名单的上好葡萄酒，后来非常珍惜获得的荣誉，这么多年以来，出产这些酒的酒庄都是以质量为第一，以自己曾经获得的荣誉为自豪，从来都不曾降低葡萄酒的质量，所以地位很稳固。即使很多葡萄庄园的葡萄园地界发生了一些变化，葡萄种植的品种更是发生了巨大变化，但质量这么多年来一直很稳定。”

“但还是有二级酒庄进入一级酒庄的情况。”他说。

“是的，酒庄转换了主人，有的酒庄不再是家族经营，破产了，卖给了企业，作为企业的下属酒庄，这样的情况不断发生。法国葡萄酒的世界贸易渠道也变化了。自从你们中国人爱喝葡萄酒之后，波尔多地区的葡萄酒，卖给中国人的销量大增。但法国酒庄的分级制度已经定型了，不会有大的变化，最好的就是最好的。中级酒庄晋升为列级酒庄的很少，有着二级酒庄品质的四级酒庄曾经晋升为三级酒庄，这样的事情的确发生过。”

“不过，好的总是最好的。罗斯柴尔德家族也在这一地区收购了一些葡萄酒庄园，这些年，他们的葡萄酒在欧美市场上扶摇直上。”他说。

“明天上午，我自己开直升飞机，带你们全家在空中俯瞰我的葡萄酒庄园，也看看其他酒庄，你们就会对这一地区的葡萄园酒庄，有更好的观感。”

他们穿行在庄园中，任凭晚霞开始变得暗红。天色模糊了。他们走出了葡萄田，一辆电瓶车拉着他们走向了古堡。

巴克先生告诉他，这座酒庄的古堡有二百多年的历史。这是老巴克家族一代代传下来的，现在有点经营不下去了。七十多岁的老巴克，他的儿子和孙子都在美国有自己的生意，不愿意接手葡萄园酒庄的经营。

本来他们以为，这酒庄的古堡也很老旧，可他们走进去之后，发现古堡里的装饰装潢非常现代。家具都很富丽堂皇，也很实用。除了个别宝贵的橡木老家具，看来大部分经常更新。就像巴黎很多几百年历史的石头老房子，外表看着很旧，你走进去，里面的设施非常现代。

天黑了。忽然他们眼前一亮。是的，是灯光的效果让他们吃惊。古堡里的灯光全部点亮了，非常明亮璀璨，与他们想象的鬼火闪耀、鬼影幢幢的欧洲古堡大不一样。法国人曾创造了最精致的欧洲生活，他们不可能把这乡下老古堡搞得像是中世纪的监狱。这让他和老婆对视了一下，他们的眼神彼此都懂，那就是，坚定了要买下这座酒庄的信心。

他们被巴克先生带到了餐厅。在餐厅里，几个厨娘、侍者和佣人都在忙碌着。看来，老巴克先生对招待这一家从中国来的尊贵客人，用尽了心思。

这天晚上，法式大餐主菜是牛排，一道道的美食不断上来，银亮的盖子掀开的时候，每个人都在惊呼。亮亮叫着，他有点兴奋了，因为有很多好吃的，他让陈琦教他用法语念菜名。沙拉的味道非常新奇，一些植物就是附近出产的野菜。还有各类海鲜，奶油龙虾，蜗牛，香煎的上好鳕鱼块，要挤点柠檬汁才好吃。

为了欢迎他们的到来，老巴克开了一瓶酒庄里比较古老的酒，有四十多年了，市场上要卖几千欧元。他看到，酒瓶上的酒标都模糊了，长毛了，或者说被一种石灰和白垩一样的东西覆盖了。那瓶酒打开之后，光是唤醒它都需要一个多小时，一般情况下，这样的酒太老了，几乎不能喝了。这简直是睡美人，很老的睡美人啊。不知道她还保持着美丽不？这瓶酒的酒色还是深红的玫瑰色，灯光下，又变为暗红的金色，以及天鹅绒的反光色。总之，他感到了迷醉。

酒倒进了高脚杯，老巴克继续指导着他们品尝这世间最美的尤物、时间酿造的佳品：

“过去，在法国的剧院里看戏，开演前，都会用木棍敲打三下，作为提醒观众，引起观众对即将开演的戏剧的关注，所以叫作三击。那么，如何品赏葡萄酒，就有四击：手、眼、鼻、舌。尊贵的林先生，夫人，你们可爱的宝贝儿子，陈琦小姐，各位请看，为了对得起这款沉睡了四十多年的葡萄酒，我告诉你们如何四击葡萄酒。”

他们也都端起酒杯。儿子很兴奋地喝一种浅玫瑰色的低酒精度酒。他喜欢亮亮学会喝酒。陈丹红对此也没有意见，既然他们想来买这个酒庄，那么，这家酒庄迟早就是儿子的。

老巴克端起了高脚杯。只见他用拇指和食指轻轻地扶着杯脚，将手腕转动，手里的杯子也跟着转动，划出了看不见的圆弧。随着他晃动酒杯的动作，酒香就散发出来了，这是手对葡萄酒的第一击。接着，第二击来了，只见老巴克慢慢地把酒杯倾斜着举起来，迎着餐桌上方的灯光，眯缝着眼睛，来观察这一款酒的色泽，并继续晃动酒杯，从不同的角度观察正在酒杯里欢腾的酒体，这是眼睛对葡萄酒的第二击。

然后，他慢慢地把酒杯放下来，放在鼻翼前轻轻一闻。啊，他惊呼着，太美好了，太芬芳了！这是鼻子的嗅觉对葡萄酒的第三击。

这第三击，使大家都闻到了这款老酒的丰富的香气和被唤醒的活力。然后，巴克先生对着酒杯轻轻一吻，张开嘴唇，葡萄酒瞬间就进入他的口腔。且慢，他说，大家先不要下咽，不要喝掉，而是让葡萄酒在舌面上蔓延开来，用味蕾去接触酒体，用舌头和葡萄酒一起在嘴里跳舞。最后，用喉咙代表身体，欢迎岁月的佳酿进入到你们身体的内部，你把酒喝下去吧！

这就是舌头对葡萄酒的第四击。他们一起开怀畅饮。

6

他们都喝了不少葡萄酒。从抵达这个酒庄开始，无论是参观酒窖，还是在葡萄园坡地上漫步，看那广大无垠的葡萄田在眼前伸展，他们早就被葡萄和葡萄酒所包围。不停地喝，品尝各种款式的葡萄酒，一直到刚才那美好的晚宴，把他们都喝醉了。晚餐结束，他们和老巴克、陈琦在客厅里喝了一阵红茶，互相道了晚安，然后就准备休息了。

他们上了二楼。老巴克早就为他们一家三口准备了两个卧房。为他们儿子亮亮准备的卧房非常温馨，也很童趣，有很多玩具。他们安顿好了儿子，亮亮是沾着枕头就睡着了。然后，回到了给他们俩准备的卧房里。

灯光无比柔和，昏黄的暖色调的灯光很舒缓，他们酒意很浓，从来也没有感觉到生活如此的甜美和轻松。他们拥抱了，关了灯，发现外面的星光还能渗透进来，这让两个人格外兴奋。

他们解衣上床，躺在柔软的鹅毛般的被褥里，两个人拥抱亲吻，就像是在黑暗中游动的鱼那样嬉戏。他们好久都没有做爱了，可这天晚上，这么美好的黑夜围拢了他们，星光掩蔽了他们，他们像是银色的鱼那样跃入大海，在波浪中追逐着彼此，寻找着它们的尾鳍和胸鳍激起的白色浪花。

第二天早晨，阳光非常好，他们起得很晚。下楼吃早餐，在餐厅里，先是看到了陈琦，她的穿着打扮很休闲，没再穿她的商务套装了。她说："巴克先生说，他马上回来。"

不一会儿，他们看到穿着牛仔裤，拿着工具箱的老巴克带着他们的儿子亮亮从外面进来。"我检查了我的直升飞机。这架飞机以后得交给你们的这个小家伙开了。"

亮亮也很兴奋："爸爸，那架直升飞机真的能飞，螺旋桨在使劲转呢。巴克爷爷说，以后就给我开飞机。"

他们坐下来吃早饭，牛奶、麦片、面包、黄油、香肠、蔬菜沙拉。早餐简单而丰盛。也很好吃。老巴克喜欢吃比较脆的法式长面包棒。他一边吃一边说，由陈琦翻译："等一会儿，我要驾驶直升飞机，带你们全家看看我的酒庄葡萄园，然后沿着河谷飞一圈，你们能看到这条河两边大片的庄园。这里有法国南部最美的风景，在空中会看得更清楚，你们会惊叹，真是美极了！"

“您一直开直升飞机啊?”陈丹红很惊讶,“七十多岁,还被允许开飞机吗?”

“当然可以开,我驾驶这架直升飞机有二十年的时间,对它的脾气很熟悉。这架飞机虽然很老旧,可我待它不错,经常检修,给它上油,换零件,本质上来说它已经变成一架新飞机了。”

他听老巴克这么说,隐隐地觉得有点不对劲儿。二十年历史的一架老直升飞机,能飞起来就不错了,安全吗?他们一起吃饭,老巴克兴致很高,他说:“在空中看去,整片河谷起伏错落,这个季节到处都是花朵,一片片的花海让你觉得都是花的地毯,特别是葡萄酒庄园,一个连着一个,是法国最为壮观的独特景色。”

吃完早饭,老巴克带他们来到了古堡后面的直升飞机停机坪。一架绿色的直升飞机停在那里,螺旋桨就像是一只雄鹰收拢了翅膀一样耷拉着。显然,这架飞机不久前油漆了一遍,跟新的差不多。有一个飞机检修师,弯着腰在检查直升机的轱辘。“朗泰罗,怎么样?飞机是不是像牛犊子一样健康?”老巴克兴致勃勃地问他。

“是的,巴克先生,这架飞机一下子就能飞起来,像一只鹰一样飞在波尔多的上空。”

老巴克很高兴,转身看着后面跟着他的四个人,对陈琦说:“每次飞机只能坐三个人,驾驶员是我,然后你们分成两批。半个小时我回来,再换一批。”

陈丹红说:“我带亮亮先上飞机,然后是他和陈琦在第二批。就这样，分成两拨。”

他看了看妻子，明白她的意思。在国内出游，他们很少全家坐同一架飞机。她能说英语，和老巴克能对付几句。

老巴克就打开直升机的舱门，扶着陈丹红和亮亮登机，自己从另外一边登上飞机，直升机轰鸣着发动起来了。这架直升机的发动机轰响着，引擎有力，螺旋桨带动的气流将地上的树叶刮起来，在空气湍流中乱飞。

直升机升空了。起飞的时候带动的气流很强大，他和陈琦赶紧退后，低伏着身子走开。半空中，他看见飞机上，儿子隔着玻璃窗向他做怪脸，然后，他还看见陈丹红向他招手。昨天晚上她像是银鱼一样的身体波动还在他的意识里闪耀。直升飞机斜着升起来，转了一个圈，就突突突地飞走了，消失在蓝天中。他想，他们半个小时之后就回来了。

这天的天气特别好，就是风有点大，把云和树都刮得摆来摆去的，树叶飒飒作响，像是在奏响着某种音乐。放眼望去，大片的葡萄树都在坡地上生长，为今年的收成而暗自鼓劲儿。他和陈琦往古堡方向走，陈琦用法语教他一些关于法国酒庄的专有名词。

他们走回古堡，在客厅里喝茶，等待他们归来。

等了半个小时，空中没有一点儿直升飞机的轰鸣声。等了一个小时，也没有动静。他觉得很奇怪，就给妻子的手机打电话。忙音。接不通。虽然这边的国际漫游的信号不好，但不至于接不通。他早就试验过了，可以打通的。那么，出了什么问题？他感到了不安，就叫陈琦赶紧联系庄园的人。

技师朗泰罗赶过来，他也觉得奇怪，就给市镇打电话。又半个小时之后，电话来了，是当地警察局的电话，说是一架飞机掉到了河里，失事了，就是老巴克的那架飞机。

他一下子站起来，脑袋嗡地响了一下。本来他就有血压高的毛病，这一下感觉到血压蹿上来了。陈琦也很着急，用法语不断询问细节。警察局要他们去警局等待消息。

陈琦就开着车，带着他赶往附近的警察局。

那一天，接下来的时间都很缭乱，他记不清太多的细节和过程了。总之，老巴克驾驶的飞机在罗纳河谷坠毁了，飞机掉到了河里。直升飞机失事是最惨的事，一般都是机毁人亡。一旦引擎失效失去控制，或者飞机的螺旋桨受到损坏，直升飞机就是空中的一个铁疙瘩，会迅速下坠。

很快，失事飞机上的三个人的尸体，都在罗纳河里发现了。他们的尸体打捞上来了。验尸结果，陈丹红死于溺水，亮亮的尸体满身青瘀，可能他掉下去的时候还活着，是在河水里挣扎着要游上岸的时候，才被淹死了，又被水冲到了树杈多的地方，身上有很多伤痕。

他欲哭无泪。这是不是老天在惩罚他？他想大喊，却感觉自己呆若木鸡，无法出声。陈琦安慰他，但她的表情却在庆幸自己没有登上那架飞机，躲过了一劫。而他在顷刻之间，就失去了妻子和孩子。

还有更糟糕的事情发生。就在这天下午，他的公司财务部主任从国内打来一个电话，说有关部门突然查封了他的房地产公司。因涉及巨额权钱交易，受到调查的省委书记的儿子被捕，交代说和他的公司有利益牵连，他的公司被连带调查。并要求他立即回国协助调查。

也就是说，仅仅不到一天的时间，他是人财两空了，妻子、孩子、公司的钱财都没有了或者即将没有了。这一刻，他是在法国东南部白云缭绕的优美风景中，猛地掉到了深渊里。

一个人陷入绝境的时候，有时候真的是无所适从，几乎连绝望的力气都没有了。他就是那样的感觉。

7

妻子和儿子死于那场直升飞机失事之后，他的精神一直都是恍恍惚惚的。他不想回国，就这么一路向东走，他来到了普罗旺斯的蓝色海岸地区。

在普罗旺斯，他让陈琦开车回巴黎了。他聘用她担任司机和翻译的工作结束了。陈琦安慰性地说了一些话，然后就驾车走了。她的工作本来就完成了，虽然这变成了一次极度悲伤之旅。

他也无心旅游，就想一个人待着。他买了尼斯飞莫斯科经停后，继续飞往北京的航班机票。想了想，他来到了普罗旺斯乡下，漫无目的地走向了一片被树林掩映的石头房子。这时，他听到了教堂的钟声。

他一跃就登上了那段一米高的石头砌成的围墙，这时，他看到了普罗旺斯的夕阳景象。这是普罗旺斯的晚霞即将消逝的时刻。在他的眼前，展现出一片郁郁葱葱的平原小丘陵，可以看到在大片的树木掩映之下，有几座小教堂的尖顶在天空之下突兀地高高耸立起来。夕阳那暖洋洋的金黄色和橘红色混合的颜色，把这片法国乡村土地渲染得非常静谧、安闲和辉煌。很多石头房子在绿色树木的遮盖下，只能看见部分屋顶，像一座座岛屿那样显露出来，没有看到一个人。空气中有葡萄的甜美和酒的醇厚，还有橡木桶和面包的香气，他不知道这是不是他想象出来的气味，但他是闻到了。

此刻，所有的悲伤都化作了一种浓郁的哀愁，这哀愁和普罗旺斯的晚霞一起成为一种浓重的流体，缓慢地在他的眼前和心间流淌。万古愁闷此时都能凝固，生命的意义也在瞬间游移着，奔向了虚空。

他站在一米高的石墙上，向下看去。在石墙的外面，是十多米深的一条沟堑，也是石头砌成的。沟堑边的条石台阶很坚硬，如果此时他跳下去，就将脑浆迸裂，他会死在这里，死在普罗旺斯温暖的晚霞里，死在普罗旺斯浓稠的暮光中，死在普罗旺斯醉人的晚风中。

他站在那里，进退维谷。那是一道展现在他面前的深渊，那是地狱的一种形式，以邀请的方式张开了一道缝隙，等到他掉进去的时候，那道缝隙会立即闭合，将他吞没，他也就不能再返回人间了。如果他退后一步，他就活了，他就远离了人生那道深深的沟堑。

站在那一堵矮墙上，在普罗旺斯的晚霞的辉映下，仿佛他的全身都在燃烧，都在发光。他现在一无所有了。是的，几乎是顷刻之间，坏消息接踵而来。他现在是一个一无所有的男人。他失去了妻子，孩子，公司也被查封。接下来就会产生违约、不良贷款和巨额债务，他会变成一个负债的男人。

普罗旺斯的晚霞是那么美丽，也是那么残酷。这让他想起来在2015年11月13日那天晚上，他在巴黎巴塔克兰音乐厅的地板上，躺在别人的血泊中，度日如年地等待着脱离困境的时刻。那鲜血的颜色就如同今天的普罗旺斯的晚霞。

普罗旺斯的晚霞红得令人艳羡和兴奋，也令人恐惧。他想着，要不要就这么一下子跳进去，跳到晚霞里的那无尽的红黄色中，融化成一缕血色的晚霞，或者粉身碎骨，成为晚霞的一道阴影，既然他现在已经是一个一无所有、还将负债累累的男人。

他就站在那里，面对着普罗旺斯的晚霞，老泪纵横，在跳下去和后退一步之间犹豫着，徘徊着，站在地狱的边缘，也站在天堂的门口，是走进去，还是退回来，他还没有决定。

2020年5月10日一稿

2020年10月1日二稿

哈瓦那波浪

1

我在哈瓦那等她来。当时，我的女友凌云正在准备挑战贵州新发现的一个很深的天坑。她是一个攀岩爱好者，她要从那个天坑下面沿着峭壁爬上来。我和她吵架了，我不同意她去探索那个天坑，结果她二话不说就自己飞回国内，和她的一些攀岩伙伴前往那个天坑了。

我只好一个人先来到了哈瓦那，我是从加拿大多伦多飞过来的，拿着旅行签证。听说古巴有些地方的海滨沙滩和波浪非常好，适合水上运动，诸如浮潜、冲浪，我就想来转一转。我不断地给她发短信，我说我一边在古巴游荡，一边等待她的到来。最后，她给了我一个很短的信息：等着我。

那么我必须要等着她了。这是一个个性十足的女孩，我拿她没有办法。实际上，她父母也拿她没有办法，她就是喜欢冒险。上中学的时候，她的宠物就是一条蟒蛇，她曾给我看过照片，那是一条巨大的黄金蟒。她上高中后，就学会驾驶越野车，还养着一条狼狗。上大学后，结识了一批旅游的朋友，到处徒步走，发展到后来，就开始攀岩了。

我到达哈瓦那的那天晚上，有些区段很安静，特别是滨海大道上。我就像是一个孤魂野鬼，谁都不知道我是谁。我在哈瓦那的滨海大道上，看海边波涛汹涌，那的确是惊涛骇浪，一浪又一浪，带着巨大的喧响，摔打在堤岸下的礁石上，破碎的浪花被风带过来，一下子就能溅满我一脸。

这条哈瓦那最长的滨海大道，我用我的脚丈量着。它恐怕有十公里长，从老城区的圣萨尔瓦多礁头城堡，一直到埃尔门多瑞兹河，拐了几个大弯，都是这条滨海大道。

我喜欢在这里溜达，向北看去，可能是从美国迈阿密冲过来的巨浪不断激荡着堤岸，海水腐蚀堤岸，冲击着这座城市的边缘，成为某种象征。我凝视着巨浪，就像在凝视我的内心。

走在滨海大道上，这个时候说话声是听不到的。在滨海大道听到的永远都是那惊涛骇浪永不停歇地扑过来，摔打在礁石和堤岸上碎裂的声响。高高扬起的白色浪花在狂风的助力下，喷溅到大道上。哈瓦那的波浪浪头特别大，让遥远而清凉的浪花打在我的脑袋上，我就会清醒很多。

这条大道上看不到什么车辆。哈瓦那很多老爷车的存在，使你会疑心你进入到了一个时间胶囊里，时间完全被封存了，封存在五十年前的时间段里。那些老爷车还能开动，车里坐着的，通常都是来自欧美的游客。他们穿着颜色鲜艳的衬衫，戴着墨镜，大呼小叫地在滨海大道上疾驰而过，改装后的汽车排气管发出了震耳欲聋的声响。这样的景象每天都在这里发生。

我不怕波浪，我本来就喜欢冲浪。我听说在古巴西边的某个湾区，那里的浪很适合冲浪。我在哈瓦那，每天在滨海大道上走过很多趟，然后去唐人街找一家餐厅吃饭，那里仅剩不多的一些华人对我也不亲热。

我吃着古巴化的中餐，想骂人，脑子里想到的却是多伦多或者迈阿密的海滩餐厅里好吃的龙虾和鲱鱼。

在古巴要用外汇券，要抽雪茄，古巴的医疗和教育都是免费的，但上不了网。或者你可以去邮局附近上网，我发现只有那个地方信号强。很多哈瓦那的年轻人就聚集在那里，拿着手机晃来晃去。一开始我还以为他们在那里打算搞示威游行，可后来我看到他们一个个都专注在自己的手机上就明白了，原来，他们是去上网的。那个地带信号好。这就很有意思了。

当然，你最好不要笑，这就是哈瓦那。谁一开始看到那些外墙已经剥落得斑驳陆离的老建筑，都会感觉自己来错了地方。我也是。哈瓦那的很多旧建筑都带有柱廊，有科林斯柱、爱奥尼柱等各种希腊、罗马式柱廊，可以看到欧洲文化的深刻影响。就像是时光突然冻结了，几十年没有怎么变化，可你进去之后，你会发现这些石头建筑结构非常结实，里面的装修和用具十分现代和生活化。1959年古巴革命之后，这里的建筑就停在那里不动了，在时光里变旧，人却一代代都在变得更新。

在唐人街，我发现原来地图上的上海戏院早就拆除了。在哈瓦那的唐人街看不到几个华人。好不容易看到一个，还是古巴和华人混血的种。一百多年以前，大约是1847年，有六百多个中国苦力来到了哈瓦那。他们在古巴岛上从事种植甘蔗的行当。此后的三十年里，大约有十二万多华工来到了古巴，大都死在了岛上，还有一些可能流落到了北美洲。

这么多年过去了，华人还有多少呢？我不知道，也许还有三百个？我是没有碰到几个，现在，哈瓦那又多了我一个，在这里游荡。

2

还记得我从加拿大多伦多乘坐加航航班，来到哈瓦那的情形。飞机穿越了美国东部大地，飞临加勒比海，我在舷窗边上看得到海洋中一些小的岛屿，以及海面上开花的白浪。

飞机降落的时候，哈瓦那正在下阵雨。哈瓦那机场十分陈旧，简陋，机场服务人员看着十分朴实。黑人居多。出站花了半小时，因为行李要一件一件过安检。

我搭乘的机场出租车的司机是个黑人，他性格开朗，和我用西班牙语交流，一路上给我介绍古巴的情况。机场距离哈瓦那市区不远，车子进入到哈瓦那，从街景上看，我很失望，有点类似中国八十年代的城市。按照我给司机的地址，他把我拉到了哈瓦那的“中国城”。按照早就订好的旅馆地址找过去，我安顿下来。这里是哈瓦那的老城区，靠近海岸。房子非常旧，里面的床铺、盥洗室也都很简陋。不管如何，这就是哈瓦那。

我出去找一家中餐馆吃饭，有不少古巴人，还有几个华人也在餐厅里吃饭，我点了几道中国菜，有鸡蛋汤、炒豆角、滑溜鱼片等。米饭是糙米，吃着口感很不好。吃完了饭，我就一个人在哈瓦那的老城到处转着走。

哈瓦那老城区都是当年的西班牙殖民者盖的老建筑，那些别墅、公寓都很陈旧，我感觉我来到了一个更加破旧的罗马。在城区游走的人都是新的，西方游客穿梭其间。可见，古巴尽管很多东西需要配给，要凭票供应，外国游客带来的活力则改变着一切。

在一座小广场边，我看到了古巴人摆的书摊，书摊上以古巴书籍为主，封面大都是格瓦拉和卡斯特罗。

我穿越广场，看到了过去的古巴总督府。在街心花园边上，有古巴人的小乐队在演出，玩儿着吉他、提琴和沙锤等乐器。我感觉古巴音乐的基调都是欢快的，从来听不到忧伤，节奏强，是南美音乐、非洲音乐和欧洲音乐的结合。而构成古巴人的族源，既有非洲黑奴，也有印第安原住民，还有欧洲前殖民者，古巴的音乐也混合了这三者的元素。几个黑人演奏和唱歌，一些游客就在那里围观，并且摇摇摆摆地跳着。

街道上矗立的铜雕人物像，我大都不知道他们是谁。好像有一尊是葡萄牙诗人卡蒙斯的塑像，还有哥伦布的铜像。我走进一家画店，看到一个古巴画家的一幅大画，卖十万美元。他画的是古巴人的各种形象。

哈瓦那社会秩序良好，人们慵懒而友好，对外来的游客并不好奇。乞丐不多，我见到有那么两三个，坐在那里，等着你扔下几个钢镚。

我经过了美国原大使馆旧址，以及海明威住过的一个酒店，至今，他住过的那间屋子，还在四楼上保留着。西班牙人盖的老旧建筑，典雅而漂亮，非常有味道，这么多老建筑是哈瓦那最有魅力的地方。可见，古巴革命后执政的人变了，但他们并没有把旧建筑全部毁掉。有这些几百年的建筑在，城市文化的历史和记忆就不会断裂。

我走过人民广场，看到一尊站在那里的何塞·马蒂的塑像，和霓虹灯组成的切·格瓦拉和卡斯特罗的像，在大楼外墙闪烁。

游客很多，我在他们身边飘过，根据他们说话的语言，能听出来他们是一些加拿大和美国游客，此外还有欧洲人，以西班牙人居多。加拿大天气太冷，他们喜欢来古巴游玩。这些外国游客来了古巴，会被直接拉到涉外宾馆和海滩度假区，在那里旅游消费，基本与古巴人不怎么接触，花费的也都是外币。这是古巴如今很重要的外汇来源。

古巴货币分红比索和土比索，红比索外汇券和美元是1比1，土比索则是20比1。假如直接使用美元，和红比索外汇券相比，还要扣掉0.13的政府强征税，这样红比索和美元的兑换就是1比0.87，更不划算了。

现在是劳尔主导的改革开放时期。能够感觉到古巴的变化在不紧不慢地进行着，但也许年轻人觉得变化慢，可是执政者觉得不能太快了。

转了半天，我在外面吃了热狗，回到了房间里，觉得很困倦，躺下来很快就睡着了。

3

凌晨的时候我还在做梦。在梦中，我看到凌云远远地挂在一面悬崖上，我喊她，但她听不到。那面悬崖从天坑的深处一直长出来，直达地面。她是从下面爬上来的，还在攀爬。有一只鹰忽然飞过去，啸叫着，用爪子袭击她。这时我就惊醒了。

算起来，昨晚到现在，我睡了八个多小时，感觉精神很好。看看那些冲浪者写的书，8点钟，我下去一楼吃早餐。旅店的早餐很丰富，品种多，有鸡蛋饼，还有各式面包。冷食热餐、水果很丰富。看来，穷国的伙食有时候也很好。

吃完早餐，我走到了饭店后面的游泳池，游泳池底是蓝色的，池水看上去很蓝，和酒店的蓝色玻璃幕墙互相呼应。站在一处瞭望台上，可以看见不远处的大海，在清晨的天空下呈现出碧蓝色。

在酒店的大堂里的中厅墙壁上，有几幅油画，其中一幅是何塞·马蒂，可见这位古巴国父对古巴的巨大影响。古巴在拉丁美洲的地位非常特殊，现在很受关注，因为她在渐变。

我继续在城区里穿梭，靠着脚步，孤独地丈量着这座时光之城。我期待凌云早点来到我的身边。在一处宾馆的外墙上，我看到了很多花花绿绿的招贴画。这几天，在哈瓦那有一个商品博览会，来的客商很多，广告也很多。

到了下午，我前往哈瓦那海湾边岬角上的一座古堡。莫罗城堡建立于四百多年以前，相传是西班牙殖民统治者卡洛斯建的，当时，他的弟弟是西班牙派往墨西哥的大公。

古城堡很有气势，结构复杂，粮仓、炮台、排水管、士兵宿舍，显示了这是一座军事要塞。它有内城和外城，还有一条护城河，已经干涸，但吊桥还在，城堡上黑色的铁炮还在。在古堡里面，左手有一个小型的雪茄博物馆，有人现场做雪茄卖给游客，很多游客站在那里看。

我沿着一条古堡的城墙上端巡游。我想念着我的女朋友，凌云，你这个时候，是不是正在那个危险的天坑的峭壁上挂着呢？你的绳索结实不结实呢？有没有悬崖侧风忽然把你吹得悬在半空、很难控制住自己的身体呢？你什么时候才能来到哈瓦那，和我会合呢？

莫罗城堡有一座高耸的灯塔，在夜晚能发出耀眼的光芒，被称为“哈瓦那之光”，成为指引航船的坐标。站在古堡的堡垒上，对面是隔着大海的海湾，四周一览无余，可以看见哈瓦那的全景，那鳞次栉比的建筑群天际线非常清晰，类似上海黄浦江的江湾景象，如同新浦东和老上海外滩互相对视那样，哈瓦那也以这样的身姿，雄阔地展现在了我的面前。

我寂寥的心情一扫而空，思念和担忧凌云的心情被转换了。我有点激动，没有想到哈瓦那这么美丽。也许这个国家的变化会很迅速，他们的文化、建筑和历史记忆都会重生。

后面几天的时间有些重叠了。我的回忆可能会时间错乱。但古巴天空的澄澈、雪茄味道的浓烈和圣地亚哥海湾湛蓝的海水，让我的记忆依旧很鲜亮。

一直有人说，古巴有三宝，分别是古巴雪茄、古巴医生和古巴音乐。古巴音乐我在飞机上听了一路，在哈瓦那的街头随处可见，打开旅馆里的电视机，也都是古巴音乐。古巴音乐能让你的身体随时摇摆起来。

古巴医生我没有见识过，但后来我果真需要古巴医生了。这是后话。我听说，古巴医生在委内瑞拉就有一万多人。

在哈瓦那，当然能听到最棒的古巴音乐。蓝调、爵士乐、非洲音乐混合起来，形成了最丰富的古巴音乐。这些音乐中有乡愁和海岛的愁闷。所有离乡的人，都能在古巴音乐中寻求到安慰。

只要在哈瓦那走一走，到处都是古巴音乐。街头音乐家、街舞小子、酒吧、餐厅、旅店，电视台、广播电台，到处都是。古巴音乐让人激动万分，又让人黯然神伤。古巴音乐从血统上来说是混杂的，就像是古巴人一样，他们的音乐是西班牙音乐、当地土著音乐和非洲黑人传统歌舞文化的一种混合。

那么，在古巴岛上的原住民是谁？是印第安人。这些人没有音乐吗？有的，可那些古巴岛上过去的印第安原住民，现在没有几个了，他们大都在西班牙人殖民统治时期被杀光了，被卖掉了，或者得病死了。不过，这些印第安人唯一留下的音乐痕迹，就是乐器沙铃，也就是沙锤，沙沙的，带着悲愤和激越，沉默和哀愁，你能听见那伴随着歌声响着的乐器，就是沙铃，沙沙沙，查查查。

我说了古巴音乐是美洲本土音乐、西班牙音乐和非洲黑人音乐的混合，现在又混入了爵士乐、蓝调等音乐元素，更好听了。我看到哈瓦那的街头，那些小巷子里面都有古巴乐手，只要他们弹起了三弦吉他，就能唱起来。

几个乐手一起舞蹈，还有别的乐器，像是沙铃、刮葫、崩歌鼓这几种，都是古巴音乐常用的乐器。十八世纪末爆发的海地大起义，是拉美国家的一次革命，废除了奴隶制。当时，在海地的法国殖民者带着他们的黑人奴隶来到古巴，也带来了欧洲音乐和黑人音乐。在这一时期，意大利歌剧、法国沙龙音乐和法国的“对舞”都传入了古巴。

我在酒吧里，一个人听乐手在演奏。随便一个乐队，他们的歌声、动作和器乐之间，配合得都很好，也都带有舞蹈的动作，鼓手总是能够带来激越的鼓点，使人们的耳朵达到了听觉高潮。乐手有时候站起来，舞动身姿，身体的摆动非常巧妙，他们跺脚和突然的喊叫，似乎在强调着什么，都赋予了现场的听众身体和听觉的震惊感。这种节奏，让人的耳膜不断共鸣，让人的心灵获得了沉醉和解放，让人的想象和身体感官被唤醒，达到了如醉如痴的地步。

你听吧，那些曲调——“瓜拉查”“康加”“曼博”“查查查”不断在你的耳朵里回旋，在街头缭绕，在心间停留。就是在这个时候，夜色弥漫，吉他和贝斯，沙铃和小号，让我想起来凌云在攀岩的动作是那么的矫健。我在想象中，看见了她在天坑的峭壁上浮现，又隐没。隔着万水千山，隔着重重的海洋和云层，我能看见她时隐时现。可我真的是离她太远了。

我在哈瓦那的古巴音乐里喝得醉醺醺的，我等着她来到古巴。可我感觉有点凄清，有点怪怪的，我担心我再也见不到她了。

4

那么既然来到了古巴，我就要在这里好好转一转。古巴三宝里的古巴雪茄更是享誉世界。某一天，我郁郁寡欢地坐在酒店大堂喝咖啡的时候，在大堂吧里我偶然碰到的一个游客，他过来和我闲聊。他把自己装扮成古巴通，以为我是一个菜鸟。我像是一只菜鸟吗？像是一个来古巴瞎混、打算在这里泡妞的家境富裕的中国留学生吗？也许还真的像。

古巴的经济支柱，第一是蔗糖，古巴蔗糖世界闻名，号称美洲糖罐。第二，靠的是旅游业的外汇收入。这一点，我能从酒店大堂每天蜂拥而至的外国人就可以看出来。第三，就是古巴雪茄了。

在哈瓦那的游荡中，我发现在一处专门供外国人居住的漂亮社区中，有一个雪茄俱乐部。那里还有一个帆船爱好者协会。我进去的时候，几个帆船手正在品尝雪茄，一个个在喷云吐雾。

一个肥胖的家伙，一看就是雪茄俱乐部的老板，他说："你们是运动员，自然不怎么抽烟。说到雪茄，要从公元1492年哥伦布发现美洲新大陆说起。当时，古巴的印第安人抽一种植物的叶子，西班牙人抢夺了一些，拿回去送给欧洲一些国家的王公贵族，这些王公贵族一抽，就很上瘾，再要，结果就没了，他们就想办法花钱买。这就让西班牙人看到了商机，他们就开始从古巴运送和销售雪茄和烟叶到欧洲。现在，古巴雪茄每年的产量是一亿三千万根左右。美国政府不允许购买古巴产品，所以，尽管在美国每年有三亿根的雪茄销量，但古巴雪茄的商标是不能出现的，只能走私夹带，去掉商标。迈阿密的一些黑帮就是古巴雪茄的走私犯。"

"喂，老板，古巴雪茄都是手工制作的？"一个红头卷毛男问胖子。

胖子的手里转动着一根胖胖的雪茄。“你的问题很专业，兄弟。这古巴雪茄的制作，既有手工卷制的，也有机器卷制的。你可以想象，就像是手工打造的汽车一样，手工卷的雪茄一定比机器卷制的口味更好，对不对？纯棉的比化纤的衣服穿着更舒服，是不是？所以手工制作雪茄才是上等的。古巴雪茄的制作，非常复杂。挑选上好的烟叶是第一步。要使用经过风干、发酵、陈化之后的烟叶，才能做出来最地道的古巴雪茄。”

他举起来手里那根雪茄，放在一处灯光下去照射，我们都看到了那根雪茄本来是黑褐色的，现在则泛着油亮的光。他的胖脸更得意了：

“各位，你们看，这支雪茄是不是与众不同？它有光泽而且很闪亮，对不对？因为一支雪茄的烟叶，外层烟叶与内层烟心所起的作用是不同的。著名品牌的雪茄所用的外包烟叶，一般选择的烟叶比较薄，油分也大，带着光泽，这样做出来的雪茄的外形才会漂亮，抽起来燃烧得更好。各位，你们看，我切开了这根雪茄，你们看到了雪茄烟心对不对？是的，烟心，就是一支雪茄的核心。古巴雪茄的烟心制作，特别是几大品牌雪茄的制作，都采取人工手撕的方法，将烟叶沿着叶脉纵向撕成两片，再进行烟心的制作。这也正是古巴手工雪茄的特色。古巴有很多卓越的雪茄制作匠人。那些心灵手巧的卷烟工，他们才是真正的艺术家。因为他们必须全身心投入，凭他们那双灵巧的手和丰富的经验，还有对拿到手的烟叶的判断力，利用精湛的手艺去切割烟叶，去卷制雪茄。一个卷烟技术炉火纯青的卷烟工，能在很短的时间里，就像是变魔术那样，很短的时间里，就把本来的几张烟叶变成了一根直挺挺的漂亮东西，你们看，就像是男人那雄壮而骄傲的家伙，对不对呢？小伙子们？”

一个拉低了棒球帽檐的、高大的帆船水手对他的风趣比喻并不在意，他问：“雪茄的存放时间多长才好？是新鲜的好，还是放置很多年的雪茄更好？”

胖子老板提了提他的背带裤，他那挤着装进背带裤里的身体随着背带裤弹了几下。他说：

“你的问题很好。雪茄的收藏时间越长风味越佳，就像是美酒那样。刚制成的古巴雪茄，你要是抽起来，会感觉那烟味就像是一股青春的烈火，强烈而转瞬即逝。但随着时间的流逝，雪茄内部的元素在发生转换，它的风味就更香醇了。好的古巴雪茄，一般都需要五至七年的发酵过程才得以完成。而古巴雪茄的烟味也会随着储藏时间的延长而变得寡淡，那就是十五年后的事了。现在，在世界各地出售的古巴雪茄，大都是出厂两年左右的东西。这是一个行业秘密，我不慎告诉诸位了。”

这个时候，他转脸看到我了：“哎，中国人！古巴给你们中国每年的雪茄配额是三十万根，不算多，对吧？所以，我劝你在我这里购买雪茄，回到你们国内，价格至少翻四倍。你还是在我这里多买一些比较好。没有红比索，人民币和美元也是可以的。”他心满意足地收起了他手里的雪茄。

其实，我多少懂点雪茄，我爸爸就爱抽雪茄。他早就告诉过我，每一根雪茄都由五张烟叶做成。烟草最早就是在美洲由印第安人种植的，然后传到了欧洲，再传到阿拉伯世界，从那里再传往印度、东南亚地区，在明朝时期传到了中国。所以，古巴雪茄好的原因之一，是因为人类种植烟草的根脉在这里。

胖胖的店主给大家拿来一套专门储藏、鉴别和品尝雪茄的工具，让我眼花缭乱。这些用具，简直比性商店里的玩意儿还要丰富。比如有切去雪茄头部的切机，有喷枪、雪茄管、除湿剂、茄衣、打火机，还有储藏雪茄的说明书。

“古巴雪茄的口味，可分为清淡、厚重和浓烈三种。这是烟叶以不同比例混合后形成的口味感。那么，雪茄的颜色呢？一般有四种：浅棕色、深棕色、棕色和黑色。浅棕色的烟叶做成的雪茄，会有一点儿辣味，黑色烟叶，你们看这一根，会带点甜味儿，其他两种颜色的雪茄，口味在两者之间。我们店里卖的雪茄，一盒里装的雪茄颜色都是一样的，但盒与盒的雪茄的颜色却并不一样。买的时候可以打开来看，根据你们自己的口味来选择雪茄。除了颜色，每一种品牌的古巴雪茄也都拥有独特的口味，外形也不一样，品种很多，外形各异，粗细不同，长短不一，带来的是不同的雪茄的味道和梦幻感。”

他看到一个面容像是刀刻一般的帆船手，已经把一根雪茄点着了，抽了一口，喷吐出发甜的青烟。胖子说：

“嗯，你的表情告诉我你很陶醉，对不对？要判断谁是雪茄的最好品鉴者，就看他怎么抽雪茄。会抽雪茄的人，只在嘴里品尝雪茄烟的美味，不把烟吞到肚子里，要把烟缓缓吐出来，看着嘴里吐出的烟在空气和他的嘴型的作用下，很快形成某种美丽的图案，一口烟，一个图案，一口烟，又一个图案，就像是玩游戏、变魔术，那烟的形状很美妙，你再看着它缓慢飘散。此时，白色的烟、蓝色的烟、灰色的烟混合起来。就像是颜料一样美妙，你是一个大画家，你用你的嘴让烟作画，这才是品尝古巴雪茄的最高水平。”

胖子给我们每人一根雪茄。他这根古巴雪茄我抽了，口味很辣，似乎让我头晕，更容易在眩晕中心智不清，赶紧付账购买他的雪茄。

我不抽烟，可我知道，在古巴雪茄的五大品牌，有“狗尾巴”牌的，还有“哈瓦那”“玻利瓦尔”“罗密欧与朱丽叶”牌等。其中，“罗密欧与朱丽叶”采用管装，制造精良，香味极好，管装雪茄便于保鲜。

我们在那间俱乐部里抽着雪茄，个个喷云吐雾。我在这一刻又开始思念凌云了。我心里想，我和她可不是罗密欧与朱丽叶。我们本来就是两个独行侠，在某个时间点上相遇了。

那一年是哪一年？时间忘记了，但地点却很清晰，是在夏威夷的瓦胡岛北侧的一处海湾，我在夕阳的光中走向一棵椰子树，结果在那里碰到了穿着漂亮的白裙子的她。

我们都喜欢各种极限运动，都和父母亲关系不好，家境都很殷实，也都喜欢在刺激的极限运动中，寻找生命的意义，即使生命的意义很模糊，我们也在寻找。我们都在加拿大留学，利用假期，我到处冲浪，她到处攀岩。可我知道，我们都会有停下来的那一天。但那一天还没有来。

我在哈瓦那等着她的消息。我不让她去那个天坑探险，她生气了。她是自己的主人，她能够为自己做主。这一点，谁都没有办法。

我和凌云主要依靠短信联系。在古巴，手机使用费太贵，我把数据流量关闭了。也没有太多短信，看不到微信，倒也清净。本来我的朋友就不多。那天晚上，在“罗密欧与朱丽叶”牌子的雪茄烟升起来的青烟里，我似乎又看到了她那敏捷的身影，在溜索上滑到了天坑中。

她要先沉入到地狱和深渊般的天坑里，再从天坑的底部，一点点地攀岩爬上来，然后就获得了新生命。她就像是豹猫一样敏捷和耀眼。我喜欢她，她也接受了我的喜欢，可是她一再强调她的独立性，她不需要我在她身边。

她知道攀岩是非常危险的运动，她几乎是命悬一线，在她攀岩的时候，我不能在她身边，我最好不要看到她，她才可以心无旁骛，专心地对付悬崖和岩石对她构成的威胁，那些威胁就像是一根根草那么细小，也像是一块巨石那么沉重。

好了，古巴雪茄也抽了，古巴音乐让我感到更加忧伤。我就要去古巴的海湾寻找冲浪的地方了。我要在大海的巨浪中，体验生命的激情和高峰体验。

5

古巴有很多海滩度假胜地，其中巴拉德罗海滨度假区是比较有名的一个。它距离哈瓦那一百五十公里，我想去那里看看。

凌云就要在这两天要挑战那个天坑了，她能成功吗？能爬上那地狱般的天坑的悬崖，重新回到人间吗？我也在哈瓦那找到了几个冲浪爱好者，一个叫费舍尔，还有一个叫艾来娜，分别来自德国和西班牙。我们各自租车从宾馆出发，前往巴拉德罗。

我坐车沿着海滨大道，一路经过了老城区，还有那座我已经造访过的、雄踞海湾的莫罗古城堡，然后一路向东而去。离开哈瓦那之后，很快就能看到古巴浓郁的乡村景象，满眼都是绿色。似乎看不到农民，也没有看到古巴的甘蔗田，不知道这个美洲“糖罐”是在哪里种植甘蔗的？也看不到烟叶田，只有大片半荒地在一路伴随着我的视线。

古巴的生态环境很好，空气好，白云朵朵、蓝天在上，鱼鳞状的云铺展在天际。有一坨是乌云，似乎预示有可能下雨。

司机很沉默。我也没有和他交流的愿望。沿途经过古巴的一座座城市，位于一处海湾中，它叫什么？记不得了。偶然的一瞥，看到了帆船和很多房屋的屋顶。也许那是古巴的第二大城市是圣地亚哥？

车子走了两个小时，来到了巴拉德罗。下了车，我先在宾馆安顿下来，之后就走出去了。

巴拉德罗的乔森公园是一座供游人游玩的公共空间，公园里有宽大的绿草坪、观光小火车，还有一片平静的湖水。可以划船，吹风纳凉。能看到新人在草坪上拍婚纱照。有一家能和海豚嬉戏的海豚馆，每天都有几场海豚表演，我看到那些带着孩子的父母亲正在排队进入海豚馆。

我向大海的方向走去，很快来到了海滨沙滩。我看到的是无比纯净的蓝色海岸线，绵延几公里的白沙海滩，现在一点儿海浪的影子都看不到。但我感动得要哭，因为这里的海滩太美了，美得你会把所有的忧伤都忘记。据说，这里是世界上最美的几大海滩之一。

但现在没有浪。没有浪的海滩等于是一个沉睡的女人，你没法儿和她交流。我从巴拉德罗海滩向旅游区走，那边还有小型美术馆和博物馆。博物馆带着一个小阳台，里面陈列的是当地的历史沿革图片，还有一些像是从欧洲运过来的古旧家具。有个小购物中心，里面的饮料比海滩上的便宜。

我四处闲逛，没有看到费舍尔和艾来娜。他们两个还没有到。天气预报说傍晚这里才会起风。中午时分，在太阳的暴晒下，这里显得懒洋洋的，树木也无精打采，太阳白花花的，人们都是匆匆而过。

东边还有一个小基督教堂。这一片还有几个小酒吧和咖啡馆。在通往主要建筑的街道两边，有手工艺品摊位，卖古巴雪茄的到处都是，还有朗姆酒商店。我不爱喝这种甘蔗酒，它味道很奇特，带着蚂蚁尸体的酸味，酸不可闻。不远处还有一座高尔夫球场，一些从欧洲来的游客拖着高尔夫球具走向那里去打球。

在巴拉德罗可以进行很多水上运动。有人在潜水，有人在玩帆船，还有人去更远的海里钓鱼。他们钓回来闪闪发光的彩色海鱼，叫不出名字的鱼。这里还出租一种玻璃底船，你划船的时候，能看到海底有些什么，珊瑚礁和海鱼都能看得一清二楚。

到了下午，果然起风了。这样的风也许能让人们冲浪。我向巴拉德罗海滩走去，想去看看海水。这里的海滩还是那么好，天蓝，海水更蓝。在成片的椰子树下，有冷饮摊位。

我要了一罐冰镇啤酒，去海滩上走了走，脚下是白沙滩和细碎的浪花。来游泳的外国人很多，不知道是哪里人。美国人？加拿大人？俄罗斯人？听说话似乎都有。泳装女性中，那些中年西方女性的身材糟糕透顶，都是一些臃肿的肉蛋，毫无美感，但她们个个都穿着三点式泳装。

我在沙滩上溜达，能观察到海水的蓝色分为多个层次，但下午的天气还是很热。没有看到费舍尔和艾来娜。我必须和他们会合，商议如何冲浪。冲浪要形成竞争的气氛才好。

沙滩上人越来越多了，风也越来越大了。过了一会儿，我回到了小卖部的饮料摊位跟前，继续喝点冰镇饮料。这里的纬度与广州差不多，现在是夏天，气温高达三十多度，十分炎热，我出了很多汗。我饿了，就去附近的一家餐厅吃了自助餐。自助餐非常丰富，还有一种黑豆饭，不知道是不是古巴特产。

没有人知道我是谁，我是谁？我是孤独地在哈瓦那闲逛的一个人。

我在盘算着，凌云很可能已经下到天坑里了。她是不是在团队的协作下，准备好了攀岩呢？现在，一些极限运动因为偶发的死亡事件被蒙上了阴影，名声变得不好了。比如，一个很漂亮的北京姑娘喜欢翼装飞行，可不久前，她在湖南撞山而死。网上的议论也很多，认为这么年轻的姑娘，死于这种高端的冒险游戏，太不值得。

还有一个人最近在瀑降运动中丧生，可见大瀑布也很危险。另有一位姑娘，死于可可西里无人区的徒步穿越过程中。这些死亡事件，显示了极限运动的高危性。

对胆小鬼来说，嘲笑那些大胆而挑战极限后来失败的人，非常容易。他们的议论和嘲笑，恰恰说明了他们自身的孱弱，和对生命价值的不同理解。

可我和凌云还是喜欢挑战大自然，挑战自我的极限。那种极限的高峰体验，很多人是不懂的。你和一个爬虫怎么交流你飞在半空的感觉呢？

我吃了快餐，又美美地睡了一觉。然后，我拿着租借的冲浪板，走向海湾。下午的天气很惬意，越来越大的风把浪卷起来，能够看到这里的浪一排排向海岸卷过来，有的浪高达一两米，非常完美。啊，我看到了在哈瓦那酒店里认识的冲浪人，费舍尔和艾来娜，他们两个出现在沙滩上。一个德国人，一个西班牙人，一个中国人，我们三个年轻人在巴拉德罗沙滩上会合了。

费舍尔戴着橙色反光墨镜。艾来娜的身材好极了，翘臀、丰胸、长腿。我们拥抱，寒暄，议论着眼前的开花浪，说着冲浪的细节。更多的人抱着冲浪板，走向了那片令人激动的海域去冲浪。

冲浪，就是在海浪中穿行，像是轻骑兵一样冲刺，顺这海水的脊线谷地滑行，就像是溜冰一样，等到浪头没了，再一跃而出。冲浪就是和波浪一起运动，在漫卷的波浪的下方，在巨大波浪像是一道墙那样席卷过来的时候，你恰好在波浪卷起来的卷刃的谷地里疾速而行，这就是踏浪而行，冲浪的时机把控和运动体验，对于爱好这个运动的人来说，棒极了。

我租的是长七英尺的短板。还有九英尺的长板，它比较适合初学者。我的是技术型冲浪板。此外，窄长形的冲浪板叫作枪板，这种冲浪板速度比较快，适合在大浪中疾速前行。有一种软板比较好控制，不管浪头的大小，软板都能适应而不轻易翻覆。还有一种浮筏板，板面很宽，是让初学者趴在浪板上练习用的。

冲浪的最后一种叫作人体冲浪，那就是，不用任何工具，将你自己的身体浮在浅海边，以游泳方式浮在水面上，随波浪起伏而推进，和浪头搏击，也能找到很大的乐趣。

冲浪有很多要求和讲究。它需要一个人站立在冲浪板上，要有很高的技巧和平衡能力。不仅如此，因为是在大海里浮动，还要善于在风浪中较长距离游泳。朝海边走出去时，你的手上拿着冲浪板的角度，要成冲浪直线，千万不可把浪板放在身体前面，防止海浪撞击浪板打到自己的身体上遭受伤害。

冲浪前，你要先俯卧或跪在冲浪板上，用手划到有海浪的地方作起点。当海浪推动冲浪板滑动时，要使冲浪板保持在浪峰的前面，然后迅速站起身体，两腿前后自然分开，一般平衡腿在前，控制腿在后，两膝微屈，随波逐浪，猛然跃上波峰，再迅速进入浪谷快速滑行。

艾来娜可能不知道我会冲浪，她对我说：

"当一道大浪逐渐向你靠近的时候，你要俯卧在冲浪板上，顺着海浪的方向划水，等待冲浪板在海浪的推动下，提升起速度。这个时候，你无论是趴在冲浪板上，还是蹲在冲浪板上，都要保持在海浪的前面。这个时候非常关键，一旦重心不稳，你就会跌倒在水里，失败了。"

我冲她笑了。我看准了一排排的浪走过去。我把冲浪板放在水面，我已经走到齐胸的海水里了。我看到费舍尔和艾来娜距离我不远，都来到了水中。

费舍尔在高兴地喊叫，他需要让自己兴奋起来。艾来娜在尖叫，她需要适应水温。我们是不是要比赛一下？这样最好了。总要有个竞争才有意思。

我看到艾来娜像是一条剑鱼一样朝大浪冲过去了。这个神秘的女人来自西班牙，也可能她就是我幻想的产物。费舍尔身材高大，这个德国人体魄强健，而我则像中国南方人普遍的体型那样，削瘦和灵巧。

我们到大海中，我们的面前是一排排高达二三米的大浪。冲浪就是和海浪搏击。海浪是冲浪的自然动力，必须要等待浪头涌过来。我在海面上俯卧在冲浪板上。费舍尔和艾来娜，我们都是天涯的游子，我们聚集在一起冲浪。

费舍尔要和我比赛，我觉得他会输给我。他不行的，但他可能有一把刀，他会杀了我。

费舍尔在前面，他在等待着一股巨浪。我们都感觉到了海浪迅速推动冲浪板，这个时候，会感到水的力气很大，就像是一列火车开过来了那样，从后面推动我的冲浪板滑动，我被一股股的水流带动着猛然升起来，涌动的水流把我抬起来，我感觉到一下子轻盈了。

我立即站起来，保持膝盖的弯曲和伸缩度，控制住平衡，利用身体的重心微微前倾，前腿和后腿保持平衡，掌握好冲浪板的前行方向。

我站立在冲浪板上，像是一条剑鱼那样，破浪前行。我看到我的速度最快，把费舍尔甩在了后面的一道浪里。在我的头顶，一道白色的巨浪就像是一条大鱼的大嘴那样在追逐着我，企图把我吞没。

这个时候是我最快乐的时候，我在漫卷的大浪下面沿着浪谷飞速前进，体会到冲浪的搏击快感。我在大浪的波峰浪谷间迅速移动，我飞速向前，感觉到巨浪对我很温柔，它对我非常配合，就像是为我应运而生。

我乘风破浪，我迅速前行，我踏浪而行，我在飞驰。猛然间，一股斜着冲过来的水流撞击了我，我在浪头衰竭的时候和一个人相撞了，我一看，是费舍尔，我们都摔倒在浪头过去的水里了。

艾来娜尖叫着，她发现我们撞车了。我翻身抱住我自己的冲浪板，那一道巨浪已经消失了。而刚才，我正是在大浪中飞行的人。

费舍尔的头发贴着他的脑门，他抱着自己的冲浪板，趴在上面对我说："对不起啊，中国小子，我撞到你了。知道吗？我很快活，就像是你做爱的时候，冲撞你的女人那种猛烈的快感。"

我很想揍他，但现在不是时候，算了，这小子一定是从旁边冲撞我，他可能是故意的。他看到我的冲浪技艺很高，心里也许嫉妒了。也许是艾来娜向他夸奖我了。

又一道海浪涌动着来了，我们迅速调动情绪，追逐着那道浪。冲浪让我忘记了我自己的烦恼和对费舍尔的不满。我在体验与海浪搏击的过程中，就像是一匹奔驰在草原上的骏马，翱翔在天空中的雄鹰，或者是一条飞速沿着浪脊下面穿行的鱼。

此刻，我想象着，凌云正在贵州攀登天坑的悬崖。她能爬上去吗？

6

我们还在海面上。更多的冲浪者加入到冲浪的阵列里来了。他们来自哪里？我不知道，总之是五湖四海。这就是全球化的结果。

我想到了冲浪运动的起源。冲浪起始于澳大利亚，澳大利亚四面环海，是一块被大海包围的大陆。欧洲人还没有登上澳大利亚的时候，生活在澳洲的土人，他们早就学会了利用大海和海浪。

他们制作一种独木舟，这种独木舟能够在惊涛骇浪中穿行。可以想见，一叶扁舟在波峰浪谷中上下翻腾而不倾覆，需要多么大的技巧，需要对海浪有着多么丰富的经验才能驾驭得了。独木舟就是最早的冲浪板，就是冲浪运动的前身。

公元1778年，英国著名探险家库克船长曾写下航海探险日记。他记载，他在澳大利亚和夏威夷群岛，都见过一些当地的土著人，利用独木舟在海浪中穿行嬉戏，并且把这当作一种娱乐行为。

对于喜欢这项运动的人来说，冲浪是有瘾的。有些人喜欢在全世界到处寻找他们想亲近的海浪。他们去夏威夷、去澳大利亚的知名海滩、去印度尼西亚的巴厘岛冲浪。法国地中海沿岸的一些海域，也适合冲浪。冲浪运动以浪为动力，要在有风浪的海滨进行。

有人冲浪是为了娱乐，他们的冲浪板甚至是一般的木头板子，完全不讲究，冲浪对于他们来说就是玩，就是一种社交活动。那么，比赛型的冲浪一般都是淘汰赛，每一场比赛不超过二十分钟，你要在大浪中乘势而上，在波浪的推动下做出你最漂亮的动作，稳稳当当地没有在浪头上掉下来，大浪过后，你还站在你的冲浪板上，那你就是胜利者。

冲浪中遇到最好的浪形，是涌动着中间崩塌往两边斜面推进的海浪。最危险的浪是一排涌起之后不仅没有形成浪谷，相反却瞬间崩溃的海浪。

和费舍尔的较量中，我总是站在冲浪板上。而他则掉下来好几次。艾来娜开始对我有点崇拜了。她跟在我后面，一度甚至用她的胸脯贴近我，来了一个甜蜜的拥抱。

我回到了岸上，感觉到口渴。刚才，我觉得有什么事情发生了，是不是我被水母咬了一口？千万不要碰到这种事情。

我走到冷饮摊位，要了冰镇啤酒。我喝着啤酒，从一个铁皮柜子里取出来我的包，拿出了我的手机。我看到了一则短信，是凌云的队友发来的。短信很短，大意是：凌云在攀登天坑悬崖的时候，坠崖牺牲了。

啊，我如同遭受了五雷轰顶的击打。我的脑海里一片空白。等了很久，我才想到，这是一个很确切的信息，她死了。凌云在攀登天坑悬崖的时候没有成功，掉下去摔死了。

那么，我做的那个梦就是真的。就是一只黑色的鹰去啄正在悬崖上攀登的她的那个梦。梦中的景象是，她偏离了岩体，在悬崖上晃荡着身体，两只腿都离开了山体。这是最危险的时候，只有救生绳索拉扯着她，可她在猛烈的侧风中无法控制住自己的身体，她就要掉下去了。

我的脑海里都是凌云坠崖的形象。我的血压可能一下子高起来了。我拿着冲浪板向大海走去。

我要冲浪，要在最大的浪中搏击。刚刚收到的消息让我浑身处在一种无法控制悲伤的火焰中，我在燃烧，我在痛苦，但这里没有人知道我内心的秘密。

费舍尔在向我招手，艾来娜在向我尖叫。

眼看着一股大浪席卷了过来，排山倒海般的浪涌动着，大海的力量是温柔的狂暴，就像死亡那样席卷了凌云。

我的冲浪板与海浪撞击的时候，我感到自己的安全脚绳很牢靠。这股浪有点像是“疯狗浪”,“疯狗浪”特指那种让你无所适从的浪，它会咬伤冲浪的人，浪的力量不是一个方向过来的，而是从几个方向凌乱地袭击我。即使如此，我也不会把冲浪板一丢，进行潜水躲藏，我需要寻找恰当的机会摆脱疯狗浪，找到冲浪者最喜欢的那种大浪。

我看到了费舍尔和艾来娜趴在冲浪板上，观察着涌过来的大浪。他们要和我一起比赛。冲浪的比赛规则之一，是避免大家撞车，受冲浪板撞击导致的肉体伤害。严重的时候，这样的撞击会导致昏迷，而你恰好在水中，那就麻烦了。

我看到他们两个在抢先划向海浪的崩溃点。费舍尔站立起来了，他像是搏击大海的真正高手那样，在大浪中开始披荆斩棘，踏浪而行。紧接着，艾来娜也站起来了，站在冲浪板上，跟在费舍尔后面，他们一个人一个浪，彼此之间保持着三个冲浪板长度的距离。这是对的，在冲大浪的时候，彼此之间一定要保持至少三个冲浪板、二十英尺的距离，才能够在瞬间变换的浪头中找到浪脊，而不会发生严重的冲撞。

我在等待我的一排大浪涌过来。好了，我等到了。我匍匐在我的冲浪板上，先逆浪滑行，感觉到我已经触摸到一段浪峰耸起的高头浪跟前的时候，一个大浪迎面而来。我在冲浪板上用力划水，站了起来。

我现在跟在艾来娜的后面，在一道巨大的、扑空而来的浪峰之下奋力前行。在浪中穿行，必须掌握很好的潜越浪技术。此时，是考验一个人的意志力最佳时机，而我正在浪谷中极速滑行。

我在大浪中穿行着，凌云的脸浮现在我的面前。我想到了我在夏威夷群岛冲浪的那一次经历。就是在那一次，我在一棵椰子树下，遇到了凌云。当时，她穿着白色的裙子，远远地看着我在和夏威夷的巨大海浪搏斗，一直到我上岸，然后她翩翩地走过来，给我递上了一个椰青，让我喝。

我们就是这么认识的。在夏威夷群岛，常年都适合冲浪。因为那里有最棒的海浪，每个冲浪玩家都希望至少去夏威夷冲一次浪。瓦胡岛是夏威夷的主岛，也是最主要的世界冲浪场所。瓦胡岛的形状使得岛上自然形成了四个冲浪海岸。由于受季风的影响，在夏威夷群岛，无论是冬天还是春天，在群岛东北部的很多海湾，每天都有北太平洋涌来的海浪，这样的海浪往往高达三四米，是冲浪爱好者最喜欢的大浪。这样的浪能让冲浪者在浪中飞速前行几百米，体验到冲浪的最佳乐趣。

就是在那里，我们相识了。原来，我们都在加拿大多伦多的大学念书。后来我们就在一起了。此时，我的脑海里都是凌云在攀岩的影子。她在我的前面呼唤我。

而我在巴拉德罗的大海中冲浪，脚踏冲浪板，出没在惊涛骇浪之中。即使熟悉水性、有高超技巧的人，也难免发生危险。我在巨浪中撞上了另外一个人，是费舍尔吗？他怎么这个时候突然从另一段浪里钻出来？他是要袭击我吗，还是我自己想着凌云，无法控制住自己的滑行？我瞬间失去了平衡，我落水了，我昏迷了。

我不知道是谁把我救上岸，又是谁把我送到古巴的医院里抢救的。

我现在还躺在医院里，有着微弱的心跳，我不知道我还能不能醒来，我就记得这些。古巴的医生在医治我，他们是全世界最好的大夫。我的人生才走了一小段，而你，凌云，你的人生已经结束了。

我想念着你，凌云，我们最终会在我们最开始相遇的地方，在夏威夷瓦胡岛边上的一棵椰子树下，在那里成为一粒沙，重新成为生命循环的元素。

2020年5月20初稿

2020年8月28日二稿

河 马 按 摩 师

1

高光的故事还是由我来讲吧，我来讲可能比较靠谱。我知道高光来肯尼亚，纯粹是自找的。他做梦都想不到自己会来到非洲的肯尼亚，在内罗毕安顿下来，过上了小日子。

东非大裂谷穿越了肯尼亚，肯尼亚还有五百多公里长的海岸线，是东非风景最壮阔、最优美的国家。肯尼亚首都内罗毕号称东非小巴黎，是非洲最繁华的城市之一。这座城市有几百万人，当然大部分都是黑皮肤的人。这让我们这些黄皮肤的，和一些白皮肤的人看上去比较扎眼。

一般人很害怕来到非洲，都传说在非洲容易得怪病，这倒是真的。在非洲染上疟疾，已经很好治疗了。有的病就很奇怪。有一次，我看到在高光的诊所里，来了一个在内罗毕的中国工程公司发包的项目上干活的小伙子，他的胳膊上隆起了一个包，不知道是怎么回事。

高光把这个包割开之后，里面就流出来一包小蛆虫。原来呀，这个小伙子他曾经被一只奇怪的飞虫叮了一口，结果胳膊上就长了这么一包虫。

要在内罗毕找高光的诊所很容易，这家伙一开始来肯尼亚内罗毕，就开了一家诊所，你一进门，就能看到在厅堂里立着一个铜人。就是中医医院里面常常能看到的铜人，裸体铜人，身上的经络和穴位都画出来了。

在内罗毕开一家中医诊所，针灸、拔罐、刮痧，在有的国家会引发法律官司，说大夫搞巫术，虐待病人，吃不了兜着走。内罗毕人是慢慢相信起中医的，一开始，我估计，这个中国铜人会让来看病的内罗毕人感到害怕，以为中医是巫术呢，可要是你看见高光给前来治病的黑人身上扎上银针，那就更觉得这家伙很神奇了。

他的针灸技术非常高超。有一次，我得面瘫了，这种病俗称鬼吹风，不知道怎么回事，晚上没有睡好，或者中午在小货车上打了一个盹儿，醒过来，我就发现我的嘴歪了，半边脸不能动，一只眼睛的眼皮子也不能闭合，光流泪不能关闭一只眼睛，这就很奇怪了。

我就来到高光的诊所。他一看见我的病，就笑了："歪嘴子，哈，刚才在你前面还来了一个。"

他带我走进里间，我看到一个黑人小伙子坐在那里，右脸上扎满了银针。这个家伙也是面瘫患者。于是，我也坐下来，让他往脸上扎银针。

此前，我从来都没有针灸经验，我是中国人，我知道这个，但我没扎过针灸。只见高光穿着白大褂，拿出来一个盒子，让我坐在那里，从盒子里取出来长长的、令我感到恐惧的银针，看着我的脸，用指头一边触摸，一边问我的感受。然后，瞅准了我脸上的某个穴位，就开始扎银针了。

一根根的银针被他扎着捻着，就钻进我的右半边脸上了，奇怪，一点儿也不疼，还不流血。这针灸就是这么神奇。然后，他让我和那个同样扎满了一脸银针的黑人小伙子，并排躺在两张小床上，拉过来像是台灯一样的东西，末端伸出来一个圆饼子形状的、黑乎乎的玩意儿，插上电。

原来是烤电器，对准了我们两个面瘫患者的扎满了银针的半边脸，就这么烤上了。烤电半小时，我的半边脸在银针的作用下，皮肉开始逐渐跳动起来，瘫痪的脸部有了一点蚂蚁走动的感觉。就这么，我和那个黑人小伙子接连扎了三天银针，烤了三天电，我们的面瘫脸，很快就好了。

我就感觉到第一天我的右脸上本来已经完全瘫痪了，不听大脑的指挥和使唤，可忽然，在烤电器下面，扎满了银针的脸上有蚂蚁在爬，很痒。第二天，我感觉我脸上不再是蚂蚁爬了，而是一条条的蚯蚓在爬，热乎乎的。第三天，感觉我脸上的那些蚯蚓就连接起来，让半张脸都开始活动了。我的面瘫被高光就这么治好了。

在高光的中医诊所里，不仅有针灸，还有艾灸、刮痧、拔罐、中医理疗按摩等项目。有时候，你一进他的诊所就能闻到艾草焚烧的香气，烟雾缭绕的，那是在艾灸了。碰到有那么一两个黑人小伙子光着脊背走出来，背上一连串的红色血印子，圆坨坨，看着很吓人。

不过，内罗毕人已经知道这不是中医在搞酷刑，而是一种“去火”的诊疗方法。再说了，他们的电视台老早就报道过中医这些在他们看来多少有点奇怪的诊疗方法，内罗毕人就见怪不怪了。

高光的诊所里，除了一楼的诊室和治疗室，还在二楼设了一个按摩理疗屋。高光的老婆魏娜带着三个内罗毕黑人姑娘，在那里为客人推拿按摩。魏娜是一个长相妖娆的女人，说话嗓门也很亮，动作麻利。她喜欢穿紧身的衣裤，这一点和黑人妇女穿紧身裙、裹出性感臀部的打扮一样，难怪高光会动心。可据说这俩人是一个县的老乡，既然如此，这对痴男怨女走在一起，也是天注定。

魏娜在二楼，指挥三个黑人姑娘按摩推拿，生意非常好。各种肤色的男人都来一探究竟，想了解这中医按摩推拿到底是什么玩意儿，会不会是他们想歪了的事情。结果，男人们发现，几个黑人姑娘绝对是真的在推拿按摩，把他们推拿得酸爽舒适，嗷嗷叫。

黑人姑娘手法很娴熟，都是魏娜一手教出来的。不过，这几个黑人姑娘干活不用心，在内罗毕，一般雇人干活，发的都是周薪，每个星期五,一发钱，那几个姑娘就不见了。请求按摩的客人还在诊疗室内坐着排队呢，害得魏娜直骂娘，只好亲自上手，给客人推拿按摩。

等那几个姑娘把钱花完了，她们又回来了。

魏娜就和她们签订协议，但还是没有办法，当地姑娘说辞职就不见了。魏娜的推拿按摩室就不断地招聘，后来，来了两个中国中年妇女，她们是跟着务工的丈夫从中国来的，这按摩推拿的队伍才算稳定下来。

2

高光的中医诊所在经历很多当地政府的刁难、小流氓的滋扰和资金链的紧张等挑战之后，刚刚站稳脚跟，就遭到了一场蚂蚁的疯狂袭击。

话说有一天，高光早晨起来，在院子里刷牙，忽然发现院子的墙根处，一片肥厚的植物叶子旁边，鼓起来一个褐黄色的土包，很奇怪的东西。你说墙根怎么能长一个疙瘩呢?

他就走过去看，看不出那是什么，也不像是蜂巢。要是马蜂窝，肯定有很多马蜂在那里出出进进的。这土包一点儿动静都没有，可似乎还是在从内向外扩展，就跟肿瘤似的。他刷着牙，想了想，觉得这土疙瘩不影响院落，就不再管了，回到了房间里。

第二天，就在诊所当院的中间，隆起了一个土包，这让他吓了一大跳。他赶紧让我来。

我这个比他资格老的新内罗毕人一看，就笑了:“这是蚂蚁窝。你完了，你招惹了它们，它们要占领你的诊所了。”

高光不信，拿出来两把铁锨，让我们把这蚂蚁窝土堆铲平了。一铲之下，根本就铲不动。那蚂蚁窝非常坚硬。我说:“这玩意儿比石头还硬。”

高光不相信，走过去拿拳头捶了两下，发现几乎像木头一样硬。那种蚂蚁窝是黏土构造的，他拿着铁锹，又是铲，又是捅，结果只是在蚂蚁窝上砸出一点儿痕迹而已。

高光很无奈地看着我，我这才从自己背的包包里，拿出来一个电钻。我把钻头安好，让他把电线插板从屋子里引出来，再将电钻的连接电线插好，一开动，电钻滋滋响着，飕飕地转着。

我走过去，把电钻抵在蚂蚁山的中间，电钻很厉害，很快就把蚂蚁窝钻了一个洞，很多又黑又大的蚂蚁遭到我的袭扰之后，从洞里面爬出来。我不管它们，继续在蚂蚁山的各个部位都用电钻钻出眼。然后，让高光拿着一把锤子，一顿乱锤，蚂蚁山轰然倒塌了。

大家这才看到有大量的蚂蚁在土堆里面爬动，密密麻麻的，真的很吓人，因为那蚂蚁太多了，多到你根本就无法去消灭和移除的地步。这时，围观的黑人妇女们却欢呼雀跃起来，用当地语言喊着，手里多出来了几个盆盆碗碗的，走过去在蚂蚁窝里面抓着什么。

我一看就知道了，她们抓取的，是蚂蚁窝里面的蚂蚁卵，那可是绝美的食物，最棒的蛋白质。那几个黑人妇女跟过节似的，把手里的盆子碗都装满了蚂蚁卵，这才心满意足地离开回家，高光看得目瞪口呆："她们是拿回家炒菜吗?"

我笑了："当然啊，蚂蚁卵在非洲可是好东西。不过非洲人不怎么打扰蚂蚁的，他们从不去捅蚂蚁窝。"

那天，我用电钻把墙根处和院子里的这两个蚂蚁窝给搞定了。高光让诊所伙计把接着把坍塌的蚂蚁窝碎片铲平，院子里很快变得平平整整的。

高光很得意："你看，蚂蚁的窝没了，它怎么能斗得过我。"他又叫魏娜往那两个蚂蚁窝的"遗址"处喷了消毒水、药用酒精，总之对待蚂蚁是一副赶尽杀绝的态度。

我笑了："这蚂蚁可狡猾了。你吃不了兜着走。"

高光得意地打了一个响指，"谢谢你，兄弟，今天免费拔罐。"

第二天，在他的院子里，又崛起了两个小土堆。肯定又是蚂蚁窝，而且坚硬无比。他大为光火，又把我叫来，铲除这蚂蚁窝。

我这一次没有拿电钻，我告诉他："老高，我告诉你，这非洲的蚂蚁真的不好惹，最好的办法就是和平共处，才能相安无事。你不要再去动它们的窝了，这里本来就是人家的国土。说不定某一天，那些蚂蚁就真的撤退了，那个时候我再来帮你彻底荡平这些蚂蚁窝。"

高光想了想，摆了摆手："妈的，听你的，算啦。由它去吧。"他回诊所了。后来，他的中医诊所院子里出现了三座蚂蚁窝小山，比一个人还要高，而且坚硬无比，还在继续生长。高光听了我的话，他发现了这非洲的蚂蚁真的不好惹，它们的群体太过庞大，也不怎么去理会蚂蚁窝了。

来来往往就诊的人，也绕着走。大队的蚂蚁在这三座蚂蚁山内外奔走，排成长长的行列，蔚为奇观。以至于有到内罗毕旅行的国内旅游团，先到他的诊所观赏那两米多高的三座蚂蚁山。高光的诊所就经常有很多游客，在那里指指点点，啧啧称赞，这非洲的蚂蚁山的确很壮观，之后，就在高光的诊所里艾灸、按摩、拔罐，倒也给他招徕了些生意。

就这样，过了大半年，有一天，天阴得厉害，看样子内罗毕要下大雨。半夜，瓢泼大雨终于下了下来。第二天，我来到诊所，发现蚂蚁搬家了。三座蚂蚁山外面一只蚂蚁都没有，里面肯定也空空如也。我就告诉高光："那些蚂蚁搬走啦。"

高光说："太好了，那你给我把蚂蚁窝钻成碎片吧。"

这一次我又帮了他的忙，他院子里的三座蚂蚁山算是彻底荡平了。因为蚂蚁真的搬家了。

3

我和高光熟悉了之后，我听说，他来到内罗毕，是魏娜一定要他来的。魏娜希望他们俩一起出走，躲得远远的，就这么从中国躲到了肯尼亚的内罗毕。这样的话，老家的人就都不再议论他们了。在他们老家的县城里，在街上转一个圈，就都认识。好事不出门，坏事传千里，高光和魏娜的绯闻早就传遍了小县城。因为高光是一个有家的男人，而魏娜是从南方回来的女人。

那个时候，正是高光的中医小医院在县城里生意最红火的时候，结果闹出这么一档子事儿。他和魏娜的事情一出来，马上就有人传出来了他们在宾馆里幽会的视频，虽然不很清楚，但熟悉的人断定，那搞事情的男女，就是他们俩。他们走到街上，总感觉有人戳戳点点的。

高光的老婆李冬梅知道后，就要和他离婚。高光一开始不愿意，后来就同意离婚，把房子、车子和抚养费都给她，把女儿也给她带了。

这样，魏娜就和高光住在一起了。

他们在县城西边又买了一套房子，住在那里。可是不行，高光的小舅子、李冬梅的两个弟弟可都是坏种，他们晚上在高光新家的门上抹大粪，到处散布他是王八蛋负心郎。他们还把他新买的车子的轮胎扎破，把他和魏娜的新家的窗户玻璃砸破几个洞。

关键是高光开着一家中医小医院，从此生意就一落千丈。往常，他的中医医院不大，但门庭若市。

高光的父亲就是中医大夫，已经去世了，所以高光从小耳濡目染，就知道点中医。父亲曾经手把手教他，希望他长大了能考进中医大学，子承父业。但高光不务正业，不好好学习，高中毕业去参军，当了野战军的汽车兵，跑遍了西南地区那些危险的山路，最远到过西藏阿里，几次历险，差点死了。在部队里的医院他倒是专门学了一年的医疗救护，算是有了从医的经验和证书。

几年之后，高光复员回来，他父亲也去世了。他先是转业到了市消防总队，结果，有一次火灾他们没有处理好，高光受到处罚，离开了消防队。

那怎么办？他就回到老家县里开了一个中医小医院。高光看病，不乱收钱，病人没钱也给看病，正所谓悬壶济世、医者仁心。

可自从他把老婆孩子抛弃了，和县城里那个有名的浪荡女魏娜搞在一起，他在他们心目中的形象就毁了。尽管很多人都是一屁股屎，可看别人成了落水狗，不仅不同情，还要往他脑袋上扔大粪。这就是从众心理。所以，县城里的人都不来找高光看病了。

过去都说高光是个老实疙瘩，怎么让魏娜给搞定了呢？他们背地里纷纷议论，魏娜早晚得甩了他，就跟人家甩了她一样。

传说魏娜在深圳打工的时候，认识了一个老板，被包养做了二奶。后来那个老板生意做不好了，跑路了，也就不管她了。她又不愿意去打工，吃不了那个苦，就回到老家的小县城。可她的穿着打扮就像个招摇过市的二奶，谁都不招惹她，特别是男人，还有点怕她。

他们到处传闲言碎语，说高光和她勾搭上的时间，是她去高光的中医小医院去看妇科病的那个遥远的下午。那天下午被别人传得有鼻子有眼的，就好像他们当时都在高光的诊所里围观一样。

话说那天下午，魏娜扭着水蛇腰，穿着十厘米高的高跟鞋，扭扭搭搭来到了高光的中医诊所，要看妇科病。男大夫看妇科病，都是比较让人有想象的事情。但中医医生无论看什么病，都要先把脉。

他们说，高光把手往魏娜的脉上一搭，和她射过来的目光一对上，他立即被她电到晕眩，当场崩溃了，也就丧失了男人的底线。之后发生了什么就不好说了，总之，他们说，高光把诊所的门关上，让助手小李子回家，然后和魏娜在检查患者的那张床上做了好事。

高光被他们传说成这样，老是被人指指点点，这日子很难过。他也是哭笑不得。可他脾气好，觉得无所谓，心想过一阵子，也就不会有什么了。

魏娜却很生气，她说："狗屁小县城！在深圳就不会这样，没有人关心你是怎么生活的。真讨厌！我们得离开这里，走得远远的。"她咬着自己的右手无名指指甲说。后来，她想到一个办法：咱俩去非洲，躲得远远的。

哎呀妈呀，高光一听，就头大了。去非洲，亏她想得出来。非洲遍地都是大象、河马、狮子、老虎、野牛、羚羊、豹子、鬣狗、鳄鱼、角马、蟒蛇、蚊子、蚂蚁，人人住草棚吃红薯土豆，高光连想都不敢想的事情，她敢想。

她不仅敢想，而且还让她在肯尼亚内罗毕办公司的亲戚发来了邀请函，凭借这封邀请函，他们就能办签证，就能去肯尼亚内罗毕进行商务考察，就能在那里待下来，也开一家中医诊所。

就这么，他们俩跑到内罗毕来了。

刚开始来东非的时候，高光真的担心肯尼亚到处都是野生动物，可来到了内罗毕，他们发现这是一座大城市，高楼林立，好几百万人在这里生活，不仅中国人不少，世界各地来的人也很多，这里也很自由，可以开赌场，枪支买卖也很容易。

魏娜的好几个远房亲戚都在这里扎根了，都做中非贸易。有做木材贸易的，还有做矿石贸易的，都干得不错。他们就在内罗毕待下来了。

高光、魏娜住在内罗毕南郊，租了一个小院子，里面是二层楼。办理了很简单的注册手续，他的中医诊所就在内罗毕开张了。

4

不知道为什么，我第一眼见到魏娜，就感觉到她早晚要离开高光。他们俩根本就不是一种人。男女关系要稳定，得看这俩人是不是一种人。高光是一个特别踏实的人，干什么都是一把好手。可魏娜是一个天生就对自己已经拥有的生活感到不满意的女人，她总要折腾自己，顺带手把和她在一起的男人也折腾个够呛。这不，把高光鼓弄到东非的内罗毕，就是她的一次梦想成真。可这一次的梦想成功，接着她就又出来一个梦想，你要是问她下一个梦是什么，她又不会告诉你。魏娜好高骛远，她不知道自己真的要什么。她要什么？钱吗？不是的，她似乎也很缥缈。

有一次，我在诊所拔罐，和她说话聊天，我问她：“魏娜姐，你们还得回河北老家吧？你们俩生不生个孩子呀？”

魏娜就说:“少操别人的心，瞧瞧你自己，跑到内罗毕打零工，你的老婆在哪里呢?”

她说到点子上了，我自己的老婆在哪里，我还不知道呢，正所谓少年不识愁滋味，我还想不了那么多。现在，很多中国公司在非洲有建设项目，我经常去参加一些建筑工程的施工，我是电焊、瓦工、木工都会一些，不愁没活干。不过，常来高光的诊所，我倒是对中医很感兴趣，常常和高光一起聊天，开始学习针灸和把脉。

在非洲动物很常见，它们都不怕人。人和动物常常混居在一起，即使是像内罗毕这样的大城市也是这样。在城市里，常常看到两群猴子为了争地盘，在街道上和商场附近打架，打得歇斯底里、大呼小叫、旁若无人。

有时候，城市菜市场的上空，人们熙熙攘攘络绎不绝，正在买菜卖菜，忽然眼前掠过一道黑影，原来是一只老鹰从天而降，瞬间伸出爪子，把市场上某人正待售卖的公鸡给抓走了。行车的时候，忽然从道旁的树林里，窜出来几只野猪，排成行列，旁若无人地穿越马路。我在建筑工地干活，有一天一群非洲大象闯了进来，吓得刚从中国来的建筑工人不知所措。还是我手疾眼快，赶紧从工棚食堂取出来工人们中午要吃的香蕉和苹果，拿给了那些大象。大象们慢吞吞吃了水果，这才撞坏铁皮大门，扬长而去。

某天我一觉醒来，听到窗玻璃有敲击的声音。我拉开窗帘，看到不知从哪里飞来的两只野鸽子，正在窗台上问候我呢。它们也不害怕我，闪着清亮的眼睛看着我。我找了一点面包屑给它们吃。吃完了，它们就飞走了。

我知道高光最开始到内罗毕之后没多久，得过一次疟疾。这病在非洲曾经是绝症，现在好治了。可当时还是让他难受了一阵子。发烧、打摆子、浑身酸疼、体感寒冷，拉稀、视力模糊、全身无力、性欲减退，这些词都是他给我描述的感受。可性欲减退这个词汇还是让我乐不可支，得病了，还胡思乱想，难怪魏娜经常骂他。

他们在内罗毕生活了一年多，魏娜的肚子也没有鼓起来。魏娜那个时候想要孩子了，还专门弄来了非洲男人见面都很神秘地互相问问“吃了吗”的那个东西。那个东西非常“斯壮”，是一种块茎类植物，叫作“穆豪根”。也就是非洲男人壮阳的东西，让高光吃。

高光吃了，除了眼睛发亮，也没有什么惊人之举让魏娜感觉他有如神助。高光把那个“穆豪根”给我吃了，我的肚子胀得很大，其他部位也跟着涨大，可无法排泄，吃了泻药才拉出来。果然非常“斯壮”。

在我的记忆里，也就是院子里的蚂蚁搬家之后的一个月，有一天，诊所来了一个男人，是个白人，改变了他们的生活走向。

这个男人骑着一辆自行车，胳膊上盘着一条蛇。他来诊所是治疗，因为他被蛇咬伤了。他竟然会中文！他说他叫霍华德·弗兰克，是个美国人。高光一看他胳膊上盘着的那条蛇，就知道他受伤并不重，给他清理咬伤，给他煎服解毒中药汤汁，说，你中毒不深，这蛇毒性没有那么大。

那天，我也在诊所里，我正在研究他的那个中医铜人身上的经络和穴位，听到他们用中文说话。霍华德·弗兰克是一个美国记者，他告诉高光，他常年在亚洲跑，在中国的长江流域生活和采访了六年，写了一本英文非虚构《滚滚长江天际来：大河边的中国人》，还上了《纽约时报》图书排行榜。他的脸颊边上，有一层黄色小绒毛，在阳光下闪亮。他的皮肤发红，个子很高，笑容可掬，喜欢戴墨镜，穿着摄影师喜欢穿的那种有很多口袋的军绿色裤子，很强壮。

他说，他很喜欢中国人，这次来肯尼亚是来寻找他的弟弟。他的弟弟在非洲做生意，可今年忽然没有了音信，他的老父亲从美国打来电话，要霍华德·弗兰克在非洲找他弟弟，他就从中国的重庆来到了内罗毕。

魏娜那一天从楼上下来，看到了霍华德·弗兰克，这一眼就觉得有点不一样，我感觉魏娜有点小兴奋。她跑过来看霍华德·弗兰克胳膊上盘着的那条蛇。那是一条好看的花蛇，还在咝咝吐信，她就尖叫起来，声音怪怪的。

她说，你把它放生了吧，你老是抓着它，它肯定要咬你呀。

霍华德·弗兰克笑起来，他把蛇递给了魏娜。魏娜的脸色很红，很害怕那条蛇，打算躲开。弗兰克抓住魏娜的胳膊，把那条蛇盘在了魏娜的胳膊上。

魏娜咯咯笑着，忽然又被朝她吐信的蛇吓哭了。她一甩手，那条蛇从她的胳膊上滑落在地，游动着身子，跑进草丛中不见了。

5

霍华德·弗兰克后来就住在高光诊所二楼的一个房间里，他给魏娜预付了三个月的租金，说，三个月的时间，要是我找不到我的弟弟，就打算再回到中国。

那段时间里，聘用我当电焊工的内罗毕一家中国公司承包的建筑项目完工了。他们要接着转战坦桑尼亚的新工程，也愿意聘用我。可是我不愿意去，我喜欢内罗毕，喜欢肯尼亚。我就在高光的诊所里学习中医诊疗，给高光当助理。

每天早晨，吃了早饭，霍华德·弗兰克就骑着自行车出门去了，到处打听他的弟弟的下落。但每天傍晚弗兰克都是一个人回来的，表情落寞。

他弟弟看来是一个神秘人物，是不是在肯尼亚贩卖军火的？说不定呢，我和高光小声议论着。

魏娜就说："别瞎说了，你看弗兰克就是一个好人。他还给了我一根辟邪的非洲黑木雕呢。"

我们就一起看霍华德·弗兰克给魏娜的一根黑木雕。那是一个非洲女性身形的木雕，带着原始的美感和性感，不知道怎么回事，看着就像是魏娜的身形。

一天天就这么过去了。霍华德·弗兰克总也找不到他的弟弟，他也不说他找他弟弟的难度有多大，为什么找不到他弟弟。每次回来，他总要带回来一些非洲人制作的东西。有一天，他带回来一面非洲木鼓，是一段镂空的木头做的，外表用羊皮蒙着，羊皮上画了拙朴的图案。他把鼓送给了魏娜，魏娜不要，说，你会打鼓？那就打鼓给我听。

霍华德·弗兰克就坐在那里，用两腿夹着那面木鼓，用双手拍打起来。他打鼓的声音很规律，到后来越来越激动，鼓声非常有节奏，结果唤起了周围遥远的地方，也隐隐传来了非洲的鼓声。原来，是别处的黑人在呼应他，也敲响了自己家的鼓。

魏娜就兴致大发，在院子里跳起了舞。魏娜的舞姿妙曼，非常有节奏，这更证实了她可能曾在娱乐场所工作过的传闻。霍华德·弗兰克兴致勃勃，高光脸色阴沉，躲到屋子里不出来了。

也就是在那段时间，高光的中医诊所院子里，出现了一次壮观的动物大战。

中国人喜欢说一阵秋雨一阵凉，可在内罗毕，下完了雨反而更热。那场雨下得很滂沱，霍华德·弗兰克坐在长廊下面，看着外面的雨，双腿夹着他的木鼓在敲打。鼓声中，一只、两只、三只……越来越多的青蛙，是的，我们都看见在草丛中、树木背后，很多青蛙在雨水中一跳、二跳、三跳地跑出来，开始汇聚到诊所的院子里来。

霍华德·弗兰克的鼓声更加密集，青蛙涌现得更多，雨声也更大，哗啦啦的，青蛙扑嗒、扑嗒地跳出来，越来越多了，非常多的青蛙在雨声中伴随着鼓点在跳跃，哎呀，真的是奇观啊。

我们都惊呆了，诊所里所有的人都出来了，大家都站在走廊里，看着院子里的青蛙有几百、几千只，在那里蹦跶。呱呱呱，呱呱呱，呱呱呱呱呱呱呱呱，哎呀，这青蛙在合唱呢。青蛙的合唱是高低起伏不定，有混合声部，有领唱，还有低音伴奏。

我们正在那里看青蛙大合唱，魏娜忽然尖叫了一声。她指着墙头说，看那里！我们看过去，发现了新的情况。一条蛇正在翻墙进入院子，接着，从可能进入院子的任何缝隙，都出现了蛇的身影，一条条的大蛇、小蛇，黑白相间的蛇、花蛇、红黄色的蛇，都来了，都来了！这么多的蛇在雨中咝咝吐信，向院子里爬来，发出了雨声中的另外一种声音，令人恐怖，令人不知所措，大家都惊呆了。

霍华德·弗兰克更加兴奋了，他使劲地拍打着羊皮木鼓，让鼓声在雨声中变得更激越。一条条蛇扑向了在院子里的雨水中蹦跶的青蛙，张开血盆大口去吞没青蛙，青蛙纷纷逃窜，使劲朝天空蹦跶，可越来越多的蛇加入到追捕青蛙的队列里，蛇的游走很迅速，青蛙的蹦跶很绝望。

这场大雨中的青蛙和蛇的大战，或者说蛇对青蛙的围剿非常壮观、激烈。我们都看呆了。这个过程持续了很长的时间，到底有多长，我说不上。霍华德·弗兰克打鼓打累了，魏娜竟然顶上了，她把鼓拿过来，夹在自己的双腿中间打鼓，为青蛙和蛇的大战擂鼓。

魏娜打鼓打累了，高光也兴之所至，把那个羊皮木鼓拿过来，继续用双手擂鼓。高光打鼓打累了，我接着来，我把那面羊皮鼓打得砰砰响，我兴奋异常，因为青蛙和蛇的大战正酣。

忽然，有一条蛇疾速向走廊里的我们游过来，很快就到了霍华德·弗兰克的身边，一下子就攀缘上他的腿，游走到了他的胳膊上。啊，正是他曾经带到诊所里的那条蛇，它又回来了，只是，它刚刚吃了两只青蛙，肚子鼓出来两个疙瘩。这条蛇认出了霍华德·弗兰克，它和他嬉戏了一阵子，就跳下去，一下子攀缘着魏娜的腿，也游走到了她的胳膊上，像是认识她一样，它实际上当然也认识她，朝它吐信。

魏娜这一次一点儿都不害怕了，她小心地摸着蛇的冰凉皮肤，和这条蛇对视。这条蛇的目光很清澈，它很喜欢魏娜，它举着自己的上半身左右摇摆，就像是跳舞一样。过了一阵子，它俯身游走了，不见了。

院子里的青蛙和群蛇大战到了尾声，一条条大蛇小蛇都吃饱了，青蛙数量急剧减少，雨声停歇下来，鼓声慢下来。不多一会儿，剩下的青蛙蹦跶走了，吃饱的蛇也游走了。一时间，院子里安静下来了，仿佛刚才那一幕，就是一个幻觉和梦境。

高光跑到院子里，在泥地里仰天大笑，可天空一滴雨都没有了。

晚上大家都喝多了，高光喝醉了，他倒在一楼诊疗室的小床上睡着了。魏娜也喝了很多酒，她在跳舞，弗兰克在弹着一种叫踏巴巴的非洲乐器。那是类似冬不拉的弦乐器，在木头架子上安装了一个骆驼皮蒙制的共鸣箱。他弹拨起来，我们听到了沙暴来临的激烈，听到了情欲勃发的沸腾。

月亮出来了，非常明亮。我没有喝多，我很有自制力，我感觉今晚有事情会发生。

果然，歪倒在一层诊疗室椅子上装醉的我注意到，在二楼的一间按摩理疗室，魏娜先进去了。停了一会儿，我听到霍华德·弗兰克的脚步声也进去了。接着，发出了遥远的猫叫声，或者是河马的呼哧呼哧喘息的声音。在这样一个奇特而怪异的夜晚，他们一定做了烈日对沙漠做过的事情。

6

第二天，雨过天晴，天气大好。一觉醒来，我发现高光急得像是热锅上的蚂蚁。原来，魏娜已经不见了。显然，她和霍华德·弗兰克一起消失了。或者说，她是跟着弗兰克私奔了。

这是我本来就预料到的事情。可高光却没有想到。他在团团转，在二楼霍华德·弗兰克居住的那间屋子里寻找蛛丝马迹，最后，只找到了几张纸，上面有些英文字样。

我抓过来，翻译成中文给高光听："这个，好像是他写的什么文章的大纲，嗯，他在写书，这本书叫作《百万中国人在非洲：第二大陆》。难道，这个霍华德·弗兰克是个调查记者？他来非洲不是找他弟弟的，而是写中国人在非洲的？他也许是个间谍。”

高光气急败坏地说：“他写啥都和我无关，他是什么人我也无所谓。可他把我老婆魏娜带走了，这是夺妻之恨。我一定要找到她，我一定要杀了他！”

我劝慰着高光，说，你不要着急，先稳住心神，过两天，可能魏娜自己就臊眉耷眼地回来了。她跑出去，在非洲这地界，无论如何，都没有生活的经验和能力，肯定还会回来的。

高光的眼睛渐渐亮了。他听了我的话，说，等等看，看看魏娜是不是会回来。也许她真的会回来。

高光就这么等了一个月，魏娜还是没有音信。

在这段时间里，高光自己被小风一吹，也面瘫了。他指导我给他针灸，烤电。他对我说，魏娜是铁了心跑了，还是被弗兰克给害了呢？我要去找他们，我一定要去找到他们。

我无言以对。我知道有时候生活就是这样，突然带来它的重锤，给人以重大打击，让你猝不及防。人性的复杂性就是一个深渊，谁都看不清，闹不明白。比如我，怎么能想明白魏娜会跟着弗兰克离家出走呢？高光这么好的一个中国男人，背井离乡，跟着魏娜来到了黑非洲肯尼亚的内罗毕，她怎么能抛下他，说走就走呢？

可事实是，这样的事情真的发生了。

有一天，诊所里来了几个基库尤人。

基库尤人是肯尼亚古老的土著部族，他们生活在肯尼亚的东部。听说高光能够诊治失眠症，其中一位饱受失眠症影响的基库尤人部落的首领找到了他，让高光给他治疗失眠症。

高光熬了中药汤药，味道很不好闻，在诊所里弥漫。他让那个头戴装饰性花环的部落首领喝了三天汤药。结果，那个基库尤人部落首领果真不再失眠了。

奇特的是，这个部落首领让懂英语的翻译给我听，我又翻译后告诉高光，这个部落首领根据自己的测算，知道高光的老婆跑了。她跑到了肯尼亚的大河边，后来，又走过了肯尼亚最高的山，肯尼亚山。她一直在路上走着呢，不知道她要到哪里去。你要不要去找她?

高光兴奋起来了:“当然，她是我老婆，我当然要去找她。”

然后，几个基库尤人就走了，留下了诊所里怅然若失的高光在发呆。

“这么说，她还在路上，她还活着呢。”高光告诉我这个情况，“我要去找她。”

“那你的诊所怎么办?”

高光双眼发亮。“留给你了，兄弟，我看你无论是针灸、刮痧、拔罐、烤电、抓药、把脉问诊，样样都很在行。你只要是穿上我的白大褂，就能坐诊了。我得去找魏娜了。”

高光在某一天开着他的皮卡，终于前去寻找魏娜了。我不知道他会如何寻找魏娜，到哪里去找魏娜，但他上路了。

我听了他的话，穿上了白大褂，坐在他的诊所里开始了行医。这事儿是不是很奇妙？真的很奇妙。

7

等到我在他的诊所里坐诊了一年多，也感到了厌烦的时候，我也上路了。毕竟我只是一个三脚猫，我是临时替补高光，当上了中医大夫的。我要去找高光。人人都要在路上，每个人都有多种的可能性。这就是非洲的魅力，你来到了这里，在非洲，一不留神，你就会变成另外一个人。

我听说，高光去了肯尼亚的一条大河边。那条河叫作塔纳河，是肯尼亚最大的一条河，发源于肯尼亚山上的冰川，也带给了肯尼亚旖旎的风光，养育了大量的动物，也养育了很多肯尼亚人。

我驱车前往那里，在波光粼粼的塔纳河边寻找高光的足迹。

我走啊走，在河边的当地人部族的茅屋处，找到了动物保护组织的几个人。他们住在那里，救护失去母亲的大象，救护被偷猎者割掉犀牛角的犀牛，救护长颈鹿，救护飞鸟。特别是脖子受伤和腿部受伤，不能飞翔、落单在水面上的火烈鸟。

我说明了来意，我说，我来找一个中国人，他叫高光，你们谁可曾见过他？那个人脸上有点坑坑洼洼的。

他们告诉我，去年，确实有一个姓高的中国人在这里住过，可能就是我要找的那个人。有意思的是，这人救助了一头失去母亲的小河马，每天给那头小河马按摩。河马快速长大了。我知道成年之后的河马块头很大，一般有三四吨重。这头河马每天白天都要去塔纳河，和一个河马群在一起，晚上就回到高光所在的茅屋里，让高光给它按摩。

“什么，他变成了一个河马按摩师?”我啼笑皆非。可在非洲，一切皆有可能。这说明，高光还没有找到魏娜，可他变成了一个动物保护者，他参与到肯尼亚动物保护组织的工作里了。

“是的，”那个动物保护组织的一位高大、硬朗的白人女性告诉我，“那头河马简直就像是高先生的孩子，它每天晚上都要回到高的身边，让他给它按摩。”

“他是怎么给它按摩的?”我哈哈大笑，想象不出来高光怎么给一头河马按摩。

“用手给它按摩，按摩它的头部、脖颈、背部、四只脚，还有屁股。按摩河马的每一个部位。这头河马很懂事，它来找高的时候，就直接进来，趴在高给它准备的一个由两块木头搭建的槽里，下面铺着干草，闭上眼睛等待高的按摩。它很享受人对它的按摩，它上瘾了。直到有一天，它被盗猎者打死了。”这个女人的眼圈红了。

“盗猎者打死一头河马干什么？它没有象牙、犀牛角和虎皮那样的价值啊。”我很惆怅。高光给河马按摩的故事太有意思了，可怎么能就这么结束呢？

“盗猎者喜欢吃河马的肉。他们杀掉一头河马，会立即把河马内脏取出，架起来烤制，制作成烟熏烘干河马肉，带在身边，作为干粮，继续和我们捉迷藏，在森林里、裂谷中和大草原上，进行他们的盗猎活动。”

我沉默了。我能想象到这头通人性的河马，在被盗猎者杀死之后，这件事给高光的心灵带来的冲击。

“后来呢？河马死后，高光去了哪里？”

“那头河马被杀之后，他得知了情况，就跟着一支保护动物的巡逻队，朝着肯尼亚山国家公园的方向去了。”

我决定去肯尼亚山国家公园去找寻高光。我们每个人都在世界上寻找着什么，可总也找不到，高光、魏娜、霍华德·弗兰克和我，都是这样的，我们都在非洲寻找着别样的人生。

内罗毕到肯尼亚山国家公园的距离是190公里，我已经走了100多公里的路了。那里有着一座海拔5199米高的肯尼亚山，是非洲的第二高的山峰，有雪峰和森林，有各种各样的动物在山上栖息。我猜想，高光一定在肯尼亚某座青山的高处，等待着我前来和他会合。

2020年10月4日

冰 岛 的 尽 头

1

在斯德哥尔摩的房间里一觉醒来，他发现她不见了。

她去了哪里？他找遍了屋子，她真的消失了。连同她习惯背着的那个很大的双肩包，里面是她自己惯常用的东西，也不见了。这说明她离开了，悄悄地离开了。

没有告诉他，她就走了。在他熟睡的时候。也没有给他留下任何纸条，传达任何希望他知道的信息。

他打她的手机，是关机状态。后来，他发现，她的手机就躺在洗手间的镜子前的搁板上，她就没有拿。他试图打开她的手机，但手机是指纹识别，打不开。不过现在打开也没有什么用。她不用这个手机了，也就是说，不想让任何人包括他和她联系？

他走了出去。早晨的斯德哥尔摩是寒凉的，即使在夏天里，雾气也是贴着人的皮肤滑动，是深入肌理的。他急匆匆地走在他们平时散步的一面湖边，希望在哪个停顿的路口能够看到她，或者，在某个拐角的地方忽然就看见她，正在那里拍摄水鸟。

是的，她喜欢鸟类，也喜欢拍照。手机、数码相机交替使用，看见的好风景，特别是活物，活着的动物，都在她的镜头里定格，不会被遗漏。

他看到了一个人，在湖水中露出了半个身子。那不是她，对了，当然不是她，那是一座雕像，很有名的雕像，在斯德哥尔摩的湖水里沉浮，走动，定格，只露出了半个身子的铜人。

这个人简直就像是他的处境，溺水了，但却活着，半个身子在水里，半个身子在水面之上，他还能在水中行走。你去了哪里？在斯德哥尔摩的这一天早晨，我一觉醒来，就看不见你了。他想着这件事，心乱如麻。

他们是半年前从武汉来到斯德哥尔摩大学做访问学者的。在武汉，他们都是大学生物系的教授。是她获得了一个交流进修的机会，可以在斯德哥尔摩大学待两年，这样他也就一起来了。

刚刚四十岁出头的两个人都是教授，他们也没有孩子，结婚七年了，没有七年之痒，两个人没有孩子，也许总归是一个遗憾。

他们去医院检查身体，检查的结果是两个人都没有问题。但又都有点问题。他的精子活跃度不很高，不过还没有到完全不活跃的地步，活跃部分的精子足够使她受孕。

她呢，卵子的分裂和排出很正常，但子宫内着床的环境不够好。是大夫这么说的，着床的环境不够好。怎么不够好？不知道，大夫不说了。

这就是一种说法。后来两个人努力了，就是没有怀孕。没有就没有吧，两个人还是很好，感情越来越好，事业上也彼此支持，都是大学的教授，他们过得相当好。一起来到斯德哥尔摩，在瑞典一所著名的大学里，他们又开始了奔忙，各自有各自的研究项目，与瑞典生物学家一起，研究这个大千世界里的微生物。在野外观察微生物的作用结果，在隔绝空气的实验室，他们在显微镜下看那些比人类小很多的东西，在那里生长，变化，演绎着它们自己的生命轨迹，唱着属于它们自己的生命之歌。

因此，对于生命的理解，他和她都有更深的体验。地球上不光是人能看见的动物和植物才是生物。看不见的生物有很多很多，它们都活着，甚至比人类在地球上的诞生还要古老。比如各种病毒，早就在大自然里存在了，比人类的存在时间长多了。可人类很自大，到处消毒，滥用抗生素、化学制剂，破坏了微生物、细菌、病毒的生存空间。那么，小小的、小小的它们就会反扑，人类就会遭受瘟疫和流行性疾病。这是很多人意识不到的，他们看不见那些小东西。

可现在她不见了。她确实是不见了。这个柔弱的女教授，他的爱人，她去了哪里呢？这简直是一个谜。得好好想想。

他坐在自己的屋子里，想了一个上午。就像是一个侦探那样，得把所有的线索都列出来。她是怎么消失的？

一，看来她是主动消失的。二，也许她是被动消失的。目前看，她是主动消失的。那个巨大的双肩包只有在她想出去的时候，才会背在身上。那她就不可能是被动消失的，也就是外力的作用下，比如被劫持这样的情况，根据目前的迹象，是不可能的。

好了，既然是主动消失的，她为什么要消失呢？为什么都不告诉他，她的丈夫，这个她深爱的人，一下子就不见了呢？他苦苦地琢磨着。她一定遇到了什么事情。是的，这是肯定的。

她遇到了什么事情呢？和他的感情出现了问题？没有，他们的感情很好。他感觉到最近她的情绪，尤其是这两天的情绪肯定是低落的。他以为她是工作和科研导致的疲惫。她常常需要在实验室加班。那么，她遇到了什么难题，要逃离他的帮助，独自去面对呢？不知道，真的不知道。

还是先不要去找警察，他想。他决定去大学她所在的学院研究所了解一下。他找到了系主任，那个胖胖的瑞典人是一位冰雪运动爱好者。每到滑雪的季节，他都要和家人一起去滑雪。

他直截了当地告诉系主任，她——杜娟教授，他的妻子，不见了。

“不见了？你确定吗？这可是很大的事情，需要立即报警。”系主任感到很惊讶，“也许，是因为你的缘故？你的妻子，杜娟教授非常优秀，她还是一位滑雪爱好者，对不对？我记得去年冬天你们一起去林雪平那边滑雪了，对吧？我和她在系里午餐时间吃工作餐的时候，和她聊过。好几次都听她谈到滑雪。她会不会去滑雪了呢？”

他淡淡地一笑。这可以是一个玩笑，但情况肯定不是这样。系主任说，他们会立即以学校的名义和警察局联系，并让他再和几位与杜娟一起进行科研的教授们聊一聊，看看有什么信息。她平时都在大学里的，晚上回家。白天里的活动都是在大学里的。

一位女教授告诉他，杜娟最近感到很疲惫，她总是很疲倦的样子，有一次，在办公室内还晕倒了。杜娟是比较削瘦，可身体一向很好，每年也有体检，指标也很正常，按说并不会有什么大毛病。

“那一次晕倒她没有告诉我。你们送她去了医院吗?”他问道。是的，我们送她去医院了。可也没有检查出什么。

大约过了一个多小时，系主任回来了，“你的妻子，有信息了。我们报告了警察局，他们经过跟踪查询，发现她用她的护照买了一张邮轮的船票，前往丹麦的哥本哈根了。”

什么？她去了哥本哈根？去了丹麦？太奇怪了。她从斯德哥尔摩去哥本哈根干什么呢？还是坐邮轮前往？她去那里干什么呢？他感觉到事情更加的蹊跷了。

“这里是她去看过病的那所医院的地址。”她的女同事给了他一个地址，和联系电话。

现在，已经顾不上别的了。他似乎感觉到了她出走的真相。她肯定是自己出走了。

他拿着那张写着医院的地址纸条，和系主任、她的几个同事告别，先去了那家医院。在医院里，他要求查询妻子的病历。他告诉他们，他的妻子叫什么，按照她留在医院里的诊疗信息，他得到了最关键的信息：

她在一周前就去过这家医院进行了检查。三天前又去了一次，检查的结果是高度怀疑她得了一种可怕的恶性肿瘤——胰腺癌。根据活检和各种指标的检查得出的结论，基本能够判定她的病就是胰腺癌。她将部分的检查结果和化验单都拿走了。医生只是凭借电子记录的情况，检索出这个诊疗情况。

他一下子豁然开朗了。他明白了，杜娟发现自己已经是胰腺癌的晚期患者，然后她做出了一个决定：与心爱的丈夫不辞而别，一个人独自离去，离开这个世界。她很早以前就说过，如果她得病了，不想让他看见她被病魔折磨的样子。

他大汗淋漓，回答家里，坐在沙发上痛哭失声。此刻，没有人知道他在哭，也没有人来安慰他。没有人知道在他的生活里发生了什么事，除了他自己。没有人给他建议说，你应该怎么做，也没有人拥抱他，只有他自己在大哭和干号中，慢慢把泪水流尽。

2

他决定去找到她，他不能让她一个人在这个世界上，走完最后的路。他以最快的速度，订好了前往丹麦哥本哈根的船票。他似乎知道她在想什么，但只是无法确定而已。他要尽快找到她，他不能让她单独去面对这一困境。他猜测，就是因为不想让他去面对她即将离开人世的情况，她才离开了。

你怎么能这样呢？这才是最残忍的。他在内心里责备她，也在内心里责备自己。是不是自己太大意了？他完全没有发现她最近的状态不稳定，这些天，她似乎有些心神不明的。他的睡眠一向太好了，连她悄然在半夜离开，前往邮轮的码头登船而走都不知道。

这也太荒诞了。她这是要做什么？这些都还是未知的，也是他在不断猜度的。他需要尽快跟上她的脚步，去找到她。

夏天的斯德哥尔摩天气很好，凉爽的空气吹拂，冰凉的阳光覆盖着一切。不过，白昼太长了，窗帘总是半明半昧的，外面的长长的白昼投射进来。但这是在邮轮上，一共十层高的巨大的邮轮。不知道搭载了多少人，一千，两千人？不知道。船上什么都有。

他是一个好奇心很重的人，此前还没有坐过邮轮。欧洲人真会玩，这么一艘大船上，什么玩的都有，商店，超市，酒吧，游泳池，儿童乐园，影剧院，餐厅。还有胸部高耸的金发女人冲他挤眼睛，摇晃半裸的肩膀，那就是在勾搭他了。这让他心更乱了。

他在游轮上到处都走，心神不定。天黑以后，这艘邮轮上都是不睡觉的人。他们在整艘船上欢闹。音乐、酒、欲望和气味全都搅和在一起，构成了人类的象征之船。可你去了哪里，我亲爱的？他的眼睛潮湿了，杜娟，你说你到底去了哪里？为什么不和我一起去面对一切？面对黑暗的大海，他在船舷边想着，在外人看来，很像是一个想要投海自尽的人。

“假如我得了绝症，我不想在你的面前死去。我不能让亲人看到我的死亡过程，那对你比对我更残忍。”

他忽然想起来，很多年以前，在他们一起求学的时候，她曾经这么和他说过。那个时候，他们一起考上了武汉一所大学的研究生。在生物系，他们的导师是两个人，这两个导师还存在竞争关系，喜欢互相较劲儿。但他们俩却谈起了恋爱，结果，让两位导师最后也关系扭转、化干戈为玉帛了。

读博士也是在这所学校，他们俩研究的方向不一样。博士毕业之后，一位留校做老师，一位到其他大学做博士后，后来也来到这所大学当老师。后面的生活说起来乏善可陈、平平静静，总之，好多年的同学下来，两个人谈恋爱到结婚也是自然的事情了。结婚时，婚礼的欢闹，气球在酒宴上飞并且被点爆，很多同学的笑脸像花朵一样倏然绽放，又都消失了。人们来来去去，生生死死，很多年过去了，那些看不见时间都是从指缝里溜走的。那么现在，就是一语成谶了。你一个人去面对你即将要来到的死亡，你把我抛弃在这个繁华万端又荒凉无比的世界上，你要干什么？他站在邮轮第九层，泣不成声。

“先生，您需要帮忙吗？您为什么站在这里很长时间——”一位白衣侍者跑过来，担心地问他。侍者的右胳膊上还搭着一条白色的餐巾。

他冲那个人摇了摇头，意思是不要管我。侍者没有走，还在观察他。他友好地摆了摆手，意思是没问题。

侍者看看，判断他没有问题了，就笑了笑。他也笑了一下，思绪回到了当下。北欧的夏天，一天里黑夜的时间只有短暂的几个小时，天很黑，这时的星空特别的璀璨。从斯德哥尔摩到哥本哈根，这条海路上波涛汹涌，看得见大海上渔船的灯光闪烁。这就像是在草原上的夜晚，只要是走出毡房，就能看见触手可及的星光。

他走开，再上一层，到达最高层。那里有一个小型的邮轮观景平台。四下看去，到处都是黑暗的海水铺展而去。远处有对面驶来的船只，灯火是星星点点的。空气中都是清冽的味道，带着一点点腥咸，黑暗却是广大的。不过这黑夜没有什么威胁，就是一种浓稠得化不开的墨汁之夜。

他仰脸看天，感到了惊奇。他能看到夜空中密布着星星，那么多，那么的繁密，大大小小的，就像是有人展开了天鹅绒幕布，将所有的钻石和珠宝都摊开来一样。不过，这样的夜晚没有回声，也不会有星星陨落。时间的尺度一旦广大起来，生和死，也许是瞬间的事，现在却可以无限地拉长。一颗恒星的生和死，谁能够作为观众看完全过程？

这天晚上，在游轮上他睡着了，看到了星空他感到安详，他相信他肯定会和她重逢，就像他们曾经拥有着那么美好的相遇。

3

早晨醒来后，他去餐厅吃了早饭，又来到了游轮最高一层的甲板上。早晨的寒凉使他打了一个寒战，他把衣服的扣子扣紧了。虽然是夏季，海上早晚的风很大。邮轮在迎风而行，能够感觉到大船的稳定航行，速度也很快。他向海面望去，在白色的浪花边，他看到了很多微微发蓝的东西，密密麻麻地在海水中沉浮。

好像出了什么事情，怎么有这么多的发蓝的东西漂浮在海水中？他仔细地观察，发现那些微微发蓝的水生物，都是水母。大量的水母聚集在这航道中间，在沉浮，在欢快地聚会，它们在繁殖，在交配。这是生命的欢乐时刻。他抬头看远方，海岸线逐渐清晰了起来，一座城市的轮廓现出了形状。邮轮即将到达丹麦哥本哈根。

下了邮轮，他看到，在丹麦哥本哈根的港口里，很多老式的渔船桅杆林立，各种类型的船只都在港口停泊，随着海水微微浮动。那些靠海而建的房子，外墙都是鲜艳的颜色——黄色、红色、蓝色、橙色，显得哥本哈根是一座欢快无比的城市，颜色鲜艳，就说明城市的性格鲜亮；颜色灰黑，就说明城市的风格拘谨。一座城市的颜色和这座城市的性格是息息相关的。

且不去管它了，我现在需要的，是找到妻子的行踪。好在瑞典的朋友非常帮忙，给他提供了联系当地警察的路径。学校也给他开了证明文件。他只要去找到当地警察局协助，总能找到妻子的行踪。

在哥本哈根的一家警察局，他递交了相关的材料。一个高个子、黄胡子的警察对他非常友好，但也感到奇怪，他这么一个中国人跑到哥本哈根找他的老婆，是不是找错了地方？女人总是有些匪夷所思的，我的老婆就经常离家出走。那个警察用英语和他开玩笑。

等待需要时间，因警察要去核实情况。特别是只有他们才有权限去查询她所乘坐的邮船到达时间，她使用证件在哪里办了入住，以及船票、飞机票的信息等等。哥本哈根的警察不怎么忙，白天里，看不到有罪犯被带到警察局里盘问。丹麦社会开放，犯罪率不高，警察的办事效率很低。再说，他的老婆跑到哥本哈根来，这又不是什么命案，接待他的警察很快就不见了。

在警察局里面百无聊赖地等待的时间太久，他就一个人走出来，在街上溜达。哥本哈根并不大，不过，这座城市给他的印象，却是北欧最繁华热闹的。北欧五国，瑞典、挪威、芬兰、丹麦和冰岛，其中丹麦曾经最强大，经常攻打对岸的挪威、瑞典，还占领过他们的地盘。后来，瑞典强大起来了，打败了丹麦，丹麦也就老实多了。北欧国家中，丹麦的经济实力是最强的。哥本哈根是一座自行车城市。有很多地方都有自行车专用车道。他租用了一辆自行车，骑着车子在城市里转悠。他的方向感很强，只要是他看过的地图，他马上就在脑子里形成一个立体的城市三维向图，最终还能回到他出发的地方。

他骑车子，奔向丹麦哥本哈根的繁华地带。北欧人懒散，也多少有点内向，这里的人由于极昼和极夜的原因，得抑郁症的人很多，自杀率也很高。想想吧，天总是不黑，和天总是不亮，得让人多么抓狂啊！

哥本哈根的街景很漂亮，这个国家是君主立宪国家，全称叫作丹麦联合王国，是有国王的国家。哥本哈根的水鸟特别多，鸽子也很多，只要是有一片空地，那里总是有一些鸟。

妻子杜娟就这么忽然消失，这对他的震动很大。一路上，他都在回想过去他们过往的生活细节，说过的一些话，这些话在他在哥本哈根城区溜达的时候，不断在他的脑海里浮现。

“我们一直没有要上孩子，也许是我的问题。现在，我年龄越来越大，可能更难怀孕了。要是你特别喜欢孩子，那你可以离开我，再去找一个女人。”

“怎么会？我怎么可能离开你呢？现在的人工试管婴儿技术这么发达，我们可以去做试管啊。”他说，“只要你想好了，我们就去做个试管婴儿。”

“也可以找代孕的，有女人愿意代孕的话，也很好。是我的卵子，你的精子。不过要有一些法律的风险。”

“太麻烦，还是试管婴儿最简单方便。”

“你确定想要试管婴儿？”

“可以试试，不过我听你的。”

她想了几天，然后告诉他："我们还是去做个试管吧。"

他们去医院打听了做试管婴儿的全过程，需要怎样从他们俩那里取到精子和卵子，如何使卵子在试管里成为受精卵，然后再植入她的子宫里。然后，就是孕育的过程，最后是顺利分娩。似乎很简单。

"听说试管婴儿的寿命不长？"她有些担忧。

"瞎说，怎么可能呢？这项技术已经很成熟了。试管婴儿活得很长，和自然怀孕分娩的人一样的。"

这个过程搞清楚了，那就准备做个孩子。正是在这个时候，她得到了去瑞典进修的机会。试管婴儿的事情就暂时放下了。

在斯德哥尔摩，半年多以来，他们的访问学者生活非常忙碌。没有时间去考虑别的。也许，在瑞典做试管婴儿，技术上更能得到保证？他曾想和她提一提。但这已经不在她的计划里了。她似乎全情投入到自己的研究当中，要取得重要的研究成果。

现在，超出他们想象的事情发生了，这简直是一个炸雷：她得了不治之症，然后，她消失了。

他骑着自行车在哥本哈根来回转，他想象自己会冷不丁地在哥本哈根的街头碰到她，他的妻子杜娟正一脸茫然地在街头转悠呢。这样美好的想象让他很期待。他一边骑车，一边注意搜寻华人的脸。这里的丹麦人个个都是高个子，华人少之又少，他看到的全是白人的脸。没有奇迹发生，他没有看见她。

回到警察局，警察有信息来了。这几个小时，他们先和瑞典警方确认了他的身份信息是否真实，情况是否属实，之后展开了调查。

他们告诉他，他的妻子杜娟的确来到了哥本哈根。但她又离开了这里。她的护照使用信息显示，她在哥本哈根登上了飞往冰岛首都雷克雅未克的飞机，于昨天下午飞走了。现在，她在冰岛的雷克雅未克。

4

他在哥本哈根的宾馆里，想了一个晚上，也不明白妻子为什么会去冰岛。他们过去的生活中，有没有谈到过冰岛呢？妻子杜娟和他都是远足爱好者，喜欢野外徒步旅行。

杜娟人很瘦弱，却喜欢背着个很大的双肩包，喜欢开越野车。他们家买的第一辆车就是北京切诺基。后来，SUV的车型越来越丰富，他们买了丰田巡洋舰，更加小巧耐用。过去，她还想养一条大狼狗，但武汉市内不让养大型犬。有的女人就是这样，他想，越是瘦弱的女人，往往喜欢养狼狗、开大型越野车，这是为什么？是缺乏安全感，还是内心很强悍？

有一次，她问他："你说，世界的尽头在哪里？"

他愣了一下，"世界的尽头？是你的怀抱，对我来说。"

这等于是没有回答她。她也笑了，温柔地抱住了他。

“你怎么想这个问题?”他问她。

“我刚才想到了冰岛。在我的想象中，冰岛是距离我最远的地方了。所以，世界的尽头是冰岛。”

想到了这些细节，在宾馆里他本来是躺在床上的，结果一下子坐起来了。午夜时分，哥本哈根的街道上灯火通明，窗帘挡不住外面的繁华热闹，人欲滚滚，可以感觉到这是一个欲望奔涌勃发的自由城市。

她去冰岛，难道是去寻找世界的尽头去了?莫非冰岛真的有什么世界尽头?冰岛的尽头是哪里?是霍夫冰原吗?在那片被火山、雪原和冰盖覆盖的大岛之上，哪里是世界的尽头呢?

他喝着傍晚的时候买的啤酒，想到明早就要飞往雷克雅未克了。他要跟随着她的足迹前行。她还留下了一些踪迹，这些踪迹现在很清晰，那就是她要去寻找世界的尽头。

对于冰岛，他感觉很陌生。他过去从未留意过冰岛的信息，不知道这是一个什么样的国家。在宾馆房间里，他翻开一本地图册。地图上，冰岛孤悬在大西洋上，是一座有十万平方公里的岛国，很多地方都不适宜人类居住。还有个大冰盖形成的冰川雪原。

他仔细寻找着蛛丝马迹，察看着冰岛的尽头可能在哪里。冰岛，就是一个北大西洋上的孤独的冰与火之岛，靠近北极圈。德国地理学家魏格纳提出大陆漂移假说，后来还有海底扩张学说和板块构造学说，这三种对地球地理地貌的主要学说，影响了很多人。

冰岛的成因已经真相大白，它就是大陆板块互相挤压，在海底冲撞后，形成的一条大西洋海底隆起的中脊线上最北端的一座岛屿。这条大西洋的中脊线，是大西洋海底的山脉，是几大板块在海底冲撞之后形成的。大部分在海水里潜伏着，看不见，高度在二三千米，被海水淹没了。它弯弯曲曲，恰好在大西洋的中间，在非洲南端好望角以西一千多公里的大洋中间向北，在南美洲和非洲大陆之间的大西洋中间延伸，形成了大蛇的形状，南北长达一万公里。从纬度上说，是从南纬54度到北纬87度。这条海底山脉是地球上最长的山脉。它在北端露出海面的部分，就是冰岛。

这冰岛何其遥远啊，他翻阅着地图册，内心里忽然有了一个答案：她去冰岛，难道是想一个人死在冰岛的尽头吗?

想到了这里，他的脑子里电光石火一般，似乎找到了答案。那就是，她要一个人去那里寻死。这是很可能的。他大汗淋漓，浑身湿透了，感觉喘不过气来，胸口很闷，就拉开了窗帘，让外面的空气流进来。

从逻辑推演上来说，从她的不辞而别和旅行轨迹上来说，这个判断是可能的，是十分明显的。她和他本来很高兴地来到了斯德哥尔摩，在这里做访问学者，两年时间他们会在自己的专业领域获得很大的精进，忽然之间，一切都变化了，猝不及防的事情发生了。

他记得，曾经有一天，他们看到一则新闻，那则新闻说的是安乐死的事情。他们有一些下面的对话：

“如果你先我而死，我该如何来面对孤单呢？太难了。我不想一个人孤独地生活下去。最好是我死在你的前头。而且我要一个人悄悄地死，不让你看到我的消失过程。”

当时他有些困惑，“你说这些，什么意思啊。我们本来好好地活着呢。咱俩除了没有孩子，一切都很好，不是吗？为什么你会想到这个？”

她感到了窘迫，“咱们俩都是研究生物的人。我们接触了那么多动物的尸体，我就想，人死了，尸体是最丑陋的，也没有意义。我不想让最亲的人，比如你，看到我的离去。这太残忍，也非常不美丽。”

她的想法总是有些怪怪的，现在，这些他们的对话在他的脑海里浮现之后，一些情况就更加明晰了。他想，她得了绝症，有斯德哥尔摩医院的诊断，诊断书说她得了最难治疗的胰腺癌，晚期，她可能活不了几个月。也许两个月，也许三个月，也许是几个星期，她就要死去。那怎么办呢？她想到了如何来面对他。他是她的丈夫，他们俩是这世上的亲人。她的观念很奇特，就是希望自己一个人悄悄地找到最偏僻的地方，姑且称之为世界的尽头，让自己的生命消失。这对于别人来说很难理喻，对她来说是很简单的一个想法。

想到这里，他手里的地图册掉在地上。他哭了。还有比这个解释更接近事情的本相吗？他捂住脸，让灼热的泪水沿着手掌纹路弥漫开来。他的脸一定是哭花了，在这个孤独的夜晚，在哥本哈根，别人都在欢乐地生活着，没有战争、没有社会动乱、没有罢工、没有恐怖袭击，只有他一个人在宾馆里，感受到前所未有的难过和伤悲。

停了一阵子，平复了情绪。现在是凌晨，他开始收拾东西，把在哥本哈根买的一些为去冰岛准备的衣物、用品全部装好，两个箱子都很沉。等一会儿，约定的出租车就会来，他要追踪着杜娟的足迹，乘坐早班飞机，从哥本哈根飞往冰岛首都雷克雅未克。

5

从丹麦哥本哈根飞往冰岛雷克雅未克机场的航程并不长，只有一个多小时就到了。

在飞机上阅读关于冰岛的介绍，这是他要做的功课。他一向严谨、认真，做任何事情，都要把所有的可能性想清楚。既然要在冰岛追寻她的足迹，那就要全面了解冰岛的地理地貌。要知道，杜娟不可能待在宾馆里，或者一处私家小院子里躺着不动，她是要走出来，一个人驾车去寻找世界尽头的。

他又觉得好笑，杜娟，你在和我捉迷藏呢。你真是太难找了，也太幽默了。你病了就病了，可你玩失踪的水平也太高了。你是不是想到我会怎么样，你是故意让我跟在你的后面，来找你呢？你太了解我了，你知道即使你什么信息都不留给我，我也必定会来找你，对不对？杜娟，你知道我爱你，你知道我不可能让你一个人去面对生死，你会在冰岛的尽头，也许是某个冰缝前面回眸一笑，你在等着我，你不会跳下去，是吗？

想到了这里，他的眼睛有些潮湿了。

他擦眼泪的时候，飞机在下降高度。飞机在雷克雅未克机场降落之前，从飞机舷窗里，他看到在清晨阳光普照之下，冰岛显露出独特的地貌。被冰雪覆盖的高原一样的地区，应该是冰岛的无人区，霍夫冰盖区。飞机的高度降低，他看见了大片的灰黑色的苔原地貌，有着弯曲的河流、黑沉沉的火山口、发亮的湖泊，这座奇特大岛的地貌向他迎来，也是飞机向大地扑去造成的视觉效果。

冰岛的名字很冰冷，实际上，冰岛完全是一个热乎乎的岛。冰岛在表面上被一层冰雪覆盖，可揭开一层表皮，下面都是滚烫的岩浆。这才是冰岛的实质，冰岛就是一座热岛，到处都是热乎乎的喷泉泉眼。

冰岛有一百多座火山，有的还非常活跃，只是没有到大爆发的时刻，只有硫黄烟不断地冒出来。有的火山还有岩浆汩汩流出。到处都是地热喷泉，在冰岛的南部地区，生长着大片的温带阔叶林。

冰岛的性格和杜娟的性格是相反的，她看上去清秀、有亲和力，但内心里却很冷。生物系做实验，那些小动物的生命顷刻间没有了，她每次做实验都不哆嗦。杀死就杀死了，不会有任何问题。可能这也让她想到了自己一旦死去，尸体的尊严无法维护，她才想到了要自行悄悄地离去。

飞机降落了，他走出机舱，并没有感到天气寒冷。实际上，冰岛在夏季并不热，而冬季也没有那么冷。刚出雷克雅未克机场，他可以看到黑灰色的苔原地貌在近距离观察，都变成了墨绿色。

从飞机场走出去，拖着自己的行李，他忽然感到了茫然。雷克雅未克机场有点繁忙，现在正是旅游季节，到达这里的游客比较多。他们都是非常兴奋的样子，听他们说话，都是来自世界各地。他懂英语、法语，也学了一点儿瑞典语，那些不断飘进他耳朵里的周围人的说话声，让他确切地感知到，他的确是置身在异国他乡，一处地球上最偏远的地方。

他叫了一辆出租车，这辆车却不是轿车，而是一辆越野车。这辆的四个车轱辘都很高大，一看就是擅长在雪地里奔跑的车子。其实，冰岛的自然环境并不适合人生存，除了雷克雅未克和某些小城镇，冰岛的大部分地区都是蛮荒之地。开这样的车子就能抵达一些很难抵达的地方。

“去雷克雅未克市区，去这家酒店。”

他说的是英语。给司机看的一张纸条上，写明了酒店，那家酒店位于雷克雅未克市区一面小湖的边上。

这是他在哥本哈根的时候提前预订的。房间的价格不便宜，现在是冰岛的旅游季，本来连这间房子都没有订到，可前台服务员忽然说，有人刚好在十分钟之前退掉了预订的房间，就轮到他来住了。这也算运气吧。

从机场到达那家酒店只花了半个小时。他在大堂里登记住宿，然后坐电梯上楼，进入自己的房间，这一过程乏善可陈。

他从窗户望出去，湖水里有几只白色的天鹅，很骄傲地游来游去，旁若无人。

雷克雅未克的空气很清新，清冽感更强。北欧几个国家的空气有一种味道，是他最喜欢闻的，那是一种清冽、清新、并带点微微寒凉的感觉。即使是夏天，也是凉凉的感觉。

安顿好了之后，他赶紧前往警察局。在一处很不起眼的教堂边上，从一条小街进去，就是雷克雅未克的警察局。接待他的是一位女警察，他向她说明了来意，还出示了妻子的照片。

女警官听完他的陈述，将他的相关材料和他妻子的照片拿起来，站起来走进后面的屋子。可能是去和头儿汇报了。也许他们也没有遇到过这样的情况，一个中国人跑到冰岛来寻找他失踪的妻子。

他坐在椅子上，观察这家警察分局。北欧风格的装饰装修，非常简洁。如果不说这是警察分局，没有人会觉得这就是警察局。没有罪犯的通缉照片，没有警察押解着戴着手铐的罪犯出出进进，没有大声嚷嚷的醉鬼，也没有哭哭啼啼的浪荡女人，更没有惊慌失措的报案者。什么都没有，就是很安静。

这让他很不适应，也让他感到并无希望的渺茫。约莫等了十分钟，那个女警官回来了。

她告诉他，他们无法帮助他。

为什么呢？他问。

简而言之，他不是冰岛人，他们无法向游客提供特殊的安全询问。他的妻子可能来到了冰岛，但并没有人报案说她遇到了问题。他也没有瑞典警察局希望冰岛警察进行协助的信件，换句话说，他来冰岛找他在冰岛某处游荡的妻子，他尽管去找好了，他们不能向他提供她的任何的信息。除非有人报案，在警察局有记录，才可以帮助他。

你们真的没法帮助我？他几乎要大叫了。

真的没法儿帮助你，只能你自己去找她。那个女警察很冷淡地把他妻子的照片还给他，你自己去找吧。她可能在冰岛的某个风景地游玩呢。冰岛很小，你们一定会碰到的。

他简直都要疯了。没想到冰岛警察不管他找老婆这件事。也许，他们是有道理的：她又没遇到什么刑事案件，他们也没有接到任何报案，说发现了一具亚洲女人的尸体。等于什么都没有发生。而且，出于人权和隐私考虑，他们不能帮助他调查她在哪里藏身，也许，警察更不信任的是他的陈述。

算了，不和他们啰唆了。出了警察分局，他心情很不好。在街上站着，感到很茫然，内心里很空。这时，他感到了一种锥心的疼痛感。就是被杜娟甩开的孤独感。他才发现，天空中飘着雪花，下雪了。

是夏天的雪花！他又振作起来，感到肚子有点饿，就在街上走着，希望找到一处快餐店。

此时是冰岛时间的上午十一点，还没到午饭时间，冰岛人非常慵懒，这个时间大部分商店都不开门。特别是餐厅，没有一家开门营业的。狗屁冰岛！真是冷冰冰。好不容易找到一家“北京料理”饭店，门脸不大，却开门营业了。

他心里暖和起来，还是华人勤劳，在世界各地都是这样，勤劳到让所在国的懒汉们愤怒的地步，才有去年的从俄罗斯到保加利亚、罗马尼亚、捷克、意大利、西班牙等一些国家发生排华事件。

华人太勤奋了，把他们挤得没饭吃了。懒虫们！你们都是猪。无论节假日，中国餐馆总是在营业。营业，营业！他们气坏了。他们认为中国人不休息，只认赚钱，妈的，你们知道中国人有多辛劳吗？他们过去吃了多少苦，遭受了太多的苦难吗？有了很多苦难的记忆，才有了后来的拼搏和勤奋。无论在哪里，在地球上的任何地方，华人都是最勤劳的，不然就没有饭吃。

他走进那家“北京料理”餐馆。确实在营业。一个胖胖的中年华人女性给他拿来了菜单。菜单是彩色的照片，分为中文、冰岛文和英文三种文字介绍菜肴。看来，这是一家平时接待旅行团的餐馆。国内旅行团来这里吃饭的旅行团一定不少。原以为这里的“北京料理”一定有北京烤鸭，他看菜单上并没有北京烤鸭，有炸春卷、炸酱面、饺子、包子和沙拉。那就吃一碗炸酱面吧，上车的饺子下车的面，我下车了，来到了雷克雅未克，那我就吃一顿炸酱面。再来一小瓶红星二锅头。

他说着，微笑着把菜单还给了那个中年女人。

吃完了面，出门溜达，他决定租一辆越野车。女人不懂如何租车，他到后厨，问了餐厅的一个男厨师。那个厨师告诉他去雷克雅未克最近的租车行，应该怎么走。

在瑞典生活了半年，他知道怎么租车。在北欧，租车是一件很容易的事情。只要你有驾照就可以了。他和杜娟一到瑞典，就把这个问题解决了。两个人都喜欢开车，也知道到了国外，没有汽车寸步难行，就早早地在所在国办理了驾照，中国的驾照拿去转换一下，在一个测试驾驶车辆能力的考点简单考一下，就可以了。

他走到那家雷克雅未克的租车公司。这家租车行里什么车都有，他还看到了别处没有的一些车，比如雪地车、泥地车、房车。房车是能在高寒地区行驶、生活的空调车，还带氧气瓶。

越野车就更多了，在冰岛，越野车的四个车轱辘都是加高的，和其他地方的越野车很不一样，说明这里的泥泞之地和崎岖之路比别的地方多。在北欧，在大白天开车，也都要求驾驶员开着汽车大灯。到了冬天，整个冰岛只有四个小时的时间是白昼，其他时间都是黑夜，车灯必须非常明亮，大灯要常开，这是当地的交通管理规定。

他选中了一辆雪佛兰越野车，蓝色，车轱辘改装后，也很高大，就像是动画片《变形金刚》里的怪物，四肢发达，头脑简单。他的个子不矮，接近一米八，可爬进这辆车的驾驶室，也要伸长腿才能踩上脚踏板，一用力，油门踩实了，车子加速很快，四个轱辘四驱非常给力，很有劲儿。好了，就是这一辆。银行卡、信用卡、现金都可以支付租金，支付手段很简单，也不用支付很多钱。

在冰岛，不怕你把车开走不还了，冰岛再大，也不过是一座岛。假如在雷克雅未克确立一个出发点，往几个方向开去，只要开上几百公里，就到达冰岛的边缘了。这就是冰岛的概念——十万多平方公里，其实并不大。

6

他踩油门把车子开出去的时候，感觉到了一扫阴霾的爽快。这车子的马力很大，车轱辘加高之后，人从驾驶室往外看的视线很好，视野开阔。冰岛在他面前，现在展现了友好、方便的一面。

中午，他回去宾馆休息了一阵子。在梦中，他梦见了她，梦中的杜娟正站在一面波涛奔涌的瀑布前，转身向他招手。

我知道你跟过来了，我在这里等你。

他很欣喜，加速跑过去，快要走到她边上的时候，她微笑着朝那个汹涌澎湃的大瀑布纵身一跃，就不见了，被瀑布吞没了。

他醒过来了，感到心跳很快。平静了一阵子，他决定查了一下冰岛有没有大瀑布。他取过来地图册，翻到冰岛的页码，在详细的地图上，找到了一个很有名的大瀑布，叫黄金大瀑布，也叫居德瀑布，气势宏伟，水量充沛，是来冰岛必定要去的地方。那就去那里找找她。另外，冰岛几个最有名的旅游区，是一定要去的，兴许他在那里能碰见她。

他开车出发了，先来到了雷克雅未克市郊一个火山喷泉带。把车子在停车场停好，他走过去。

这里的游人很多，他也穿梭其间。冰岛是一个大地地质博物馆，只要你稍微懂点地理地质学知识，你就能在这里找到很多乐趣，会有很多发现。美洲大陆板块和欧洲大陆板块撞击的过程释放出很多水汽，熔岩的熔点下降，喷发得更加容易，也就造就了冰岛的很多裂缝火山和熔岩层。这个热泉地质公园，在地底下就是火山带，不然不会有这么多的热喷泉不断地喷涌，形成了独特的景观。几条弯曲的人行观览通道弯弯曲曲地经过这些热泉。他跟着一些游人走着，导游在给游客讲解。

走在前面的，是一个俄罗斯水兵的观览团，七八个穿着俄罗斯海军制服的、十分帅气的小伙子，在一个女导游的带领下，在热泉喷涌中移步。导游一边解说，一边提醒他们，注意！有的热泉马上要喷出来了。这些热泉，有汩汩往外冒的热泉，很像济南的趵突泉，还有一片小水塘，里面咕噜噜冒着气泡，翻腾着热气腾腾的水泡，有一股硫黄的味道扑面而来。

最壮观的是一眼间歇性的喷泉。每隔三十秒，这一眼热喷泉就猛地喷出一股热水流柱，高达三十米，然后哗啦啦地洒落下雾化的水汽和水滴，喷溅到游客的身上。他不小心，也被喷溅上了，让他的手背有一种灼痛感。看来热泉的水温很高，可见地下的岩浆在汹涌澎湃。

他留心寻找着他最熟悉的身影，杜娟的影子。没有。她在哪里？不知道，她可能不会来这么热闹的地方。不过也说不定。她也许会好好转一转。要走到冰岛的尽头，需要的是决心和耐力，她还要踟蹰一阵。

游客三五成群地在这一片热喷泉景观中活动，没有发现杜娟的影子。他太熟悉她了，只要她在他的视线中一出现，她走路的步姿步态、身体的形状就能立即被他的眼睛识别。可是没有她，只有带着喧响喷溅出来的间歇泉柱、汩汩冒气的热泉，还有咕噜噜的硫黄泉吸引着大家的目光。先到的游客转了一圈，拍照留念后，纷纷上了旅游大巴车，走了。也不断地有新的游客抵达。

他回到了停车场，观察了一阵子，带着满心的希望，没有看到他要找的她。上车，发动好车子，走了。

在夏天，北极圈地区的极昼时间很长，在冰岛就更加突出。晚上睡在宾馆里，总以为天色大亮了。他醒了好几次，一看表，还是凌晨光景。有一次是被宾馆旁那面小湖上的水鸟给吵醒的，它们似乎在开会。他打开百叶窗，看到湖面上白的、黑的，还有一些褐色和花色的飞鸟聚集在一起，有脖子很长、高傲地弯曲着的天鹅，也有野鸭和有不知名的水鸟，都在水面上聚会。它们叽叽喳喳，吵吵嚷嚷的，种类不同，声音各异。冰岛的生态环境很好，不然怎么会有这么多鸟在闹市的宾馆附近水面聚集，也没有人去打扰它们。

他接着躺下来，打开灯，翻看冰岛的地图，想着吃过早饭后，要去的地方和她可能在的地方，心里规划着行车路线。

开着车轱辘很高的越野车，感觉很好。在冰岛，一出雷克雅未克市区没多远，就进入了蛮荒的世界。这里的自然景观都很奇特，也不常见，应该处处都是地质学家喜欢的景象。

在冰岛，整个夏天里，除去被白雪冰原覆盖的、霍夫镇附近的大冰盖，海拔低一点的地方都是苔原地带，那深绿色的大地上都是谦卑地生活着的植物，很多都在匍匐前进，也长不高。黑黝黝的石头就像是史前动物留下来的粪便或巨卵，在杂草丛中一动不动。

他今天开车前往蓝湖，那是冰岛一个著名的温泉疗养胜地。

车子开了一个多小时，就抵达蓝湖了。蓝湖，顾名思义就是蓝色的湖。这个火山温泉湖泊最著名的地方，在于它的温泉水面下面有沙子和白泥巴，人们可以一边泡温泉，一边用手把湖底的泥沙挖出来抹在身上，有病治病，没病防病。

他猜也许杜娟会在这蓝湖里泡着。因为她病了，需要治病，那么她来到蓝湖，肯定是一个好去处。他是不喜欢泡温泉的，杜娟则相反，每次出差，只要是有温泉的地方，她是一定要泡的。从化温泉、吉林长白山温泉、昌平小汤山温泉、海南温泉、日本京都的温泉，她都泡过，有时候是两个人还一起去，有时候是她自己出差，在温泉里一边泡着，一边给他打电话。

在蓝湖的更衣室换好了游泳裤，他跟随旅游者进入蓝湖温泉区。蓝湖的蓝是非常奇怪的一种蓝色，这让他非常震惊。蓝湖水是一片白蓝色，晶莹却并不透明，类似果冻又更加鲜活，看不到底，冒着热气的硫黄味儿很熏人，又不至于把人熏倒。

蓝湖里面的人很多，男男女女老人孩子，都在里面泡着。他也下了水，蓝湖温泉的水不深，水温比较高。整个蓝湖是弯曲的月牙形，水面比较大，有不同的区域，水温也不一样，彼此连接。

很多人都在水里泡着，他慢慢走着，水淹没了他的胯部。一些女人尖叫着，喧哗着，笑着闹着，从湖底摸出泥巴和沙子，抹到身上和脸上。他搜寻着杜娟，觉得在水里泡着的某个女人很像她。那个斜躺着的女人身体很白皙，就像是杜娟的身体一样白皙。

他在水中游走过去，既不想打扰人家，又想找机会看清楚那个女人的脸。看到了脸，不是杜娟。

在这里寻找杜娟就很有难度。来回在水里走动，这片区域的水温很高，有点烫。连着看了几个头发有点像她的女人，都是不她，在蓝湖中，他走来走去的像是一个性骚扰者，他有点尴尬。后来，他上岸了，一上岸就被凉风一吹，又觉得很冷，就披上大披巾，坐在湖边一处较高的台子上，仔细搜寻她的身影。这么远远地一看，那些女人就个个都不像杜娟了。

他坐在那里看了几十分钟，人们来来往往，进来出去，都是游客，泡一阵子就离开了。确实没有杜娟的身影。

他就在蓝湖吃了快餐，瑞典鱼丸、牛肉丸子配土豆泥，还有面包。吃了东西之后，他忽然感到很困倦，就倒在餐厅的椅子靠背上打盹儿。打盹儿中，又梦见杜娟了。这一回，她是站在海边向他回眸一笑。

他走过去，杜娟也往水里面走。他大声喊，杜娟！不要动，等等我！等等我！然后，杜娟忽然往水中一伏身，就不见了。他打了一个激灵，醒过来，发觉自己这个盹儿打了起码有十分钟，竟然就这么睡着了。餐厅服务员对游客都很宽怀，即使座位不够也没有打扰他打盹儿。

他看到在餐厅里吃饭的人很多。冰岛人的个子都很高，男男女女个个都是一米八以上。有人说高纬度的地区人的个子高，是因为地球的引力小。不知道是不是这个道理，但赤道地带也有高个子呀。不过，好像赤道地带确实有很多又黑又瘦的小矮个儿，像马来半岛上的土著、印度尼西亚土著、太平洋岛国上的土著，个子都不高。这么说，纬度高的地区人的个子高也是有道理的。

带着混乱的思绪，和她在他打盹儿中的回眸一笑，他逐渐清醒了。打了几个饱嗝儿，他起身去开他的车子。梦里她在海边回眸一笑，那我现在就去海边吧。

7

车子开出去半个小时后，导航指向的方位是对的，但他却来到了一片荒野中，他迷路了。

眼看着道路没有了，四周没有一个人，也看不见车辆和房屋。就是一片蛮荒之地，像是外星球的某个地方。一片荒野上，黑色的大石头、褐色的小石头堆很多，地上有车辙，却很凌乱，找不到一条道路的痕迹。不能沿着那浅显的车辙走，否则就更麻烦了。

导航不断提醒着他，方位正确，他只能向前开。这时，他发现，荒野大地上，有很多窟窿，窟窿里正在往外冒白烟。那是岩浆的白烟，一缕缕地冒出来。火山岩浆隔着地表在奔流，稍微有点缝隙，就喷出硫黄味道很浓烈的气体。开着开着，前面出现了一阵云雾，远看他有点诧异，怎么还出现了火积云。

火积云的形成，和火山有关。森林发生火灾的时候也能形成火积云。地底下的岩浆在奔涌，在大地的裂缝中，会喷出热气，热空气上升之后，附近有水汽冷凝后就形成了火积云。

空气中的微小颗粒很多，成为凝结核，水汽凝聚在凝结核上，就形成了火积云。不过火积云会升高，到达一定高度之后就消散了。火积云有时候会带来强对流天气，发生陆地龙卷风。

他有点担心自己走不出这片荒野了。眼前的大地，似乎到处都有看不见的裂缝在冒烟，空气在颤抖，说明空气中硫黄烟在扰动，但空气大体还是透明的，还能看到远方的轮廓。

他感到了一丝慌乱。但此时必须要稳住心神。听导航的，导航是一个英文的女声 ，很温柔，也很坚决。就像是杜娟在说话一样。杜娟的英文很好，她还懂德文和日文，相比导航的声音，杜娟的声音要更清亮一些。

烟雾一阵阵飘来，影响了行车视线。不知道身在何处。他的车子在一些车辙中走，忽然车轱辘压住了一块大石头，车身咯噔一下，倾斜了40度，但开过去了。这辆车的高轱辘原来这么有用，现在就知道它的厉害了。

他没有想到的是，他确实偏离了大道，走到了一片无人区。

这片无人区距离大路并不远，只有二十多公里，但确实是无人的火山区。在这片荒野的地面上，黑色的火山岩遮挡了他的视线，没有植物生长，到处都在冒白烟，那是地下的火山在打呼噜。他能够想象到，就在他所经过的地方，地底下有着滚滚的岩浆在流动，如果喷溅出来，他立即就会被烧成灰烬。

空气中全都是硫黄的味道，很难闻。这才是最要命的，不怕被火山爆发烧死，怕的是氧气不够，被硫黄熏死了，怎么办？这前不着村、后不着店的地方，哎呀，杜娟，你得指示我怎么走啊，你得告诉我，你得保佑我，你得爱护我，就像你曾经做过的那样，我来找你了，你得引导我走出荒野。

导航的声音很坚定，就是向前向前，一路向前。

空气中的硫黄味越来越浓，他一边开着车，把紧方向盘，一边用右手打开一瓶矿泉水，把一条毛巾淋个半湿，然后捂住自己的嘴，通过潮湿的毛巾来呼吸。这一段路是最艰险的，到处都冒着白烟，地底下火山是巨大的野兽，现在还没有醒来，而他正从它身边经过。走了半个小时，他终于看到了前方一片灰蒙蒙的远景，硫黄味变淡了，黑色的火山岩变矮了。

他加快了速度，车子迅速前行，很快，他看到了大海。

是的，就是大海，就在不远处的前方。他激动了，扔下手里的毛巾，踩动油门，啊，到海边了！奇怪了，怎么前面有一个人站着等他，难道就是杜娟？他兴奋了，继续开。到了海边，他看到，原来那是一块站立的石头。可它太像一个人了，太像她了。他来到的这个地方，正是冰岛的边缘尽头的一片海洋。

他看到了极其壮丽的一幕：在他脚下，弯曲的海岸线由海边悬崖构成，海边悬崖直上直下，白色的巨浪不停地冲击着悬崖海岸，激起了无数的浪花。黑色的礁石树立在大海中，而距离悬崖不远处，还有一片孤悬在海水中的巨大的悬岩，像是一个停车场大小的悬岩上落满了白色的飞鸟。海鸟太多了，呱呱叫着，啾啾叫着，叽叽叫着，互相追逐，浪花冲击着这块悬岩。

他脚下的悬崖和海中的悬岩，都是黑色的，海水却是灰色的，浪花完全是白色的，不断溅起来。波涛汹涌，就像在大海里有一个巨人或是一头巨兽，在不断地推动海水扑向岸边。悬崖挡住了巨浪，海鸟则守护着悬崖海岸，叽叽喳喳地飞翔在浪花中。

他惊呆了。这片冰岛蛮荒的海边奇景，让他震惊，让他屏住了呼吸。等了一阵子，他大喊：你在哪里——娟娟，你在哪里？你在哪里——娟娟——

他呼喊的声音在浪花汹涌中破碎了。一些海鸟被惊动了，它们飞起来了。它们并不惧怕这个来自远方的男人，他只有一个人，很孤单，是全世界最孤单的、最悲苦的一个男人。他来找另一个人，一个女人。

在全世界最孤单的海岸边，没有一个人看见他，他的喊声是破碎的。他泪流满面。

8

第二天，他起得很晚。昨天的游走，让他感觉很疲乏。他也适应了冰岛的白昼。即使窗帘一直是透光的，他也能呼呼大睡了。

昨天从海边悬崖处回到宾馆，他就睡着了。连着几天的精神紧张，使他感到很劳顿，这一觉就睡到了中午。起来之后，他出去找了一家快餐店，吃了冰岛海鱼三明治。

他开车出发，前往五十公里外的辛格韦德利国家公园。那里有冰岛最著名的裂谷。按照海底扩张学说和大陆板块学说的理论，裂谷带刚好就是美洲板块和欧洲板块的分界线。一条很长的裂谷，成为地质学家和游客们最喜欢去的、也是冰岛最有魅力的地方。

开车不到一个小时，他就到达了辛格韦德利国家公园。把车子停好，看到很多游客也都下了车，向那条著名的裂谷带走去。

冰岛为了游客专门开发出来的裂谷带叫作阿尔曼纳裂谷带，景色非常奇丽。在裂谷中间，有一条石砌的游览小道，供人们在其中行走，人在裂谷中行走，两边是奇形怪状的裂谷悬崖。这样的裂谷并不高，两边的山体就是几米高的样子。附近是苔原地貌，小灌木和花草很多，大片的幽绿色装点着整个裂谷。

在裂谷中行走，空气依旧是冰岛的空气，清冽无比。在他的眼前，这条大裂谷蜿蜒而去，是最为奇特的地貌了。

冷风从远处的冰盖高原上吹过来，将夏天的凉爽和高纬度的冰寒，裹挟在一起送到了他的眼前，让他亲身感受这种清凉。在地图上的冰岛辛格韦德利国家公园的裂谷有好几条，大致是连接的，沟壑纵横。这些地壳裂隙从人的角度看是壮观的，触目惊心的。这条裂谷带还通向辛格韦德利国家公园里的一面大湖，裂谷延伸着，就像是一条巨蟒，深入到一片幽蓝而神秘的湖水里。这面大湖叫作辛格瓦德拉大湖，湖泊是一个堰塞湖，由多年以前火山爆发后喷出的熔岩冷却之后形成的，恰巧堵塞了冰岛的第二条冰川融水形成的大河，使这条大河变成了地下河。水面一动不动，感觉水下一定有某种巨大的怪物会猛地喷薄而出一样。

他站在辛格瓦德拉湖边，湖水是清澈见底的，越往深处看，就看不见水底有什么了。湖水变成地下水，在地裂裂谷带一直延伸下去。这里是地质科学潜水的一个绝佳地点。

他跟着零零散散的游客，在辛格韦德利国家公园的裂谷中行走。他手里拿着一柄望远镜，能够看到远处的黛色的山峦，像是一抹平滑的山脊线，虽然并不高大，却依旧十分遥远，冰川覆盖着那里，乌黑的积云笼罩其上，说明这里要下雨了。积雨云正在朝这边走过来。在近处的裂谷带之外，还能看见有奔涌的地上河，分汊很多，闪闪发亮。小树丛生，在河边形成了高高矮矮的屏障。

他加快了脚步，在裂谷带中行走。这里就是两块大陆板块相遇的中线。等到上了一些小台阶，走到架在一处裂缝上的小桥边的时候，他惊呆了。

他看见，就在几米开外的小桥上，背对他站着的，正是她！是他的杜娟站在欧洲板块和美洲板块相撞又相连的地缝之上的小桥边，在向远处眺望。

他慢慢走过去，低声说："嘿，娟娟，是你吗？"

她转身看到了他，那一瞬间真是石破天惊、惊鸿一瞥、百感交集，也是情绪失控的。她扑过来的同时，他也拥抱住了她，两个人就在两块大陆，在美洲大陆和欧洲大陆相连的裂谷上的小桥上，拥抱了，重逢了。

他感到她瘦了，才几天的时间，她就变得骨骼清瘦。在她的怀里，他的身体也并不热，似乎因这重逢而微微颤抖。他什么都没有说，只是觉得高兴。

此刻，站在美洲大陆和欧洲大陆板块的裂缝上的小桥上，他们紧紧地抱在一起，任人在身边走过，在欧洲和美洲板块间穿梭，任风从他们的身边刮过，任云从他们的头顶走过。

她在他的怀里喃喃地说："原谅我只想一个人离开，我要找一个最纯净的地方，在冰岛的无人区，冰岛大冰盖的某个缝隙里，我跳进去，然后，从那里漂远到未知之地。原谅我的不辞而别，实在是因为我不想让你看到我的死亡。即使是死在你的怀里，那也是我不能接受的。我过去就常常想，如果我死了，那么我的尸体一定不能被火烧，我要寻找到一个好的方法。原谅我，不能再陪你走完人生的路。我拿到化验结果之后，又咨询了大夫，我可能只有两三个月的时间了。这么短的时间，我根本就不可能再来帮助你安排好我们的人生。我受到的打击太大了。我无法接受，我想到的是，我应该孤独地一个人去死，带着遗憾，带着尊严，我的尸体不要被你，我最爱的人看见，我悄悄地死在冰岛的尽头，在那冰缝里消失，消失在这冰凉的大海里，成为被分解的物质，成为被其他生物能够继续循环利用的能量。我走啊走，我从斯德哥尔摩到哥本哈根，我又从哥本哈根来到了雷克雅未克，我从雷克雅未克来到了这辛格韦德利，我走啊走，我觉得越走，就忽然慢下了脚步，我开始徘徊了，我似乎期待你会来找我，我觉得你肯定会来。我就慢下来了，我在这里等你，我想你一定会踩着我的足迹找到我。你果然找到我了，现在，我就在你的怀里，我在这里。”

“你是在这里，你是在我的怀里。我太想念你了。你是不对的，我们早就约定了，在结婚的时候就约定了，我们要一起面对任何事情，包括病痛、死亡。你怎么能这么孤独地一个人走远呢?”

“我害怕那个死亡的过程被你的痛苦覆盖，我也不愿意你受到我渐渐离去的折磨。那个过程太痛苦了。我最不能容忍的就是我的尸体，我死后我不能自主决定我的尸体如何去面对你的悲伤。我死了的话，我什么都不会看见了，而你却什么都能看见。就是这样，我想找到冰岛的尽头，在那里消失。”

“也许冰岛没有尽头，冰岛只有边缘处的大海。我曾经梦见过你在一处海边悬崖冲我微笑，我以为那里就是冰岛的尽头。我到达了那里，发现那里也不是冰岛的尽头。那里生机无限，飞鸟众多，那里巨浪滔天，大海无垠。”

她不说话了。她稍微有些发抖，她感到欣喜，也感到了难过。

“我还梦见你站在一处瀑布的跟前，我知道你在前方等我，我就来了。”

“好极了。”

“我们一起继续行走，明天去看那道瀑布吧。”

9

他们站在那道瀑布的跟前，这是冰岛最大的瀑布，黄金大瀑布。汹涌的冰川融水从上游奔涌而来，在狭窄的河道上下方形成了落差，激起了无尽的浪花，一下子冲荡下来，跌宕起伏的河流在这里形成了几个优美的跌落、跃起又跌落下去的身姿。

这样的大瀑布带着喧响，带着欢快的怒吼，带着无尽的喜悦，也带着对前方的渴望，一往无前地冲荡下去，发出了巨大的声响。空气中都是潮湿的气泡和水沫。说什么都听不见，你必须大声喊。你大声喊了也听不见，你用心灵去感受吧。那大瀑布就是生命的象征，就是要奔跑，死亡来临的时候也不再惧怕。

他们互相揽着对方的腰，站在很多游客中，观赏这个冰岛大瀑布。他们在那里站了很久，他们觉得他们在一起，已经超越了时间对他们的恩惠和期许，剩下的所有日子都是他们自己的了。

他们揽着对方，安静地，看着大瀑布。无论她还能活多久，他现在都要陪着她，他现在已经陪着她了。

他们在这一天日落之后，看到了雷克雅未克郊外的天空中独特的贝母云。贝母云的颜色是多层的，就像是贝壳的荧光一闪，一层层的，带着粉色、红色、灰色和蓝色还有青色、绿色的云，在空中缓缓拉动。

贝母云的形成与云彩中微小的冰晶在傍晚的日落时分对太阳光的反射有关。那无数的小冰晶把太阳光反射成彩色的光带，就像是彩虹被拉长，又像是颜料的流体在混合着缓缓流动。

贝母云的学名叫作“极地平流层云”，高度在16000米以上，最高的云能到达30000米的地方。这是因为大气稳定的时候，上升气流向上升起，形成了云波，把水分带到了平流层，结果形成水滴和冰晶云，这些小东西就开始映射那落日的霞光了。

他们要一起找到冰岛的尽头。他们坐在一辆车上，就是他租用的那辆有着巨大车轱辘的越野车。

他们向冰岛的中央冰盖出发，从霍夫镇一路向北。在冰岛的荒野上，这辆汽车怒吼着，开着大灯在狂奔。有时候，他们会暂时停下来，因为前方有石头阻挡。有时候会加速前进，因为他们绕过了一处火山断裂带。那是最有名的冰岛苏得兰大区的拉基火山群。在这里形成了一组火山锥，非常壮阔而优美。

到了夜晚，他们在荒野上露宿。在夜晚，冰岛的天空边缘出现了一种夜光云。这种云是大气层中最高的云彩，也叫极地中间层云，位于距离地面50公里到80公里的地方，即使坐在飞机上，也要在远方的上方才能看到。

他们看到了夜光云。夜光云是夜晚也要发光的云，呈现出一种奇异的蓝白色，比鱼肚白要蓝、要暗一点。这时，太阳早已在地平线上落下去了，可夜光云仍旧是一种淡淡的光源，照亮了夜空，借助着光亮，也能看见远方的巨大冰盖隆起着，散发着白森森的光芒。

没有人知道夜光云是如何形成的，它在海拔如此高的地方出现，那里没有水分，因此没有冰晶和水滴。在一个没有水分的世界里，夜光云可能就是反光的一层微小颗粒尘埃。

借助夜光云的指引和照耀，他们要找到最美的冰川，去那里寻找世界的裂隙，冰雪世界里可能有的最美的裂缝，在那里，一直到地底下的深深处，全都是一个水的纯净的世界。就像是水世界的源泉，生命的源泉，也是冰岛的尽头。

2020年4月19日一稿

2020年9月13日二稿

后 记

我喜欢看地图，各种地图。每到一处，一定要找到当地的地图，按图索骥，找到所在的位置，以及要去的地方，把地图留存下来。这样就有了很多幅地图。有了地图，就很难迷路。坐在长途旅行的飞机上，我不爱看电影，眼前的小屏幕常常被我设定成航路图，可以随时在阅读书籍的过程中，抬头看看我乘坐的飞机飞到了哪里。因此，只要是我飞经的路途，航路下面经过的大地、山川、城市，我总是能够回忆起来，在我的记忆里成为内容丰富的路线。

我也爱看地图集，这些年，我搜集了不少有关地图的书。比如《泰晤士世界历史地图集》《古代世界历史地图集》《改变世界历史的一百幅地图》《地图之王——追溯世界的原貌》《谁在地球的另一面：从古代海图看世界》《中外古地图中的东海和南海》《失落的疆域——清代边界变迁条约地图》，等等，有几十种。这些地图能够把我带到很远的地方，带到时间和历史的深处，让我发现、揣摩、想象到一般人很难体会的关于历史地理、时空交错的那种有趣和生动的场景。

我还喜欢摆弄自己的几个地球仪。这几个地球仪，有大的，也有小的，有三维的，还有通电后通体发亮的。把玩儿地球仪有一种“小小寰球，尽在手中”的踏实感，一球在前，地球全览，地球仪真是个好东西。

写这本小说集之前，我常常把玩地球仪，把地球仪使劲一点，它就开始转动起来，我的手指又一戳，停！地球仪停下来了，我看看我指的是哪些个地方。就这样，我点了九次。我一看，这九个地方，在地球仪上显示的是太平洋、澳大利亚、中亚、古巴、巴西、俄罗斯、东非、法国、冰岛。

我就想，我能写写这些地方的中国人的故事吗？这些地方，我大部分都去过，在这些地方，我碰见了一些有趣的华人，他们拥有自己独特的故事。我应该可以写写在这些地方的人的精彩故事。

现代世界交通工具的发达，能够让人到达你想去的任何地方，包括那人迹罕至的生物圈之外。大洋之下，冰原之上，沼泽之中，大河之里，江湖之内，雪峰之顶，人都能够抵达。只要是你想去，物质条件具备，各类交通手段就能帮助你到达那里。

我先写了这本书里的《唯有大海不悲伤》。写这篇小说也有一些动因。近些年，我也常常听到朋友中间，有些人的生活中，总是有大大小小的缺失。比如，有一个朋友的独子，留学归来正待结婚，却因病忽然去世，白发人送黑发人，何其悲伤。还有一个朋友的孩子，年仅十岁，不慎溺水死亡。朋友痛失自己的孩子，夫妻俩陷入了困顿和悲伤，婚姻关系也岌岌可危。常常是突发的生活变故造成了巨大痛苦，要一个人、一个家庭去承受和化解。那么，他们如何承担这悲伤，重新获得生活的勇气和信心呢？如何获得自我救赎，继续生活下去？我就站在这些情景下，去想象他们面对的境遇，以及内心里要承受的东西。化解痛苦，这是任何豪言壮语无法起作用的，只能是一个个的个体生命，去承受生活的突如其来的变故。

在《唯有大海不悲伤》中，小说的主人公遭遇了丧子之痛，最后，他通过在太平洋几个地点、在几个夏季的潜水运动，逐渐获得了救赎和生活下去的力量。

这篇小说发表之后，有朋友问我，你啥时候学会了自由潜水啊？其实，我顶多会简单的浮潜。我是不会自由潜水的。但我爱看关于海洋的纪录片。中央九频道播放了多部关于海洋的纪录片，如《海洋》《蓝色星球》《加拉帕戈斯群岛》，等等，我都看了好几遍，对海洋里的各种生物了解很多，常常是一边看，一边用文学语言去描述我看到的片段。此外,《美国国家地理》和《中国国家地理》中也有很多关于海洋的文章，都成为了我写作这篇小说的材料支撑。

我也觉得，作为一个小说家，必须对读者尊重、友好和负责。人家花自己宝贵的时间来阅读你写的一篇小说，你又能给他们带来什么？我要在小说里增加一些知识、经验和材料，比如潜水的知识。这就使小说带着新颖感，还有知识化的效果。毕竟大部分人都生活在陆地上，很难去太平洋上进行自由潜水。小说也就变得有趣和好看起来。

《鳄鱼猎人》的写作念头，我在很多年以前就萌发了。我曾经去过几次澳大利亚，也接触了一些在澳大利亚生活的华人。他们各有各的精彩故事。华人在澳大利亚的历史和现实的处境，也有很大的变化，比如，淘金的近代华人、改革开放后前往澳大利亚的华人和二十一世纪去澳洲的新华人的生存景象都不一样，一代代华人演绎出了各自精彩的故事。我写成了这篇抓鳄鱼的小说。

但对如何在小说里呈现抓捕一条鳄鱼，我自己也颇费踌躇，没有把握。好在小说家都有想象力，再说了，我虽然见过鳄鱼，可如何抓捕一条鳄鱼，我就不知道了。我咨询过一些朋友，没人告诉我怎么抓一条鳄鱼。大家都没有干过这个危险的事情。最后说，“你就自己想象呗”。那么好了，抓捕一条白化鳄鱼，和这篇小说的主人公帮助澳大利亚警方抓获一个白人罪犯——他强奸并杀害了一个中国姑娘，有着象征和同构的关系。小说中，两个夏天，同时进行两条时间线索的并置，取得了对照的效果。

《鹰的阴影》讲述了两个登山爱好者在中亚的雪峰上攀登的故事。我出生在天山脚下，小时候出了家门，往远处一望，就能看见海拔5445米高的天山主峰博格达峰，那冰雪覆盖的巍峨的样子。我还跟着父亲的筑路工程队，到达过塔什库尔干，在那座石头城里眺望过附近那些高大的群峰，受到很大的震撼。后来坐飞机，飞越了不少雪山。

那么登山运动则是一种极限运动。现在，最顶级的登山家，要有14+7+2的履历才是最完美的。什么是14+7+2？那就是，登顶地球上一共十四座海拔八千米以上的高峰，然后，再登顶地球上七大洲的最高峰，最后是抵达南极和北极两个地球上的极点。这就是14+7+2的意思。

中国深圳一位叫作张梁的普通人，就完成了这一壮举。关于他的情况，《中国国家地理》2018年第八期有专门的报道。全世界完成14+7+2的人只有几十个，可见这一极限运动的实现之难。写这篇小说时，灵感、材料就这么以我曾经取得的知识点，见到的人和事，看到的一则新闻报道——几年前，有中国登山家在新疆西南部登山过程中，被武装分子绑架袭击死亡的事件——这些就构成了我的小说壮丽、丰厚、有趣的架构和内容了。

我的这个系列小说一共有九篇，每一篇的篇幅在长短篇到短中篇之间，也就是说，在一万字到三万字之间。上面说到的三篇小说《唯有大海不悲伤》《鳄鱼猎人》《鹰的阴影》分别发表在《人民文学》、《十月》和《长江文艺》杂志，2019年4月由北京十月文艺出版社以《唯有大海不悲伤》为书名，先行结集出版。

还有三篇，《望云而行》、《冰岛的尽头》和《河马按摩师》，分别发表在《十月》、《作家》和《作品》杂志上，读者有兴趣的话，可以关注一下。

发表在《芳草》2020年第六期有三篇，《普罗旺斯晚霞》《圣保罗在下雨》《哈瓦那波浪》也是这个系列小说的一部分。

我写小说，往往由一个很小的灵感或者细节延展开来。《普罗旺斯晚霞》这篇小说，缘起于很多年以前，我在法国南部的一次旅行，我记得，那天，我从一个法国画家的画展上出来，正巧看到了普罗旺斯的晚霞，非常灿烂夺目，这个景象一直在我的脑海里萦绕，并最终变成了我这篇小说的题目。

《哈瓦那波浪》的写作缘起，是某年我出访古巴的时候，不经意地在酒店大堂咖啡厅里，看见一个表情忧郁的华裔少年，一个人坐在那里的样子。他的孤单和忧郁让我记忆深刻。我不知道他从哪里来，将要到哪里去。

后来，我在面对古巴的一个风平浪静、碧空如洗的海湾白沙滩的时候，想象着这里应该有一场冲浪的比赛。实际上那个海湾平时并没有适合冲浪的条件，我在小说里完成了它。这篇小说我本来还想写得更充分一些，比如，我了解了翼装飞行运动的细节，我一开始想把这篇小说写成男女主人公分别进行冲浪和翼装飞行运动，同时与对方的心理交流，最终，我只写了男主人公的冲浪这一条线。

《圣保罗在下雨》的缘起，是有一年在圣保罗上空，我乘坐的飞机即将降落的时候，看到的一场雨。这场雨，让整座城市都在雨幕中，成为我记忆中的雨之城。巴西是一个充满希望也充满矛盾的国家，在圣保罗、里约热内卢和巴西利亚的旅行，让我深深地感受到了这一点。

从上述的九篇小说可以看到，对于我来说，每一篇小说的触发点，都是由一个很小的感觉、印象，逐渐地被我的经验和想象扩展、填充起来，成为一篇篇小说的。从十五六岁开始写小说到现在，我也写了三十年了。继续写，我还能超越自己吗？我经常问我自己。在题材上我还能出新，在表现手法上，我的技巧更加纯熟，对这个世界的认识也更加深刻。所以，这组小说的完成，让我更有信心了。

小说最大的魅力，就在于它的完成，是灵感和构思的一次次的釉变。它常常会变成与我最开始的构思完全不一样的结果。这九篇小说的主人公，他们都有自己生活中的缺失和困难，也有强大的生存希望和勇气。他们活动在地球上的各个地方。如果转动地球仪，去寻找我的小说主人公所活动的场所，会有很有趣的发现。

要简约讲明白这个系列小说写的是什么，题目可以变成：

“如何在太平洋潜水、去澳大利亚抓鳄鱼、攀登喀喇昆仑山西段的雪峰、到古巴冲浪、在圣保罗下雨天解救被绑架者、穿越欧亚大陆的看云旅行、品赏法国红酒的绝望之旅、直到冰岛尽头的徒步旅行和前往肯尼亚山国家公园寻找一个男人！”

这也正是我写这一组小说要形成的一个效果，那就是，在全球化的时代里，中国人或华人的故事，本来就非常精彩。

2020年10月4日

图书在版编目（CIP）数据

哈瓦那波浪 / 邱华栋著. -- 北京 : 北京十月文艺出版社，2021.10

ISBN 978-7-5302-1679-8

Ⅰ. ①哈… Ⅱ. ①邱… Ⅲ. ①中篇小说—小说集—中国—当代②短篇小说—小说集—中国—当代 Ⅳ. ①I247.7

中国版本图书馆 CIP 数据核字（2021）第 077277 号

哈瓦那波浪
HAWANA BOLANG
邱华栋 著

出　　版　北 京 出 版 集 团
　　　　　北京十月文艺出版社
地　　址　北京北三环中路 6 号
邮　　编　100120
网　　址　www.bph.com.cn
发　　行　新经典发行有限公司
　　　　　电话（010）68423599
经　　销　新华书店
印　　刷　北京盛通印刷股份有限公司
版　　次　2021 年 10 月第 1 版
　　　　　2021 年 10 月第 1 次印刷
开　　本　850 毫米 ×1168 毫米　1/32
印　　张　13
字　　数　262 千字
书　　号　ISBN 978-7-5302-1679-8
定　　价　59.80 元
质量监督电话　010-58572393
如有印装质量问题，由本社负责调换。